La névrose de classe

DU MÊME AUTEUR

Aux Éditions Payot :

La Névrose de classe
L'Histoire en héritage. Roman familial et trajectoire sociale

Chez d'autres éditeurs :

Les Jeunes de la rue (avec G. Mury, Privat)
L'Emprise de l'organisation (avec M. Pagès, M. Bonetti, D. Descendre, Desclée de Brouwer)
L'Ingénierie sociale (avec M. Bonetti et J. Fraisse, La Découverte)
Le Coût de l'excellence (avec N. Aubert, Seuil)
La Lutte des places (avec I. Taboada Leonetti et F. Blondel, Desclée de Brouwer)
Les Sources de la honte (Points)
La Société malade de la gestion (Points)
Qui est « JE » ? Sociologie clinique du sujet (Seuil)
Travail, les raisons de la colère (Points)
La Recherche malade du management (Quae)
Manifeste pour sortir du mal être au travail (Desclée de Brouwer)
Le Capitalisme paradoxant. Un système qui rend fou (avec F. Hanique, Seuil)

Vincent de Gaulejac

La névrose de classe

Trajectoire sociale et conflits d'identité

suivi

d'une lettre d'Annie Ernaux

Nouvelle édition actualisée

PETITE
BIBLIO
PAYOT

Retrouvez l'ensemble des parutions
des Éditions Payot & Rivages sur

payot-rivages.fr

Pour Clément et Damien

PRÉFACE À LA NOUVELLE ÉDITION

(2016)

Cette nouvelle édition est une belle opportunité pour réactualiser le propos et vérifier sa pertinence. Sur le fond, l'analyse des conflits engendrés par un changement de position sociale est toujours d'actualité. Depuis les années 1980, le contexte social a bien changé. Les modes de vie et les valeurs également. Les sociétés contemporaines sont beaucoup plus urbaines, individualistes, globalisées, numérisées... Pour autant, les phénomènes de domination et la violence symbolique des rapports sociaux sont toujours à l'œuvre. Les inégalités entre les plus riches et les plus pauvres se sont accentuées. La mobilité structurelle reste faible, quand bien même les *success stories* de quelques artistes, vedettes de télévision, sportifs ou traders font penser que le rêve du *self-made man* est possible et que le succès ne dépend que du talent de chacun. Le poids de l'héritage dans les destinées individuelles est toujours aussi important. Les processus d'invalidation, de disqualification et d'exclusion n'ont fait que s'accentuer avec le développement endémique du chômage et des phénomènes migratoires. Si les conditions concrètes d'existence se sont profondément transformées, le vécu subjectif des personnes qui changent de milieux sociaux, en promotion ou en descension, reste marqué par des sentiments contradictoires et des « nœuds sociopsychiques » dont cet ouvrage tente de délier les fils.

Une notion intéressante et « affligeante »

La notion de « névrose de classe » est ambiguë. Elle associe deux concepts, qui semblent aujourd'hui bien désuets, sinon dépassés. La *névrose* renvoie à des troubles psychiques d'un autre temps. Les troubles contemporains sont plutôt narcissiques, bipolaires, dépressifs. La névrose analysée par Freud à Vienne il y a plus d'un siècle semble de moins en moins d'actualité. Le concept de *classe* est lui aussi presque obsolète. À l'heure de la flexibilité, de la mobilité et de l'individualisme, la lutte des places s'est substituée à la lutte des classes. Et si les classes sociales subsistent, elles ne sont plus un marqueur d'identité aussi puissant que précédemment lorsque la bourgeoisie et le prolétariat étaient deux formations sociales bien repérables et bien distinctes. L'appartenance de classe n'est plus le déterminant majeur des destins individuels. Il en est un parmi d'autres.

Dans ces conditions, *La Névrose de classe* est-elle toujours d'actualité ?

Dans les années 1980, au moment où j'écrivais la première édition de cet ouvrage, le terme était très évocateur pour les « transfuges » qui avaient changé de position sociale, en particulier pour ceux qui, issus de la classe ouvrière ou du monde paysan, avaient accédé à la culture, à la propriété, à l'aisance financière. Bien souvent bons élèves et diplômés, leur identité acquise d'enseignant, de cadre, de médecin ou d'ingénieur les conduisait à côtoyer un autre monde. Certains vivaient l'écart entre leur position héritée, celle des origines, et leur position acquise, celle à laquelle ils avaient accédé dans la tension et le déchirement. Pierre Bourdieu parle à ce propos d'habitus clivés ou déchirés. Annie Ernaux ou Didier Eribon ont décrit, chacun à leur manière, ces tensions nourries par la honte, l'envie, la culpabilité, la colère, la haine de classe, les conflits de loyauté.

Dans la lettre reprise en épilogue de cet ouvrage, Annie Ernaux me propose une critique judicieuse : « Le terme (de névrose) m'afflige encore, me paraît “figer” des conflits et des conduites, qui évoluent en fait dans le temps. » J'accepte bien volontiers cette remarque. Le terme de névrose comporte une connotation psychopathologique. Il induit l'idée d'une déficience psychique à propos des conflits vécus par les personnes qui changent de classe ou de culture. Il tend à réduire le caractère dynamique de ces conflits et des contradictions sociales qui le génèrent. Pourtant, si le terme semble contestable, j'ai pu observer, à la lumière des nombreux témoignages qu'il a suscités, combien il est évocateur pour celles et ceux qui sont confrontés à des conflits de cette nature. Bien que théoriquement discutable, il provoque un écho immédiat, un questionnement qui nous fait rentrer dans le *vif du sujet*. C'est parce qu'il est reçu comme signifiant que je continue à le défendre, choisissant ainsi de privilégier la reconnaissance intuitive au détriment de la rigueur scientifique. Sa portée existentielle compense largement, de mon point de vue, ses faiblesses conceptuelles. D'autant que je reçois régulièrement des témoignages de lecteurs qui me racontent leur « névrose de classe ». Malgré toutes ses imperfections, le terme « parle » à tous ceux qui se sentent concernés. Comme ce témoignage de Flore, reçu au moment où j'écris ces lignes : « Bonjour, nous ne nous connaissons pas mais je me permets de vous écrire car je voulais vous remercier : la lecture de votre livre *La Névrose de classe* m'a permis d'identifier, mais surtout d'éprouver, ce qui faisait nœud dans ma vie depuis tant d'années et que je n'arrivais pas à comprendre malgré une psychanalyse entamée il y a bien longtemps... » Depuis la première parution de ce livre, je reçois encore des témoignages de ce type qui montrent l'actualité du propos.

La guerre des classes aujourd'hui

En outre, la question se pose de la permanence des classes sociales dans les sociétés hypermodernes. Nous avons en mémoire la fameuse déclaration de Warren Buffett sur CNN en 2005 : « Il existe une guerre des classes. C'est ma classe, la classe des riches, qui fait la guerre, et c'est nous qui gagnons. » Entre cynisme et réalisme, cette réflexion d'un des hommes les plus riches du monde laisse songeur. L'hyperbourgeoisie financière est encore très active et s'identifie aux processus de globalisation de l'économie mondiale. Mais peut-on la considérer comme une classe sociale tant sa composition est hétérogène et ses intérêts composites ? Du côté de la classe ouvrière, le rôle « historique » du prolétariat ne cesse de s'effriter jusqu'à disparaître, à la mesure de la désindustrialisation, de la désyndicalisation, de la « révolution managériale » et de la perte d'influence des mouvements sociaux traditionnels. De même du côté des paysans qui ne forment plus une classe sociale et dont le nombre ne cesse de diminuer.

Pour autant, si la lutte des classes ne semble plus être le moteur de l'Histoire, les appartenances de classes sont toujours un déterminant puissant des conduites et des identités. Monique Pinçon-Charlot et Michel Pinçon ont décrit avec talent et perspicacité l'univers de la grande bourgeoisie, ses codes, ses pratiques, ses normes[1]. Le terme « bien élevé » illustre parfaitement la permanence d'une certaine conception de la « bonne éducation ». En termes sociologiques, Bourdieu évoquait à ce propos l'« incorporation de la culture légitime » qui permet de distinguer « ceux qui en sont » de ceux « qui n'en sont pas ». Le terme de « parvenu » indique bien que ceux qui arrivent à posséder tous les signes extérieurs d'appartenance au monde de la bourgeoisie, ne sont pas pour autant considérés comme un des leurs. Il leur manque l'identité héritée qui fonde la véritable appartenance, comme pour l'aristocratie. Dans un contexte de transformations profondes des rapports sociaux, de développement massif des classes moyennes, de l'individualisme triomphant, les conflits d'identité liés à des changements d'univers sociaux n'ont pas disparu. C'est dire que si la lutte des classes est apparemment moins présente dans le champ de la conflictualité sociale, elle est encore active dans les registres sociopsychiques, dans le vécu des personnes et des relations familiales. La description des conflits liés à un changement de position sociale est donc toujours d'actualité. Il s'agit de comprendre comment les contradictions sociales, les rapports de domination et la violence symbolique des rapports sociaux agissent au cœur de la subjectivité. Il convient donc d'en faire une analyse sociologique pour cerner leur dimension objective, combinée à une analyse clinique pour en saisir la dimension subjective.

Contradictions sociales et conflits psychiques

En fait, les phénomènes décrits dans cet ouvrage se sont plutôt accentués. L'exigence de mobilité liée aux diktats du marché du travail oblige un nombre de plus en plus important d'individus à s'adapter à des univers sociaux différents et à effectuer un travail sur eux-mêmes pour affronter les conflits que ces déplacements engendrent. On aurait pu penser qu'avec l'éclatement des classes sociales traditionnelles la névrose de classe allait disparaître. Il n'en est rien. Loin de s'atténuer, le phénomène se complique. Les processus de domination qui étaient principalement structurés autour des rapports de classe, dans la société industrielle, s'aggravent parce qu'ils se trouvent renforcés par le développement de l'individualisme et de la lutte des places. Dans les sociétés hypermodernes, les classes sociales sont moins visibles parce que les marqueurs de différenciation semblent moins évidents. Cela ne supprime pas pour autant les processus de domination entre groupes sociaux et les mécanismes de reproduction. Bien au contraire, la précarité professionnelle et la vulnérabilité sociale accentuent les processus d'invalidation des plus démunis et l'intériorisation de sentiments d'infériorité pour ceux qui ne correspondent pas à l'image de réussite que la société propose comme idéal. On voit se développer des *maladies de l'excellence* et des *maladies de l'exclusion*. Les uns souffrent de stress et de burn-out, les autres sont rongés par la honte et la culpabilité. Dans les deux cas, l'interpénétration entre les phénomènes sociaux et leurs répercussions psychiques est notable. Plus les sociétés se développent, plus les tensions psychiques sont fortes. D'où la nécessité de constructions théoriques permettant de comprendre les rapports récursifs entre les conflits psychiques et les contradictions sociales.

Bien sûr, les effets de ces évolutions sont différents selon l'état de développement économique, culturel et social des régions et des pays. Les chances de promotion sociale des enfants d'ouvriers, de paysans ou d'employés sont très différentes selon les régions. En 2015, la mobilité ascendante peut varier du simple au double. En Île-de-France, dans les générations récentes, 40 % des jeunes actifs, enfants des classes populaires, occupent des positions professionnelles moyennes ou supérieures. Alors qu'en Picardie ou dans le Nord-Pas-de-Calais, la promotion ne concerne qu'un quart d'entre eux. Le déterminant essentiel de la promotion est l'obtention d'un diplôme d'enseignement supérieur. Quand bien même l'accès aux études s'est considérablement démocratisé, la réussite scolaire dépend beaucoup du milieu familial. Les familles d'enseignants et de cadres savent former leurs enfants pour réussir à l'école. Certains sont fabriqués socialement pour réussir alors que d'autres semblent condamnés à échouer. L'habitat et la carte scolaire jouent un rôle essentiel. Dans certaines cités aux périphéries des villes, le taux de chômage des jeunes peut atteindre plus de 40 %, alors qu'il est relativement faible dans les quartiers favorisés.

Ces dernières années, nous avons eu l'opportunité d'animer des *groupes d'implication et de recherche* sur le thème « Roman familial et trajectoire sociale », dans des pays très différents, comme la Russie, la Grèce, la Suisse, la Belgique, le Brésil, l'Argentine, l'Uruguay, le Chili, le Canada ou le Mexique. Au-delà des différences culturelles et langagières, dans des contextes économiques et sociaux très divers, on retrouve les mêmes caractéristiques.

Lorsque les phénomènes de promotion et de régression sociales se développent de façon rapide et importante, les individus sont confrontés à des conflits d'identité qui ont des aspects économiques, sociaux, culturels, familiaux et psychologiques.

Il convient donc, pour comprendre les différentes facettes de ces conflits, de sortir du cloisonnement et de la juxtaposition disciplinaire. Ainsi, l'appareil psychique a une logique interne de fonctionnement qui lui est propre, différente de celle qui régit un appareil de production économique ou un système familial. Ce sont des niveaux de la réalité qui obéissent à des lois particulières, autonomes les unes par rapport aux autres. Mais cette autonomie est relative. La société et la famille canalisent les désirs, imposent des interdits, proposent des idéaux collectifs, des modèles d'identification, des systèmes de valeurs et de normes. Autant d'éléments qui influencent la psychologie consciente et inconsciente de ses membres. Inversement, les individus contribuent à produire des systèmes sociaux et des systèmes familiaux qui répondent à leurs aspirations et sont en concordance avec leur personnalité. C'est donc la combinaison de ces différents registres et l'analyse de leurs articulations qui sont véritablement explicatives.

Il y a réciprocité des influences lorsque les éléments s'articulent entre eux dans une complémentarité dialectique, que Georges Gurvitch définissait comme « des contraires se complétant au sein d'un ensemble par un double mouvement qui consiste à croître et à s'intensifier tantôt dans la même direction, tantôt dans des directions opposées grâce au jeu des compensations[2] ». C'est le renforcement mutuel entre les conflits liés à un changement de classe, ou de culture, et les conflits psycho-sexuels qui produit la névrose de classe. Beaucoup d'individus, dans des situations similaires, ne vont pas devenir névrosés, parce que ces deux registres, au lieu de se renforcer, se compensent. Ainsi des conflits d'ordre sexuel et des conflits d'ordre social peuvent, soit entrer en correspondance et se renforcer mutuellement, soit se compenser et s'annihiler l'un l'autre. Dans le premier cas, cela produira une névrose, dans le second le sujet aura su trouver les médiations à son conflit en jouant sur différents registres.

La névrose de classe est le produit de contradictions qui opèrent sur trois registres (sexuel, social, familial) qui se renforcent mutuellement pour produire une structure fermée, un système qui se boucle sur lui-même et absorbe les éléments antérieurs pour s'autoreproduire. Ces contradictions, d'origine hétérogène, sont transformées au fur et à mesure qu'elles se relient entre elles dans un système névrotique. En définitive, c'est le sujet névrosé qui produit la névrose dont il est le produit : il devient producteur de ce qui l'a produit. L'approche clinique permet d'en comprendre les racines, tout en lui offrant les moyens de s'en dégager. Elle permet de construire un espace entre des préoccupations théoriques et des préoccupations existentielles.

L'hypothèse centrale de ce livre considère l'individu comme le produit d'une histoire dont il cherche à devenir le sujet. Cette perspective est en continuité avec celle de Cornelius Castoriadis lorsqu'il écrit : « Un sujet se situe comme origine, certes partielle, de son histoire passée et comme aussi, vouloir une histoire à venir et vouloir en être le coauteur[3]. »

Pour une sociologie clinique

Pour saisir la dynamique complexe des processus qui régissent les rapports entre le psychique et le social, la sociologie clinique est une démarche à la fois sociopsychologique, visant à comprendre comment des transformations sociales conditionnent les attitudes et les comportements des individus, et psychosociologique, cherchant à analyser la façon dont un sujet intervient en tant qu'acteur, invente des pratiques pour affronter ses conflits et faire face aux situations sociales. « La sociologie était un refuge contre le vécu… il m'a fallu beaucoup de temps pour comprendre que le refus de l'existentiel était un piège. La sociologie s'est constituée contre le singulier, le personnel, l'existentiel. Il y a là une cause essentielle de l'incapacité du sociologue d'interroger certaines souffrances sociales. » Ces propos sont de Pierre Bourdieu. Je dois avouer ma surprise et mon contentement lorsque je les ai entendus à un colloque sur la pauvreté, en 1992. Enfin, la figure emblématique de la sociologie « pure et dure » notait avec force la mutilation intellectuelle et théorique qu'engendre le refus de prendre en compte « le vécu ». C'était en réaction contre ce refus que j'avais écrit cet ouvrage, qui avait, à l'origine, une triple ambition : participer à la construction d'une sociologie clinique ; analyser les articulations entre la genèse sociale et la genèse psychique des conflits existentiels ; permettre aux personnes qui sont confrontées au problème du déplacement dans notre société de mieux comprendre les conflits qu'ils rencontrent.

En 1986, je concluais ce livre par ce titre : *Pour une sociologie clinique.* Je n'imaginais pas qu'il existait un petit groupe de collègues qui, autour de Robert Sévigny, Gilles Houle et Eugène Enriquez, développait un projet similaire au sein de l'Association internationale de sociologie (AIS). Je les rencontrai à Genève en 1988. En 1992, nous fondions deux comités de recherche au sein de l'AIS et de l'AISLF (Association internationale des sociologues de langue française). Depuis, cette orientation s'est enrichie rapidement puisqu'elle rassemble aujourd'hui, au sein du Réseau international de sociologie clinique[4], des chercheurs d'une quinzaine de pays différents en Amérique du Nord, en Amérique du Sud, en Afrique et en Europe. De nombreuses publications émaillent cette histoire, en particulier trois collections chez Desclée de Brouwer, Érès et L'Harmattan, de nombreuses traductions, ainsi que plus d'une soixantaine de thèses[5]. Ce développement est le signe d'une attente partagée par de nombreux chercheurs dans les sciences sociales et humaines : refus des cloisonnements disciplinaires, critique de l'objectivisme, réhabilitation de la subjectivité, nécessité de prendre en compte le registre existentiel, de réintégrer les questions des émotions et des affects dans l'étude des phénomènes sociaux, de mieux articuler recherche et intervention, distanciation et implication, objectivité et subjectivité, compréhension et explication. La sociologie clinique est devenue un courant reconnu de la sociologie. De nombreux doctorants choisissent de faire leur thèse dans ce domaine.

En parallèle, nous avons assisté à un engouement impressionnant à propos des histoires de vie. Je connaissais à l'époque les travaux de Daniel Bertaux, Franco Ferrarotti et Mauricio Catani, dans le champ de la sociologie et ceux d'Oscar Lewis en anthropologie. Depuis, l'intérêt suscité par la méthodologie des récits de vie s'est répandu dans bien d'autres disciplines. De la littérature à la psychologie, des sciences de l'éducation aux études du genre, du travail social à la géographie humaine et à l'histoire, il y a là un phénomène aussi important que le structuralisme des années 1960-1970. Le débat s'est approfondi autour de l'utilisation des histoires de vie en formation, dans la recherche, comme facteur de développement personnel, ou encore en thérapie[6]. Il permet de se questionner sur les frontières et les articulations entre la théorie et la pratique, l'analyse et le vécu, le récit et l'histoire, le social et le psychique, etc.

Cet ouvrage a été également précurseur sur ce qui est devenu la psychogénéalogie. Le livre inaugural de cette orientation reste celui d'Anne Ancelin Schützenberger qui publiera *Aïe, mes aïeux !* en 1993. Nos propositions méthodologiques sur l'arbre généalogique (voir chapitre 12) sont très proches de celles du génosociogramme utilisé par les psychogénéalogistes. Nous avons avancé avec Anne Ancelin, en partant de prémices proches quoique différentes, dans un respect et une attention mutuels. Nous avons tous les deux alerté nos collègues praticiens sur les risques de psychologiser les processus transgénérationnels, sur les dangers du caractère « magique » des syndromes d'anniversaires, ou encore sur les pièges d'un engouement pour une approche envoûtante à manier avec précaution. L'exploration de l'histoire familiale est un exercice fascinant qui produit des effets de révélations parfois cathartiques. Elle permet de repérer des phénomènes de répétition, de secrets et de honte, de cryptes et de fantômes[7] qui éclairent les histoires de famille sur plusieurs générations. Pour autant, ces éclairages ne doivent pas faire oublier la complexité des processus psychiques et intrapsychiques à l'œuvre et les risques de l'illusion cathartique. La prise de conscience ne suffit pas à résoudre les conflits et à dénouer les nœuds sociopsychiques. Encore faut-il l'accompagner par un travail clinique approfondi sur soi.

Cette nouvelle édition est profondément remaniée. Non pas sur le fond, mais sur la forme. Nous avons réactualisé les références bibliographiques, revu l'ordonnancement des chapitres, élagué certains passages, retravaillé l'écriture pour la rendre plus accessible à des lecteurs non spécialistes des sciences humaines. Notre préoccupation est de trouver le meilleur compromis possible entre deux exigences. D'un côté répondre aux exigences scientifiques de rigueur méthodologique, d'approfondissement théorique, de cohérence entre les hypothèses proposées et l'analyse des cas ou des situations. De l'autre répondre à une exigence « clinique », qui consiste à s'adresser aux personnes concernées, en tentant de rendre compte et d'expliciter ce qu'elles vivent, comment elles le vivent et pourquoi ce vécu peut les mettre en difficulté.

Un livre prend tout son sens lorsqu'il favorise un travail d'appropriation de son existence en donnant au lecteur une meilleure compréhension de lui-même et du monde dans lequel il vit. C'est bien cette perspective qui nous anime. Cette nouvelle édition est une belle opportunité pour répondre au désir de tous ceux qui cherchent à devenir un peu plus sujet de leur histoire.

Vincent DE GAULEJAC,
mars 2016.

INTRODUCTION

L'évolution des sociétés modernes conduit un nombre de plus en plus élevé d'individus à changer de place dans la société. La mobilité culturelle et la mobilité sociale contribuent à développer le phénomène de l'individualisation : l'individu se définit moins par référence à un groupe social/ethnique/familial qui lui confère une place dans un ordre stable, que par rapport à lui-même en référence à des catégories désocialisées (sa personnalité, son compte en banque, son signe zodiacal, son physique...) dans un ordre mouvant. Ce phénomène a plusieurs conséquences.

Aux sociétés traditionnelles hiérarchisées selon une structure sociale bien installée et relativement fixe, dans laquelle chaque individu occupe une place déterminée, se substitue une société multipolaire, constituée autour de réseaux intriqués selon un ordre mouvant, qui conduit les individus à changer de place au cours de leur existence ou à un moment donné à occuper plusieurs places dans des réseaux différents. La multiappartenance est d'ailleurs une stratégie nécessaire pour conquérir des positions de pouvoir, que ce soit dans les domaines économique, politique ou intellectuel. Dans les sociétés contemporaines où la lutte des places tend à remplacer la lutte des classes, les possibilités de changer de positions sociales sont plus fréquentes. Le monde industriel était relativement stable, structuré par une reproduction des statuts, des fonctions et des places. On naissait ouvrier ou bourgeois et on le restait toute sa vie dans la très grande majorité des cas. Dans le monde actuel, la compétition pour occuper ou « inventer » les places sociales est de plus en plus rude. Si l'inégalité des chances demeure, la concurrence est de plus en plus forte. Chaque individu, quelle que soit son origine, est confronté à la nécessité de se faire sa place, de trouver une situation, de devenir l'entrepreneur de sa vie jusqu'à créer son emploi. Les places ne sont plus attribuées une fois pour toutes, il faut « les prendre » à ceux qui les ont ou bien en inventer de nouvelles. Cela produit des effets contradictoires : la mobilité renforce la liberté de choix, les possibilités de changement, mais par là même elle entraîne l'insécurité, la peur de perdre et l'exclusion de tous ceux qui sont éliminés de cette compétition. Si la société de classe liée au capitalisme industriel était une société rigide et hiérarchisée, la société hypermoderne est éclatée, complexe et insécure. Elle tend à faire de chaque individu son propre référent. Elle prône la « réalisation de soi-même ». Dans ce contexte, « le Moi de chaque individu est devenu son principal fardeau[1] ». Au règne de la hiérarchie surmoïque se substitue la tyrannie du narcissisme[2]. Ces évolutions ne suppriment pas pour autant le poids de l'identité héritée et de l'appartenance de classe dans la constitution de l'individu. On peut le constater dans l'analyse des trajectoires des personnes qui changent de position sociale.

Le déplacement social peut prendre de multiples formes : changement de métier lié aux fluctuations de la production, changement de région lié à la mobilité professionnelle, changement de position sociale lié aux processus d'ascension et de descension, changement de pays et de culture lié aux migrations… Le développement de la mobilité circulatoire individuelle ne cesse de croître. Pour autant, les phénomènes de reproduction sociale qui déterminent les probabilités pour les enfants d'occuper une place similaire, dans la hiérarchie sociale, à celle de leurs parents, sont encore puissants. L'appartenance originaire à telle ou telle classe sociale est un élément fondamental, qui détermine les probabilités d'accès à telle ou telle position sociale.

Tout individu qui change de classe sociale vit un conflit plus ou moins intense, entre son identité héritée, identité originaire qui lui est conférée par son milieu familial, et son identité acquise, celle qu'il construit au cours de sa trajectoire. Le passage d'une classe à une autre laisse des traces que l'on peut observer chez les personnes qui s'insèrent dans des groupes sociaux différents, dont les rapports sont historiquement marqués par la domination de l'un sur l'autre. Ces rapports de pouvoir s'expriment par des processus d'opposition, d'invalidation, de soumission, de rejet. Ils influencent la personnalité et les comportements.

Ce sont les effets psychologiques de ces processus que nous nous proposons de mettre en évidence, à travers l'analyse des conflits d'identités qu'expriment les personnes en promotion ou en régression sociale. C'est le cas des enfants d'immigrés installés en France, des fils et des filles de paysans ou d'ouvriers qui deviennent diplômés ou cadres, des enfants de la grande bourgeoisie qui sont en déclin, de tous ceux dont la trajectoire sociale est marquée par des ruptures importantes et qui sont confrontés à des systèmes de référence doubles et contradictoires. Ces conflits ne provoquent pas obligatoirement une névrose. Pour qu'il y ait névrose, il est nécessaire qu'ils s'inscrivent sur une structure psychique vulnérable, qu'ils soient relayés par un développement psycho-sexuel problématique. La caractéristique principale de la névrose de classe tient à l'intrication systémique entre des conflits sociaux et des conflits psychiques, qui se renforcent mutuellement.

Le terme de névrose de classe est ambigu sur le plan théorique, parce qu'il tend à associer une notion clinique et une notion sociologique qui n'ont pas de lien direct entre elles : les classes ne sont pas névrosées, les névroses ne dépendent pas des classes sociales. Le terme de névrose en psychanalyse désigne un mode de structuration psychique, alors qu'il est utilisé ici pour décrire un tableau clinique. Le terme de « classe » pourrait laisser supposer que nous présentons une typologie des névroses selon les classes sociales (il faudrait alors mettre des « s » à névrose et à classe), ou qu'il définit les caractéristiques pathogènes des différentes classes sociales, ce qui n'est pas le cas. Nous l'avons pourtant conservé parce qu'il provoque un écho chez les personnes dont les conflits psychologiques sont liés à un déclassement. Dans leur subjectivité, il existe un lien étroit entre leur trajectoire sociale et les difficultés psychiques qu'elles rencontrent. Si le terme de névrose de classe est critiquable théoriquement, il permet de caractériser un tableau clinique qui décrit la symptomatologie des individus qui changent de position dans la structure de classe. La description de ce tableau clinique permet de clarifier le rôle respectif des facteurs psycho-sexuels et des facteurs sociaux dans la genèse et le développement de ce type de névrose.

Cette analyse est l'occasion de réfléchir sur les rapports entre la sociologie et la psychanalyse, sur l'intérêt et les limites de leurs apports respectifs dans la compréhension des destinées humaines et des conflits existentiels : à propos des relations entre l'histoire sociale, l'histoire familiale et l'histoire personnelle dans le développement de la personnalité ; à propos de la genèse sociale des conflits psychiques, en particulier dans le développement des sentiments de culpabilité, d'humiliation et d'infériorité ; à propos de l'articulation entre les composantes sexuelles et les composantes sociales du complexe d'Œdipe ; à propos des notions de roman familial et de clivage du moi…

Il s'agit d'illustrer l'analyse dialectique dont nous avons posé les fondements, avec Michel Bonetti et Max Pagès, à l'occasion de notre recherche sur l'emprise de l'organisation et qui consiste selon l'expression de Max Pagès à « proposer des articulations significatives entre processus relevant de domaines différents[3] ».

Cette analyse est basée sur quatre principes :

– une démarche multipolaire qui consiste à s'interroger sur un phénomène, ici la névrose de classe, au point d'intersection de plusieurs méthodes ;

– une problématisation multiple qui met en rapport plusieurs perspectives, en l'occurrence les approches phénoménologiques, psychanalytiques et sociologiques ;

– le modèle de l'autonomie relative : chaque registre étudié (le registre social, le registre familial et le registre psychique) a une dynamique propre de fonctionnement, mais il est relié aux autres par des correspondances, des influences réciproques de complémentarité ou d'opposition, de rejet ou d'intégration, de renforcement ou de neutralisation ;

– l'accent mis sur les contradictions comme analyseurs des conflits observés : les conflits vécus par les individus sont interprétés comme des réponses aux contradictions auxquelles ils sont confrontés.

La névrose de classe est le produit de contradictions qui opèrent sur trois registres : le registre social (les contradictions sociales qui caractérisent les rapports de classe traversent l'identité des individus à double appartenance) ; le registre familial (ces rapports se répercutent à l'intérieur du système familial, le plus souvent dans le couple parental qui propose aux enfants des aspirations et des modèles d'identification contradictoires) ; le registre psychosexuel (ces conflits font écho aux contradictions des désirs inconscients, en particulier œdipiens et à la culpabilité qui en découle). L'enchevêtrement de ces contradictions dans un « complexe », un « nœud », leur correspondance interactive dans un système qui se ferme sur lui-même, produisent une structure névrotique qui tend à la répétition, l'inhibition et la résistance au changement.

Le matériel utilisé pour cette recherche vient principalement de séminaires d'implication et de recherche sur le thème « Roman familial et trajectoire sociale » dont nous exposons les principes et la méthode dans le chapitre XII. Cela représente un corpus de six cents histoires personnelles recueillies au cours d'une cinquantaine de séminaires que nous avons personnellement animés. Parmi ces six cents récits, nous en avons retenu une vingtaine qui ont donné lieu à des entretiens individuels en dehors du cadre du séminaire. Dans cet ouvrage, nous avons choisi de ne présenter que quelques cas et des témoignages autobiographiques publiés sous forme de romans ou de récits de vie. Cette limitation est délibérée, suivant en cela l'expérience de Freud qui déclarait à Lou Andreas-Salomé : « Vous savez que je me préoccupe du fait isolé et que j'attends qu'en jaillisse l'universel » (lettre de 1915). Pour passer du cas Dora à la compréhension de l'hystérie, du cas du président Schreber à la compréhension de la paranoïa, il faut avoir analysé des centaines de cas. Le cas est la condensation, à propos d'une personne, de processus découverts petit à petit sur d'autres. Il illustre des hypothèses élaborées ailleurs. Le cas acquiert un caractère universel lorsque sa singularité a été relativisée et qu'il devient représentatif des mécanismes à l'œuvre dans le phénomène étudié. À propos du président Schreber, Freud justifiait son approche en écrivant : « Le récit écrit ou l'anamnèse imprimée peut, dans cette affection pathologique, servir de succédané à la connaissance personnelle du malade. Je ne considère donc pas comme défendu d'associer des interprétations analytiques à l'anamnèse d'un paranoïaque *(dementia paranoides)* que je n'ai jamais vu mais qui a raconté lui-même, par écrit, le cours de sa maladie et l'a livré au public par le biais de l'imprimé[4]. »

L'utilisation clinique d'un matériel autobiographique pose néanmoins un certain nombre de problèmes. Il s'agit d'une forme d'expression très élaborée dans la mesure où elle passe par la médiation de l'écriture, ce qui la différencie de l'expression orale qui peut *a priori* paraître plus spontanée. En fait, ces différences sont peut-être moins importantes qu'il n'y paraît. Tout discours, qu'il soit écrit ou oral, est une reconstruction et, en ce sens, il ne peut être identifié au réel. *A fortiori* lorsqu'il s'agit d'un discours sur le passé qui ne peut être que « du temps recomposé ». C'est justement la qualité principale du romancier de trouver les mots qui soient au plus près du réel. « Mais les écrivains sont de précieux alliés et il faut placer haut leur témoignage car il connaissent d'ordinaire une foule de choses entre le ciel et la terre dont notre sagesse d'école n'a pas encore la moindre idée. Ils nous devancent de beaucoup, nous autres hommes ordinaires, notamment en matière de psychologie, parce qu'ils puisent là à des sources que nous n'avons pas encore explorées pour la science[5]. »

Le roman offre un matériel construit qui ne peut s'enrichir de la dynamique interactive existant dans un entretien de recherche. Son intérêt est fonction de la capacité de l'auteur à mettre en évidence les « vérités » de la condition humaine. C'est quand il trouve les mots qui expriment au mieux des liens entre les sentiments, les situations, les émotions, les représentations, que le récit nous éclaire sur notre propre existence. Lorsqu'un roman donne lieu à des interprétations, la question n'est pas alors de savoir si celles-ci sont justes ou fausses pour l'auteur, mais si elles permettent d'élargir notre compréhension des mécanismes en jeu. L'important n'est pas de comprendre l'œuvre en soi ou l'écrivain, mais de produire des hypothèses dont la validité dépend de leur capacité à rendre compte des processus qui concernent les personnes qui vivent des situations similaires.

Le roman est un outil d'investigation privilégié de l'articulation du psychique et du social[6]. Il a un autre avantage. C'est un témoignage publié et donc accessible à tous. Le dévoilement d'histoires privées pose des problèmes éthiques, méthodologiques et déontologiques, surtout lorsqu'il s'agit de les utiliser à fin de publication. Ce problème ne se pose pas pour la littérature, dans la mesure où l'auteur accepte par avance le risque de la lecture et de l'interprétation de ce qu'il écrit. Son histoire tombe alors dans le domaine public et chacun peut s'autoriser à s'en emparer pour la commenter, l'analyser, l'interpréter et l'utiliser. Par ailleurs, cette publicité facilite la discussion et la confrontation. Il n'est pas possible de publier *in extenso* des entretiens de recherche. On peut donc toujours suspecter le chercheur d'avoir conservé dans le matériel brut uniquement les éléments qui viennent à l'appui de sa démonstration. Quoi qu'il en soit, la vérification est rarement possible et la discussion des hypothèses ne peut être que partielle, puisque les données initiales sont connues uniquement du chercheur. Le roman permet une confrontation plus vaste puisque chacun peut constamment s'y référer. C'est la raison pour laquelle nous avons privilégié dans la présentation de notre travail les références littéraires. Si la plus grande partie de nos hypothèses ont été produites à partir des histoires de vie que nous avons nous-même recueillies, nous avons systématiquement choisi d'illustrer des hypothèses par des cas littéraires, chaque fois que c'était possible.

1

L'individu produit de l'histoire

> L'homme n'a pas de nature, ce qu'il a est… histoire.
>
> ORTEGA Y GASSET

La névrose de classe spécifie un conflit qui émerge au croisement de l'histoire personnelle, l'histoire familiale et l'histoire sociale d'un individu. Ce sont les correspondances entre ces trois registres qui permettent de comprendre la genèse et le développement de cette configuration névrotique. Les enjeux de domination entre les classes sociales traversent les familles, les rapports de couple, les rapports parents/enfants et contribuent ainsi à façonner l'identité de ces derniers. Pour analyser les processus à l'œuvre dans cette transmission, il nous faut comprendre dans quelle mesure l'histoire est agissante dans la production d'un individu, par quelles médiations on passe de l'histoire sociale à l'histoire personnelle, comment les contradictions sociales peuvent produire des conflits psychologiques.

Considérer l'individu comme produit de l'histoire remet en cause l'égocentrisme foncier de l'homme. Chacun tend d'abord à considérer que l'histoire commence à partir du moment où il prend conscience de son existence. Accepter de se considérer comme un simple élément d'un processus qui s'enracine très profondément dans le passé et se poursuivra au-delà de lui heurte la perception de sa conscience et plus encore les désirs de toute-puissance de son inconscient. Sortir de cet ethnocentrisme demande donc « un travail » pour renoncer à la toute-puissance et accepter le caractère contingent et passager de l'existence. « Ma famille, mes origines familiales dont je me souciais jusqu'à ce jour comme d'une guigne m'intéressent de plus en plus. Il y avait certainement un fond d'hostilité dans la conviction orgueilleuse que j'étais parmi les miens un phénomène unique, inexplicable, imprévisible. Ce milieu familial où j'ai été si totalement incompris s'éloignant, ses membres tombant les uns après les autres, mon aversion désarme, et je suis de plus en plus disposé à me reconnaître comme son produit[1]. »

La succession des générations inscrit ses effets dans chacun des membres d'une famille. Chacun d'eux est relié aux autres par une série de liens économiques, idéologiques, affectifs, dont une bonne part sont inconscients. C'est là qu'il faut comprendre l'« attachement » à la fois comme un phénomène affectif et contraignant. L'individu est contraint par ces liens qui entravent sa liberté de mouvement, mais ces liens sont également des liaisons : elles insèrent l'individu dans un réseau relationnel qui fabrique le tissu familial et social. La configuration d'un arbre généalogique montre comment un individu est le produit d'alliances successives qui s'élargissent à mesure que l'on remonte dans l'histoire familiale, dans une progression géométrique, pour se perdre au bout de trois ou quatre générations dans un réseau élargi. Telle une poupée gigogne, l'histoire individuelle est emboîtée dans une histoire familiale elle-même insérée dans une histoire sociale. Chacun s'inscrit dans ce réseau qui situe sa place et son identité originaire.

En ce sens, *l'homme est histoire*. Cette formule d'Ortega y Gasset doit être comprise sur plusieurs plans :

– l'individu est produit par l'histoire. Son identité s'est construite à partir d'une part des événements personnels qu'il a vécus et qui forment la trame de sa biographie, histoire singulière et unique, et d'autre part des éléments communs à sa famille, à son milieu, à sa classe d'appartenance qui le positionnent comme un être sociohistorique ;

– l'individu est un acteur de l'histoire. S'il peut être considéré comme produit de l'histoire, il en est également producteur. Il est porteur d'historicité, c'est-à-dire de la capacité d'intervenir sur sa propre histoire, fonction qui le positionne en tant que sujet dans un mouvement dialectique entre ce qu'il est et ce qu'il devient ;

– l'individu est producteur d'histoires : par son activité fantasmatique, sa mémoire, sa parole et son écrit, l'homme opère une reconstruction du passé, comme s'il voulait, faute d'en contrôler le cours, du moins en maîtriser le sens.

L'individu est le produit d'une histoire dont il cherche à devenir le sujet.

Ces différentes dimensions de l'histoire sont particulièrement visibles chez les individus dont la trajectoire est marquée par des ruptures, qu'elles soient culturelles ou sociales. C'est le cas de Zahoua dont l'identité est traversée par les conflits entre la culture algérienne et la culture française. C'est également le cas de François, issu du monde ouvrier, qui épouse une femme de la grande bourgeoisie.

Zahoua, héritière des contradictions de l'histoire familiale

Ce récit est emprunté à un article d'Abdelmalek Sayad sur la situation des émigrés en France[2]. À partir d'un entretien avec une jeune étudiante algérienne, Zahoua, dans lequel elle retrace l'histoire de l'émigration de sa famille et par-delà cette expérience immédiate, l'histoire des relations entre les sociétés françaises et algériennes, Abdelmalek Sayad montre les liens entre l'ensemble des contradictions dont l'émigration est porteuse et les conflits qu'elle suscite. « Ces conflits, habituellement décrits en termes de psychologie, sont envisagés ici, d'emblée, dans leur véritable dimension sociologique : en même temps qu'ils sont énoncés, sont énoncées les conditions sociales de leur genèse. »

Zahoua décrit la « fracture qui casse sa famille entre ceux qui sont nés en Algérie et ceux qui sont nés en France », et le drame de son père qui interroge ses enfants dans lesquels il ne se reconnaît pas. « Vous, on sait pas ce que vous êtes !… D'où vous venez, d'où vous nous venez ? (en arabe dans l'entretien). D'où êtes-vous ?… D'ici (de France) ou de là-bas (d'Algérie) ? » Il y a un problème de *reconnaissance* entre parents et enfants, une contradiction entre un projet parental étayé sur la culture algérienne et les nouvelles conditions d'existence qui amènent les enfants à réaliser d'autres projets. « Il n'y a pas, dans nos projets, de projets qui soient accomplis », constate le père de Zahoua. C'est ainsi qu'il élève sa fille aînée dans la perspective qu'elle devienne bonne épouse et bonne mère et qu'il découvre que son ménage ne marche pas et qu'elle va devoir travailler sans aucune qualification ; c'est encore ses deux fils qu'il marie relativement jeunes à des épouses qu'il fait venir d'Algérie, afin de maintenir tradition et autorité sur eux et de s'apercevoir que, sitôt mariés, les enfants, fils et brus, s'affranchissent de l'une et de l'autre. Voulant transmettre à ses enfants le modèle algérien dans lequel lui-même se reconnaît, il se rend compte qu'il a engendré des « étrangers ». Il ne comprend plus ses enfants qui se réfèrent au modèle français. Il les envie et les rejette à la fois.

Les émigrés sont partagés entre deux cultures, deux traditions, deux langues, deux pays différents. Les parents ont intériorisé les habitudes de l'un des pays mais vivent dans l'autre ; les enfants intériorisent les habitudes de l'autre alors que les parents leur demandent de se conformer au modèle du pays d'origine. Tout jeune Maghrébin né ou arrivé très jeune en France est soumis à une série d'injonctions paradoxales que l'on peut résumer ainsi : Deviens un homme ou une femme responsable dans la société où tu vis ; tu dois rester fidèle aux traditions de tes ancêtres, de ton pays. « Écartelé entre une modernité complexe et une tradition lointaine et inaccessible, tout jeune immigré se trouve confronté à un problème. Il est en quelque sorte l'héritier de la rupture qu'ont profondément vécue ses parents[3]. » La confrontation à un double système de référence, dont bien des éléments sont opposés, entraîne une confusion idéologique, une culpabilité latente, un malaise qu'il porte en lui, aussi bien dans son pays d'accueil que dans son pays d'origine. Dans les entretiens, les thèmes de la trahison et du reniement reviennent fréquemment. « Si les émigrés donnent l'impression qu'ils ne savent pas à quoi s'en tenir, ni où donner de la tête, c'est assurément parce que, à la manière des colonisés, ils portent en eux le produit de leur histoire, un système de référence double et contradictoire. Ayant intériorisé déjà avant leur émigration deux morales contradictoires, quotidiennement contredites par leur expérience de l'émigration, ils sont réduits à entrechoquer à propos de toutes choses des points de vue contradictoires[4]. »

L'histoire inscrit l'individu dans une solidarité, dans une communauté, dans un ensemble, qui le « socialisent ». En ce sens, il en est le produit. C'est dire que les ruptures, les antagonismes et les conflits, qui traversent l'histoire de ces groupes, sont au fondement de l'identité de ceux qui les constituent. Sayad montre que Zahoua ne peut comprendre sa propre situation qu'à condition de comprendre la situation des autres. L'analyse de ce qu'elle vit, de ce que vit son père, sa mère et chaque membre de la famille, est indissociable de l'analyse des conditions sociales de ce vécu. Au-delà des « misères » qu'endurent son père et sa mère, c'est en comprenant l'origine sociale de ces misères que Zahoua arrive à les comprendre et donc à se comprendre. « L'autoanalyse devient ici une véritable “socioanalyse”. C'est à elle que Zahoua doit, entre autres choses, d'avoir atteint à la maîtrise de sa situation et de son expérience propres, à restaurer l'intégrité d'une identité que l'épreuve de l'émigration a disloquée. Elle concourt à libérer (au moins partiellement) des contradictions multiples imposées par ce double système de référence dont on ne peut sortir[5]. »

Face à ce *double bind* social, qui confronte Zahoua à une situation paradoxale, l'analyse de la genèse sociale de ses conflits personnels et interpersonnels lui permet de passer à un niveau de métacommunication, seul moyen de sortir de cette double contrainte. Nommer les choses comme elles sont, démonter les mécanismes qui produisent ces doubles liens, comprendre la chaîne qui va de l'histoire de la colonisation à l'émigration, de l'émigration à l'histoire de sa famille et de cette histoire à la constitution de son identité, est le moyen pour Zahoua de développer sa fonction d'historicité, c'est-à-dire sa capacité à analyser et à maîtriser les éléments qui la constituent comme sujet sociohistorique.

Il y a des similitudes entre ce double mouvement contradictoire, diachronique et synchronique, qui traverse les trajectoires issues de la colonisation-émigration et la situation des enfants des paysans ou de prolétaires, qui sont confrontés à une promotion sociale importante. Les rapports de classe, comme les rapports colonisés/colonisateurs, produisent des conflits d'idéalité et d'acculturation chez ceux qu'elles traversent. Ainsi une situation sociale produite par l'histoire, partagée collectivement par un groupe d'individus, va structurer leur vécu psychologique, provoquant chez certains des conflits psychiques intenses. Dans la mesure où l'on porte « en soi » l'histoire de son groupe d'appartenance, on est traversé par les contradictions qui caractérisent l'histoire de ce groupe. La genèse sociale de certains conflits psychologiques nécessite une compréhension des mécanismes sociaux qui structurent l'existence individuelle non pas seulement de l'intérieur, ou « en soi », mais également de l'extérieur. On ne peut comprendre sa situation propre qu'en référence à la situation de l'ensemble de ceux dont on partage la condition.

Un exemple de névrose de classe

Le récit de François illustre de quelle manière les contradictions sociales (dans cet exemple les antagonismes de classe) viennent se réfracter dans un conflit psychologique pour provoquer une névrose de classe. François est un ingénieur rencontré au moment où il prépare un doctorat en économie. Étudiant brillant mais réservé, à la limite de l'inhibition, il donne l'apparence d'un jeune cadre (vingt-huit ans) bien sous tous rapports. Pourtant, ses façons d'être et ses interventions expriment une violence contenue et une révolte profonde. Il raconte son parcours à partir d'un dessin sur le thème : « L'histoire de ma vie. » Il est le fils d'un ouvrier, militant actif au Parti communiste et à la CGT pendant quarante ans. D'un côté, son père lui inculque « la haine des financiers et des bourgeois incapables » et, de l'autre, « l'admiration pour les gens intelligents qui arrivent au pouvoir », en particulier ceux qui ont fait Polytechnique. Il souhaite que son fils réussisse par les études pour montrer son intelligence et arriver au pouvoir, et en même temps il combat les bourgeois qui occupent ce pouvoir. François vit ce double message comme un dilemme insoluble. Il poursuit une scolarité à la fois brillante et difficile : il est bon en mathématique, mais il n'est jamais le premier. Pourtant, il déteste cette matière qui l'oblige à rentrer dans un cadre logique fermé, rigide, dans un « ordre établi ». Par contre, il aime le français, matière dans laquelle il a des résultats très médiocres. Incapable de se concentrer sur un sujet, il commence une phrase puis dérive sur une autre en laissant dérouler sa pensée, ce qui rend son propos désordonné et incompréhensible, se traduisant immanquablement par l'annotation « hors sujet ».

Cela ne l'empêche pas pour autant de réussir ses examens et de préparer l'entrée à Polytechnique où il échoue. Simultanément, il prend sa carte au Parti communiste.

Quelque temps plus tard, il va « entrer à Polytechnique par beau-père interposé ». Il épouse Isabelle, jeune fille de la grande bourgeoisie. Sa famille possède un appartement de seize pièces dans le VIIe arrondissement de Paris, une maison de campagne aux environs de Paris, une maison sur la Côte d'Azur et une maison à Deauville. Son beau-père polytechnicien a une situation importante. Non seulement les parents de François sont flattés par ce mariage, mais ils souhaitent que leur petit-fils (enfant d'Isabelle et de François) soit élevé par la belle-famille afin de lui donner « une bonne éducation ». François ressent douloureusement les écarts entre les deux familles. Ne pouvant proposer à sa femme « de vivre dans une cité HLM », il accepte et subit sans rien dire, mais en le vivant mal, « l'engrenage de l'appartement à Paris, des week-ends à la campagne, des vacances dans la belle-famille ». Il reproche à son père d'avoir accepté et favorisé cette situation, non seulement parce qu'il ne s'y oppose pas, mais parce qu'il l'en félicite : « Bravo mon fils, tu as réussi », dit-il à son fils, sans voir la contradiction dans laquelle celui-ci se trouve enfermé. À partir de ces quelques éléments, on voit se dégager un scénario sociopsychologique qui concourt à enfermer François dans un nœud sociopsychique de type névrotique.

François est issu d'une famille ouvrière investie dans le désir de changer l'ordre social, tout en souhaitant pour ses enfants une autre place dans cet ordre. Mais comment peut-on à la fois vouloir changer la société par la lutte des classes et changer de position dans l'ordre social par la lutte des places ?

Pour réaliser les aspirations paternelles, François va préparer Polytechnique, afin de démontrer que les ouvriers sont aussi intelligents que les bourgeois. Mais ce faisant, il passe du côté de ceux qui sont responsables de la « vie de chien » qu'ont menée ses parents. Pour exaucer le désir parental et être un objet d'amour satisfaisant, il doit devenir ce que ses parents lui ont appris à détester. Ces tensions initiales peuvent expliquer les mouvements chaotiques de la trajectoire scolaire de François : il est bon en mathématiques alors qu'il n'aime pas ça, parce que les mathématiques sont du côté de l'ordre. Toutefois, il n'est jamais le premier dans cette matière. Il est mauvais en français alors qu'il aime ça, parce qu'il se situe toujours « hors sujet », c'est-à-dire en dehors des normes qui fixent l'ordre des choses et des mots. On peut penser que se traduit là son conflit avec l'autorité et l'ordre établi qui détermine ce qui est « dans le sujet » ou « hors sujet » : être hors sujet, c'est une façon d'être remis à sa place.

François tente ainsi de montrer sa capacité d'être intelligent et de réussir, tout en gardant une liberté de pensée et d'expression qui ne se laisse pas réduire au cadre fixé par l'ordre établi. Il réussit dans les matières qu'il n'aime pas, mais échoue dans celles qu'il aime ; une façon de répondre à un projet parental contradictoire. C'est le même cheminement qui le conduira, après avoir raté l'examen d'entrée à Polytechnique, à épouser la fille d'un polytechnicien qui appartient à la grande bourgeoisie et à entrer au Parti communiste. Il réalise ainsi la double injonction de réussir Polytechnique, même si c'est « par beau-père interposé », c'est-à-dire de devenir un bourgeois, tout en manifestant sa solidarité avec sa classe d'origine, et donc avec son père, en devenant à son tour militant d'un Parti qui prône la lutte des classes. Le point essentiel qui « verrouille » en quelque sorte le réseau de contradictions dans lequel François se trouve enfermé est alors le discours paternel : « Bravo mon fils, tu as réussi. » Félicitations qui ne s'adressent pas au militant communiste, mais à l'enfant qui s'est extrait de la classe ouvrière.

Pour le père, il s'agit de la fierté de voir son fils monter dans l'échelle sociale. Pour François, il s'agit d'un double échec : échec de n'avoir pas pu réussir par lui-même ce passage mais seulement par son mariage, ce qui le rend dépendant de sa belle-famille ; échec aussi de passer du côté d'un ordre qu'il souhaiterait renverser. Les félicitations paternelles viennent renforcer sa culpabilité liée au reniement de ses origines : ce changement de classe, qui semble ainsi combler son père, est vécu par François comme une trahison. L'insupportable pour François est de voir ses parents accepter et se réjouir du fait que leur enfant se marie à l'église et que leur petit-fils est élevé « bourgeoisement ». Au point qu'ils se mettent à l'écart pour ne pas gêner la promotion de leur fils. Celui-ci est conduit à reprocher à son père d'entériner et même de reproduire l'ordre social, alors qu'il lui a appris à le combattre en luttant contre la classe « des financiers incapables qui nous gouvernent ». Reproche que François ne peut exprimer, puisqu'il est devenu un bourgeois et que son père est toujours ouvrier. Il lui faut donc refouler cette colère contre son père qui non seulement l'abandonne, mais renonce à lutter en acceptant l'invalidation de sa classe sociale. L'inscription au Parti communiste sera une tentative de réparation bien précaire, puisque François le quittera rapidement pour s'enfoncer dans un silence hostile alimenté par la lecture de Nietzsche.

À partir de ce moment, François se vit comme impuissant, dépossédé d'une partie de lui-même, incapable de réagir ; il ne peut demander à sa femme de vivre en cité HLM, alors il accepte de vivre dans l'appartement offert par sa belle-famille. Il se laisse imprégner par le confort de la vie bourgeoise que pourtant il déteste. Il entérine le retrait de ses parents dans l'éducation de son fils. Il accepte que celui-ci soit « aidé » par sa belle-famille et bénéficie des « facilités bourgeoises » que lui n'a pas eues. Sa colère explose le jour où ses beaux-parents ramènent son fils de chez le coiffeur, lui présentant l'image d'un enfant « bien coiffé », c'est-à-dire l'image d'un enfant de la bonne bourgeoisie qui lui, au moins, réussira à faire Polytechnique.

François n'arrive pas à concilier ce qu'il est comme fils d'ouvrier et ce qu'il est devenu comme père d'un « petit bourgeois » destiné à devenir un héritier de la grande bourgeoisie. Il est déchiré de l'intérieur par ce conflit qui est la traduction, au niveau psychologique, des rapports de domination entre deux classes. La culpabilité qui en découle ne se réduit pas à sa dimension œdipienne. Si la relation à son père est un des éléments essentiels du scénario que présente François, cette relation est sous-tendue par l'antagonisme entre la classe ouvrière et la bourgeoisie. Cet antagonisme conduit les parents ouvriers à souhaiter pour leur classe un renversement de l'ordre établi et pour leurs enfants une promotion, afin qu'ils passent de « l'autre côté ». Leurs enfants sont tiraillés entre cette aspiration collective de leur classe d'appartenance et l'aspiration individuelle de réussite sociale : vaut-il mieux changer l'ordre des places ou sa place dans l'ordre établi ? Leur réussite individuelle les confronte à une rupture de solidarité par rapport à leurs origines sociales. Rupture d'autant plus importante qu'elle se traduit à différents niveaux. Le passage d'un milieu populaire à un milieu bourgeois nécessite l'acquisition d'habitus nouveaux, d'un langage, de pratiques qui introduisent une distance entre les façons de faire, de penser et d'être des parents et des enfants. Cette distance sociale entraîne une distance affective. Les parents ont le sentiment d'être en face d'un étranger qu'ils ne comprennent plus. Les enfants se sentent à la fois redevables des efforts que leurs parents ont accomplis pour assurer leur réussite et en même temps ne savent pas comment en partager les fruits. Situation propice aux malentendus, à l'humiliation et à la culpabilité, qui rendent difficile la communication et favorisent l'éloignement affectif. Pour François, le fait que son père accepte et entérine cet éloignement est à la fois une preuve d'amour, puisque c'est la condition pour permettre la réussite de son fils, et une trahison des idéaux et des valeurs dont il est porteur. L'amour recouvrant la trahison, François ne peut reprocher celle-là sans reconnaître celui-ci. Il ne peut que se sentir coupable de répondre par la colère à l'amour ainsi prodigué. En se réfugiant dans le silence, il se coupe un peu plus de ses deux familles, inconciliables.

L'individu produit par l'histoire

Les exemples de Zahoua et de François illustrent l'hypothèse selon laquelle l'individu est le « produit » d'une histoire. La trajectoire personnelle est marquée par les conflits familiaux, eux-mêmes traversés par les contradictions de l'histoire sociale. La colonisation et l'émigration algérienne pour Zahoua, les rapports entre la bourgeoisie et la classe ouvrière pour François. L'injonction paradoxale à laquelle ils sont chacun confrontés ne tient pas à une structure psychotique de leurs parents respectifs. Les conflits auxquels ils ont à faire face ne sont pas purement psychologiques, puisqu'ils sont liés aux contradictions qui caractérisent l'histoire de leur groupe d'appartenance. Leur « psychologie » est donc pour une part la résultante d'un processus historique, qui a produit la situation sociale à laquelle ils ont été confrontés. L'histoire est « agissante », dans la mesure où elle conditionne les comportements, les façons d'être, les attitudes et la personnalité des différents membres d'une famille. Comprendre en quoi cette histoire est agissante rend nécessaire l'analyse de la genèse sociale des conflits psychologiques, c'est-à-dire des mécanismes sociaux qui structurent l'existence individuelle, non pas seulement de l'intérieur, ou « en soi », mais également de l'extérieur, parce que les situations de Zahoua ou de François ne peuvent être comprises qu'en référence à leur mode d'insertion sociale.

La psychanalyse aborde ce problème en montrant la permanence du passé dans l'inconscient. Pour l'inconscient, l'histoire est constamment actualisée. C'est le sens de l'expression « l'inconscient n'a pas d'histoire », qui situe le fonctionnement psychique dans le registre de la condensation et du déplacement : dans l'ordre psychique la réversibilité est possible. Les événements lointains ressurgissent de l'inconscient sous forme d'émotions, d'affects, de sentiments, de désirs. Freud nous montre que le passé se perpétue dans la vie psychique : « Rien de ce qui s'est formé dans la vie de l'âme ne peut disparaître, que tout reste conservé d'une manière ou d'une autre et peut réapparaître dans des circonstances particulières[6] […] ». Freud compare la construction de l'identité à la construction d'une ville qui se fait par strates successives, chacune d'elles préfigurant la suivante qui vient pourtant la recouvrir, l'appareil psychique maintenant « la survivance de l'état primitif, à côté de l'état transformé qui en dérive ».

L'identité se forme à partir d'identifications successives. L'individu garde en lui ses relations antérieures et en premier lieu les liens avec son père et sa mère qui l'ont amené à se constituer dans l'imitation et la répétition pour accéder au monde du désir. Mais la plupart des travaux d'inspiration psychanalytique mettent essentiellement l'accent sur les qualités psychologiques, alors que l'identification concerne également les aspects, les propriétés et les attributs sociaux des personnes prises comme supports de ce processus. En traitant ce problème indépendamment de l'analyse des rapports sociaux et de la position sociale qu'occupent les individus, on limite l'influence de l'histoire dans la constitution de l'appareil psychique à la sphère des relations intrafamiliales sur une ou deux générations. On s'interdit par là même d'analyser dans quelle mesure les enjeux sociaux de l'histoire familiale traversent l'individu, influencent l'histoire personnelle, façonnent ses façons de penser et d'être, agissent sur ses choix existentiels. Considérer ces phénomènes exclusivement dans leurs effets psychiques conduit à autonomiser l'appareil psychique comme étant du ressort de la « personnalité » et donc de faire de chaque individu « le moteur » de l'histoire, alors qu'il n'en est qu'un des rouages. On tend ainsi à réduire l'incidence du passé aux premières relations infantiles et à autonomiser radicalement la vie psychique du champ social. « Il s'est établi un consensus pour faire de l'enfant par rapport à l'homme et de l'enfant dans chaque homme, la clef de son destin personnel et le principe explicatif essentiel de son histoire[7]. »

Ce consensus reste dominant dans la majorité des théories psychologiques actuellement à l'œuvre dans la clinique. Du moins celles qui considèrent que les relations nouées dans l'enfance déterminent le destin d'un individu. Si l'on considère que le destin d'un individu est déterminé par l'histoire, celle-ci n'est pas réductible à l'histoire des relations affectives entre l'enfant et les adultes qui l'ont entouré pour suivre ses premiers apprentissages. Ces relations sont elles-mêmes portées par une série de rapports qui les déterminent. Elles sont porteuses d'enjeux non seulement affectifs mais également idéologiques, culturels, sociaux et économiques, chacun de ces niveaux ne pouvant être dissocié des autres, dans la mesure où c'est leur intrication qui produit la structure de programmation, le système d'habitus, le cadre référentiel sur lesquels l'enfant va construire sa propre histoire. Même les approches psychologiques, qui ne nient pas l'impact de l'histoire sociale sur les destinées personnelles, le posent en extériorité comme un élément qui ne concernerait pas directement la formation et le fonctionnement de la psyché, le moi étant en quelque sorte positionné en médiation entre l'intérieur, qui serait du ressort de la psychologie, et l'extérieur, du ressort de la sociologie.

L'opposition des approches psychologiques et sociologiques, les débats sur les rapports entre l'individu et la société, entre le mental et le social, ont conduit à imposer une conception de l'homme qui se débattrait sur deux scènes indépendantes : une « intérieure » où se jouent les affects, les fantasmes, les représentations, les émotions, les sentiments (là où l'individu tend à construire sa subjectivité) ; une « extérieure » où se jouent les rapports sociaux, les enjeux économiques, culturels, professionnels, financiers, où l'individu serait conditionné par des conditions « objectives ». En fait, la vie est une pièce qui se joue sur une seule scène. S'il y a une « autre scène », métaphorique et symbolique, les « représentations » qui s'y jouent et la machinerie qui sert de support concret à sa réalisation sont l'expression de la scène existentielle où se jouent les rapports sociaux. L'« autre scène » n'en est pas une à part, fonctionnant indépendamment du champ social sur lequel ses tréteaux sont posés. Comprendre le poids de l'histoire en soi, c'est comprendre l'articulation entre son histoire personnelle et l'histoire sociale dans laquelle elle s'inscrit.

L'un des participants à un stage « Roman familial et trajectoire sociale » décrivait ces connexions en ces termes : « Je commençais à réaliser que ma situation psychologique personnelle n'était pas séparable de la situation socioéconomique de ma famille, que les mécanismes d'identification jouent aussi sur un mode social, et que ce n'est pas simplement une affaire de complexe d'Œdipe "qui coince". En fait, c'est une approche originale qui m'a permis de réaliser pleinement que j'étais, bien sûr, le fils de mon père et de ma mère, mais que j'étais aussi le fils d'un paysan devenu manœuvre et d'une domestique devenue laveuse et mère de famille… et que ce vécu social était intrinsèquement lié à l'histoire de mes relations infantiles[8]. » Ce témoignage, comme ceux de Zahoua et de François, met l'accent sur la dimension sociopsychologique du poids de l'histoire. C'est toute l'expérience biographique d'un individu qui marque son développement, le constituant comme un être psycho-socio-historique.

Wilhelm Reich avait saisi ce problème lorsqu'il écrivait que la psychanalyse permettait de saisir en quoi les pulsions sadiques d'un individu l'amenaient à devenir boucher, chirurgien ou détective, mais que c'était avant tout « la position économique d'un individu qui lui fera sublimer son sadisme comme boucher, comme chirurgien ou comme détective[9] ». Il indiquait par là que toute pulsion est socialisée d'une « certaine façon » et que les destins personnels sont le résultat d'une combinaison entre les processus psychiques et les processus sociaux.

L'individu est au départ un héritier. L'emploi qu'il occupe, les études qu'il « choisit », le conjoint qu'il épouse, le logement qu'il habite, le mode de vie qui le caractérise, les idéologies qu'il défend sont le produit de son expérience biographique qui s'inscrit dans la *succession*. C'est en ce sens que l'histoire permet de comprendre comment chacun de nous est appelé à occuper telle ou telle position sociale. Ce que l'on appelle la « destinée » n'est que l'expression de ce à quoi on a été destiné par ceux qui nous précèdent. Daniel Bertaux montre que les familles de fonctionnaires produisent des fonctionnaires, les familles capitalistes des capitalistes, les familles ouvrières des ouvriers, les familles de cadres des cadres[10]. Claude Thélot montre que les choix professionnels, conjugaux, familiaux et idéologiques sont déterminés par la lignée[11]. Ces deux auteurs illustrent statistiquement l'impact objectif de l'histoire familiale sur les trajectoires de ses membres. La notion d'incorporation des habitus proposée par Pierre Bourdieu permet de saisir un aspect essentiel du poids de l'histoire dans la construction de l'identité.

L'habitus est le produit de toute l'expérience biographique d'un individu, le résultat d'un ensemble de pratiques qui se sont constituées au fil des jours, ont été capitalisées en fonction de leur pertinence, c'est-à-dire de leur capacité à apporter des réponses aux conditions concrètes d'existence à un moment donné[12]. Ils se transmettent de génération en génération tout en s'adaptant en permanence aux nouvelles conditions d'existence. Ce sont des « sortes de programmes historiquement montés » qui indiquent à l'individu des manières d'être et de se comporter dans les situations sociales. « L'histoire à l'état incorporé s'exprime par les habitus, produit d'une acquisition historique, qui permet l'appropriation de l'acquis historique », écrit Bourdieu. Ce travail d'inculcation et d'intériorisation aboutit à ce que l'habitus fasse partie intégrante de l'individu. C'est un processus largement inconscient, dans la mesure où les conditions sociales de production des habitus sont occultées, niées, oubliées. Les habitus incorporés sont perçus comme étant de l'ordre de la nature, de l'inné, sorte de « don du ciel » détaché de son origine concrète. Ce système de dispositions s'inscrit dans le corps et dans le psychisme, dans les manières de parler, de se déplacer, de marcher, de se tenir, et caractérise l'ensemble des attitudes et des conduites de l'individu. L'habitus est un programme autocorrectible. Il peut générer de nouvelles pratiques adaptées à la fois au système de dispositions antérieures et aux nouvelles conditions d'existence. Son adaptabilité est inscrite dans ses conditions de production. Certains milieux génèrent des habitus rigides (milieux conservateurs ou « décadents » qui ont du mal à reproduire les conditions de leur reproduction), alors que d'autres, au contraire, ont une capacité très grande à produire des habitus qui vont dans le « sens de l'histoire ». C'est une sorte de machine transformative qui conduit chacun à reproduire les conduites sociales de sa propre production.

Cette approche permet de pointer une autre dimension des processus inconscients que la psychanalyse laisse dans l'ombre : l'ensemble des conditions sociales de production d'un individu.

En d'autres termes, l'inconscient « n'est jamais en effet que l'oubli de l'histoire que l'histoire elle-même produit en réalisant les structures objectives qu'elle engendre dans ces quasi-natures que sont les habitus. Histoire incorporée, faite nature, et par là oubliée en tant que telle, l'habitus est la présence agissante de tout le passé dont il est le produit[13] ». Cette thèse est le prolongement de ce qu'avançait déjà Émile Durkheim lorsqu'il écrivait : « En chacun de nous, suivant des proportions variables, il y a de l'homme d'hier ; c'est même l'homme d'hier, qui, par la force des choses, est prédominant en nous, puisque le présent n'est que bien peu de chose comparé à ce long passé au cours duquel nous nous sommes formés et dont nous résultons. Seulement, cet homme du passé, nous ne le sentons pas, parce qu'il est invétéré en nous ; il forme la partie inconsciente de nous-mêmes[14]. »

La thèse de Bourdieu présente un *Homo sociologicus* qui apparaît comme un producteur actif de classification et de dispositions adaptées à la position occupée dans un ordre : « Les agents sociaux que le sociologue classe sont producteurs non seulement d'actes classables mais aussi d'actes de classement qui sont eux-mêmes classés[15]. » Il nous décrit un univers dans lequel chaque classe reproduit des schémas de distinction et d'opposition qui se répètent. Si la notion d'habitus permet d'identifier en quoi le poids de l'histoire incorporée est facteur de reproduction sociale en produisant des habitudes et des « personnalités » conformes et adaptées aux modèles culturels véhiculés par chaque groupe social, on ne voit pas à l'œuvre les différents processus de médiation qui, de l'individu au groupe, des groupes aux classes et des classes à la société, fondent la dynamique sociale et permettent de comprendre l'histoire comme un mouvement. Bourdieu décrit l'individu comme agi inconsciemment par des manières d'être et de penser, reflets de sa position sociale. Les processus psychologiques ne sont alors que des courroies de transmission des habitus. Le travail des pulsions et du désir est déterminé de l'extérieur par un système d'aspirations. Les questions du sujet, de la conscience et de la parole sont renvoyées aux idéalistes et aux phénoménologues. Les contradictions intrapsychiques ne sont que de l'extériorité intériorisée. En définissant l'habitus comme structure structurante, Bourdieu réifie le travail de l'histoire. Il montre en quoi le poids du passé inscrit chaque individu dans la logique de la reproduction sociale, mais il ne permet pas de saisir le travail de réécriture que le sujet effectue, afin de transformer la façon dont l'histoire agit en lui.

Les limites de l'approche de Bourdieu ne doivent pas pour autant masquer l'intérêt de la notion d'habitus qui permet d'identifier le travail de l'histoire à l'état incorporé. Le poids de l'histoire tend à réduire le possible au probable. Il permet de saisir ainsi un processus sociologique qui contribue à ce que les individus façonnent leurs comportements et leurs attitudes sur l'avenir probable, tel qu'il s'inscrit objectivement dans l'ordre établi, concourant ainsi à sa reproduction. Ces processus sociaux sont « agissants » au sens où Freud parlait du transfert. Ils dominent toutes les relations d'une personne donnée avec son entourage humain et ils agissent avec d'autant plus de force qu'on se doute moins de leur existence. Que l'on rejette ou que l'on accepte son passé, il nous colle à la peau, il est notre peau. Plus l'individu tend à ignorer qu'il est le produit d'une histoire, plus il en est le prisonnier.

Cette discussion critique des thèses de Freud et de Bourdieu met en évidence une différence radicale quant au statut de l'histoire dans le fonctionnement social et dans le fonctionnement psychique. Pour le sociologue qui analyse la permanence de l'histoire dans le présent, la chronologie est une référence indépassable. L'antériorité d'un événement lui confère un statut particulier dans la mesure où le présent est le produit de l'histoire. L'inverse n'est jamais vrai, sauf à considérer que l'observateur est amené à analyser l'histoire en fonction du présent. En ce sens, l'histoire est irréversible et ce qui s'est passé est la forme définitive du réel. Dans le registre psychique, cette loi d'irréversibilité est loin d'être évidente : « Le psychisme humain est le seul système qui puisse se déplacer sur l'axe du temps dans les deux sens ; cette totale réversibilité est au cœur même de son existence[16]. » C'est dire que dans le registre psychique, rien n'est jamais acquis. Dans le développement de la personne, les éléments d'une structure peuvent être modifiés et réorganisés à un stade ultérieur. À chaque niveau de l'évolution de l'appareil psychique, les éléments associés dans une structure « sont réinterprétés, trouvent un nouveau sens et surtout une nouvelle fonction dans la structure suivante ». Cette singularité du fonctionnement psychique est au fondement de la capacité de l'homme à changer. On ne peut changer l'histoire, ce qui est passé est passé. La seule chose que l'on peut changer, c'est son rapport à l'histoire, c'est-à-dire la façon dont elle est agissante en nous.

2

De l'Histoire à l'historicité

> L'important n'est pas ce qu'on a fait de l'homme, mais ce qu'il fait de ce qu'on a fait de lui.
>
> Jean-Paul SARTRE

Si l'histoire incline nos destinées, elle ne les décide pas. Lorsque nous disons qu'elle est agissante, cela ne signifie pas pour autant que l'individu ne peut agir que d'une certaine façon. Identifier des déterminismes permet de comprendre « ce qui est », la façon dont les « choix » d'un individu sont conditionnés par l'histoire. Mais il ne s'agit pas de s'enfermer dans une conception mécaniste, au sens où le devenir probable n'est qu'un aspect du devenir possible, le « réalisé » n'est qu'une des formes du « réalisable ». Pointer en quoi l'identité est déterminée par la position de l'individu dans la structure de classe ou par la chaîne d'ADN qui le caractérise n'aliène en rien sa singularité. Dire que l'individu est produit par son histoire, c'est aussi prendre en compte la singularité en tant que chaque histoire est différente, bien que s'inscrivant dans une histoire commune. Si l'histoire fait de l'homme un individu programmé, cet individu garde la capacité de modifier cette programmation, d'opérer une réécriture. Prendre conscience de la façon dont ses « choix » sont conditionnés par l'histoire peut amener l'individu à les modifier, en comprenant dans quelle mesure il a été en quelque sorte « obligé » de se conduire de telle façon.

L'historicité individuelle

Chaque individu a la possibilité d'agir sur lui-même, d'opérer un travail sur ce qu'il est, de se construire une personnalité, d'advenir en tant que sujet. L'historicité s'inscrit dans cette capacité de distanciation de l'individu face à son histoire, dans le travail qu'il effectue pour en modifier le sens, pour tenter de s'inventer une existence propre, dans la possibilité d'abandonner des habitus impropres et d'en acquérir d'autres pour faire face à des situations nouvelles. L'historicité est un concept phénoménologique développé par Heidegger et Husserl. Dans *Être et temps*, Martin Heidegger écrit : « Alors l'histoire ne veut pas dire "le passé", au sens de ce qui est écoulé, mais ce qui *advient*. Ce qui "a une histoire" est en relation avec un devenir [...] ce qui ainsi "a une histoire" peut en même temps en "faire" une [...][1]. »

Cette conception dynamique de l'histoire met l'accent sur le rapport entre ce qui s'est passé et ce qui peut advenir. C'est le fait d'« avoir » une histoire qui permet d'en « faire » une. *A contrario*, on constate que « ce qui n'a pas d'histoire » ne peut en faire une. Lorsqu'on vole tout ou partie de son histoire à un individu, on le mutile d'une partie de lui-même : ne pas savoir d'où il vient ne lui permet pas de savoir « qui » il est. Il existe un lien étroit entre la capacité de l'individu d'intégrer son histoire et ses possibilités d'investir dans l'avenir. L'expérience clinique montre que l'histoire doit être complètement transmise à l'enfant pour qu'il puisse se constituer comme sujet. On sait que les enfants de l'Assistance publique, qui ont été abandonnés et qui n'ont pas la connaissance de leur histoire, c'est-à-dire de l'histoire dont ils sont le produit, ont de grandes difficultés à se positionner dans un devenir. Cette incertitude quant à leurs origines se traduit par une activité fantasmatique intense qui leur permet de se construire une histoire : c'est le sens du « roman familial[2] ». Nous rencontrons souvent chez des personnes qui refusent leur histoire ou qui ont des doutes sur leur origine réelle une difficulté de vivre leur propre existence. On peut comprendre que le fait de ne pas connaître ce qui s'est passé empêche l'individu de répondre à la question « Qui je suis ? », et en conséquence de développer sa fonction d'historicité. « Certains patients souffrent de ne pas avoir d'histoire. Ils peuvent certes, dans leur biographie, distinguer la succession des événements et décrire la façon dont ils se groupent entre eux, mais il leur manque l'expérience et la représentation d'un processus intérieurement cohérent de leur être et de leur devenir qui soit fonction d'un continuum personnel… “Avoir une histoire”, ou “vivre une histoire” présuppose vécu et réalisation de la cohérence du devenir. En revanche, prendre conscience de son propre épanouissement dans le temps peut permettre au sujet de percevoir l'historicité de son existence et l'inciter à un effort toujours renouvelé pour saisir et interpréter sa propre histoire[3]. »

L'historicité désigne la capacité d'un individu d'intégrer son histoire mais aussi d'intégrer l'Histoire afin, d'une part, de la comprendre, de l'identifier, ce qui peut le conduire à reconnaître, donc à modifier la façon dont cette histoire est agissante en lui ; et d'autre part, de mettre en place des stratégies sociales pertinentes par rapport à l'évolution de la société, travail d'adaptation aux changements culturels et socioéconomiques. L'approche de la psychanalyse existentielle de Jean-Paul Sartre n'est pas très éloignée de notre propos, lorsqu'il parle du sujet qui *s'historialise*, qui opère un changement dans son rapport au monde pour se « constituer comme un soi-même[4] ». Il s'inscrit en continuité de l'approche phénoménologique (Husserl, Heidegger), qui considère l'individu comme une intentionnalité ouverte ou une temporalité qui se temporalise comme avenir. C'est cette caractéristique « ouverte » qui explique la dialectique de l'historicité entre « nous devenons ce que nous sommes » et « nous sommes ce que nous devenons ». En conséquence, « nous n'avons pas de signification assignable une fois pour toutes, mais de la signification en cours, et c'est pourquoi notre avenir est relativement indéterminé, pourquoi notre comportement est relativement imprévisible pour le psychologue, pourquoi nous sommes libres[5] ».

L'homme n'est pas seulement dans l'histoire, il est porteur de l'histoire dont il cherche la signification. « Il y a histoire parce que les hommes sont ensemble, non pas comme des subjectivités moléculaires et closes qui s'additionnent, mais au contraire comme des êtres projetés vers autrui comme vers l'instrument de leur propre vérité. Il y a donc un sens de l'histoire qui est le sens que les hommes en vivant donnent à leur histoire[6]. » Ce mouvement de l'historicité permet d'expliquer pourquoi dans les mêmes conditions objectives d'existence viennent se greffer des prises de conscience variables, ce que Sartre nommait la possibilité d'un « décollement ».

L'histoire n'a pas « un » sens mais « du » sens. Le sens d'une histoire est donc à la fois objectif et subjectif, c'est-à-dire nécessaire et contingent.

L'historicité collective

La compréhension du rapport que chaque individu entretient avec sa propre histoire nécessite une analyse du système social dans lequel il se trouve et de la place qu'il y occupe. L'individu est toujours inclus dans un champ de déterminations sociales qui conditionnent ses conduites et ses représentations, et qui le constitue comme sujet social-historique. Il y a une correspondance étroite entre l'historicité individuelle, par laquelle l'individu tend à se constituer comme sujet de son histoire personnelle, et l'historicité collective, c'est-à-dire les processus par lesquels une société effectue un travail sur elle-même afin de maîtriser ses propres transformations.

Alain Touraine nomme historicité l'action que « la société exerce sur elle-même par l'investissement, la connaissance et la représentation qu'elle se forme de la créativité[7] ». Cette action continuelle développe une confrontation des modèles culturels, des interprétations du passé, du présent et du devenir : « La distance entre la production de la société et sa reproduction brise la pure synchronie, donne un sens au temps, oblige à distinguer aujourd'hui et demain[8]. » La transformation de la société par elle-même est une action, un travail qui se développent dans un « jeu » entre la reproduction et la production, entre l'ordre et le mouvement, entre les limites que la société s'assigne par son modèle culturel, son type d'accumulation, ses modèles de connaissance, et les ouvertures qu'elle produit par ses déséquilibres internes : « Toute société est dominée par la liaison et la tension de son être. Le système d'action historique (est) le drame qu'elle joue avec elle-même du fait que la capacité symbolique de l'homme lui permet d'agir sur soi, de travailler sur son travail et sur son être[9]. » Apparaît ici le lien entre l'historicité comme concept sociologique, qui désigne l'ensemble des processus par lesquels une société produit son histoire, et comme concept psychologique, qui rend compte de la capacité de l'homme à produire des médiations symboliques dans son rapport avec lui-même et au monde. Le passage du niveau individuel au niveau collectif permet d'introduire un élément essentiel de la dynamique sociale qui conditionne l'historicité individuelle : « Cette distance de soi à soi et cette emprise de soi sur soi ne peuvent pas être séparées d'une division de la société en *classes*. La société comme communauté ne peut gérer cet arrachement, et cette emprise n'est pas celle du tout sur lui-même. D'où l'opposition entre une classe dirigeante qui gère l'historicité, mais aussi qui se l'approprie, et une classe populaire qui se défend contre cette domination et qui en appelle aussi à l'historicité contre les intérêts privés qui la confisquent[10]. »

L'historicité est l'enjeu majeur des antagonismes de classes : la classe dirigeante devient une classe dominante dans la mesure où elle impose son modèle culturel et ses orientations à l'ensemble de la société. C'est dire qu'elle gère l'historicité en fonction de ses propres intérêts. Les autres classes sont alors en position dominée, ce qui se traduit, soit par des positions défensives (en termes de défense d'intérêts particuliers face aux effets de la domination), soit par des positions offensives contre les intérêts de la classe dominante. Les rapports de classes sont en conséquence des rapports ouverts :

ils ne peuvent être considérés comme de simples rapports d'interactions à l'intérieur d'un système, dans la mesure où il faudrait alors postuler l'existence d'un Tout qui régulerait les rapports entre les parties ; ce sont des rapports de force, des relations de pouvoir dans lesquels aucun équilibre « normal » n'est concevable.

Cette conception dynamique, ouverte et conflictuelle de l'historicité, permet de mieux comprendre qu'il existe un lien étroit entre le positionnement de base de chaque individu, sa vision du monde et sa classe d'appartenance. Les individus qui « appartiennent » à la classe dirigeante, ou en proximité, vivent une congruence forte entre ce qu'ils sont comme héritiers, la fonction sociale de classe qui leur est assignée et la position occupée dans le système de distribution anthroponomique[11]. Leur identité sociale n'est pas *a priori* conflictuelle : ils participent à l'historicité en s'identifiant au devenir de la société. Ils n'ont aucune raison de dissocier ce qui tient à la production et la reproduction de l'ordre social et ce qui tient à la défense de leur position dans cet ordre. Il n'en va pas de même pour ceux qui appartiennent aux autres classes, pour lesquels il y a un écart, et pour certains un antagonisme, entre leurs intérêts individuels et leurs intérêts de classe. Ils sont alors confrontés à deux stratégies contradictoires : lutter pour changer leur place dans l'ordre existant ou lutter pour changer l'ordre des places. Au niveau individuel, l'historicité peut les amener à changer de position dans le système de classe, alors qu'au niveau collectif, l'historicité les conduit à transformer le rapport entre les classes sociales.

Pour comprendre l'historicité à l'œuvre dans les trajectoires sociales, il convient d'analyser les mécanismes de production sociale des individus, la façon dont le social-historique est présent dans l'histoire individuelle. Nous rejoignons ici Cornelius Castoriadis qui écrit : « Une interprétation psychanalytique devrait pouvoir rendre compte de ce qui rend capable un individu d'assumer plus ou moins sa situation effective, qui est bien entendu toujours une situation sociale. Il ne peut y avoir de société capitaliste à moins que des capitalistes et des prolétaires ne soient reproduits quotidiennement en millions d'exemplaires par le fonctionnement social, là même où ce fonctionnement ne produisait, il y a à peine un siècle, que des semi-féodaux et des paysans. Les processus psychogénétiques rendant les individus capables d'assumer les situations de capitalistes et de prolétaires ont une importance décisive, ils sont une des conditions d'existence du système capitaliste [...]. Ces processus sont irréductibles à des processus purement sociaux ; mais aussi bien ils présupposent logiquement et réellement ces derniers, puisqu'il s'agit en l'occurrence de former l'individu comme capitaliste ou prolétaire, et non pas comme seigneur, praticien ou prêtre d'Amon-Râ. Rien dans la psyché comme telle ne peut produire ces significations. Le mode d'être de ces significations comme instituées. Aucune composante constitutionnelle, aberration de formation, vicariance de l'objet de la pulsion ou perversité des parents, ne pouvait préformer, à Athènes ou à Rome, un enfant à devenir président de la General Motors ; aucune ne peut aujourd'hui, à Paris ou à New York, le préformer à être prêtre ou chaman sauf pour autant qu'elle en ferait un psychotique et que le contenu du délire psychotique peut utiliser les significations historiquement disponibles[12]. » Il convient donc de relativiser la part individuelle de l'historicité. L'individu est d'abord un produit de l'histoire sociale, inscrit dans un ordre déjà constitué, et cette histoire détermine la façon dont il va se positionner en tant qu'agent d'historicité.

La majorité des perspectives psychosociologiques sont critiquables lorsqu'elles n'intègrent pas l'analyse des processus sociaux qui contribuent à produire l'identité individuelle. Inversement, les approches sociologiques analysent la structure des scénarios et les régularités objectives qui conditionnent les trajectoires sociales, mais elles ne rendent pas compte de la façon dont ces éléments font écho dans l'organisation psychique et des conflits qu'ils engendrent. Les tentatives de construction d'une métathéorie englobant dans un ensemble ces différentes approches nous semblent vaines, parce qu'il s'agit de phénomènes qui obéissent à des lois de fonctionnement de nature différente. Ils ont chacun une logique propre qu'il convient d'étudier comme telle, avec des méthodes et des concepts appropriés. Cela implique de ne pas chercher à soumettre la compréhension des processus psychiques aux mécanismes qui régissent les processus sociaux ou inversement.

Entre Freud et Bourdieu, il y a une coupure épistémologique, une incompatibilité radicale. Le premier considère la sociologie comme un appendice de la psychologie, parce qu'il étudie le social à travers son inscription dans la psyché : « La sociologie ne peut être autre chose que de la psychologie appliquée[13] », écrit-il dans un texte à la fin de son existence. Le second considère la psychologie comme « une morale caractéristique de la petite bourgeoisie nouvelle qui y voit un moyen de s'arracher à la force d'attraction du champ social de gravitation[14] ». Il y a là, de part et d'autre, une attitude impérialiste qui réduit artificiellement la compréhension de la complexité des processus psychosociologiques. Cela n'invalide pas pour autant la pertinence de leurs analyses respectives. Le problème qui se pose est alors de construire une problématique qui prenne en compte les acquis de l'un sur l'analyse des processus psychiques et de l'autre sur les processus sociaux pour comprendre leur mode d'articulation. Pour ce faire, il convient de procéder à un double mouvement. L'un part d'une analyse du champ social et de ses évolutions, afin de situer les problèmes rencontrés par les individus confrontés au déplacement et de comprendre dans quelle mesure le contexte social surdétermine les conflits qu'ils vivent. L'autre part d'une analyse des troubles psychiques vécus par des individus déplacés, tels qu'ils peuvent en rendre compte dans une parole sur leur propre histoire.

L'analyse du projet parental, élément central du processus de constitution de l'identité, va nous permettre d'illustrer ce double mouvement.

3

Le projet parental

Je devais être professeur à la Sorbonne. C'était le projet de mon père qu'il n'avait pu réaliser. Je devais le réaliser à sa place. J'avais une sorte de dette à son égard.

Raymond ARON

Ne sois pas un raté comme ton grand-père.

Michel M.

La famille est le lieu privilégié du travail d'incorporation de l'histoire et de la fabrication des « héritiers ». L'héritage opère comme structure de transmission qui situe le cadre dans lequel chaque enfant est inscrit. Le projet parental véhicule l'ensemble des représentations et des projections que les parents se font de l'avenir de leurs enfants. Les parents désirent que leurs fils et leurs filles se conforment à l'image qu'ils projettent en eux ; ils leur proposent des buts à atteindre, des aspirations à réaliser, des objectifs de vie. La notion de « projet parental » rend compte de l'intrication de ces trois aspects : un but à atteindre, une injonction à réaliser leurs rêves et une projection, c'est-à-dire le fait d'attribuer à l'autre ce qui vient de soi.

Comme élément qui « projette » l'enfant dans un devenir, le projet parental donne une impulsion qui conditionnera sa trajectoire ultérieure. Comme élément de projection dans l'enfant, il l'assigne à perpétuer le rapport des parents à leur propre avenir. Le projet parental fonctionne en quelque sorte comme une « courroie de transmission » de l'histoire[1].

Genèse sociopsychologique du projet parental

Le projet parental est l'expression du désir des parents pour l'enfant : « Si l'on considère l'attitude des parents faisant preuve de tendresse à l'égard de leurs enfants, il faut la reconnaître comme une réanimation et une reproduction de leur propre narcissisme[2]. » L'enfant est ainsi investi de l'amour que les parents portent à l'enfant imaginaire qu'ils ont au plus profond d'eux-mêmes. Ils identifient cet enfant idéal à l'enfant de chair qu'ils ont produit, en projetant sur lui toutes les qualités qu'ils souhaitent à leur propre moi. Ils l'investissent de la mission de réaliser les désirs qu'ils n'ont pu eux-mêmes satisfaire. Le projet parental est en quelque sorte un « modèle déposé » en chaque enfant.

Les rapports entre les parents et les enfants sont structurés par un double processus d'identification : identification des parents à l'enfant imaginaire qu'ils portent en eux et qu'ils présentent comme le modèle auquel il convient de ressembler ; identification de l'enfant à ses parents comme modèle d'adulte, de « grandes personnes » qu'il cherche à imiter. Ce double mouvement situe l'enfant dans la trame générationnelle de l'histoire familiale puisqu'il se perpétue à chaque nouvelle génération : dans leurs rapports à leurs enfants, les parents réactualisent ce qu'ils ont vécu avec leurs propres parents, qui deviennent alors des « grands-parents ». Dans le projet parental se retrouve le rapport du père et de la mère au désir de leurs propres parents pour eux-mêmes. Dans le travail clinique, il apparaît fréquemment des situations où l'enfant reprend à son compte le désir d'un des grands-parents non saturé par sa mère ou son père[3].

Ces enchaînements du désir ne décrivent pas seulement un processus psychodynamique. Le projet parental est à la fois l'expression des désirs conscients et inconscients des géniteurs sur leur progéniture, mais également un *projet social* porteur des aspirations du milieu familial et culturel, aspirations conditionnées par le contexte social qui favorise ou empêche leur réalisation. Il correspond à un ensemble sociopsychologique qui recouvre plusieurs niveaux :

– un niveau intrapsychique inconscient qui renvoie à la constitution première de l'idéalité. Au croisement du narcissisme primaire et de la recherche de la toute-puissance, l'idéal du moi canalise les pulsions vers la recherche d'un absolu ;

– un niveau affectif plus ou moins conscient qui conduit l'individu à se développer par identification et différenciation successives, en imitant les personnes aimées et en aimant celles qui correspondent au modèle idéal intériorisé ;

– un niveau idéologique qui conduit l'enfant à reprendre à son compte les valeurs, les normes et l'éthos des personnages qui lui sont présentés comme modèles d'identification, et à rejeter celles qui lui sont présentées comme des antimodèles ;

– un niveau sociologique dans la mesure où ces idéaux et ces valeurs se nourrissent des idéaux collectifs, des modèles de réussite sociale, de références éthiques véhiculées par l'investissement dans la religion, la politique, les engagements sociaux de la famille et dans des pratiques auxquelles l'enfant est amené à participer et à adhérer.

Le projet parental prend sa source dans la généalogie. Il est l'expression des projets des générations précédentes, du groupe familial qui le produit. Il en est une expression constamment actualisée, dans la mesure où les aspirations qu'il véhicule doivent se modifier en fonction de leurs conditions objectives de réalisation. Or celles-ci dépendent à la fois de la position sociale que les parents occupent et du rapport qu'ils entretiennent à cette position : on sait que le niveau d'aspiration scolaire et professionnel des enfants est déterminé par le niveau auquel les parents sont arrivés. Des parents agriculteurs peuvent désirer que leurs enfants deviennent instituteurs, alors que des parents instituteurs souhaiteraient qu'ils deviennent professeurs. Ce schéma classique doit être nuancé en fonction de l'évolution du contexte social qui produit des modifications entre le statut professionnel et le statut social en l'espace d'une génération : le statut d'instituteur très valorisé socialement jusque dans les années 1950 n'a plus la même connotation aujourd'hui.

Le projet parental s'ajuste aux conditions sociales d'existence auxquelles sont confrontés les parents dans leur propre trajectoire. Il traduit en particulier leurs stratégies de promotion sociale ou leurs craintes de descension. Il convient donc de référer le projet parental non seulement à la situation sociale des parents, dans la mesure où le projet véhicule les habitus, les valeurs et les normes de leur classe d'appartenance, mais aussi à leur histoire, elle-même produit de l'histoire familiale, afin d'en saisir la dynamique interne et en particulier les contradictions qui vont être agissantes dans le devenir de l'enfant. C'est parce que le père de Zahoua et le père de François sont en contradiction entre leurs solidarités originaires et leurs aspirations d'intégration pour l'un et de promotion pour l'autre, qu'ils transmettent des messages contradictoires.

Contradictions du projet parental

Le projet parental est rarement monolithique et univoque, il est traversé par une série de contradictions, plus ou moins antagonistes, auxquelles l'enfant se trouve confronté.

Du côté des parents sont à l'œuvre deux logiques, dont l'une pousse à la reproduction et l'autre à la différenciation. Leur projet est l'expression de craintes et de désirs contradictoires : crainte que l'enfant ne devienne comme eux, crainte qu'il ne soit quelqu'un d'autre – désir que l'enfant devienne comme eux, désir qu'il soit quelqu'un d'autre. Ils peuvent désirer que leur enfant soit la continuation de leur vie, qu'il se retrouve en eux, qu'il devienne ce qu'ils sont, qu'il fasse ce qu'ils ont fait. Cette logique de reproduction conduit à l'imitation, à la répétition, au conformisme. Ils peuvent aussi désirer que leur enfant réalise tous les désirs qu'ils n'ont pu satisfaire, qu'il fasse tout ce qu'ils n'ont pu accomplir, qu'il soit « quelqu'un », c'est-à-dire un autre. Cette logique de différenciation encourage la singularité, l'autonomie et l'opposition. Cette tension entre reproduction et différenciation se retrouve chez l'enfant partagé entre, d'une part le désir de réaliser les vœux d'idéal du moi de ses parents et, d'autre part, le désir d'échapper à l'illusion, à la tyrannie de cet enfant imaginaire excellent et tout-puissant.

Le projet parental exprime la façon dont les parents cherchent à négocier cette dialectique, en s'assurant que les enfants à la fois perpétuent leur histoire et affirment leur individualité. Il convient donc de considérer le projet parental non pas comme un ensemble de désirs, d'idéaux, de modèles auxquels l'enfant doit se conformer, mais plutôt comme un ensemble contradictoire qui propose à la fois des buts à atteindre et à éviter, des désirs ambivalents, des modèles et antimodèles. Cette dynamique interne du projet est influencée par ses modalités de réalisation, qui sont l'expression de la position sociale qu'occupent les parents et du rapport qu'ils entretiennent à cette position. Le projet parental s'inscrit dans un contexte qui détermine les identifications possibles et impossibles, les conditions concrètes de réussite sociale, les possibilités d'accès à certains modèles, les idéologies qui structurent les idéaux personnels... la réalité sociale vient imposer des logiques, des ruptures, des opportunités et des contradictions qui déterminent la nature du scénario que le projet propose.

Tous les parents font des rêves sur le devenir de leurs enfants. Freud y voit la projection de leur propre narcissisme. Ils attendent que l'enfant réalise toutes leurs aspirations, en particulier celles qu'ils n'ont pas pu accomplir. C'est dire que certains de ces rêves sont porteurs d'ambivalence. Certains sont moteurs, ils donnent à l'enfant une envie de réussir, l'énergie et les moyens d'y parvenir. D'autres rêves sont source de leurres. Ils proposent de courir après des chimères, ils entretiennent l'illusion d'un devenir inaccessible, ils proposent un idéal sans donner à l'enfant les moyens de l'atteindre. D'autres enfin conduisent à des blocages. Ils collent à la réalité au point d'empêcher toute possibilité de s'imaginer échapper à son sort : « Faut pas rêver ! » disent certains parents qui transmettent à leurs enfants la résignation plutôt que l'espérance d'une vie meilleure.

Citons quelques archétypes qui préfigurent des scénarios qui sont à l'œuvre dans la névrose de classe.

Dans les milieux populaires, les enfants sont souvent confrontés à un double message à l'image de François évoqué précédemment. Les parents souhaitent que leurs enfants aient une vie meilleure pour accéder à une position sociale qui leur évite de connaître la pauvreté, l'exploitation et, en même temps, qu'ils restent solidaires de leur milieu et luttent avec les autres travailleurs pauvres contre les patrons, les riches et tous les dominants. Message contradictoire puisqu'il s'agit pour l'enfant de devenir bourgeois et de détruire tous les bourgeois, puisqu'il lui est demandé à la fois de changer de classe sociale tout en restant solidaire de sa classe d'origine. Dans ce cas, l'enfant ne peut que se sentir coupable : coupable s'il ne « réussit » pas de ne pas satisfaire le projet parental ; coupable s'il « réussit » de la distance sociale ainsi créée entre lui et ses parents. Cette culpabilité est la contrepartie du ressentiment des parents. Ressentiment si l'enfant ne réussit pas à constater la reproduction de leur propre misère et à leur impuissance à changer ; ressentiment s'il réussit de le voir s'éloigner et à acquérir les habitus et les manières d'être de ceux qu'ils envient et qu'ils détestent, d'avoir affaire à un étranger qu'ils ne comprennent plus et qui ne les comprend plus[4].

Michel a participé à un groupe d'implication et de recherche que j'animais sur le thème « Roman familial et trajectoire sociale ». Son récit illustre les contradictions auxquelles peuvent être confrontés des enfants issus d'un milieu ouvrier. « Alors que j'étais enfant, j'étais fréquemment identifié à mon grand-père paternel. “Tu es comme ton grand-père” ; “Tu es bon à rien comme ton grand-père” ; “Tu es sale comme ton grand-père” lorsque je tachais mes vêtements. Mais cela était teinté d’ambivalence et le discours pouvait prendre la forme : “Ne sois pas un raté comme ton grand-père”. » De toute façon, l’image du grand-père était négative, et le discours tenu peut se résumer ainsi : « Tu seras comme ton grand-père, mais il ne faut pas que tu le sois. » Ce discours contradictoire vise à conjurer un devenir qui est perçu comme inéluctable, à préparer l’enfant à ce qu’il va probablement être tout en le dissuadant d’y parvenir, à exprimer le poids des déterminismes sociaux et le désir d’y échapper. D’un côté, il exprime une attitude préventive face à la crainte de la répétition, de l’autre, une attitude de résignation face à la reproduction sociale qui s’impose de génération en génération.

Une autre forme de contradiction, particulièrement répandue dans des milieux conservateurs ou en régression, peut exister entre le projet des parents et les conditions concrètes de sa réalisation. Dans les années 1950-1960, les parents issus de la bourgeoisie souhaitaient que leurs fils deviennent avocat, médecin ou ingénieur et que leurs filles épousent un avocat, un médecin ou un ingénieur. C’est encore le cas pour certains alors que les conditions pour y arriver sont devenues de plus en plus difficiles et que les conditions de travail se sont bien détériorées au point d’entendre parler de prolétarisation de la médecine ou des professions juridiques. Il y a un phénomène de pesanteur idéologique qui entraîne un retard entre l’évolution de systèmes de valeurs, des idées, des habitus et l’évolution des conditions concrètes d’existence. Lorsque la morale et les valeurs proposées reprennent celles des grands-parents, adaptées par les parents en fonction des conditions socioéconomiques qui existaient il y a trente à quarante ans, elles peuvent être vécues comme non pertinentes, et inadaptées par les enfants confrontés à la réalité sociale actuelle. Ces contradictions sont particulièrement accentuées pour les familles qui passent du monde rural au monde urbain, et pour celles qui sont dans des secteurs en crise. C'est le cas des familles des mineurs installées dans l'Est et le Nord depuis plusieurs générations, dont les traditions sont remises en cause par la fermeture des usines ; des familles maghrébines dont les parents ont intériorisé le système de valeurs de leur culture d'origine et dont les enfants sont confrontés à la culture urbaine dans des cités HLM ; des familles d'agriculteurs qui se transmettaient la terre de génération en génération, terres qui, aujourd'hui, ne permettent plus à une famille de vivre ; des familles bourgeoises traditionalistes, dont la position sociale, et la fortune, ne sont plus à la hauteur de leurs aspirations. Les parents issus des classes moyennes ont de plus en plus de mal à proposer à leurs enfants un projet conçu adapté à l'évolution du marché des places. En dehors des enseignants qui connaissent les processus de fabrication des « bons élèves » et les moyens d'accès aux filières d'excellence, meilleure garantie pour accéder à l'emploi.

Dans bien des situations, l'enfant est confronté au décalage, non assumé par les parents, entre un système d'aspirations et les possibilités objectives de réalisation. Comme si on lui demandait de devenir ce qu'il ne peut pas être. C'est dire que le projet parental se situe à l'articulation entre d'un côté les jeux du désir entre parents et enfants et, de l'autre, les stratégies sociales d'adaptation des individus aux places sociales disponibles sur le marché de l'emploi.

Projet paternel – projet maternel

Jusqu'à présent, nous avons parlé du projet parental comme s'il existait un projet unique, cohérent et bien défini, porté par le père et la mère. Or l'ensemble des contradictions que nous venons de décrire se réfractent également dans les rapports entre les deux parents, qui peuvent avoir des trajectoires et des positions différentes, déterminant ainsi des projets différents et parfois conflictuels. En deçà de la problématique œdipienne, qui structure le jeu des identifications successives, se jouent des rapports entre les familles paternelle et maternelle qui, à chaque génération, tentent de « capter » les héritiers. Les rapports conjugaux sont traversés par une guerre entre des lignées, dont chacune essaie d'assurer la perpétuation de l'héritage familial. C'est vis-à-vis des enfants qu'elle produit pleinement ses effets ; entre le projet paternel et le projet maternel, il s'agit de savoir celui qui va s'imposer[5]. L'intériorisation par l'enfant de ces deux projets est l'enjeu d'une lutte soit ouverte, soit latente, plus ou moins vive selon les cas, mais toujours présente.

Cette lutte est d'autant plus problématique que les différences sont fortes entre les deux projets : différences sociales lorsque les parents n'appartiennent pas à la même classe d'origine ; différences idéologiques lorsque les valeurs, les opinions, les options politiques, la religion, la morale sont dissemblables ; différences culturelles lorsque le niveau scolaire, les goûts et les habitus ne sont pas les mêmes ; différences économiques lorsqu'il y a un décalage entre la fortune de l'un et de l'autre. Ce sont en définitive des rapports de domination qui sont en jeu et qui ont tendance à se perpétuer dans le couple, l'enfant s'y trouvant confronté à travers les conflits entre le projet maternel et le projet paternel[6].

L'analyse du projet parental permet de dégager trois niveaux de contradictions :

– *Les contradictions internes au projet* qui sont l'expression des contradictions vécues par chacun des parents et/ou des parents entre eux. Lorsque les parents n'ont pas su ou n'ont pas pu résoudre les conflits rencontrés dans leur rapport à leur propre projet parental, ils en « chargent » leurs enfants. Ceux-ci sont alors investis d'une mission de réussir là ou les parents ont échoué, de réparer leurs erreurs, de combler leurs failles, de réaliser ce qu'ils auraient souhaité accomplir.

– *Les contradictions dans le rapport au projet* qui sont l'expression des relations entre les parents et les enfants et en particulier des conflits œdipiens. Le père et la mère sont à la fois objets d'amour et de rivalité. Le rêve projeté sur l'enfant est marqué par le désir incestueux et l'interdit qui le barre. Réaliser le projet, c'est prendre le risque de répondre au désir de l'un des parents, tout en se débarrassant de l'autre. Mais ne pas le réaliser, c'est s'enfermer dans une incapacité radicale et une impuissance qui interdisent la réalisation de tout autre projet.

– *Les contradictions dans la réalisation du projet* qui sont l'expression de décalage entre l'idéal proposé et les moyens donnés à l'enfant pour l'atteindre ou encore entre le contenu du projet et ses conditions objectives de réalisation. Il s'agit, en particulier, des situations dans lesquelles les parents proposent à leurs enfants des modèles de conduites qui ne sont plus adaptées à la société dans laquelle ces enfants doivent s'insérer.

Les interactions entre ces trois niveaux de contradictions doivent être appréhendées dans une perspective systémique et dynamique. Les contradictions s'étayent les unes sur les autres dans la mesure où les différents aspects de chaque niveau sont influencés (dans le sens d'un renforcement ou d'une atténuation) par les autres niveaux. En ce sens, il s'agit d'un système dans lequel les différents éléments sont en relation les uns avec les autres. Dans la névrose de classe, ce système tend à se fermer sur lui-même, chaque aspect venant renforcer les autres en opérant un bouclage ; l'enfant est confronté à un système contradictoire, face auquel il n'arrive ni à trouver d'issues ni à abandonner les différents aspects qui le constituent. Il tend alors à s'y enfermer tout en le reproduisant.

Dans une perspective dynamique, il convient de comprendre le projet parental dans le mouvement qui conduit chaque individu à être à la fois enfant et parent. L'allongement de l'espérance de vie conduit un nombre de plus en plus élevé de personnes à occuper simultanément, pendant une partie importante de leur vie, cette double position. Le projet évolue à la fois du fait de la dynamique contradictoire qui le constitue et également de la confrontation entre les projets sur l'axe des générations successives.

Dans ces influences croisées, un élément reste toutefois dominant : l'enfant qui devient parent tend à transmettre à ses propres enfants, au-delà du contenu manifeste de son projet, la façon dont lui-même a réussi ou a échoué dans sa recherche pour inventer des médiations aux contradictions qui le traversent. C'est donc un élément central de l'identité héritée : l'enfant hérite des contradictions non résolues par ses parents.

4

Placement et déplacement

> Une des expériences les plus importantes à faire sur l'homme consiste à l'établir dans de nouvelles relations sociales… Parcourir toutes les classes de la société, se placer personnellement dans le plus grand nombre de positions sociales différentes.
>
> Claude Henri DE ROUVROY,
> comte de Saint-Simon

> L'espace de liberté-de-mouvement ne naît pas d'une relative faiblesse des déterminations structurelles, mais de leur accumulation contradictoire en un point, une place donnée. C'est parce que les rapports structurels ne tirent pas tous dans le même sens, qu'en leur point de rencontre, émerge quelque chose qui est de l'ordre de la liberté, et que la praxis concrète est plus que la somme de ses déterminations structurelles.
>
> Daniel BERTAUX

La question du déplacement social est liée au développement de l'individualisme. La possibilité de changer de place sociale est un phénomène inconcevable dans les sociétés de type holiste.

Selon Louis Dumont, la conception holiste considère la société comme un tout ordonné, englobé par des valeurs qui impliquent une hiérarchie entre les sujets et qui privilégient la stabilité et la complémentarité[1]. Claude Lévi-Strauss a décrit, à propos des sociétés primitives, comment les individus sont liés entre eux par des droits et des devoirs, en fonction de leur rang dans le village, leur parenté, leur âge, leur sexe… Dans leurs relations, ils communiquent leur position sociale par des conduites, un langage et des attitudes appropriées à leur condition. Les inconnus doivent être rangés dans une catégorie et, en conséquence, interrogés sur leur généalogie, pour être reconnus. C'est la raison pour laquelle le Blanc, inclassable, est souvent considéré lorsqu'il apparaît, non pas comme un homme, mais comme un fantôme. Un tel système se caractérise par un ordre qui fixe chacun à une place déterminée et qui organise *a priori* la trajectoire de ses membres[2]. Dans un univers de ce type, il ne peut y avoir de distance pour l'individu entre la place où il est et le rapport subjectif à sa position, de même qu'il ne peut concevoir un passé ou un avenir à distance du présent, comme le souligne Claude Lefort. « Si les horizons sont fermés, si le passé ni l'avenir ne sont visés comme différents, c'est d'abord que les hommes rendent impossible une distance entre eux ou une expérience de l'altérité, qu'ils sont obnubilés par leurs apparentements et leur enracinement social[3]. »

À l'opposé des formations sociales de type holiste, la conception individualiste valorise à l'extrême le devenir individuel, privilégie les rapports contractuels entre les individus, insiste sur les valeurs de liberté et d'égalité, valeurs qui impliquent la possibilité du déplacement social et qui, selon l'expression de Louis Althusser, « interpellent l'individu en sujet ». Le développement de la mobilité sociale est corrélatif de ce développement de l'individualisme. À la stabilité de l'ordre holiste qui organise la proximité, se substitue le mouvement des sociétés contemporaines qui confronte l'individu à la possibilité d'une distance par rapport à une position héritée, donc à des conflits d'identité lorsque sa trajectoire le conduit à changer de rang.

Dans son roman *Antoine Bloyé*, Paul Nizan raconte la vie d'un homme qui, venant d'un milieu populaire, est passé du côté des bourgeois. À ce transfuge, il oppose la vie de son père, homme attaché toute sa vie à la même place. « Jean Bloyé est vêtu de l'uniforme des employés du Chemin de fer, il est facteur à la gare de l'Orléans. C'est un homme pauvre ; il connaît qu'il est attaché à une certaine place dans le monde, une place décrétée pour la vie entière, une place qu'il mesure d'avance comme une chèvre attachée mesure l'aire ronde de sa corde, et qui est voulue comme toutes les conditions du monde par le hasard, par les riches, par les gouvernants. "Par Dieu", dit sa femme. Dieu, c'est la même chose que le hasard et les gouvernements. C'est tout ce qui écrase. Il sait qu'il est promis à peu de titres, à peu de propriétés et à un petit commandement. Il ignore l'ambition, la révolte. Il est docile, il n'est pas de ces hommes qui attendent patiemment, éternellement, une chance et une bonne fortune qui ne viennent jamais. Il ne fait pas de projets. Il vit un jour après un jour, sachant que les années ne tiennent en réserve pour lui aucune transformation, aucune aventure. Il est à un endroit, il est dans une certaine situation et il y demeurera fixé : il voit comment vivent les hommes de son état, comment se succèdent leur vie, leur mort et leur pauvre héritage, c'est un chemin dont le débouché est visible de loin. Bien des hommes sont établis à vingt ans à un niveau au-dessus duquel ils ne s'élèveront guère, à peine peuvent-ils quelquefois en descendre. Ils naissent, ils vivent, ils meurent étranglés par le travail : au-dessus d'eux, il y a d'autres hommes qui savent simplement qu'ils mourront, mais les détours qu'ils font pour arriver à la mort ne sont pas aussi clairs et passent par des carrefours. Les bourgeois, ce sont des hommes qui peuvent changer d'avenir et qui ne connaissent pas toujours la figure qu'il prendra[4] [...]. »

Entre la trajectoire du père et du fils, apparaît la différence radicale entre un ordre qui fixe à chacun une place et l'y attache, et un ordre qui contribue au déplacement d'individus de plus en plus nombreux.

Ordre des places et place dans un ordre

Les travaux ethnologiques montrent comment chaque société fonctionne selon un ordre qui confère à chaque individu et à chaque groupe leur place et les moyens de se situer les uns par rapport aux autres. Cet ordre des places est fondé par la loi « parole fondatrice définissant l'ordre du monde qui fut prononcée un jour par les dieux ou les grands ancêtres et qui donne sens au groupe et à son action[5] ». La loi fixe des limites, des interdits et surtout des ordonnancements, c'est-à-dire un système de classification qui permet d'ajuster chaque individu à une place : « Dans l'infinie variété du monde, dans son chatoiement insupportable, dans le mélange obscur qu'il énonce, la classification choisit les différences, les stabilise dans un corps de théories immuables et donne à chacun sa place, son rôle, sa possibilité d'être. » L'ordre social se constitue à partir de différences irréductibles, le sexe, l'âge, la vie et la mort qui donnent des points de repère pour situer chacun et les uns par rapport aux autres, et édicter des règles sur ce qui est permis et défendu, intérieur et extérieur, supérieur et inférieur. La classification permet la différenciation, la création de liens de réciprocité, mais aussi de domination, la distribution d'un pouvoir, la production et la répartition des richesses, la construction d'une identité de groupe et de l'identité de chacun dans le groupe. La place que l'on occupe dans le clan, la tribu, la communauté dépend de ce système de classification et confère un statut intangible, définitif.

Dans cet ordre, on ne peut concevoir d'écart entre la place occupée et l'identité de celui qui l'occupe. Les deux sont confondus, la notion même d'individu n'a pas le sens qu'on lui donne aujourd'hui. Louis Dumont a montré l'ambiguïté du terme qui désigne « 1) l'échantillon indivisible de l'espèce humaine, tel qu'on le rencontre dans toutes les sociétés ; 2) l'être moral indépendant, autonome, et ainsi essentiellement non social, tel qu'on le rencontre avant tout dans notre idéologie moderne de l'homme et de la société[6]. »

« Depuis la fin du Moyen Âge, l'histoire de l'Europe et de l'Amérique du Nord est celle de l'avènement de l'individu. C'est un essor qui a débuté en Italie, à la Renaissance. Au cours de cette période, la base économique de la société occidentale subit des changements radicaux qui s'accompagnèrent d'une transformation égale de la personnalité de l'homme. Dans la société médiévale, chacun était enchaîné à sa fonction sociale sauf de rares exceptions, il devait demeurer là où il était né. Mais si l'individu n'était pas libre dans le sens moderne du terme, personne non plus ne se sentait seul ou isolé. Dès sa naissance, il occupait une place distincte, inchangeable et incontestée dans le monde social, il était enraciné dans un ensemble bien structuré. Sa vie possédait un sens qui ne laissait au doute aucune place ni aucune occasion. La personne s'identifiait au rôle qu'elle jouait dans la société ; elle était paysan, artisan, chevalier, mais non pas un individu à qui il arrivait d'avoir telle ou telle occupation. L'ordre social était compris comme un ordre naturel et, d'être une part définie de celui-ci, procurait à l'homme un sentiment de sécurité et d'appartenance[7]. » À la préoccupation de l'ordre, va se substituer peu à peu la préoccupation de l'individu : « La plupart des sociétés valorisent en premier lieu l'ordre, donc la conformité de chaque élément à son rôle dans l'ensemble, en un mot la société comme un tout. D'autres sociétés, en tout cas la nôtre, valorisent en premier lieu l'être humain individuel. Tout se passe comme si (le premier type de société) avait été la règle, à la seule exception de notre civilisation moderne et de son type individualiste de société[8]. »

L'apparition de l'individu comme être psychologique indépendant de l'échantillon humain, comme sujet capable de distanciation par rapport à sa place sociale, comme personne recherchant une autonomie par rapport à son statut dans sa communauté, est un événement considérable. Son émergence semble corrélative du développement des échanges marchands qui impose l'argent comme médiateur des rapports sociaux et substitue à l'ordre traditionnel des rapports d'intérêts, de concurrence et d'échanges individuels. En introduisant l'abstraction monétaire dans les rapports humains, le capitalisme introduit une rupture, dans l'ordre des places traditionnelles, en soumettant ce dernier à l'ordre économique du système de production et de la valeur d'échange. Dans ce contexte, l'enfant devient un capital qu'il faut faire fructifier. Les parents doivent s'intéresser aux études de leurs enfants, investir leur carrière, développer leur potentiel humain : la question de la place future de l'enfant dans la société devient une préoccupation centrale.

Il ne faudrait pas considérer pour autant les sociétés de type holiste comme des univers sociaux dans lesquels les places occupées par l'individu seraient totalement déterminées par l'ordre social. À propos de la notion de personne en Afrique, Issiaka-Prosper Lalèyê souligne le caractère composite (pluralité d'éléments épars d'origines diverses : âmes, principes vitaux, noms…) et autocréatif de la constitution d'un individu. « La personne doit mettre tout en jeu pour inscrire sa liberté dans et à travers les multiples failles que laissent entre eux les différents secteurs du déterminisme. Ainsi donc, aux divers déterminismes "inscrits" dans sa nature s'ajoutent ceux que comporte la vie sociale, et la personne ne peut s'accomplir qu'en utilisant ces mêmes déterminismes (ou leurs lacunes) pour créer de l'indétermination[9]. »

Cette remarque à propos des sociétés traditionnelles est tout aussi pertinente dans les sociétés « individualistes ». C'est la pluralité des déterminismes qui génère la possibilité d'un désordre et donc d'un choix dans la recherche qu'opère l'individu pour trouver une cohérence dans ce qui le constitue et dans le travail d'ajustement aux différentes places sociales qu'il peut revendiquer. Confronté à des contradictions dans son héritage et dans le projet parental qui l'incitent à occuper telle et/ou telle place, à réaliser telle et/ou telle aspiration, il trouve dans ces incohérences la possibilité d'occuper d'autres places, de réaliser d'autres aspirations. Si les déterminismes fixent le cadre à l'intérieur duquel l'individu constitue son identité, ce cadre ne peut être conçu comme un ensemble fixe et rigide, mais comme une pluralité d'éléments polysémiques et multipolaires. Dans les sociétés modernes, et *a fortiori* hypermodernes, cette zone d'indétermination tend à se développer, ce qui ne signifie pas que les déterminismes sociaux traditionnels ne soient plus opérants, mais que l'ordre qui leur conférait une cohérence globale tend à se déstructurer. L'individu se trouve alors soumis à des pressions multiples, hétérogènes, éclatées. Confronté à un univers social morcelé, il est conduit à essayer de trouver en lui-même une unité que l'ordre social ne lui offre plus.

Ces observations rejoignent les travaux de Gérard Mendel qui distingue trois types d'individu :

– l'individu psycho-familial, celui auquel s'intéresse la psychanalyse, qui recouvre la personnalité formée pendant l'enfance à l'intérieur d'une famille et qui tend à répéter dans sa vie sociale les relations originaires ;

– l'individu à appartenance (nationales, professionnelles, sociologiques, politiques, religieuses, sexuelles) qu'il définit comme « ce qui demeure de l'ancienne appartenance quasi totale de l'individu traditionnel à sa communauté, et qui s'est fragmenté en appartenances spécialisées[10] » ;

– l'individu sans appartenance, apparu avec le développement du capitalisme dans les déchirures du tissu social de la société traditionnelle et qui essaie d'assurer un minimum d'harmonie et d'unité intérieure, entre les éléments contradictoires de sa personnalité. Individu en quête d'identité qui cherche à la fois à « se donner l'illusion narcissique de sa complétude[11] » et à sortir de son narcissisme, se réaliser en échappant à toute appartenance.

On pourrait craindre que cette thèse de Mendel ne contribue qu'à entretenir une vision de l'individu tripartite, permettant aux différentes disciplines d'y retrouver leur compte dans une coexistence pacifique qui évite d'interroger les articulations. « L'individu psycho-familial » pour la psychanalyse, « l'individu à appartenance » pour la sociologie et « l'individu sans appartenance » pour la psychologie comportementaliste et les neurosciences qui analysent l'individu en dehors de son contexte. En fait, ces trois « types » coexistent en chacun de nous. L'appartenance se joue à la fois sur les registres familial et social qui sont indissociables. La non-appartenance est un effet des contradictions sociales qui produisent l'individualisation.

La quête du narcissique et l'idéologie de la réalisation de soi-même sont des effets du déplacement qu'entraîne le capitalisme. La sociologie et la psychanalyse apparaissent comme des outils d'historicité, tendant à combler la distanciation entre le sujet et sa propre histoire. Si l'on ne peut plus accepter une vision unitaire de l'individu, ce n'est pas tant parce qu'il serait dans un état de morcellement entre différentes parties de lui-même, mais parce que, comme instance sociohistorique, il cristallise individuellement l'histoire de sa famille, de son groupe social, de la société. On ne peut donc opposer l'appartenance à la non-appartenance, dans la mesure où c'est une certaine forme d'appartenance sociale qui le met dans une situation de déplacement, de distanciation, d'opposition, d'inadaptation, par rapport à ses appartenances originaires.

Les organisations comme bureaux de placement

Notre société se caractérise par une contradiction centrale entre une vie sociale de plus en plus contraignante et normative, le développement de la socialisation et celui de l'individualisation. D'un côté une interdépendance des hommes entre eux, l'apparition de réseaux de plus en plus complexes de production, de consommation, de communication, d'information, d'éducation, d'assistance, de circulation, de prises en charge, qui organisent la vie sociale, modifient les langages, les habitus, les codes, et accélèrent les formes les plus variées de mobilité (géographique, professionnelle, sociale, économique, culturelle, idéologique, etc.). De l'autre, une autonomie de la personne par rapport à son insertion sociale originaire, qui le confronte à la nécessité de se positionner dans des réseaux sociaux pour échapper à l'isolement. Mais ces réseaux ne sont pas tous accessibles. Ils soumettent l'individu à des processus de sélection, d'orientation, d'embauche, d'évaluation, qu'il doit subir individuellement et qui déterminent son admission ou son rejet et la place qu'il peut espérer y occuper. L'ordre des places est mouvant et instable. Si ce mouvement permet à chaque individu de changer de place (par nécessité, obligation ou choix), il le confronte à l'insécurité (il peut perdre sa place), à la concurrence (on peut lui prendre sa place ; il peut convoiter la place d'un autre), à l'inadaptation (il peut occuper une place pour laquelle il n'est pas ajusté), au décalage (tenir une place dont on considère qu'elle ne lui revient pas). À partir du moment où le classement ne dépend plus d'un ordre métasocial (comme la structure de classe de l'Ancien Régime dont l'ordre était « de droit divin »), il devient possible de changer de position sociale.

Le positionnement (« trouver une situation », « avoir une bonne place », « faire son trou ») devient un enjeu existentiel fondamental qui détermine les choix affectifs, professionnels, idéologiques. Quand bien même la logique de la reproduction sociale continue d'imposer ses effets, le groupe social d'appartenance ne décide plus les alliances, la répartition du travail, l'adhésion à un système de valeur, sauf dans certaines familles bien marginales. Sur ces différents registres, l'individu est amené à se positionner individuellement, mais ses choix et son existence sociale sont réglementés, réglés, conditionnés, « organisés » par de multiples institutions.

Les organisations jouent un rôle de plus en plus important dans les mécanismes de distribution anthroponomique. Les institutions et les entreprises distribuent les individus dans l'espace et dans le temps, inventent des classifications différenciées, mettent en place des systèmes de récompenses/sanctions qui influencent les trajectoires individuelles. Elles substituent aux règles familiales, patrimoniales et religieuses, leurs propres règles d'ordonnancement. Le processus de déterritorialisation à l'œuvre dans certaines entreprises modernes consiste « à couper l'individu de ses origines sociales et culturelles, à le déposséder de son histoire personnelle pour la réécrire dans le cadre de l'organisation, à le déraciner de sa terre initiale pour mieux l'enraciner dans le sol de l'entreprise, à effacer ses références originelles pour lui en substituer d'autres[12] ». Toutes les organisations n'ont pas poussé aussi loin leur emprise, mais leur développement est tel qu'elles ont imposé leur mode de classification dans la définition des positions sociales : cadres dirigeants, cadres moyens, ingénieurs, agents de maîtrise, ouvriers professionnels, ouvriers qualifiés, ouvriers spécialisés, employés, patrons de l'industrie et du commerce, stagiaires, chômeurs, retraités, etc. Les catégories socioprofessionnelles sont définies par la place occupée dans les organisations du travail, et sont devenues un des indicateurs essentiels pour définir la position sociale de chaque individu.

En conséquence, les individus qui appartiennent à des organisations différentes occupent une multiplicité de places qui correspondent à des statuts et des rôles diversifiés. Ce multipositionnement a pour effet d'accroître les difficultés du classement, les codes de référence étant diversifiés, hétérogènes et évolutifs, la définition des positions devient plus aléatoire. L'appartenance simultanée à des organisations différentes dans lesquelles l'individu peut occuper des positions diverses confère une multiplicité de statuts : on peut être exécutant sur le lieu de travail, et dirigeant dans une organisation syndicale, politique ou associative. L'ouvrier et le paysan qui sont par ailleurs conseillers municipaux, présidents d'une association, d'un syndicat ou d'un club de football, n'occupent pas les mêmes positions sociales que les ouvriers et les paysans qui n'ont aucun autre engagement. Un enseignant qui est par ailleurs conseiller municipal, responsable dans une organisation syndicale, membre du comité éditorial d'une revue, entraîneur d'un club sportif, ne peut être assimilé aux enseignants qui n'ont aucune autre activité. À partir du moment où les classifications sociales ne reposent plus sur les structures de parenté, l'appartenance religieuse ou l'appartenance à un clan, mais essentiellement sur les rôles économiques, et plus précisément sur les statuts professionnels, se met en place un code de référence abstrait qui ne permet pas de rendre compte de l'ensemble des positions concrètes. La possibilité pour un même individu d'occuper des places différentes, au sein d'une même organisation ou de plusieurs, lui confère une autonomie relative dans le jeu du placement et du déplacement. Si chaque organisation à laquelle il appartient tend à imposer son emprise en le façonnant en fonction de la place qu'il y occupe, elle ne parvient que rarement à ses fins, dans la mesure où elle n'obtient qu'une identification partielle dans la majorité des cas. Les déplacements successifs imposés aux individus par les exigences de mobilité, d'adaptabilité et de flexibilité les confrontent à un travail d'ajustement permanent.

Questions d'ajustement

À partir du moment où la distribution anthroponomique n'obéit plus à la logique d'un ordonnancement social unique, mais à l'influence d'ordonnancements organisationnels multiples, chaque individu est amené à s'adapter à des situations nouvelles, alors qu'il peut croire que c'est sa capacité personnelle d'adaptation qui est le moteur de son histoire. La nécessité de changer de place ou d'occuper simultanément des places différentes peut lui donner le sentiment de perdre ses repères. On peut interpréter l'expression du *besoin de se situer* comme une conséquence des écarts de plus en plus fréquents entre les différents statuts qui découlent des places offertes et l'identité des individus qui les occupent. Ce besoin de se situer exprime une angoisse existentielle fondamentale. L'homme veut savoir « où il est », et « qui sont les autres ». La taxinomie (besoin de classification) relève toujours d'une certaine nostalgie de l'ordre. Les classifications administratives, juridiques, institutionnelles, informatiques, sont le signe de l'ordre disciplinaire mis au point du XVIIIe au XXe siècle pour attacher les individus à leurs places, afin de les rendre dociles et utiles : « Surveillance, exercices, manœuvres, notations, rangs et places, classements, examens, enregistrements, toute une manière d'assujettir les corps, de maîtriser les multiplicités humaines et de manipuler leurs forces[13]. » Ces classifications ne seraient pas aussi opérantes si elles ne satisfaisaient des besoins de réassurance et de sécurité qu'entraîne le déplacement. À la liberté du mouvement social qui se développe à partir du XVIIIe siècle correspond, d'un côté, un ordre disciplinaire visant à quadriller l'espace, à contrôler les emplois du temps, pour ajuster les individus à leurs places et, de l'autre, un profil psychologique nouveau d'individus confrontés à la mobilité sociale.

La nouveauté réside dans la capacité/nécessité d'occuper plusieurs places, que ce soit au cours de sa trajectoire socioprofessionnelle (dans la diachronie) ou à un moment donné de sa vie (dans la synchronie). À cette pluralité de position correspond une identité multidimensionnelle constituée d'identifications multiples et différenciées, de rôles diversifiés, d'appartenances (sociales, institutionnelles, culturelles, symboliques...) hétérogènes, d'habitus variables.

L'habitus comme système de disposition cohérent et homogène structuré par la position de classe, tel que l'entend Pierre Bourdieu, est de plus en plus remis en question à mesure que la mobilité structurelle s'accroît. Les individus qui occupent des places différenciées sont traversés par des *conflits d'habitus*, qui peuvent se traduire soit par une tentative de reproduire les habitus anciens dans des situations nouvelles, ce qui est la thèse initiale de Bourdieu, soit par l'apprentissage de l'ambivalence, la recherche de médiations différentes, l'invention de nouvelles pratiques, ce que René Barbier appelle la dissidence : « Il y a dissidence lorsque l'instituant dans l'habitus fait craquer la structure de celui-ci pour sa métamorphose[14]. » Si nous ne suivons pas René Barbier lorsqu'il tend à idéaliser l'instituant et la dissidence comme éléments *a priori* positifs de changement social, nous le rejoignons dans son souci de mettre l'accent sur le caractère dialectique de l'habitus comme système de disposition à la fois structurant et déstructurant. La multiplicité des positionnements conduit l'individu à incorporer des habitus diversifiés et parfois contradictoires. Que l'on pense à ces ingénieurs atomistes qui sont également écologistes, aux cadres-syndiqués, aux policiers-éducateurs, aux ouvriers-élus locaux, mais surtout à tous ceux qui changent de classe sociale ou de culture. Ils sont amenés à rechercher des synthèses, à inventer des médiations, à produire de nouveaux scénarios de vie. En ce sens ils sont agents d'historicité, dans le travail qu'ils opèrent pour s'ajuster aux contradictions de leur histoire (dans la diachronie) et aux différentes places qu'ils occupent (dans la synchronie).

Alors que Bourdieu décrit le système social comme soumis à une logique dominante de reproduction de la domination sociale, il nous apparaît que le déplacement s'inscrit dans une dialectique de la reproduction et du changement. Si l'analyse de la distribution anthroponomique montre que le placement des individus ne se fait pas au hasard et reste structurellement dominé par des déterminismes sociaux, une analyse plus fine des trajectoires « déplacées » montre que l'écart entre les positions objectives et les positions subjectives que ces déplacements produisent introduit une distance entre la place et le rapport à la place. C'est dans cette distanciation que l'individu est amené à faire un travail d'ajustement/désajustement, de déterritorialisation/reterritorialisation, d'identification/désidentification, d'idéalisation/désidéalisation, autant de *processus dialectiques* par lesquels il tente de se (re)produire et de se (re)situer en se transformant. C'est également dans cet écart entre la place sociale et la position subjective qu'apparaît le fantasme du roman familial, c'est-à-dire la possibilité d'imaginer qu'on est ailleurs parce qu'on vient d'ailleurs et, qu'en conséquence, on peut aller ailleurs que là où l'on est. C'est bien parce que socialement les individus sont confrontés à la possibilité du déplacement, que le déplacement opère comme processus psychique pour permettre de s'imaginer atypique, singulier, différent.

Distance sociale et conflits relationnels

Les effets du déplacement social sont aisément repérables lorsqu'ils se traduisent en conflits relationnels. La littérature et le cinéma ont souvent développé le thème des amitiés de guerre ou d'école qui se délitent à compter du jour où chacun « retourne à sa place ». Ils illustrent l'hypothèse selon laquelle les rapports affectifs sont conditionnés par le rapport social qui les sous-tendent et qu'il y a une corrélation entre proximité affective et proximité sociale, distance affective et distance sociale. Il ne s'agit pas pour autant d'une causalité linéaire et mécaniste, la proximité sociale pouvant également signifier distance affective et, inversement, la distance sociale pouvant recouvrir une proximité affective. L'influence de la distance sociale sur les rapports affectifs apparaît dans des situations où les enfants sont placés dans des familles d'un milieu social différent de leur famille naturelle, dans les couples dont les conjoints ont des trajectoires sociales antinomiques, dans les familles où les enfants changent de classe sociale.

LES ENFANTS PLACÉS

Dans une recherche sur l'Aide sociale à l'enfance[15], nous avons analysé les liens entre les rapports sociaux et les rapports affectifs dans le système de relation enfant placé/famille d'accueil/famille d'origine/travailleurs sociaux. Le remplacement des anciennes « nourrices » ou « gardiennes » par des familles d'accueil s'est traduit par une revalorisation professionnelle, économique et sociale de la fonction d'assistante maternelle. Ce changement a eu pour effet d'accroître la distance sociale entre les parents d'accueil et les familles d'origine des enfants. Il existe une contradiction entre l'intention affichée de renforcer les liens entre l'enfant placé et sa famille d'origine et un dispositif qui tend à accroître l'écart social entre eux. Une certaine solidarité de classe pouvait exister entre les familles d'accueil et les familles d'origine (que nous n'idéalisons pas, connaissant bien les différences existant entre le prolétariat et le sous-prolétariat). Elle jouait sociologiquement en faveur de l'enfant, même si les conflits psychologiques étaient importants (en terme de « se disputer l'enfant ») et même si la politique du service consistait à éloigner les deux familles.

Cette solidarité se manifeste aujourd'hui entre les travailleurs sociaux et les familles d'accueil.

La distance sociologique s'accroît entre l'enfant et sa famille au moment où se mettent en place un discours psychopédagogique et une politique des services qui tend à assister de plus en plus les familles naturelles. Ce passage de la *solidarité* sociale à l'*assistance* sociale est la conséquence la plus significative du nouveau statut sur les relations entre les familles. Les relations, notamment entre l'enfant et ses deux mères, sont conditionnées par la question de la distance sociale entre les deux familles. Si l'écart social est peu important, le désir de la nourrice d'évincer la vraie mère se joue principalement au niveau psychologique, parce que la compétition est d'autant plus forte que la distance sociale est faible : l'enfant qui prend les adultes qui l'élèvent comme figures d'identification n'aura pas de problème sociologique pour passer d'une figure à une autre, de sa nourrice à sa mère, si elles ont le même langage, le même habillement, la même culture. Par contre, ce désir d'évincer la vraie mère, lorsque l'écart social est important, se réalise « naturellement » pour l'assistante maternelle si elle habite une confortable maison avec un jardin (par opposition à une chambre de bonne ou une HLM), si son langage est adapté à celui de l'école, si l'hygiène, la propreté, l'habillement sont conformes à l'éthique bourgeoise. Dans ce cas, le « retour » pour l'enfant dans son milieu d'origine pose des problèmes tels que son désir le porte plutôt à rester auprès de cette « mère » d'accueil et celle-ci aura moins besoin de « peser » au niveau psychologique pour s'assurer l'attachement de l'enfant. L'attachement sociologique permet un étayage de l'attachement affectif.

Inversement, si les familles naturelles renoncent à un moment ou à un autre à venir visiter leurs enfants, c'est parce qu'elles sentent cet écart s'agrandir entre ce qu'elles sont socialement et ce que devient cet enfant qui est de moins en moins le « leur ». En résumé, on se rend compte que c'est au moment où l'écart social objectif s'accroît entre les familles d'accueil et les familles naturelles, qu'apparaît tout un discours sur la nécessité d'encourager et de rétablir les liens entre elles.

Les entretiens avec des enfants placés devenus adultes confirment l'importance de l'enjeu qu'a représenté pour eux l'écart social entre leurs deux familles, lorsque l'une était marquée par les références et habitus du prolétariat ou du sous-prolétariat et l'autre, par ceux de la petite bourgeoisie.

LES RAPPORTS CONJUGAUX

L'approche statistique montre que les écarts en termes de statut social entre les conjoints ne sont ni fréquents, ni très importants. Ainsi, la plupart des femmes épousent des hommes qui sont en proximité avec la position sociale qu'occupe leur propre père. Comme le souligne Alain Girard : « La liberté de l'individu, ou encore sa marge de liberté dans ses démarches les plus intimes et les plus personnelles, reste enserrée de toute part, aujourd'hui comme hier, dans un réseau étroit de probabilités et de déterminismes qui poussent moins encore à choisir qu'à trouver un conjoint qui lui soit aussi proche que possible[16]. » Si donc les probabilités et les conditionnements poussent la grande majorité des conjoints à se choisir en proximité sociale et à ce que la majorité des couples se fonde sur une homologie des trajectoires du mari et de la femme (que ce soit en descension, en stabilité ou en promotion), il est intéressant d'analyser les effets de trajectoires croisées : femmes en promotion/hommes en descension ; femmes en descension/hommes en promotion. On constate alors que ces écarts sont au fondement de la mésentente conjugale ou de conflits qui peuvent prendre des formes diverses pour les hommes et pour les femmes[17].

Pour les hommes, le mariage avec une femme, dont le statut est inférieur à la position sociale acquise, réduit les effets de la promotion ou amplifie la régression. Inversement, les femmes trouvent par le mariage une amplification de leur promotion personnelle ou une atténuation de leur régression éventuelle. Dans le cas où les origines sociales des conjoints sont très opposées, leurs positions subjectives risquent d'être antinomiques : l'un s'efforce de ne pas déchoir au niveau d'un statut dont l'autre tente de s'affranchir. Celui qui est en régression s'efforcera de valoriser ses origines, alors que l'autre s'appuiera sur sa réussite professionnelle pour faire oublier les siennes. C'est ainsi que les différences sociales peuvent entretenir la guerre conjugale. Celui qui est en promotion reprochant à l'autre de ne plus être ce qu'il est en train de devenir, tout en lui restant redevable de sa promotion, alors que celui qui est en régression risque de le reprocher à l'autre, l'accusant de s'être servi de lui pour devenir ce que lui-même n'est plus, quand bien même cette promotion lui permet de freiner sa propre descension. Nœud de rapports complexes et enchevêtrés, ces situations entretiennent l'humiliation, le ressentiment, l'aigreur, la jalousie et la culpabilité.

Les ruptures dans les trajectoires professionnelles (chômage, licenciements, reconversions, accidents du travail…) engendrent des situations de ce type d'autant plus conflictuelles que c'est l'homme qui est en régression, le déclin étant socialement et psychologiquement moins accepté par les hommes que par les femmes. Cependant, si l'homme en régression conserve un statut professionnel supérieur à celui de sa femme, malgré la promotion de celle-ci, les rapports de couples ne se transformeront pas radicalement. Le problème se pose lorsque la réussite professionnelle de la femme est telle que l'homme peut passer à ses yeux pour un raté et vivre la situation comme une humiliation, une remise en cause de son pouvoir « viril ».

Il en va autrement lorsque la femme est en régression et le mari en promotion. Le cas le plus connu est celui des héritières de la bourgeoisie ou de l'aristocratie décadentes, qui épousent des jeunes diplômés dont on espère qu'ils sauront redorer le blason familial. Si le mari satisfait ces espérances et permet de diminuer l'écart entre la position objective et la position espérée, la dynamique sociale viendra consolider l'entente conjugale. Dans le cas contraire, le ressentiment, le dépit et la culpabilité, risquent de traverser les rapports du couple, et de déboucher sinon sur une séparation de corps, du moins sur un éloignement affectif.

Ces différents exemples illustrent l'hypothèse selon laquelle la proximité sociale favorise les rapprochements affectifs alors que la distance sociale perturbe les liens affectifs. Dans les groupes d'implication et de recherche que nous animons sur le thème « Roman amoureux et trajectoire sociale » nous constatons qu'un certain nombre de ruptures affectives sont produites par des trajectoires écartelées. Si le cœur a des raisons que la raison ne connaît pas, il ignore rarement la « raison sociale » de celui ou de celle pour lesquels il bat. La guerre conjugale est souvent alimentée par les antagonismes sociaux qui traversent les couples.

LES RAPPORTS PARENTS/ENFANTS

Les rapports familiaux sont également des rapports sociaux. La promotion des uns, le déclin des autres conditionnent les relations qui s'établissent entre les différentes lignées, entre les frères et les sœurs, entre les parents et les enfants. On constate que le déclin d'une branche de la famille s'accompagne le plus souvent d'un éloignement progressif des autres branches. Certaines familles bourgeoises vont jusqu'à oublier ceux dont le déclin est patent. Le passage d'un milieu populaire à la classe dite « supérieure » aboutit généralement à une rupture dans la famille entre ceux qui restent dans leur milieu d'origine et ceux qui sont en promotion.

Les conflits engendrés par les changements de classe sont particulièrement visibles entre les enfants en forte promotion et leurs parents. L'enfant en ascension sociale est conduit à utiliser un autre langage, à acquérir d'autres habitus, à intégrer un autre monde, provoquant des dissonances cognitive, existentielle et sociale dans les relations avec ses aînés. La distance sociale, qu'elle se traduise par un éloignement progressif ou non, réactive l'ambivalence, provoque des malentendus, alimente une culpabilité de part et d'autre. Du côté des parents, c'est le sentiment d'avoir affaire à un étranger que l'on ne comprend plus, qui est à la fois l'objet de fierté (parce que sa réussite est aussi la leur) et de honte (parce que ce qu'il est devenu les confronte à l'image de ce qu'ils ne sont pas, à la crainte de ne pas être à la hauteur). La gêne qu'ils ressentent peut les amener à prendre des distances vis-à-vis de cet autre qui ne leur ressemble pas. Du côté de l'enfant, la culpabilité s'enracine dans le sentiment d'avoir trahi les fidélités originaires, dans une dissociation entre deux êtres : l'héritier produit par les parents qui reste marqué par une filiation originaire ; et l'enfant qui est devenu un autre, qui a échappé à l'emprise des identifications premières.

Le passage dans une autre classe sociale provoque une *rupture d'identification* entre l'enfant et ses parents. L'identification permet à l'enfant d'assimiler les propriétés et les attributs, en particulier des figures parentales, de se constituer d'après les modèles qu'ils proposent, processus qui perdure indépendamment de la présence réelle des parents. En ce sens, l'identité est le produit de l'ensemble des identifications passées. C'est donc un processus diachronique mais également synchronique, dans la mesure où l'identité n'est jamais figée une fois pour toutes : les objets pris comme modèles sont variables, c'est dire qu'ils peuvent être remplacés par d'autres, dans un travail de réactualisation permanent. En fonction des différentes places occupées, les modèles d'identification proposés varient, amenant l'individu à opérer des choix, des synthèses, des compromis, des renoncements et des ajustements.

L'identité est la résultante de l'ensemble des objets et des personnes prises comme supports d'identification dans le passé et dans le présent. C'est d'ailleurs la multiplicité de ces identifications qui confère à l'individu à la fois sa conformité et sa singularité dans ses différents groupes d'appartenance. L'évolution structurelle (de l'ordre des places) et la mobilité conjoncturelle (de sa place dans la structure sociale) confrontent l'individu déplacé à des contradictions entre la fidélité aux identifications passées et la nécessité de les remettre en cause pour s'adapter à ses conditions actuelles d'existence. L'identité est le lieu d'un travail qui tente de résoudre les conflits entre l'identité héritée

– qui représente le poids de l'histoire en soi – et l'identité acquise – qui s'ajuste aux habitus, aux idéaux et aux pratiques des groupes auxquels on appartient dans le présent.

Dans les rapports entre générations, il y a rupture d'identification lorsque l'enfant abandonne les figures d'identification dominantes dans lesquelles ses parents se reconnaissent, pour adopter des figures nouvelles que les parents perçoivent comme étrangères, parce qu'elles sont des références situées en dehors de leur classe d'appartenance. Cette rupture est un processus différent du phénomène de contre-identification caractéristique de l'adolescent qui s'oppose aux figures parentales en cherchant à prendre le contre-pied des références proposées par l'autorité. En se situant en opposition, l'adolescent reste dans son cadre de référence initial, puisqu'il cherche à faire le contraire de ce que ses parents lui demandent. Dans ce cas, l'investissement des modèles initiaux persiste, quand bien même l'adolescent souhaiterait s'en dégager. La rupture d'identification passe par le désinvestissement des modèles intériorisés qui deviennent indifférents, par l'abandon des références idéologiques, culturelles, institutionnelles, qui les sous-tendent. Ce travail de dé-liaison[18], selon l'expression heureuse de Pierre Ansart, tend à délier les liens parents-enfants qui ne sont plus « attachés » par des références communes et par des identifications aux mêmes objets.

La rupture d'identification entraînée par la distance sociale produit des effets différents selon la position subjective des parents et le rapport entre la position acquise et la position espérée de l'enfant. Dans la mesure où l'enfant réalise les aspirations parentales, la distance sociale ne remettra pas obligatoirement en cause la proximité affective. Cela risque par contre de se produire, si le projet parental est lui-même contradictoire, comme dans le cas de François (chapitre 1), à qui son père demande de devenir bourgeois et en même temps de détruire tous les bourgeois. Il y a là un collage entre les conflits identificatoires du père et de François, ce dernier reproduisant, dans une position objective différente, la contradiction de son père. En devenant bourgeois, François réalise un désir paternel et, en même temps, il devient un ennemi de son père, il passe dans le camp « des exploiteurs ». Ici le conflit d'identification empêche le processus de dégagement qui permettrait à François d'opérer une rupture d'identification. Le conflit de classe bourgeois/ouvrier est articulé sur un conflit œdipien dans une problématique contradictoire, où l'identité est partagée entre deux modèles antagonistes, dont François n'arrive pas à se dégager.

Ce type de situation est caractéristique des enfants des classes les plus défavorisées, qui vivent un conflit entre les modèles parentaux et les modèles sociaux : « Dans notre système culturel,... l'enfant d'un OS ne peut re-trouver son "Père" (en particulier le Père internalisé) dans les images d'hommes, images porteuses de puissance sociale et de connaissance proposées et valorisées par la société (à laquelle il se doit de s'intégrer). La société lui renvoie explicitement ou implicitement une image de son père, amoindrie, dévalorisée, "castrée"... L'attitude des parents peut correspondre souvent à une injonction paradoxale, proposant à l'enfant explicitement de s'identifier aux modèles sociaux valorisés et implicitement de refuser ces modèles, en ce qu'ils ne sont pas ceux de leur classe qu'ils trahissent, en ce qu'ils perturbent le désir d'identification et de domination des parents sur l'enfant[19]. »

La distance sociale entre l'enfant en promotion et ses parents sera vécue différemment, selon que la position acquise par l'enfant est valorisée par les parents ou selon qu'elle est perçue de façon ambivalente. On constate en particulier que les classes socialement invalidées confrontent leurs membres à une contradiction entre un désir de changer de classe et un désir de revalorisation de leur culture, leurs traditions et leurs habitus. C'est l'un des enjeux essentiels qui traverse les rapports familiaux lorsque des enfants changent de classe sociale, avec des différences selon que la position originaire est valorisée ou non : les paysans, les petits commerçants ou les artisans, qui sont leurs propres patrons et ont une relative autonomie dans l'organisation de leur travail, sont sur ce point moins invalidés que des ouvriers ou des petits employés confinés dans un travail répétitif d'exécution. La possibilité de valoriser l'acte de travail (le savoir-faire) ou la communauté de travail (par l'engagement militant) sont des moyens de réagir contre l'invalidation de l'image sociale, mais ces réactions s'avèrent bien précaires lorsque l'enfant, dont on a souhaité qu'il vive autrement, réactive par la place qu'il occupe les contradictions vécues par les parents dans le rapport à leur propre place. Les livres d'Annie Ernaux éclairent parfaitement ces enjeux.

La place ou l'amour séparé

Dans *La Place*, Annie Ernaux décrit les difficultés liées au déplacement, en particulier la distance qui sépare peu à peu l'étudiante mariée bourgeoisement qu'elle est devenue, de ses parents qui étaient à l'origine paysans, puis ouvriers, pour finir petits commerçants. Cette « déchirure de classe » la conduit à l'écriture, moyen de combler la distance, comme une réparation. Elle écrit un roman familial, par opposition au roman romancé, une description précise de ce monde dont elle est issue et qui disparaît : « Pour rendre compte d'une vie soumise à la nécessité, je n'ai pas le droit de prendre d'abord le parti de l'art, ni de chercher à faire quelque chose de "passionnant", ou d'"émouvant". Je rassemblerai les paroles, les gestes, les goûts de mon père, les faits marquants de sa vie, tous les signes objectifs d'une existence que j'ai aussi partagée[20]. » La romancière se fait sociologue pour témoigner de la vie des *gens de peu*, selon la belle expression de Pierre Sansot[21].

Elle décrit la lente ascension de son père, garçon de ferme jusqu'à la guerre de 1914-1918, puis ouvrier dans une usine où il rencontre sa femme, ouvrière comme lui. Suite à un accident, ils décident d'économiser pour prendre un fonds de commerce de café-épicerie, dans un quartier ouvrier, puis dans un quartier moins populaire. Vie de travail d'un père qui côtoie la misère sans y basculer, qui utilise chaque opportunité de l'existence, et en particulier les deux guerres, pour « se faire sa place au soleil », pour gravir les échelons afin de passer de la condition de garçon vacher à celle d'ouvrier, puis d'ouvrier – commerçant, puis de commerçant à part entière : « Il ne buvait pas, il cherchait *à tenir sa place*. Paraître plus commerçant qu'ouvrier » (p. 45). Annie Ernaux décrit « la crispation de l'aisance gagnée à l'arraché » (p. 58), le travail incessant, « même pas une minute pour aller au petit endroit », la nécessité d'économiser sur chaque chose, et peut-être surtout la peur d'être déplacé, d'avoir honte… « *leitmotiv*, il ne faut pas péter plus haut qu'on l'a » (p. 59), l'obsession de l'apparence… « Qu'est-ce qu'on va penser de nous ? » (p. 61).

Elle raconte longuement les caractéristiques de ce milieu intermédiaire entre la classe ouvrière et la petite bourgeoisie, l'absence d'opinion et la politesse obsessionnelle pour ne pas heurter ou prendre le risque d'être critiqué, le conformisme qui conduit à paraître en essayant de passer inaperçu, de calquer sa conduite sur « ce qui se fait » dans la peur constante de faire « ce qui ne se fait pas ». « Tenir sa place », c'est coller à un modèle, qui représente « ce qui est bien », « ce qui se fait ». Il convient d'intérioriser le système de valeur des gens « bien élevés », c'est-à-dire de ceux qui ne sont ni paysans, ni ouvriers, mais que l'on peut cependant côtoyer. C'est au peintre ou au menuisier que l'on demande « ce qui se fait » pour les couleurs et les formes. L'important c'est de ne pas avoir l'air d'être paysan (« sortir de sa campagne »), ou ouvrier. C'est pourquoi elle sera encouragée à suivre des études, « une souffrance obligée pour obtenir une bonne situation et *ne pas prendre* (se marier avec) *un ouvrier* » (souligné dans le texte, p. 80).

Lorsqu'elle présente à ses parents un étudiant en sciences politiques qui va devenir son mari, elle note : « À celui-ci, il suffisait d'être *bien élevé* (souligné dans le texte), c'était la qualité que mes parents appréciaient le plus, elle leur apparaissait une conquête difficile. Ils n'ont pas cherché à savoir, comme ils l'auraient fait pour un ouvrier, s'il était courageux et ne buvait pas. Conviction profonde que le savoir et les bonnes manières étaient la marque d'une excellence intérieure innée » (p. 94). Cette rencontre va faire basculer Annie Ernaux « dans cette moitié du monde pour laquelle l'autre n'est qu'un décor » (p. 96), tout en restant traversée par une distance, coupure irréductible qui traversera également son couple. Elle va seule chez ses parents taisant les vraies raisons de l'indifférence de leur gendre, « raisons indicibles, entre lui et moi, et que j'ai admises comme allant de soi. Comment un homme né dans la bourgeoisie, à diplômes, constamment "ironique", aurait-il pu se plaire en compagnies de *braves gens*, dont la gentillesse, reconnue de lui, ne compenserait jamais à ses yeux ce manque essentiel : une conversation spirituelle » (p. 96).

L'écriture est le moyen de trouver une médiation entre sa position originaire comme fille de ses parents et sa position acquise comme intellectuelle bourgeoise. Elle se décrit comme « partagée » entre, d'un côté, l'amour de ses parents, la solidarité à ce milieu dont elle est issue et, de l'autre, le mépris des petits-bourgeois qu'entretient la bonne bourgeoisie, la distance critique et « ironique » que les intellectuels affichent par rapport au monde, aux choses et aux personnes. « Je hasarde une explication : écrire, c'est le dernier recours quand on a trahi. » Cette phrase de Jean Genet, mise en exergue de son livre, propose une clé quant au statut de ce livre dans le travail qu'il lui faut accomplir pour gérer son déplacement/reclassement : se distancier tout en comblant cette distance, réparer une trahison pour mieux se sentir à sa place, entériner une rupture en affirmant son alliance originaire. « Voie étroite, en écrivant, entre la réhabilitation d'un mode de vie considéré comme inférieur, et la dénonciation de l'aliénation qui l'accompagne. Parce que ces façons de vivre étaient à nous, un bonheur même, mais aussi des barrières humiliantes de notre condition (conscience que "ce n'est pas assez bien chez nous"), je voudrais dire à la fois le bonheur et l'aliénation. Impression, bien plutôt, de tanguer d'un bord à l'autre de cette contradiction » (p. 55).

S'amorce alors pour elle une autoanalyse, un travail sur elle-même, dont la description lucide permet de repérer différents processus à l'œuvre.

Les effets sociopsychiques du déplacement

Le déplacement confronte le sujet à l'humiliation, la culpabilité ou l'ambivalence, autant de sentiments qui nécessitent le travail de dégagement des attaches originaires.

L'HUMILIATION

Ses parents ont peur de ne jamais être « comme il faut », de ne pas être à la hauteur de la condition à laquelle ils aspirent, peur qui les conduit à avoir honte de ce qu'ils sont. L'enfant participe également à cette honte originaire et acquiert une position qui l'amène à partager le mépris de classe qui caractérise le rapport entre les classes dominantes et les autres. « Le déchiffrement de ces détails s'impose à moi maintenant, avec d'autant plus de nécessité que je les ai refoulés, sûre de leur insignifiance. Seule une mémoire humiliée avait pu me les faire conserver. Je me suis pliée au désir du monde où je vis, qui s'efforce de vous faire oublier les souvenirs du monde d'en bas comme si c'était quelque chose de mauvais goût » (p. 72).

Cette humiliation est exacerbée lorsque Annie Ernaux doit « montrer » sa famille à son futur mari ou à ses amies étudiantes, confrontant les uns à leur « supériorité » et les autres à leur « infériorité », à l'existence de deux mondes séparés par la distance de classe qui transparaît, quelle que soit la volonté des uns et des autres d'en atténuer les effets. « Quand la famille d'une de mes amies me recevait, j'étais admise à partager de façon naturelle un mode de vie que ma venue ne changeait pas. À entrer dans leur monde qui ne redoutait aucun regard étranger et qui m'était ouvert parce que j'avais oublié les manières, les idées et les goûts du mien. En donnant un caractère de fête à ce qui, dans ces milieux n'était qu'une visite banale, mon père voulait honorer mes amies et passer pour quelqu'un qui a du savoir-vivre. Il révélait surtout une infériorité qu'elles reconnaissaient malgré elles, en disant par exemple : "Bonjour monsieur, comment ça va-ti ?" L'humiliation est compensée par la dénégation lorsque son père lui dit un jour, avec un regard fier, "je ne t'ai jamais fait honte" » (p. 93). Pour Annie Ernaux, l'humiliation est recouverte par l'oubli, le renoncement à une partie d'elle-même qu'elle a pour ainsi dire « refoulée » dès qu'elle s'est trouvée en contact avec la classe dominante. L'assimilation au refoulement s'impose lorsque les mêmes mots désignent les sentiments de honte liés à la sexualité et ceux liés à la différenciation sociale : le mauvais goût, vécu comme un péché, une tare qu'il lui faut dissimuler afin d'acquérir au plus vite les « bonnes manières ». Elle se sent alors doublement coupable : coupable de ce « mauvais goût » qu'elle porte en elle et coupable de reconnaître comme « mauvais » ce goût qui est celui de ses parents.

LA CULPABILITÉ

Cette culpabilité se développe d'autant plus qu'elle trouve un écho dans le sentiment de ne jamais être à sa place, d'être constamment en transition entre la position originaire, où elle n'est plus, et la position acquise où elle se sent mal : le déplacement est marqué par la *dette* et la *trahison* qui s'actualisent en permanence dans les rapports de l'enfant à ses parents. L'enfant, en réalisant les aspirations promotionnelles du projet parental, leur signifie la distance qu'ils n'ont pas parcourue tout en leur restant redevable de ce que lui est devenu. À mesure qu'il avance dans ses études, s'entremêlent distanciation critique (habitus caractéristique des classes intellectuelles qui peuvent analyser les sentiments et les différences, ce qui est un moyen de les éprouver, tout en en atténuant la charge affective) et *sentiment de trahison* lorsqu'on est amené à renier ses origines, quand bien même la renonciation objective est recouverte par l'affirmation d'une solidarité subjective.

La trajectoire des individus en promotion est souvent chaotique, marquée par des conduites d'échec, des mouvements, des changements d'orientation et un sentiment profond d'illégitimité. « Je ne me sentais pas le droit d'entrer à l'université » (p. 86), dit Annie Ernaux au moment où elle confronte sa jeunesse et sa liberté à la vieillesse difficile de ses parents, comme si sa réussite devait se payer de la vie de son père, et comme si la dette contractée à leur égard était d'autant plus lourde que sa réussite serait plus importante.

L'AMBIVALENCE

Annie Ernaux décrypte l'ambivalence qui sous-tend les rapports avec ses parents, au fur et à mesure qu'elle réalise son ascension sociale. Pour les parents, l'ambivalence s'inscrit entre le désir que l'enfant devienne « mieux que ce qu'ils sont » et la peur qu'il ne leur échappe, qu'il ne devienne un étranger, qu'en réalisant ce désir, il leur renvoie une image dévaluée d'eux-mêmes. Pour l'enfant, l'ambivalence s'inscrit entre le désir de réaliser les aspirations parentales, désir qu'il reprend à son compte dans le souhait de réussir, et le sentiment de distance, d'étrangeté, de dissonance qui envahit petit à petit la relation à ses parents. « Mon père est entré dans la catégorie des "gens simples" ou "modestes" ou "braves gens". Il n'osait plus me raconter des histoires de son enfance. Je ne lui parlais plus de mes études… elles lui étaient incompréhensibles et il refusait de faire mine de s'y intéresser… Et toujours la peur ou PEUT-ÊTRE LE DÉSIR que je n'y arrive pas » (en majuscules dans le texte, p. 80).

À la fierté du père devant la réussite de sa fille, correspond le sentiment d'être *dépassé*, de ne plus la comprendre, de ne pas pouvoir suivre et donc la crainte de ne pas être « à la hauteur ». Mais aussi et surtout la peur que sa fille ne reprenne à son compte le dédain que les classes « supérieures » renvoient si facilement à ceux qui n'en sont pas.

LE TRAVAIL DE DÉ-LIAISON

L'ambivalence face au changement de classe, à la fois désiré et craint, recouvre une contradiction d'autant plus forte que l'identification entre le père et la fille se délite. « Y arriver », c'est pour Annie Ernaux effectuer un travail de *désidentification* par rapport à ses parents, dont son livre est l'aboutissement. Pour le père, le désir « qu'elle n'y arrive pas », c'est le désir de garder sa fille, comme si le père comprenait implicitement que la réussite de sa fille allait amener celle-ci à invalider son existence, à lui renvoyer une image dévaluée de ce qu'il est, provoquant non seulement une distance sociale, mais également une distance affective irréductible. Tandis que pour elle il s'agit d'opérer une *dé-liaison* selon l'expression de Pierre Ansart, c'est-à-dire de se dégager des aspects, des propriétés et des attributs parentaux qui lui ont servi pour constituer sa personnalité originaire. Double travail de différenciation sociale et de différenciation psychique, par rapport aux modèles d'identification que représente le monde parental. Les identifications forment une structure complexe dans la mesure où le père et la mère sont chacun à la fois objet d'amour et de rivalité. L'éloignement favorise le désinvestissement de ces objets, que ce soit dans le domaine de l'amour ou de la rivalité, les figures parentales devenant des figures d'un autre monde, celui des « braves gens ». L'écriture, qui se veut un témoignage de la permanence de l'amour de la fille pour son père, est un moyen de réinvestir sur le plan intellectuel cette relation affective.

Ce travail de dé-liaison s'effectue également par rapport aux habitus originaires. Pour inverser le processus décrit par Pierre Bourdieu, il s'agit de *désincorporation des habitus* : changer ses goûts, ses habitudes, ses façons d'être, dans le rapport aux objets, à la cuisine, aux vêtements ou au langage. Il faut « oublier les manières, les idées et les goûts » (p. 93) du milieu parental pour acquérir ceux de la bourgeoisie intellectuelle et accéder ainsi au « savoir-faire » et à « l'aisance » qui caractérisent la culture des classes dominantes. Travail considérable pour arriver à différencier « ce qui est de bon goût » du « mauvais goût », ce qui fait « cultivé » de ce qui fait « vulgaire », dans les objets d'aménagement, la façon de s'habiller, de faire la cuisine, de parler, d'habiter son corps et plus généralement de « se conduire » dans la vie sociale. Remise en cause radicale et profonde du mode de vie, et donc du mode d'être de ses parents, du système de dispositions acquis pendant l'enfance, de l'héritage comme élément structurant de l'identité.

Le témoignage d'Annie Ernaux est exemplaire d'une trajectoire fortement ascensionnelle. Le père passe de la position de garçon de ferme à celle d'ouvrier, puis de petit commerçant. La fille devient professeur de lettres puis écrivain et accède, par son mariage, à la grande bourgeoisie intellectuelle « installée ».

Cette réussite, réussite objective mais également succès dans sa capacité à « assimiler » les conflits que son ascension implique, a été facilitée par plusieurs éléments : la croissance économique et les effets des deux guerres qui ont permis la reconversion et l'ascension de ses parents en leur offrant des opportunités qu'ils ont su saisir ; la pente ascensionnelle de la trajectoire parentale qu'elle ne fait en quelque sorte que prolonger, dans la mesure où cette pente lui indique la direction à suivre marquant une cohérence entre la position espérée et la position acquise ; son statut de fille unique qui en fait l'objet exclusif des espérances et de l'investissement parental ; son mariage, dans la mesure où le statut de son mari lui permet d'accélérer et de consolider son appartenance à la bourgeoisie intellectuelle ; son investissement dans l'écriture par lequel elle gère les contradictions de son histoire.

Ce « roman familial » a une double fonction psychologique – supporter et corriger la réalité vécue – et une double fonction sociale – prestige de l'écrivain et appartenance « au monde des lettres » d'une part, mais de l'autre, distanciation de « l'artiste », qui lui permet de se dire toujours ailleurs que là où il est objectivement situé. Elle peut ainsi reconstruire son histoire, développant sa propre historicité : travail de reconnaissance et de transformation dans une recherche de cohérence entre ce qu'elle est et ce qu'elle est devenue, entre son identité héritée et son identité acquise.

5

Trajectoire promotionnelle et conflits d'identité

> Ce qui distingue celui qui a fait des études de l'autodidacte, ce n'est pas l'ampleur des connaissances, mais des degrés différents de vitalité et de confiance en soi. La ferveur avec laquelle Tereza, une fois à Prague, s'élança dans la vie était à la fois vorace et fragile. Elle semblait redouter qu'on pût lui dire un jour « tu n'es pas à ta place ici ! Retourne d'où tu es venue ».
>
> Milan KUNDERA,
> *L'Insoutenable Légèreté de l'être.*

Le déplacement social entraîne une série de conflits affectifs, éthiques, culturels, relationnels, politiques, qui se cristallisent dans le rapport de l'individu à sa place et à son identité. L'identité est ici définie comme la résultante des différentes positions occupées (versant identité sociale) et du rapport subjectif à ces positions (versant identité psychique). Cette définition renvoie au double sens de l'identification qui est, d'une part, le processus par lequel un système social permet de nommer et de situer chaque individu dans son « ordre » et, d'autre part, le processus psychologique par lequel la personnalité se constitue en assimilant tout ou partie des propriétés, des attributs, des qualités des personnes qui l'entourent. L'identité est le produit d'un double mouvement intérieur et extérieur. Elle est donc moins un état qu'une construction dynamique résultant du travail d'un individu qui cherche à se situer, à se positionner, à affirmer une singularité et une unité face à une réalité multiforme et hétérogène, à trouver des médiations face aux contradictions intrapsychiques, psychologiques et sociales qui le traversent. L'identité est en quelque sorte tiraillée entre la permanence et le contraste, entre la similitude et la singularité, entre la reproduction et la différenciation, entre ce qui la fonde dans le passé et ce qui la spécifie dans le présent dans une perspective d'avenir. L'identité est une notion multidimensionnelle et contradictoire. « L'identité est une sorte de foyer virtuel auquel il nous est indispensable de nous référer pour expliquer un certain nombre de choses, mais sans qu'il n'ait jamais d'existence réelle[1]. » Le mot identité porte en lui sa racine « idem », le même, alors qu'il définit la singularité de chacun. Il prend son sens dans une dialectique, où la similitude renvoie au dissemblable, la singularité à l'altérité, l'individuel au collectif, l'unité à la différenciation[2].

L'identité est une construction active, produit d'un processus de différenciation qui s'effectue par un arrangement et une juxtaposition d'éléments hétérogènes. Les conflits d'identité apparaissent lorsque, parmi ces éléments, sont accolés des objets conflictuels, obligeant l'individu à trouver des médiations satisfaisantes pour leur permettre de coexister. L'identité n'est pas une donnée première, « elle résulte d'un assemblage à la fois planifié et fortuit, dont les possibilités et la portée sont limitées tant par la nature de “projet” que par le matériel dont il dispose, et dont il exploite les possibilités avec plus ou moins de succès[3] ». Devereux distingue dans ce processus ce qui tient à la partie nucléaire du psychisme, la personnalité idiosyncrasique, ce que recouvre l'idée de « moi-même » et la personnalité ethnique qui « ne se constitue pas pendant les stades prégénitaux et à l'époque des objets partiels, mais pendant le stade œdipien et à l'époque des objets totaux, qui fonctionnent comme médiateurs de l'ambiance sociale et culturelle[4] ». En ce sens, les troubles d'identité sont toujours d'essence psychique, à condition de prendre en compte l'activité psychique comme une activité qui intègre le social, c'est-à-dire le monde extérieur avec ses conflits et ses contradictions. La constitution de l'identité est un processus complexe, dynamique et conflictuel.

La psychanalyse pose le fondement de l'identité dans le rapport de l'individu avec ses géniteurs, en mettant en évidence les processus d'identification qui sont à l'œuvre dans ce rapport, dans le JE assujetti au désir de l'autre. « L'acquisition de l'identité n'est pas une construction linéaire qui opérerait par intégrations successives mais un processus dialectique du rapport sujet/objet. Pour ce faire, il convient d'accomplir une destruction vis-à-vis de ceux-là mêmes qui ont fondé son existence[5]. »

Cette dépendance originaire ne doit pas être réduite à ses aspects psychiques. Le rapport avec les géniteurs est d'emblée un rapport social. « L'identité de l'individu ne peut lui venir que du dehors, c'est-à-dire de la société[6]. » C'est la société qui lui impose son identité, par les positions qu'elle définit pour chaque individu dans le réseau social. La sociologie pose le fondement de l'identité dans le rapport de l'individu avec un système de parenté, avec les groupes dont il est issu, les institutions et les réseaux sociaux auxquels il appartient, les classes sociales qui caractérisent le fonctionnement social auquel il participe. Mais ce rapport est marqué par la problématique familiale, c'est-à-dire par la façon dont les géniteurs et leurs ascendants se sont eux-mêmes positionnés dans cet ensemble de rapports.

Le rappel de ces différentes approches de l'identité montre qu'il s'agit d'une notion carrefour, multidimensionnelle, qui rend compte des différents registres qui constituent la personnalité d'un individu. Il nous a paru nécessaire pour comprendre la situation des personnes qui changent de classe sociale et analyser les tensions que ces déplacements provoquent.

Les trajectoires promotionnelles ont fait l'objet de nombreux témoignages, ce qui n'est pas surprenant dans la mesure où l'écriture est un moyen, pour ceux qui les vivent, de réaliser leur promotion tout en rendant compte des conflits qu'elle entraîne. Ces témoignages peuvent prendre la forme de romans plus ou moins autobiographiques, comme Annie Ernaux et Paul Nizan, ou d'études sociologiques. Parmi ces dernières, nous avons retenu celle de Francine Muel-Dreyfus sur les instituteurs d'origine paysanne, de Richard Hoggart sur les déracinés issus des classes populaires, de Luc Boltanski sur les cadres autodidactes en promotion et de Michel Bonetti sur les hommes en forte promotion. Ces quatre illustrations permettent de saisir les conflits et les contradictions liés à des trajectoires ascendantes dans des contextes sociohistoriques différents. La première moitié du XXe siècle pour les instituteurs, les années 1960-1970 pour les cadres autodidactes et les déracinés, la fin du XXe siècle pour les hommes en forte promotion. Dans ces différents contextes, on peut retrouver des invariants caractéristiques du vécu de l'ascension sociale.

Le roman familial et social des instituteurs d'origine paysanne

À partir d'autobiographies, de témoignages, de correspondances et de romans, Francine Muel-Dreyfus montre que c'est toute l'histoire d'une lignée qui est à l'œuvre dans le « choix » de devenir instituteur lorsqu'on est fils de paysan au début du XXe siècle[7]. La gestion de cette promotion sociale, le passage entre deux univers sociaux radicalement différents, les conduisent à vivre une tension entre l'*identité héritée* de parents paysans le plus souvent pauvres et l'*identité acquise* à travers un cursus scolaire qui les mène de l'école primaire à l'école normale, puis au métier d'instituteur, le plus souvent dans des écoles de campagne. La similitude des problématiques à l'œuvre permet de dégager un certain nombre de constantes dans leur roman familial et social : sentiment de culpabilité lié à la distance avec le milieu d'origine, sentiment de fierté d'avoir réussi, reconnaissance d'une dette vis-à-vis des ascendants, isolement social, sentiment de n'être à sa place ni dans le milieu d'origine, ni dans le milieu actuel, investissement dans le travail d'écriture. L'écriture joue pour les instituteurs une fonction d'historicité qui permet d'établir un lien entre le passé et le présent à travers les conflits qui en découlent. « Le travail littéraire peut apparaître alors comme l'issue d'un travail symbolique sur le passé qui permet à sa manière de dénouer certaines des contradictions du présent » (p. 2). L'autobiographie est un moyen de se rappeler à soi-même et de signifier aux autres, et en particulier à ses propres enfants, que « si l'on a accédé à une profession permettant d'échapper à une condition matérielle faite d'insécurité, d'usure physique, et de sur-travail, c'est à l'effort des parents (et/ou des grands-parents) qu'on le doit » (p. 92). Le récit de vie est à la fois le *témoignage d'une dette* contractée vis-à-vis des ascendants et un travail de reconstruction de l'histoire, de réflexion sur soi, d'intégration entre l'identité originaire et l'identité actuelle.

L'élément le plus conflictuel qui transparaît à travers ces multiples témoignages est le rapport de *proximité distante* que l'instituteur issu des fractions les plus pauvres de la paysannerie entretient vis-à-vis de sa classe d'origine, rapport réactualisé en permanence par le fait qu'il se trouve dans une école rurale, en contact avec le milieu paysan. Cette position permet une médiation entre la reconnaissance de dette et la prise de distance : par un travail éducatif auprès des enfants de sa classe d'origine, il reste proche d'eux tout en aidant certains « à en sortir » ; il vit dans un village rural, mais avec un statut particulier et différent.

En permettant à d'autres, par le biais de l'école, d'espérer une promotion, l'instituteur trouve un élément de légitimation de ce que lui-même est devenu. On sait combien la figure de l'instituteur revient souvent comme élément déterminant dans les récits de trajectoires ascendantes d'enfants d'ouvriers et de paysans. À la désidentification que le déplacement entraîne vis-à-vis de ses propres parents, vient se substituer pour l'instituteur une identification aux enfants « bons élèves », issus de milieux populaires qu'il va soutenir et protéger, afin qu'ils puissent emprunter le chemin que lui-même a parcouru. Car ce chemin est difficile : « Le coût psychologique et social de "l'ascension" ne se laisse pas toujours oublier et le rapport au passé resté vivant de la famille d'origine et au présent des familles qui habitent le village ou les fermes avoisinantes peut s'accompagner d'une sorte de travail de deuil, sans cesse à refaire, même s'il est tamisé de la fierté des acquis » (p. 93).

Ce *travail de deuil* recouvre le travail psychologique et social de dé-liaison que nécessite un changement de classe. Travail de désincorporation des habitus originaires et de réincorporation d'habitus nouveaux ; travail de désidentification des modèles « déposés » dans l'enfant par son milieu initial et de ré-identification à des modèles différents parfois contradictoires ; travail de dé-idéalisation des valeurs et acquisition de croyances et d'idéologies nouvelles : « Ce travail sur les origines tend à intégrer des univers sociaux et symboliques séparés, le monde de l'effort physique, celui de la communauté paysanne avec ses rythmes, ses représentations du temps, son système de valeurs, sa division du travail entre les sexes, etc., et ce qu'on peut appeler le monde des livres, celui de l'isolement, du travail intellectuel et de la solitude sans surprise de la carrière de fonctionnaire décrite comme un chemin de plaine » (p. 137).

De cette séparation découle une série de contradictions qui traversent l'existence de ces instituteurs : dé-liaison d'un côté, mais de l'autre, affirmation d'une solidarité avec ceux dont il reste redevable d'être ce qu'il est devenu, dette *liée* au sentiment de culpabilité de ne plus être comme eux, de saisir leurs lacunes, leurs manques, leur pauvreté. La caractéristique des instituteurs est d'accomplir un destin social, la plupart du temps espéré par les paroles et les actes de leurs ascendants : ils accomplissent « une destinée », c'est-à-dire ce à quoi ils ont été destinés par ceux qui les précèdent. « Lorsqu'ils racontent la vie quotidienne, domestique ou professionnelle de leurs parents, les instituteurs y retrouvent tous les signes de cet encouragement à être ce qu'ils sont effectivement devenus » (p. 172). Mais ces aspirations sont en fait contradictoires : les parents souhaitent que l'enfant réussisse, acquière un statut plus prestigieux ; en même temps, ils souhaitent qu'il ne devienne pas étranger, qu'il ne renie pas ses origines. Ils souhaitent qu'il devienne un autre tout en restant pareil.

D'où ces récits décrivant à la fois l'*isolement social* des instituteurs, qui se sentent constamment « dé-placés » au sein des différents groupes sociaux qu'ils côtoient, mais qui affirment leur fidélité aux traditions, leur solidarité à leur classe d'origine, qui situent leur propre trajectoire dans le combat collectif d'un milieu pour améliorer ses conditions d'existence. La solidarité s'exprime dans une valorisation de l'instruction comme élément de progrès social, dans les récits qui portent témoignage de leur culture familiale originaire, en en exaltant les mérites et, bien souvent, par un engagement militant ancré dans des valeurs « de gauche ». Cet engagement, au même titre que l'écriture, est une des réponses possibles à l'isolement social.

Les autodidactes en promotion

La situation est différente pour les cadres autodidactes en promotion, qui effectuent leur carrière dans un secteur où ils sont directement en concurrence avec les héritiers de la bourgeoisie, pour lesquels la position de cadre est en quelque sorte acquise dès l'origine. Le cadre autodidacte n'a pas les mêmes moyens que l'instituteur d'exprimer une solidarité avec ses origines, dans la mesure où le travail d'encadrement le conduit à « passer de l'autre côté », du côté de ceux qui ont le pouvoir. Luc

Boltanski, dans un chapitre intitulé « Une pathologie de la promotion », expose les résultats d'une enquête effectuée auprès des lecteurs de *Science et Vie* dont une grande partie sont des ouvriers, employés ou techniciens devenus cadres, soit par une « formation maison », soit par les cours du soir[8]. L'étude montre que la promotion nécessite des investissements économiques et psychologiques, une organisation méthodique de l'existence, une énergie qui y est totalement consacrée ; maîtrise du temps, maîtrise de soi, ascétisme sexuel, absence de loisir. Ces différents éléments produisent une tension qui se traduit par une fragilité psychologique, une rigidité caractérielle et un isolement social. « Connaissant le coût élevé des investissements qu'exige la promotion vers des positions d'encadrement, on comprend que ceux qui parviennent à franchir le barrage aient tendance à surinvestir psychologiquement dans leur position et dans leur rôle, ce qui contribue à les rendre très *vulnérables*[9]. » Cette vulnérabilité se traduit en particulier par des troubles psychologiques, des dépressions nerveuses, des maladies cardio-vasculaires, des ulcères du duodénum. Une enquête de l'Unedic montre que 30 % des cadres autodidactes font une dépression lorsqu'ils se retrouvent au chômage.

Dans un travail que nous avons mené avec des assistantes sociales de la Sécurité sociale qui suivent les assurés sociaux en arrêt de maladie, nous avions constaté que ces différents symptômes étaient effectivement particulièrement développés chez les cadres en forte promotion menacés dans leur position professionnelle. Leur vulnérabilité se traduit également dans le sentiment d'insécurité face aux restructurations, reconversions, réorganisations diverses qui sont à l'œuvre dans leurs entreprises. Luc Boltanski y voit l'indice « de la tension quotidienne qui caractérise la relation que les cadres de promotion entretiennent avec leur identité sociale ». Cette tension se traduit par une *rigidité* dans le comportement, que ce soit dans le rapport au langage (l'obsession du « mot juste »), dans l'importance attachée au respect des titres et des statuts, dans l'obéissance aux directives qu'il convient de suivre « à la lettre ». « Tiraillés dans les situations les plus banales entre l'abandon aux impulsions de l'habitus, produit de la prime éducation, et l'obéissance aux contrôles plus ou moins fortement intériorisés, acquis par l'apprentissage de normes souvent incertaines et ambiguës, entre l'identité originelle et l'identité visée, les cadres autodidactes sont conduits, comme tous ceux dont l'univers ne va plus de soi, à rechercher le réconfort de règles établies et formulées[10]. »

La rigidité du comportement exprime la difficulté de distanciation entre l'individu, son rôle et son statut, la difficulté de faire la « part des choses », de jouer avec les mots, ce que les cadres diplômés savent exercer avec brio. Ces difficultés sont particulièrement exacerbées vis-à-vis des jeunes diplômés dont ils dénoncent l'insouciance et envient l'aisance. Ils peuvent alors, soit chercher une complicité, soit exiger le respect, ce qui est perçu par les subordonnés comme une attitude « déplacée ». Un rapport ambigu à sa propre place conduit à surinvestir les marques nominales du statut, à manifester une volonté farouche de « remettre les choses en place » et un respect de l'ordre formel qui peut devenir obsessionnel. Lorsqu'il a fallu dépenser une énergie considérable pour acquérir un certain statut, on s'attache aux signes qui le caractérisent et on réagit fortement aux risques de dévalorisation de ce même statut. Le jeu avec la place qui est nécessaire dans les entreprises perpétuellement en transformation pour ceux qui veulent y faire carrière implique une distanciation constante entre le rôle attaché à la place occupée et le rôle attaché à la personne qui l'occupe. Le rapport à sa place doit être suffisamment fluide et distant pour accepter des restructurations ou des changements rapides de position dans l'organisation.

Si les instituteurs et les professionnels de la relation peuvent, par la médiation de l'écriture ou de la parole, effectuer le travail de distanciation que nécessite la gestion des conflits engendrés par une trajectoire promotionnelle, les cadres autodidactes ont du mal à acquérir cette fluidité qu'on leur demande pour passer du statut de cadre dans une structure hiérarchique stable à celui de manager dans une organisation réticulaire hypermoderne. Les organisations de type patronal étaient caractérisées par un « cadre » stable et hiérarchisé (l'organigramme en râteau), un système de règles de type disciplinaire et l'exercice d'une autorité fondée sur des normes explicites. Dans ce modèle, la montée des échelons à l'ancienneté ou par le biais des formations internes permettait un ajustement progressif de la personnalité à la place occupée, par un système de sélection évaluant la capacité d'intérioriser les normes de fonctionnement et de les reproduire : l'obéissance, le respect des règles et de la hiérarchie, ainsi que le savoir-faire technique en étaient les éléments essentiels. L'évolution des entreprises vers des modèles type managérial et systémique fonde la promotion non plus sur l'adaptation à un cadre fixe et rigide, mais sur l'adaptation à une organisation mouvante, sur la capacité de recyclage permanent, sur la capacité d'innover dans la technique, dans l'animation du travail, dans la production des règles de fonctionnement. Mobilité, flexibilité, adaptabilité sont des exigences plus difficiles à accepter pour des cadres autodidactes que pour des jeunes qui apprennent ces comportements dès leur entrée en écoles de commerce.

La rigidité des structures hiérarchiques, comme des structures caractérielles, est considérée comme un obstacle au développement de ces nouveaux modes d'organisation. Les cadres autodidactes qui ont intériorisé les habitus propres aux entreprises de type patronal, dont la rigidité est l'un des aspects, se trouvent la plupart du temps inadaptés à des univers mouvants, flexibles, en réorganisation permanente. Dans la mesure où l'investissement dans le travail est pour eux l'élément central de leur identité, ils se sentent profondément en insécurité et souvent grugés par un système qui les met dans une situation paradoxale : on leur demande de sacrifier leur vie personnelle, de vivre véritablement en ascètes pour se former et, lorsque après des années d'efforts ils y sont arrivés, on leur signifie qu'ils n'ont pas en fait la formation adéquate pour occuper cette situation[11].

La vulnérabilité et la rigidité vont de pair avec le repli sur soi et l'isolement caractéristique du mode de vie des employés, techniciens, ouvriers spécialisés qui veulent devenir cadres. Vie « exemplaire », complètement organisée autour de ce projet ; cours du soir, travail le week-end, peu de loisirs, vie familiale réduite au minimum. Le postulant est constamment « tendu » vers la réalisation de ce projet auquel il sacrifie l'ensemble de son existence.

Les hommes en forte promotion

Une étude de Michel Bonetti sur les hommes en forte promotion[12] montre que l'isolement se traduit également dans le rapport au logement : « La forte promotion sociale place les individus dans une situation intermédiaire entre la classe d'origine et leur classe d'appartenance [...]. Gestion difficile puisqu'ils doivent à la fois se dégager de leurs origines et essayer d'intégrer les nouveaux milieux sociaux correspondant à leurs nouvelles situations sociales. » Si l'environnement du logement correspond à leur classe d'origine, ils se trouvent en porte-à-faux par rapport à ce qu'ils souhaitent devenir, et la signification de leur environnement est un obstacle à la réalisation de leur projet d'avenir. Si, par contre, ils recherchent un quartier en accord avec leur nouvelle situation, ils risquent de se sentir isolés, voire menacés, car ils maîtrisent mal les relations sociales que requiert leur position de cadre. Ils cherchent alors leur logement dans des espaces intermédiaires entre les quartiers populaires et les quartiers bourgeois, le plus souvent dans des quartiers récents en villes nouvelles ou en banlieue, univers pavillonnaire où domine l'isolement social. Ils réagissent en « banalisant leurs relations », en les limitant à des rapports d'échange de services. Les relations aux autres, que ce soit dans le travail ou hors travail, sont principalement fonctionnelles et défensives : peu de contacts affectifs, d'amitiés professionnelles et d'investissement dans des réseaux relationnels élargis. L'étude fait ressortir une « forte résistance à l'intégration communicative », qui est inversement proportionnelle à la distance sociale : plus la promotion est importante, plus les relations sociales intenses sont faibles.

L'expérience de l'ascension sociale est une expérience solitaire. En limitant les relations sociales, l'individu en promotion tend à éviter les situations conflictuelles d'humiliation, de porte-à-faux, qu'implique toute réunion collective où chacun peut être amené à se situer, à affirmer ses signes d'appartenance ou de non-appartenance à tel ou tel groupe. Ce qui domine, dans le discours des hommes en promotion, c'est le malaise entre un désir de reconnaissance sociale inassouvie et la crainte toujours présente de « retomber » là d'où ils viennent. Mais, contrairement aux exemples de ceux qui, par le biais de l'écriture ou de leur métier, ont les moyens d'effectuer *un travail sur soi* pour assumer les contradictions de leur position subjective, les cadres autodidactes sont souvent démunis pour le faire. Le développement des séminaires de relations humaines et du coaching dans les entreprises peut parfois pallier ces manques. Mais lorsqu'ils sont animés dans une perspective positiviste, comportementaliste et utilitariste, on peut craindre qu'ils ne viennent plutôt renforcer le processus de dénégation et de refoulement face aux conflits liés à l'histoire familiale et la trajectoires sociale. Les techniques de développement personnel préconisées par « les managers de l'âme », comme la dynamique de groupe, l'analyse transactionnelle, les séminaires d'expression, la PNL, appliquées dans l'entreprise, sont souvent le lieu d'une décharge cathartique, plutôt que d'une perlaboration permettant une analyse approfondie des conflits identitaires de ceux qui y participent[13].

Quoi qu'il en soit, la rigidité et l'isolement des hommes en forte promotion dans leur travail comme dans la vie sociale amènent la plupart d'entre eux à vivre leur conflit de l'intérieur (intérieur de « l'intimité familiale » et intérieur de leur psyché), favorisant ainsi l'apparition de symptômes psychosomatiques, conséquence d'une situation contradictoire vécue comme anxiogène. Leur promotion sociale semble résulter d'une identification au désir (de promotion sociale) des parents et se trouve en contradiction avec un désir d'identification (et de fidélité) aux images parentales. Ils ont en fait réalisé un projet parental qui impliquait la séparation sociale d'avec les parents et cette situation anxiogène les pousse à refuser, tant dans leur travail que dans leur habitat, tous les aspects sociosymboliques qui risqueraient de confirmer leur promotion-trahison : la promotion était nécessaire mais ne peut avancer que masquée. Dans son livre *Retour à Reims*, Didier Eribon décrit bien ces processus qui l'ont conduit à couper tous les liens avec sa famille et la honte de ses origines qu'il devait impérativement cacher[14].

Les déclassés par le haut

Les contradictions des individus en promotion sociale ont été également analysées par Richard Hoggart, dans une étude sur la culture des classes populaires[15], étude qui relève autant de l'ethnosociologie que de l'autobiographie, l'auteur étant issu de la classe ouvrière du Nord-Est de l'Angleterre avant de devenir professeur à l'université de Birmingham. « Chez les déracinés, l'insatisfaction et l'anxiété qui n'épargnent aucune classe sont poussées à leur paroxysme, du fait qu'ils sont sentimentalement coupés de leur classe d'origine par des qualités, qui, comme la vivacité de l'imagination ou l'esprit critique, leur procurent une conscience encore plus aiguë et plus douloureuse de l'ambiguïté de leur condition. Les “déclassés par le haut” ne sont pas tous des névrosés, mais tous connaissent une expérience de l'anxiété qui peut, pour quelques-uns, conduire au déséquilibre pathologique » (p. 347). La confrontation au déracinement concerne tout garçon d'origine populaire qui arrive, grâce à des bourses et l'aide du système scolaire, à poursuivre ses études. Dans ces cas, le conflit avec l'entourage familial est inévitable, parce qu'il se trouve au « point de friction » entre deux cultures, friction d'autant plus grande que la réussite scolaire a été juste suffisante pour les couper de leur classe d'origine, sans leur permettre pour autant d'accéder vraiment à une autre catégorie sociale : « Ceux qui se sentent le plus mal à l'aise dans leur peau sont les boursiers, qui n'ont pu que sortir de leur classe d'origine sans accéder à une qualification suffisante pour s'intégrer au groupe des intellectuels ou s'assimiler aux membres des professions libérales » (p. 349).

Toute trajectoire promotionnelle est marquée par la coupure entre l'individu et sa famille, coupure qui prend des formes diverses. Le bon élève peut se sentir stigmatisé par son entourage tant par les remarques élogieuses et la fierté dont il est l'objet du fait de sa réussite scolaire, que par la méfiance et la condescendance qu'entraîne le travail intellectuel dans les milieux populaires. Pour réussir, le boursier doit rompre avec « l'éthos du foyer » familial, les valeurs communautaires de sa classe d'origine. Pour s'adapter aux habitus scolaires, il doit s'abstraire mentalement de son environnement originaire, donc résister à ce qui fait la qualité principale de son milieu, l'intensité des échanges familiaux et l'ambiance chaleureuse de la parenté. Que ce soit dans la famille ou dans le quartier vis-à-vis des camarades de « la bande », le boursier « fait donc de très bonne heure l'expérience de la solitude et du repli sur soi » (p. 351). De plus en plus mal compris dans son foyer, souvent mal accepté à l'école, il se vit comme écartelé entre deux mondes qui n'ont presque rien en commun : « Une fois au lycée, il apprend vite à utiliser deux accents, peut-être même à se composer deux personnages et à obéir alternativement à deux codes culturels » (p. 352). Ce dédoublement le rend mal à l'aise dans l'un et l'autre monde auquel il participe. D'un côté, il perd sa spontanéité, son « insouciance du Gavroche », son insolence et sa gouaille, sans acquérir pour autant l'assurance et la confiance en soi des jeunes bourgeois. Il se trouve confronté à l'humiliation liée à sa pauvreté, au « stigmate des vêtements bon marché, des excursions scolaires auxquelles il a dû renoncer faute d'argent et surtout de l'entrée remarquée de (ses) parents endimanchés dans la salle des fêtes le jour de la distribution des prix » (p. 353). Pour réussir malgré ces difficultés diverses, le boursier est obsédé par la hantise de bien faire, de se faire bien voir des professeurs sans pour autant se faire remarquer.

L'investissement dans le travail scolaire se traduit par une identification formelle au rôle du « bon élève » qui consacre toute son énergie à passer des examens, qui répond consciencieusement et passivement aux exigences de l'école : « Le boursier perd graduellement toute spontanéité pour se façonner [...] une personnalité intellectuelle qui lui permet de passer ses examens à coup sûr. Il est devenu incapable de se moquer de qui ou de quoi que ce soit. Il est en passe de devenir un bon employé, sérieux et zélé, dépourvu d'incongruités comme d'enthousiasme » (p. 354). Pur produit du système scolaire, il se trouve alors démuni lorsqu'il lui faut affronter un autre monde. Sauf à devenir lui-même un agent de l'Éducation nationale comme bon nombre d'instituteurs et de professeurs, il n'a pas les moyens nécessaires pour affronter le monde de la compétition où les récompenses ne vont pas forcément à ceux qui travaillent le plus, où la réussite n'est pas liée à des concours ou des examens, mais qui introduit d'autres critères comme la chance, le dynamisme, le travail collectif et les relations sociales. Face à l'univers narcissique et compétitif du privé, le boursier est alors comme paralysé : « Il ne se résout jamais à accepter les critères de cette nouvelle forme de compétition pour se faire coûte que coûte une place au soleil (sans cesser, contradictoirement, de ressentir l'amertume de l'échec parce que les années d'humiliation lui ont appris l'importance de l'argent) » (p. 356). Il est partagé entre la fierté et l'absence de confiance en lui, la fascination de sa propre réussite et la crainte d'une rechute, le désir de progresser, de monter toujours plus haut et la culpabilité de se désolidariser de ses attaches de classe.

Dans sa description des effets du déracinement par le haut, Hoggart insiste tout particulièrement sur la description de l'autodidacte honteux de ses origines qui a tendance à « regarder de haut » les attitudes et les manières populaires. « Il est mal à l'aise et parfois même agressif lorsqu'il se rend compte que sa mimique, sa posture et mille traits dans son accent ou ses manières le "trahissent" sans cesse. Du coup, il reporte sur son groupe d'origine son propre sentiment d'imperfection et se retranche derrière tout un système d'attitudes défensives » (p. 358). C'est ainsi qu'il va afficher devant des ouvriers sa maladresse manuelle, comme si celle-ci permettait d'affirmer *ipso facto* sa supériorité intellectuelle. C'est encore la tentative de se montrer familier avec les gens du peuple en se conduisant comme « un des leurs », alors que toute son attitude consiste à surinvestir les signes d'appartenance à la bourgeoisie. Il garde la nostalgie de son milieu d'origine dont il tend à idéaliser la chaleur, la simplicité et la générosité, tout en rejetant l'inculture et la « vulgarité » dont elles sont porteuses.

Coupé de son milieu d'origine, l'autodidacte l'est également des autres milieux et en particulier des classes dominantes dont il admire l'aisance, la culture et la désinvolture, mais qu'il méprise et rejette profondément. D'un côté il aimerait s'intégrer à ce monde, se faire reconnaître comme l'un des leurs, de l'autre il se méfie d'eux et les hait. Oscillant entre le mépris et l'envie il se conduit comme le personnage décrit par Virginia Woolf dans *La Promenade au phare*. « Il me rappelle un jeune blanc-bec de boursier, extrêmement brillant et intelligent, mais tellement égoïste et complexé qu'il en est devenu fou, extravagant, maniéré, bruyant, mal à l'aise. Les gens bien disposés à son égard le plaignaient, les autres le trouvaient insupportable[16]. » Pour Hoggart, la propension des autodidactes à se rendre insupportables face aux bourgeois doit être interprétée comme un désir inconscient d'être rejeté par eux. Homme divisé entre un monde auquel il n'appartient plus et un monde auquel il aspire tout en le rejetant, l'autodidacte peut devenir un homme solitaire, indécis, amer, tourmenté et anxieux.

Les crises de succession dans la petite bourgeoisie

Aux exemples des instituteurs issus des milieux paysans et des autodidactes pour lesquels le coût psychologique de l'ascension sociale est en partie atténué par l'acquisition d'une position espérée tant par eux-mêmes que par leurs parents, s'oppose l'exemple des nouvelles classes moyennes qui sont dans une position objectivement peu éloignée de celle de leur famille d'origine, mais subjectivement très différente. Ici le déplacement ne correspond pas obligatoirement à un changement de classe sociale, mais à un changement à l'intérieur d'une même classe entre des fractions dont l'idéologie, les valeurs et les habitus sont en opposition. Il recouvre alors une stratégie de récupération pour des individus menacés de régression. Dans tous les cas, le déplacement permet de gérer un rapport contradictoire au projet parental qui est refusé explicitement tout en étant implicitement réalisé. C'est le cas de bon nombre des participants à nos séminaires « Roman familial et trajectoire sociale » : travailleurs sociaux, psychologues, infirmiers, consultants, formateurs d'adultes, gestionnaires de ressources humaines, coachs, qui racontent une histoire familiale conflictuelle dont la trame décrit des oppositions, des tensions, des malentendus et des ruptures.

Francine Muel-Dreyfus interprète leur trajectoire comme « une crise de succession », dans la mesure où l'avenir réel des enfants ne réalise pas l'avenir imaginé par les parents et que le projet parental est repensé par les enfants comme avenir « invivable » au double sens du terme : invivable parce que objectivement irréalisable ; invivable parce que subjectivement inacceptable[17]. Le système d'aspiration des parents de la petite bourgeoisie des années 1960-1970 était ajusté à un passé en train de disparaître ; l'élévation considérable du niveau de vie entre 1950 et 1970, l'expansion économique, la démocratisation de l'enseignement sous-tendaient une cohérence forte entre une idéologie promotionnelle (investissement dans la carrière professionnelle), des trajectoires ascendantes et une attente que les enfants poursuivent le chemin ainsi tracé : « Toute l'existence du petit bourgeois ascendant est anticipation d'un avenir qu'il ne pourra vivre, le plus souvent, que par procuration, par l'intermédiaire de ses enfants, sur qui il reporte, comme on dit, ses ambitions. Sorte de projection imaginaire de sa trajectoire passée, l'avenir "dont il rêve pour son fils" et dans lequel il se projette désespérément, mange son présent. Parce qu'il est voué aux stratégies à plusieurs générations [...] il est l'homme du plaisir différé qu'on prendra plus tard, "quand on aura le temps", "quand on aura fini de payer", "quand on aura terminé les études", "quand les enfants seront plus grands", ou "quand on sera à la retraite[18]" [...]. »

La cohérence entre le contexte socioéconomique et l'idéologie de la petite bourgeoisie promotionnelle commence à se défaire dans les années 1960-1970. Pour les enfants, la disproportion entre les satisfactions et les sacrifices nécessaires pour réaliser le projet parental les conduit à « vivre au présent », à s'adapter au marché des diplômes et des places tel qu'il est, à ajuster leurs aspirations aux probabilités objectives de réalisation. Autour de 1968, la concurrence se fait plus vive, les professions qui gardent un statut prestigieux pour les parents (enseignement, médecine, ingénieur, droit...) commencent à être dévalorisées bien qu'encore difficilement accessibles, les diplômes ne suffisent plus pour accéder à des postes professionnels importants, l'assimilation entre carrière professionnelle et réussite personnelle commence à poser des problèmes, etc. La problématique des jeunes face à l'insertion sociale change radicalement : il ne s'agit plus d'être porté par ceux qui précèdent mais au contraire de ne pas se laisser hériter. Il ne s'agit plus de continuité mais de rupture. Pour un certain nombre d'entre eux, le militantisme jouera une fonction similaire à celle jouée par l'écriture pour les instituteurs : gérer la tension entre identité héritée et identité acquise, mais dans un sens différent. À la « proximité-distante » affirmant une fidélité aux origines, se substitue une « distante-proximité » affirmant une opposition à l'héritage, en particulier l'héritage idéologique, sans que celle-ci se traduise pour autant par un changement de position sociale. Si la distance sociale objective entre les éducateurs et leurs parents est faible, la distance subjective est forte. C'est dans l'idéologie que s'affirme l'opposition : dénonciation de la « connerie petite-bourgeoise », du leurre de la promotion individuelle, « des jeunes cadres dynamiques » qui représentent l'anti-modèle par excellence, de l'accession à la propriété qui oblige à travailler des années et des années pour rembourser les emprunts, de la logique de la consommation et de la différenciation sociale.

Mais cette opposition idéologique traduit également un attachement à certaines valeurs de l'héritage familial : laïques et républicaines pour les uns, catholiques et humanistes pour les autres. L'idéologie soixante-huitarde est porteuse de ces valeurs d'égalité sociale, de recherche de l'« amour authentique », de refus de la domination de l'argent dans les rapports sociaux, de quête de sens dans le travail... Valeurs qui cherchent à remettre en cause l'idéologie de la promotion, de la consommation et de l'accumulation, mais qui renvoient à une sorte de pureté idéologique originaire.

L'opposition manifestée recouvre une certaine forme de fidélité : au nom de la solidarité avec les plus dominés, des fils de familles catholiques deviennent maoïstes ; au nom du refus de la tradition familiale, on donne à ses enfants des noms bretons, basques ou provençaux qui permettent de les resituer dans une tradition « élargie » ; les messages de charité, d'apostolat ou de sacerdoce se transmutent en action sociale, travail éducatif ou psychologique. L'invention de nouveaux métiers dans les professions de la relation – éducateurs, animateurs, conseilleurs conjugaux, psychologues, conseillers d'orientation, consultants – est alors un moyen d'opérer une *transaction sociale* qui permet à la fois de s'opposer et de réaliser le projet parental : opposition parce qu'il s'agit le plus souvent d'un travail qui représente une remise en cause des aspirations parentales, une remise en cause des valeurs familiales, une volonté de rupture par rapport aux trajectoires des ascendants. Ce qui domine dans l'explication des choix professionnels, ce sont essentiellement des choix négatifs. On ne sait pas très bien ce qu'on veut, mais on sait très bien ce qu'on ne veut pas. Cette constante se retrouve alors que ces professions recrutent dans tous les milieux sociaux : familles ouvrières en ascension, familles de cadres en consolidation, familles bourgeoises menacées de déclin. L'essentiel dans le choix est le refus d'une carrière prévisible, d'un statut bien défini, d'une vie professionnelle toute tracée. À travers ces nouvelles professions aux contours mal définis, on recherche un secteur où l'on peut avoir le sentiment d'inventer sa vie, un moyen de mettre à distance l'identité sociale héritée, un terrain d'aventures existentiel qui va permettre la réalisation de soi-même.

Pour autant, on réalise malgré tout un aspect des aspirations familiales en accédant à une position objective en proximité avec celle qui était espérée. En termes de statut, de revenus, de conditions de travail et même de prestige social, la différence n'est pas très importante entre l'instituteur et l'éducateur, le cadre moyen et l'assistant social, le technicien supérieur et le psychologue. Bien plus, ces professions permettent d'utiliser les habitus de classe originaire qui vont amener le fils ou la fille de cadre supérieur à devenir travailleur social, puis directeur d'établissement, celui de profession libérale à devenir psychologue-psychanalyste, le fils d'enseignants, formateur d'adultes. On constate qu'à mesure que ces métiers s'inventent et s'institutionnalisent, ceux qui les ont investis reconduisent entre eux au niveau professionnel les disparités sociales originaires ou retrouvent, dans un autre code, les positions qui leur étaient assignées. Les fils d'ouvriers dont les positions espérées étaient des positions de techniciens ou d'ouvriers qualifiés se retrouvent éducateurs techniques ; les fils de la bourgeoisie et des classes moyennes dont les positions espérées étaient plutôt enseignant, prêtre, médecin ou ingénieur, se retrouvent éducateurs spécialisés. Ceux dont la position espérée était plutôt cadre moyen ou cadre supérieur se retrouvent éducateurs-chefs ou directeurs d'établissement.

On pourrait approfondir ce point dans d'autres secteurs du travail social, de l'animation, de la psychologie, du conseil, de la formation, c'est-à-dire dans tous ces métiers récents, peu structurés, sans hiérarchie instituée de longue date, sans traditions professionnelles fortes. Champ « idéal » pour tous ceux qui refusent de se laisser hériter, qui souhaitent « produire leur vie[19] », mais dont la fonction est de brouiller les codes. Lieu de rencontre entre des trajectoires ascendantes, descendantes et stables, ces professions permettent à chacun de dissimuler (à ses ascendants, à ses collègues et à soi-même) les enjeux sociaux et les conflits qu'ils entraînent. L'absence de références établies permet d'éviter les comparaisons et donc de mesurer les déclassements. On peut y gérer une ascension forte, tout en manifestant une solidarité professionnelle à son groupe d'origine (en particulier dans le travail social). On peut aussi y réaliser les aspirations promotionnelles de ses parents « petits-bourgeois », tout en faisant comme si celles-ci n'importaient pas, comme si on pouvait se situer ailleurs. On peut enfin masquer une descension forte par un travail qui compense symboliquement l'écart objectif : les dimensions militantes, bénévoles, éducatives ou charitables de ces métiers permettent d'invoquer un « luxe » quand bien même les avantages économiques et sociaux qu'ils confèrent manifestent une régression sociale objective.

Dans tous ces métiers dont l'objet est un travail relationnel, dont l'outil est principalement la parole, et dont la fonction est de gérer des conflits personnels, interpersonnels, institutionnels ou sociaux, c'est l'identité même du professionnel qui est « au travail ». Il n'est alors pas surprenant que les individus y gèrent leur « crise de succession », c'est-à-dire une tension permanente entre l'identité héritée refusée et l'identité en acquisition qui se cherche.

6

Les conflits liés à la régression

Certain renard gascon, d'autres disent normand,
Mourant presque de faim, vit en haut d'une treille
Des raisins mûrs apparemment,
Et couverts d'une peau vermeille.
Le galand en eût fait volontiers un repas ;
Mais comme il n'y pouvait atteindre :
Ils sont trop verts, dit-il, et bons pour les goujats.
Fit-il pas mieux que de se plaindre ?

Jean de LA FONTAINE,
« Le renard et les raisins »

La régression[1] caractérise la trajectoire des individus qui n'ont pas su ou pas pu acquérir la position correspondante à la place qu'ils auraient dû probablement occuper en fonction de leur héritage, sachant que la majorité de ceux qui étaient dans une position similaire occupent des places socialement plus élevées. Il peut s'agir des héritiers qui ne se sont pas laissés hériter, des individus appartenant à ces groupes sociaux en déclin qui subissent passivement leur destinée sociale, des « ratés » qui ne réalisent pas les aspirations dont ils étaient investis par le groupe familial, de tous ceux qui activement ou passivement sont confrontés au déclassement sans que celui-ci puisse être interprété comme passager. De nombreuses trajectoires suivent un chemin chaotique avec des moments de régression et d'autres de promotion. L'important ici est de suivre la pente d'ensemble qui permet de saisir dans le long terme s'il s'agit de promotion, de stabilité ou de régression. Nous éliminons donc de notre propos les régressions transitoires provoquées par le chômage, les avatars des carrières professionnelles, les difficultés économiques et les événements accidentels, lorsque ceux-ci ont des effets uniquement momentanés. Nous considérons qu'il y a déclassement à partir du moment ou non seulement un individu, mais également l'unité familiale qu'il (qui le) constitue ont changé de classe dans des conditions où les probabilités de retour à la classe d'origine sont faibles. Il convient donc de repérer le phénomène sur une génération pour distinguer les régressions passagères des régressions consolidées. Ces précisions s'imposent d'autant plus que la régression est un phénomène difficile à repérer. Si la fierté conduit à raconter son parcours lorsqu'on est en promotion, la régression sociale est plutôt cachée, surtout lorsqu'elle provoque la honte.

La régression se manifeste par une descension entre la position originaire et la position acquise.

Les obstacles à l'observation de la régression sociale

Les effets de la descension sociale sont du registre de l'opacité, ce qui les rend difficilement observables. Alors que les promotions sont socialement et subjectivement reconnues comme telles, les régressions ne se donnent pas à voir. Elles se masquent et se dissimulent derrière les formes diverses de rationalisation et de dénégation. Le phénomène de la régression heurte l'idéologie dominante qui valorise la promotion, qui assimile réussite individuelle et ascension sociale, qui cultive la représentation d'un monde dans lequel *il faut monter*, condamnant ceux qui descendent à la déconsidération, à l'invalidation et à l'oubli. L'absence de reconnaissance tend à produire la méconnaissance *a fortiori* dans une société où l'individualisme, l'idéologie de la réalisation de soi-même et la culture de la performance, renvoient chacun à son propre narcissisme[2]. La régression est alors socialement et psychologiquement *inadmissible*, rendant son observation délicate.

Jusqu'à une période récente, son repérage objectif était difficile parce que la régression échappait aux statistiques, ce que Claude Thélot appelle l'« effet cliquet » : dans une société où depuis deux générations le nombre des places au sein des classes dirigeantes et des classes moyennes tend à augmenter régulièrement et où la croissance a entraîné une amélioration globale du niveau de vie de l'ensemble des catégories sociales, les phénomènes de descension objective sont statistiquement dérisoires[3]. Les crises successives, la montée du chômage des cadres et la faiblesse de la croissance ont changé la donne. Depuis une vingtaine d'années, les situations de descension sociale sont de plus en plus nombreuses. On le constate empiriquement, même si les statistiques n'arrivent pas à mesurer de façon fiable le phénomène, pour plusieurs raisons.

Le développement des classes moyennes a pour conséquence d'atténuer ou de déplacer les effets des descensions sociales, de telle manière qu'elles ne peuvent être analysées comme des régressions. Dans les « crises de succession » qui pourraient être interprétées comme des réponses aux menaces de régression, il y a un brouillage des codes traditionnels de classement des individus qui empêche d'appliquer les indicateurs habituels utilisés pour mesurer le déclassement. De la même façon que les entreprises multiplient les titres hiérarchiques pour éviter aux employés de percevoir les processus de déqualification dont ils sont l'objet, les groupes sociaux menacés de déclin tendent à transformer les typologies sociales, pour éviter d'être perçus et de se vivre en régression. Ils ont sur ce point l'appui du discours politique qui parle de reconversion, de mutation, de modernisation lorsqu'il s'adresse à eux. C'est le cas des agriculteurs, des petits commerçants, des sidérurgistes, des métallurgistes, d'une partie de plus en plus importante des cadres moyens de l'industrie, pour lesquels sont mis en place toute une série de dispositifs d'indemnisation et de formation qui tendent à limiter les effets de leur déclin, à le présenter comme un phénomène transitoire, et à en atténuer les conséquences.

Dans ce contexte, une simple reproduction de la position d'origine peut objectivement représenter une régression sans être pour autant vécue comme telle. C'est le cas des instituteurs et des médecins, dont le statut social tend à décliner depuis une trentaine d'années, mais dont le statut symbolique reste important. Enviées par ceux qui y voient un moyen d'assurer leur promotion, ces professions lorsqu'elles sont occupées par des fils de médecin ou d'instituteurs peuvent leur donner le sentiment de conserver leur position sociale, quand bien même ils perdent une grande partie de la notabilité qui y était attachée.

Ces obstacles à l'observation du phénomène de la régression sociale sont renforcés par les résistances psychologiques des individus qui y sont confrontés. La promotion est caractérisée par l'ambivalence entre des sentiments positifs (fierté, valorisation, considération...) et des sentiments négatifs (culpabilité, humiliation, infidélité...) et par l'expression consciente du lien entre les conflits vécus et la trajectoire sociale. La régression entraîne des sentiments essentiellement négatifs (dévalorisation narcissique, humiliation, jalousie, amertume...) qui provoquent, d'une part, la dénégation et, d'autre part, une dissociation chez le sujet entre les conflits ressentis et le déclassement. La dénégation peut également prendre des formes idéologiques. Alors que les individus en ascension sociale en parlent volontiers, ceux qui sont en descension construisent une vision de la société qui leur permet d'éviter de se situer en termes de mobilité sociale, en minimisant les barrières sociales, en refusant de considérer l'ascension sociale comme un idéal ou un projet, en privilégiant l'adhésion à un système de valeur « métasocial » qui tend à se fonder à l'extérieur des rapports sociaux. Autant les promotionnels sont diserts sur leur propre histoire, les mots ou l'écrit leur offrant un moyen d'affronter les contradictions qui les traversent, autant les personnes en régression sont silencieuses et discrètes.

Caractéristiques des individus en régression

Le silence, la dénégation et le repli sur soi sont les caractéristiques les plus évidentes des personnes dont les capitaux économique, social et/ou culturel de départ ont diminué fortement et durablement. Il en va ainsi de certains enfants de personnages illustres qui littéralement « sombrent dans l'anonymat », exemples extrêmes mais significatifs des difficultés des individus qui ne peuvent retrouver la place occupée par ceux qui les précèdent. Mme X[4] est la fille d'un écrivain-philosophe célèbre. Elle vit dans la Drôme, institutrice dans un village. Elle épouse un licencié en psychologie devenu ouvrier-ébéniste chez un artisan. Elle ne veut plus entendre parler de son père, refuse les interviews de journalistes ou de chercheurs, et ne répond plus aux invitations qui lui sont régulièrement envoyées pour participer à des colloques. Elle coupe les ponts avec le reste de sa famille, sauf avec sa mère qu'elle voit épisodiquement.

L'isolement est une réponse au sentiment de ne pas être à la hauteur, un refus de vivre par procuration comme « la fille de » cet écrivain célèbre. Face à la place que représente l'ascendant illustre, dont on sait qu'on ne pourra l'égaler, dont la trajectoire représente un défi impossible (lui-même venant d'un milieu populaire), la difficulté est de se positionner. L'alternative est alors soit de vivre sur ce capital social en gérant sa position de « fille de », en vivant à l'ombre d'un père célèbre dont on entretient la mémoire et la considération ; occuper son statut d'enfant, de descendant, en s'effaçant derrière cette histoire qui détermine son propre devenir ; accepter d'être uniquement un héritier comme ces enfants qui reprennent l'œuvre du père, entretiennent sa mémoire, publient sa correspondance, accomplissent leur destinée au service de la gloire de leur ascendant. Soit de ne pas se laisser hériter, d'essayer de vivre par soi-même, indépendamment de la vie de cet Autre qui continue d'exister socialement et dont le Nom marque l'enfant de son empreinte historique. Tentative d'autant plus vaine que ce Nom est continuellement renvoyé par les autres qui, lorsque la personne se présente, demandent quels liens l'y rattachent. Celle-ci disparaît alors, parce que cet Autre prend toute la place. Il lui faut en quelque sorte devenir invisible pour pouvoir exister, être anonyme pour retrouver son nom propre.

Dans ces situations où la trajectoire est surdéterminée par une destinée « historique » et où les possibilités de devenir soi-même « illustre » sont improbables, le repli sur soi est souvent un moyen adopté pour échapper au poids trop lourd de l'histoire.

Ce repli explique la position marginale dans laquelle se retrouvent ceux qui, en prenant leurs distances par rapport à la position élevée de leur ascendant, quittent leur groupe familial et social d'appartenance, sans pour autant s'intégrer à un autre. Si l'on peut mesurer objectivement leur régression, on ne peut dire pour autant qu'ils ont subjectivement changé de classe, dans la mesure où c'est justement la non-appartenance qui leur permet en quelque sorte de la préserver, au moins subjectivement. Pour certains d'entre eux, la dévolution successorale au moment du décès de l'ascendant prestigieux peut être un moyen de récupérer une partie des capitaux perdus.

L'absence d'investissement des objets sociaux est une caractéristique des personnes en descension. En dehors de l'espace privé du logement, l'ensemble des lieux habituellement utilisés pour ancrer l'identité sociale sont désinvestis : le travail, les relations sociales, les diplômes, les engagements militants ou associatifs et tous les éléments qui relient les individus à des réseaux sociaux. Chaque situation est présentée comme singulière, passagère, intermittente, ce qui rend difficile un regroupement dans une catégorie homogène. C'est une population hétérogène quant à la mobilité professionnelle, le rapport au pouvoir, aux investissements idéologiques, aux niveaux d'aspiration, avec des différences entre les hommes et les femmes. Alors que les hommes doivent leur descension sociale à l'échec scolaire et/ou professionnel, la majorité des femmes la doivent soit au fait d'avoir « sacrifié » leur carrière professionnelle à leurs investissements affectifs et familiaux, soit au fait de se retrouver en situation monoparentale à la suite d'une séparation.

Les individus en régression considèrent le travail uniquement comme un moyen de subsistance ou une condition pour réaliser ailleurs leurs désirs. Le travail n'est pas valorisé comme élément support de relations personnelles, de même qu'ils ne recherchent pas l'établissement de relations suivies ou l'intégration dans des réseaux sociaux. Le problème est alors de savoir si le désinvestissement du travail, de la mobilité sociale, la distanciation par rapport au pouvoir, sont la résultante de l'impossibilité de maintenir son statut social et de concrétiser un projet de promotion, ou si le désinvestissement est à l'origine de la régression sociale. Cela conduit à s'interroger sur le phénomène de l'ambition, sur la nature du désir de réussite sociale, sur les liens entre les désirs de toute-puissance et l'attrait du pouvoir. Si dans notre société la régression est renvoyée comme un échec, alors que la promotion est vécue comme un succès, il reste à savoir ce qui revient à l'idéologie et ce qui tient à la psychologie propre des individus dans le processus d'investissement et de désinvestissement de la réussite sociale. On peut penser que le fait de se situer en dehors de la valeur de la mobilité, pour les individus en régression, procède du même mécanisme qu'illustre La Fontaine dans la fable « Le renard et les raisins » : « Le galand en eût fait volontiers un repas ; mais comme il n'y pouvait atteindre : ils sont trop verts, dit-il, et bons pour les goujats. » Faute de pouvoir satisfaire ses ambitions sociales, il vaut mieux invalider ce que l'on ne peut pas atteindre. Et La Fontaine de conclure : « Fit-il pas mieux que de se plaindre ? »

Pour faire face à la régression, deux attitudes sont en effet possibles, donner le change ou se plaindre. Donner le change, c'est tenter de conserver vis-à-vis des autres, comme vis-à-vis de soi-même, l'illusion de la réussite passée ou du maintien de la position originaire. Se plaindre, c'est risquer de s'invalider soi-même en se confrontant à sa propre déchéance, sauf à en imputer les causes à l'extérieur : la crise, les immigrés, la guerre, la maladie, la séparation, le chômage, la malchance, etc.

Ces enjeux apparaissent dans le rapport au logement. Face au processus de descension sociale, le logement reste un moyen de compenser, réparer, occulter l'échec social ou professionnel. Que l'on pense aux luttes de ces aristocrates ruinés qui s'accrochent à leur demeure, dernière expression de la splendeur passée, jusqu'à se battre à coups de fusil lorsque les forces de l'ordre viennent faire exécuter l'arrêté d'expulsion qui les en chasse. Que l'on pense également à ces cadres au chômage qui tentent désespérément de conserver le pavillon de banlieue qu'ils ont fait construire à grand renfort d'emprunt au moment de leur carrière ascendante. Si le logement signifie l'appartenance sociale, son abandon signifie *la chute*, la perte de position ; c'est le signe d'une déchéance accomplie. Garder son logement, c'est conserver le leurre, pour les autres, mais aussi pour soi-même, que l'on est toujours à la même place, que l'on n'a pas changé, que l'on conserve l'ensemble des attributs d'appartenance à « sa » classe sociale. Vivre dans un château, même sans argent, c'est encore être châtelain. Occuper une villa dans un quartier résidentiel, un grand appartement dans les « beaux quartiers », c'est encore être de la bonne bourgeoisie. Vivre dans un pavillon dans une zone résidentielle, c'est encore être dans la nouvelle bourgeoisie ascendante. Par contre, vivre en HLM, c'est être irrémédiablement catalogué dans les classes populaires.

Les individus en promotion choisissent de s'installer dans des logements dont la signification sociale est intermédiaire entre leur classe d'origine et leur nouvelle classe d'appartenance, alors que les individus en régression cherchent à se protéger par le maintien dans leur environnement initial, ce qui leur permet d'éviter les confrontations à d'autres classes sociales[5]. Ils évitent ainsi le risque de dévoiler les écarts en recouvrant la distance sociale par une proximité géographique. On peut penser que cette remarque n'est valable que pour une partie seulement des personnes en descension, ceux qui justement arrivent à « donner le change », c'est-à-dire à maintenir les signes d'appartenance à leur ancienne classe sociale. Il est vraisemblable que les régressions fortes qui ne permettent plus d'entretenir ces illusions conduisent les individus à s'isoler, à se marginaliser et à s'éloigner des lieux et des personnes qui pourraient témoigner de leurs positions d'origine. La difficulté tient au fait que ces personnes refusent alors toute participation à des enquêtes qui les conduiraient à s'exposer. Elles tendent à se réfugier dans un isolement de plus en plus radical, moyen extrême de faire face à la blessure narcissique profonde que représente le sentiment de leur propre déchéance. Le sentiment de l'échec lorsqu'il est irrémédiable, la dévalorisation de soi-même lorsque la dénégation ne permet plus d'y échapper, peuvent conduire à la maladie mentale, à l'alcoolisme, au mutisme, autant de symptômes réactionnels à l'angoisse que provoque une image dégradée de soi-même.

Autant les conflits vécus dans des trajectoires ascendantes sont consciemment liés à l'existence des classes sociales et aux contradictions qui caractérisent leurs rapports, autant les trajectoires descendantes renvoient les individus à eux-mêmes. On peut penser, si la crise actuelle persiste, que le vécu de la régression va se transformer à mesure que celle-ci touchera une partie plus importante de la population. Jusqu'à ces dernières années, c'était un phénomène sociologiquement marginal, touchant des individualités dont la fragilité psychologique était un facteur déterminant de leur situation sociale. En ce sens, il s'agissait d'un phénomène principalement individuel. Dans la mesure où la régression devient un phénomène social, où l'idéologie du progrès et de la promotion est remise en cause, où la mobilité structurelle accélère les processus de déplacements horizontaux et verticaux, le vécu de la régression pourrait changer. Cette question est centrale à un moment où l'on peut penser que la décroissance peut devenir une évolution structurelle inévitable. Le décalage entre le nombre d'emplois que l'économie produit et le nombre de personnes actives en âge d'occuper ces emplois, ne fait que s'accentuer dans une économie capitaliste globalisée. La recherche obsessionnelle de gains de productivité, le développement de la robotique, la culture de la haute performance conduisent inéluctablement à un modèle économique destructeur pour l'emploi. Dans ce contexte, on assiste à un éclatement de la société entre ceux qui ont encore un emploi stable et ceux qui sont dans des situations précaires. Les carrières professionnelles étant de plus en plus incertaines, marquées par des passages entre l'un et l'autre. Dans ce contexte, un nombre croissant de *citoyens du monde* font le choix de désinvestir un projet d'ascension sociale par le travail pour une vie différente marquée par la « simplicité volontaire », la quête de sens, une vision écologique et convivialiste de l'existence[6]. Les enjeux de promotion et de régression ne sont plus vécus à la mesure du volume des capitaux économique, social et/ou culturel, mais à la mesure de la qualité de vie et du sens que chacun lui donne.

Le contexte sociohistorique est donc déterminant pour analyser les liens entre la trajectoire sociale et les conflits d'identité. Christopher Tietze a comparé le nombre de troubles mentaux chez les chômeurs de Baltimore en 1933 et en 1936. À cette dernière date, le pourcentage de cas n'était plus que le tiers de celui de 1933[7]. L'hypothèse avancée est qu'en 1936, période de dépression économique, le chômage était perçu comme un phénomène de société de la responsabilité du gouvernement et des dirigeants économiques, alors qu'en 1933, il était le plus souvent mis sur le compte des ouvriers eux-mêmes. À l'instar des rapatriés d'Afrique du Nord, des juifs persécutés lors de la guerre 1939-1945, des familles ruinées par la crise de 1929, lorsque la régression touche un groupe social dans son ensemble, la perte des positions acquises est moins vécue comme une régression que comme un accident de l'histoire, confrontant une génération à retrouver les positions perdues. Les effets psychologiques sont moins conflictuels lorsqu'une situation est partagée par l'ensemble de son groupe d'appartenance. Il n'y a là ni conflits d'identité, ni perte d'identité, dans la mesure où les difficultés rencontrées par les individus sont directement causées par les « tourbillons de l'histoire ».

C'est alors comme sujets sociohistoriques qu'ils sont interpellés et non comme sujets individuels. Quand bien même ces situations de crise entraînent pour chacun d'eux des perturbations psychologiques, c'est à des transformations sociales (à la guerre, à la crise, à la révolution) qu'ils les doivent et non à des défaillances psychologiques de leur comportement. Il n'en va pas de même lorsque chaque individu est amené individuellement à gérer les effets de la mobilité structurelle. Peu de personnes en déclassement lient ce qui leur arrive aux luttes sociales pour conquérir ou conserver des positions dans la structure de classe.

La régression opère principalement comme blessure narcissique lorsqu'elle est idéologiquement désocialisée, lorsqu'elle est interprétée comme la conséquence d'un destin individuel. Dans un contexte exacerbé de « compétitivité » elle est le produit de la concurrence sociale qu'entraîne le décalage entre l'offre et la demande sur le marché des places sociales. La régression est d'abord et toujours un phénomène social. S'il y a entre 3,5 et 5 millions de chômeurs en France en 2016, cela tient à l'écart structurel qui existe entre la population active et le nombre d'emplois offerts ; cela ne tient pas à l'incapacité ou à l'inadaptation des individus qui sont au chômage. Les symptômes que cette situation entraîne ne peuvent donc être traités psychologiquement que si la psychologie intègre, dans sa compréhension des processus psychiques, la présence d'effets sociaux internalisés. Il en va de même pour les effets du déclassement : le traitement des conflits psychologiques qu'il entraîne passe par la compréhension des liens entre les processus psychiques et les processus sociaux qui sont à l'œuvre.

7

Névroses et névrose de classe

> Choisissez, s'il vous plaît, de nous conter l'histoire d'un jeune homme, un fils de moujik, qui a été garçon de courses, enfant de chœur, lycéen puis étudiant, qu'on a élevé dans le respect de la noblesse et du clergé, à qui on a appris à s'incliner devant l'opinion d'autrui, à remercier ses bienfaiteurs pour le moindre morceau de pain, qui a reçu le fouet bien souvent, qui a dû aller donner des leçons particulières en hiver sans bottes, qui s'est battu avec des garnements, a maltraité des animaux, a pris plaisir à dîner en ville chez des relations fortunées, qui s'est conduit avec hypocrisie envers Dieu et les hommes, non pas pour avancer sa carrière, mais tout simplement parce qu'il avait conscience de son insignifiance, faites-nous voir comment ce jeune homme a pu tuer l'esclave en lui à petit feu, et comment il se réveille un beau matin, sentant couler dans ses veines non plus le sang d'un esclave mais celui d'un homme libre.
>
> Lettre de Tchekhov à Souvarine.

Le terme de « névrose de classe » peut engendrer un certain nombre de malentendus et de confusions. Notre projet n'est pas d'étudier comme certains courants de la psychiatrie sociale la maladie des groupes sociaux, en partant de l'hypothèse que des classes sociales présentent des troubles au même titre que les individus. Ainsi Trigant Burrow parle de « sociétés hystériques », Ruth Bénédict, de « sociétés paranoïaques[1] ». L'hypothèse selon laquelle certaines classes sociales deviendraient névrosées ne peut mener qu'à des impasses, dans la mesure où elle conduit à établir un lien mécanique entre le fonctionnement de l'individu et le fonctionnement de la société d'une classe ou d'un groupe. Les névroses sont toujours individuelles. Le terme désigne un conflit au cœur de l'appareil psychique. Si certaines classes sociales, à certains moments de l'histoire, peuvent influencer l'apparition et le développement de symptômes névrotiques parmi ses membres, il n'est pas question d'en inférer qu'elles sont elles-mêmes névrotiques. Le fonctionnement social et le fonctionnement psychique sont des phénomènes de nature distincte qui, à ce titre, obéissent à des lois, des règles et processus différents. Sauf par métaphore, on ne peut donc utiliser un concept qui décrit un type de fonctionnement de l'appareil psychique pour décrire un type de fonctionnement collectif.

Parler de classe névrosée, d'organisation perverse, de société hystérique ou schizophrénique conduit à des impasses conceptuelles. Ces différents concepts ont été élaborés pour décrire des symptômes cliniques au niveau individuel. On ne peut, sans risque de confusion, les utiliser pour qualifier des phénomènes sociaux. Par contre, et c'est l'objet de la sociologie des maladies mentales, on peut constater que le développement de telle ou telle névrose est plus fréquent dans certaines classes que dans d'autres, que certaines formations sociales favorisent l'apparition de la paranoïa ou de la psychose et d'autres l'apparition de troubles bipolaires ou hystériques.

Différents auteurs ont tenté d'établir des corrélations entre l'appartenance de classe et la manifestation de troubles psychologiques. Selon R.A. Schermerhorn[2], la classe basse présenterait surtout des désordres de la conduite, la classe moyenne des désordres psychosomatiques associés à la répression ou censure sociale, la classe haute des psychonévroses ou des psychoses maniaco-dépressives. Un autre chercheur, Ruesch, montre que les maladies traumatiques sont plus répandues dans les classes populaires, en lien avec la lutte des classes, les maladies psychosomatiques dans les classes moyennes, en liaison avec le conformisme, les psychonévroses dans les classes dirigeantes, en liaison avec le surmoi fort et conservateur des membres de cette classe. Rennie, Stole, Opler et Laugner[3] ont tenté de démontrer que les psychoses variaient en raison inverse du statut dans une échelle de stratification sociale (13 % des malades sont de type psychotique pour les basses classes contre 3,6 % pour les plus hautes), alors que les névrosés variaient en raison directe (25 % des malades sont névrosés dans les basses classes, 43 % dans les hautes). L'étude la plus complète dans cette direction est celle de Hollingshead et Redlich effectuée à New Haven[4]. À partir d'un indice de position sociale et d'une typologie en cinq classes sociales, ces auteurs constatent, d'une part que le nombre global de maladies augmente à mesure que l'on descend dans l'échelle sociale, et d'autre part que le nombre de psychotiques domine dans les classes inférieures : « Le genre de vie de la classe basse apparaît comme un stimulant du développement des désordres psychopathiques. Nous inférons (de nos données) que le grand nombre de psychoses dans les aires déshéritées est l'effet des conditions de vie des strates socioéconomiques inférieures de la société[5]. » Cette hypothèse est contredite par les résultats d'autres études. En Pennsylvanie, Graham[6] trouve les désordres mentaux les plus graves dans les classes supérieures. En Ontario, Laughton[7] ne trouve pas de différences significatives entre les différentes classes, que ce soit pour le nombre de malades mentaux ou pour leur répartition par type de maladies.

Ces divergences de résultats sur les corrélations entre l'appartenance de classe et l'apparition des maladies mentales montrent les limites de telles approches. Outre le fait que les statistiques ne sont pas fiables dans ce domaine, l'interprétation même de ces données fait problème : le fait de trouver une corrélation statistique n'établit pas pour autant qu'il y a une causalité linéaire directe entre la position de classe et les troubles psychiques. Ceux-ci sont le produit d'une multiplicité de facteurs complexes qui ne peuvent être réduits à un facteur social simple.

Pour Roger Bastide, le rôle des classes sociales dans l'étiologie des maladies mentales tient moins à l'appartenance à tel ou tel groupe qu'aux difficultés rencontrées par les individus de tel ou tel groupe à changer de position sociale. « Ainsi, ce serait moins la position sociale que la rigidité du système des classes, les obstacles croissants rencontrés par la volonté d'ascension, la rupture avec cette communicabilité d'une classe à une autre qui définissait la société du capitalisme naissant, qui serait peut-être le facteur explicatif du plus grand nombre de troubles dans les classes inférieures, si du moins les statistiques de Hollingshead et Redlich sont valables[8]. » Cette interprétation, à laquelle nous souscrivons, établit un lien non pas entre la position de classe et tel ou tel symptôme, mais entre l'évolution des rapports sociaux et les conflits psychologiques rencontrés par les individus.

Cette perspective dynamique permet d'éviter le piège de la recherche de corrélations pour entrer dans l'analyse des processus à l'œuvre. La névrose de classe désigne un tableau clinique qui caractérise les conflits psychologiques vécus par des individus qui changent de position dans la structure de classe.

Étiologie sexuelle, étiologie sociale des névroses

Deux notions sont essentielles pour comprendre le développement de troubles névrotiques : la notion de structure et la notion de conflit. Selon Piaget, « une structure est un système de transformation qui comporte des lois en tant que système (par opposition aux propriétés des éléments) et qui se conserve et s'enrichit par le jeu même de ces transformations. Elle comprend ainsi les trois caractères de totalité, de transformation et d'autoréglage[9] ». Le fonctionnement de l'appareil psychique correspond bien à cette définition, dans la mesure où il s'agit d'un système de transformation qui, en même temps qu'il assure une certaine permanence, est capable d'intégrer des éléments nouveaux. « La personne est une structure, c'est-à-dire un ensemble organisé de parties interdépendantes et régi par des lois d'autorégulation, sur le double versant de l'équilibration interne et de l'ajustement externe ; de ce fait, elle tend à la cohérence et à la permanence[10]. » La névrose peut se définir comme un dysfonctionnement de ce processus d'équilibration dans le fonctionnement interne et dans l'ajustement externe de l'appareil psychique qui agit alors comme « structure fermée, par sa tendance à la répétition et sa résistance au changement : (la névrose) se consolide de son fonctionnement même[11] ».

Le problème se pose alors de déterminer les causes de ces dysfonctionnements, c'est-à-dire la nature des *conflits* qui viennent perturber la mise en place et le développement de la structure psychique. Le *Vocabulaire de la psychanalyse* définit la névrose comme « une affection psychogène où les symptômes sont l'expression symbolique d'un conflit psychique trouvant ses racines dans l'histoire infantile du sujet et constituant des compromis entre le désir et la défense[12] ». Le conflit psychique est l'élément central de la théorie freudienne des névroses. Il y a conflit lorsque le sujet est confronté de l'intérieur à des exigences opposées, lorsqu'il est en présence de tendances contradictoires. On sait que la psychanalyse considère le conflit comme un élément constitutif de l'être humain, conflit qui peut prendre différentes formes : conflits entre instances, conflits entre pulsions, conflits entre le désir et la défense, conflits entre le désir et l'interdit. « Si on jette un regard d'ensemble sur l'évolution des représentations que Freud s'est donné du conflit, on est frappé […] de ce que l'un des pôles du conflit reste toujours la sexualité, si l'autre est cherché dans des réalités changeantes ("moi", "pulsions du moi", "pulsions de mort")[13]. » Quelle est la justification théorique derrière ce privilège reconnu à la sexualité dans ce conflit, se demandent Jean Laplanche et Jean-Bertrand Pontalis, en indiquant que Freud n'a pas vraiment répondu à cette question.

Dans un article de 1896 sur l'hérédité et l'étiologie des névroses, Freud passe en revue les causes spécifiques des névroses : « Chacune des grandes névroses a pour cause immédiate un trouble particulier de l'économie nerveuse. Ces modifications pathologiques fonctionnelles reconnaissent comme source commune la *vie sexuelle de l'individu, soit désordre de la vie sexuelle actuelle, soit événements importants de la vie passée*[14]. » L'importance accordée à la vie sexuelle dans l'étiologie des névroses se retrouve également lorsque Freud examine les facteurs qui déclenchent l'entrée dans la névrose. Parmi ces différents facteurs, la frustration et l'incapacité de s'adapter à une réalité par fixation sont présentées comme essentiels.

La frustration : l'individu est en bonne santé aussi longtemps que son besoin impérieux d'amour est satisfait par un objet réel du monde extérieur. Il devient névrosé dès que cet objet lui est retiré sans qu'un substitut vienne s'offrir à sa place. La frustration a pour effet d'endiguer la libido, provoquant une tension psychique. Celle-ci peut être soulagée de deux façons : « La première consiste à convertir la tension psychique en énergie active qui reste dirigée vers le monde extérieur et qui finalement force celui-ci à accorder une satisfaction réelle à la libido ; la seconde est de renoncer à la satisfaction libidinale, à sublimer la libido endiguée et à l'utiliser pour atteindre des buts qui ne sont plus érotiques et qui échappent à la frustration[15]. » Si le moi n'arrive pas à offrir une satisfaction substitutive à la libido par déplacement d'objet ou par sublimation, le conflit débouche sur la formation de symptômes.

L'incapacité de s'adapter à une réalité par fixation : l'individu ne tombe pas malade à la suite d'une modification du monde extérieur qui substitue la frustration à la satisfaction, mais parce qu'il se heurte à des difficultés internes pour s'adapter aux exigences de la réalité externe. L'individu échoue, en raison d'une rigidité interne, à échanger une satisfaction antérieure par une autre afin de s'adapter aux modifications de l'environnement : « Le conflit est d'emblée présent entre l'effort pour se modifier en fonction de nouveaux desseins et de nouvelles exigences de la réalité[16]. » Lorsque les fixations antérieures de la libido sont suffisamment fortes pour empêcher ces modifications, pour « s'opposer à un déplacement », un conflit s'instaure qui inhibe aussi bien les satisfactions antérieures auxquelles l'individu était accoutumé que celles qu'il tentait d'atteindre.

Sur ces deux types d'entrée dans la névrose[17], les exemples apportés montrent que la frustration est toujours, selon Freud, liée à une insatisfaction sexuelle. Sans minimiser l'importance de la sexualité comme élément moteur du développement psychique, il semble que les processus névrotiques peuvent être provoqués par des conflits d'une autre nature. Ainsi la frustration peut également avoir une racine sociale lorsque l'enfant constate que ses parents sont dominés ou invalidés, que d'autres enfants sont bien mieux lotis que lui, que ses façons d'être ou de parler sont utilisées pour lui renvoyer une image négative de lui-même. Dans ces cas, et le processus est bien celui qui est décrit par Freud, l'enfant peut convertir la tension psychique en énergie active pour compenser la dévalorisation narcissique qu'il subit, par exemple dans l'acharnement au travail qui caractérise les névrosés de promotion.

De même, l'incapacité de s'adapter à une réalité par fixation correspond à la situation des enfants qui sont confrontés à la nécessité de s'adapter à deux mondes sociaux différents et pour une part opposés. La rigidité et le manque d'adaptabilité qu'évoque Freud sont sans doute liés à des aspects constitutionnels, mais également aux exigences contradictoires auxquelles l'enfant qui change de classe sociale est confronté. Il y a risque de névrose lorsque coexistent dans un rapport conflictuel qui tend à se figer, des habitus, des idéaux et des identifications inconciliables. Dans ce cas, l'individu reste pour une part attaché (énergie liée) à des objets d'investissement originaire (le plus souvent liés au groupe familial), alors qu'il conviendrait qu'il s'en détache pour s'adapter à une situation nouvelle. Il résiste à engager un travail de désidéalisation, de désidentification, de désincorporation des habitus, non pas seulement à cause de rigidités internes, mais également parce qu'il y a antagonisme entre ces idéaux, ces identifications et ces habitus.

Le comportement humain est en grande partie codifié par les modèles affectifs, sociaux et idéologiques du groupe originaire d'appartenance. L'usage de ces codes est intériorisé par l'individu comme une nécessité vitale d'adaptation à son milieu. L'entourage social est toujours là pour nous « rappeler à l'ordre », pour nous signifier « ce qu'il faut que nous fassions, ce qu'il est permis de faire, ce qu'il n'est pas permis, ce qui est absolument interdit et comment nous avons à nous comporter[18] ». Mais cet entourage n'est pas univoque. L'intériorisation du code initial peut conduire l'individu à se heurter à d'autres prescriptions, d'autres impératifs, d'autres interdictions, d'autres modèles. Le moi est alors amené à choisir, à trouver des compromis, à inventer des médiations par rapport à ces liens successifs qui le constituent. Plus l'écart entre les différents modèles est important, plus les objets possibles d'investissements sont exclusifs les uns des autres, plus les figures d'identification sont opposées, plus le conflit vécu aura des répercussions psychiques intenses.

Jacqueline Palmade définit le conflit comme la « présence de tendances contradictoires que l'individu ne peut résoudre sans déséquilibre et insatisfaction [...]. L'un des indices de conflit serait l'impossibilité pour le moi de trouver une issue satisfaisante et adaptée à l'exigence (admise par le sujet, donc intériorisée) de l'environnement[19]. » Dans une perspective similaire, Dallas Pratt analyse la situation des étudiants étrangers aux États-Unis : « Le fait d'aller à l'étranger ou d'y séjourner peut donner lieu à des conflits mentaux en créant une rivalité entre des idéaux différents et des échelles de valeurs différentes. Ce qui menace surtout la santé mentale, c'est l'ébranlement des fondations profondes de la personnalité ; or, ces fondations ont leurs assises dans l'enfance et dans la culture d'origine, ou dans la culture assimilée depuis longtemps[20]. » Ces recherches tendent à interroger la distinction entre *les conflits intrapsychiques* qui viendraient d'exigences inconscientes et dont la source serait dans la structuration de la personnalité lors des premières expériences infantiles, et *les conflits du moi* qui viendraient d'une tension entre des exigences intériorisées et l'adaptation à l'environnement externe. Cet effort de clarification est utile pour mieux comprendre le fonctionnement de l'appareil psychique, à condition de ne pas déboucher sur une opposition entre les facteurs internes, qui seraient de l'ordre psychique et des facteurs externes, qui seraient de l'ordre du social. Freud précisait, à propos des types d'entrée dans la névrose, que la maladie apparaissait par « coulées successives », chacune de ces coulées pouvant être rapportée à un type différent de facteur déclenchant, les uns étant plutôt internes, les autres plutôt externes : « Le premier type (la frustration) nous maintient à l'esprit l'influence extraordinairement puissante du monde extérieur, le second (la fixation), celle non moins importante du tempérament particulier de l'individu qui s'oppose à cette influence [...]. La psychanalyse nous a exhorté à abandonner l'opposition stérile entre facteurs externes et internes, entre destin et constitution, et nous a enseigné à trouver régulièrement la causation de l'entrée dans la névrose dans une situation psychique déterminée qui peut être instaurée par des voies différentes[21]. »

Freud admet que les facteurs déclenchants de la névrose peuvent être internes et/ou externes. Pourtant, il accorde une importance quasi exclusive à la vie sexuelle comme « source commune » de chacune des grandes névroses[22]. À côté de ces aspects sexuels, qu'il n'est pas dans notre propos de minimiser, il nous paraît opportun de laisser une place à d'autres facteurs qui interviennent dans le déclenchement et le développement d'un processus névrotique. La caractéristique principale de la névrose de classe est d'opérer un collage entre des éléments sexuels et des éléments sociaux dans ce processus : les premiers affects liés à des expériences sexuelles infantiles (ratées ou réussies) étant liés à des enjeux sociaux conflictuels. Le conflit qui provoque le traumatisme peut être d'abord social, l'expérience sexuelle provoquant un investissement libidinal des enjeux sociaux ; il peut également s'agir d'un conflit sexuel surdéterminé par des enjeux sociaux, dans une configuration sociosexuelle qui lie les différents aspects.

C'est cette intrication entre des éléments de nature différente, sexuels, affectifs, fantasmatiques, idéologiques, culturels, qu'il s'agit alors d'analyser : comprendre comment ils se branchent les uns sur les autres, de quelle manière ils sont liés entre eux, comment leurs articulations se sont constituées dans le temps pour aboutir à une configuration particulière. Notre approche rejoint ici l'analyse que propose Max Pagès à partir du concept d'*emprise* qu'il définit comme un lien de renforcement entre trois processus : « un processus de domination sociale, un processus inconscient de fantasmatisation et de clivage, un processus d'inhibition des échanges corporels et émotionnels ». L'articulation entre ces trois types de processus fonctionne selon une circularité dialectique qui rend vains les débats sur le primat de l'un ou de l'autre : « La domination produit de la fantasmatisation et de l'inhibition corporelle, l'inhibition produit de la fantasmatisation et de la domination. Il s'agit de systèmes dialectiques qui lient ensemble des contradictions et des conflits de différents ordres[23]. » Chacun de ces pôles (le social, l'inconscient, le corps) fonctionne selon des logiques autonomes qui sont toutefois en correspondance et en conjugaison avec les autres. Il convient de dépasser les oppositions tranchées entre différents termes (psychologie/sociologie, psychique/social, interne/externe, inconscient/pouvoir, etc.) pour se centrer sur la relation entre ces différents termes et mettre au jour les processus qui les relient. C'est dans la réciprocité de ces influences entre le dedans et le dehors qu'il faut appréhender la genèse de la névrose de classe.

Cette conception de l'articulation entre des processus psychiques et sociaux est proche de la pensée de Georges Gurvitch. Pour critiquer les conceptions mécaniques de la causalité, il avait posé le principe de *la réciprocité des perspectives*, dans la mesure où le psychisme et le social s'impliquent mutuellement dans un jeu de *complémentarité dialectique* : « Il s'agit de contraires se complétant au sein d'un ensemble par un double mouvement qui consiste à croître et à s'intensifier tantôt dans la même direction, tantôt dans des directions opposées grâce au jeu des compensations[24]. » Ainsi, les conflits d'ordre sexuel, essentiellement d'origine psychique et les conflits d'ordre social, liés à un changement de classe, peuvent soit entrer en correspondance et comme le dit Gurvitch « croître et s'intensifier dans la même direction », soit se compenser, s'annihiler l'un l'autre. Dans un cas nous aurons une névrose, dans l'autre l'individu aura su trouver des réponses satisfaisantes aux conflits auxquels il est confronté en jouant sur différents registres. Comme le remarque Roger Bastide : « Il faut saisir les diverses variables non comme en mécanique, c'est-à-dire comme un ensemble de facteurs isolés agissant séparément, s'additionnant ou se soustrayant, et se traduisant finalement par un théorème de composition des forces, mais d'une façon *dynamique*, comme un système global en mouvement, où il est impossible de séparer analytiquement l'action de la constitution mentale, des microgroupements et des macrogroupements, de dégager un avant et un après, parce que tout se tient et que tout est en dépendance mutuelle[25]. »

Une même situation sociale ne produit pas les mêmes réponses psychiques, réponses qui à leur tour influencent la nature des situations rencontrées. Confrontés à des changements de classes similaires, certains individus deviennent névrosés et d'autres non. Il y a névrose à partir du moment où les conflits liés à la trajectoire sociale, et les conflits liés au développement psycho-sexuel s'étayent réciproquement et produisent un renforcement mutuel. Le psychisme agit comme un filtre qui prend dans le social des éléments qui vont entretenir des inhibitions, renforcer des défenses, amplifier des conflits internes ; réciproquement, les conflits sociaux auxquels l'individu est confronté façonnent sa personnalité, résonnent dans son fonctionnement psychique, sans que l'on puisse établir une antériorité des influences. Étant donné que la névrose s'installe par coulées successives, l'individu est, dès sa naissance, pris dans les relations familiales et sociales qui conditionnent son développement psychique.

Cette conception exclut l'idée d'une causalité simple et linéaire des conflits névrotiques. La recherche d'un déterminisme ultime, d'un facteur prépondérant conduit à une conception mécaniste du développement individuel. La névrose de classe est à la fois le produit de conflits sexuels, relationnels, familiaux et sociaux, qui interagissent les uns sur les autres par un système d'influence réciproque. Une complémentarité dialectique entre ces registres opère un renforcement des conflits vécus par l'individu. L'inhibition sexuelle vient renforcer l'inhibition sociale et réciproquement, comme si les différents éléments étaient collés les uns aux autres, sans que l'on puisse déterminer un élément déclencheur exclusif. Ce qui distingue la névrose de classe des autres formes de névrose, c'est l'importance des conflits liés au déplacement social dans l'apparition de la maladie. L'individu vit un décalage conflictuel entre sa position objective et sa position subjective, conflit qui influence son développement psychique.

Nous avons exclu de cette discussion les facteurs biologiques. La problématique des biologistes n'est pas très éloignée de la nôtre. Ainsi François Jacob montre que l'articulation des facteurs biologiques et des facteurs culturels s'effectue par une interaction incessante entre les gènes et le milieu : « Chez les organismes complexes, le programme génétique au lieu d'imposer des instructions rigides, confère à l'organisme des potentialités et capacités. Les quarante-six chromosomes de l'être humain lui confèrent toute une série d'aptitudes, physiques ou mentales, qu'il peut exploiter et développer de manière très variée selon le milieu et la société dans laquelle il vit et grandit. C'est, par exemple, son équipement génétique qui donne à l'enfant la capacité de parler. Mais c'est son milieu qui lui apprend une langue plutôt qu'une autre. Comme n'importe quel caractère, le comportement d'un être humain est façonné par une incessante interaction des gènes et du milieu. Cette interdépendance du biologique et du culturel est trop souvent sous-estimée. Au lieu de considérer ces deux facteurs comme complémentaires et indissolublement liés dans la formation de l'être humain, on cherche à les opposer[26]. » Cette description pourrait tout aussi bien s'appliquer à l'interdépendance du social et du psychologique.

À l'origine de la névrose et des troubles mentaux, il y a toujours un conflit interne d'ordre psychique. La question est alors de savoir si le conflit est produit par un dysfonctionnement psychique, par une situation sociale ou par un dérèglement organique.

1) On ne peut trancher cette question en termes d'opposition (c'est l'un ou c'est l'autre), dans la mesure où peuvent intervenir différents facteurs dont aucun ne peut être *a priori* considéré comme déterminant. Il n'y a pas un facteur causal unique, mais un ensemble de facteurs en interaction qui forment un système.

2) Des facteurs biologiques, psychologiques ou sociaux peuvent intervenir dans la genèse d'un conflit psychique sous des formes et sous des compositions différentes. Si l'un des facteurs peut dans tel ou tel cas être considéré comme dominant, il n'exclut pas pour autant l'intervention des autres.

3) La névrose de classe est une forme de névrose classique (il s'agit d'un trouble psychique), dans laquelle les facteurs sociaux ont joué un rôle essen-

tiel sinon prépondérant : le déclassement est une des composantes centrales du conflit initial qui a provoqué la névrose. Il y a donc répercussion au niveau psychique d'un conflit social.

Le terme de « névrose de classe » a une valeur plus descriptive que nosographique, dans la mesure où il décrit un certain type de conflit plutôt qu'un certain type de fonctionnement psychique.

C'est dire que nous ne nous engageons pas dans une discussion qui tendrait à spécifier la névrose de classe par rapport aux classifications contemporaines des maladies mentales ou des différentes formes de névroses. Il s'agit plutôt de désigner par ce terme un *tableau clinique* qui caractérise les individus dont les troubles sont liés (consciemment ou inconsciemment) à un déplacement social. Le conflit se manifeste en particulier au niveau psychologique par :

– une réactivation du sentiment de culpabilité ;

– un fort sentiment d'infériorité ;

– une difficulté particulière face au complexe d'Œdipe dont les composantes sexuelles et les composantes sociales font l'objet d'un étayage réciproque ;

– le développement d'une activité fantasmatique, sur le modèle du roman familial, qui constitue un mécanisme de défense contre l'infériorité sociale ;

– un mécanisme de dédoublement lié au sentiment d'être divisé de l'intérieur ;

– l'isolement et le repli sur soi.

Ces différentes composantes de la névrose de classe peuvent varier d'un cas à l'autre et, chez un même individu, d'une période à une autre. La question se pose alors de déterminer à quel moment on peut parler de névrose. Chez la plupart des individus, les troubles apparaissent ou disparaissent selon des variations périodiques plus ou moins intenses.

C'est dire que la frontière entre ce que l'on pourrait appeler des difficultés existentielles et la névrose n'est pas évidente. Les difficultés existentielles ont un caractère névrotique à partir du moment où sont réunies trois conditions :

– le conflit est la cause d'une anxiété profonde qui inhibe une partie de l'activité sexuelle et/ou sociale du sujet ;

– l'individu n'arrive pas à trouver de solution dans la durée pour opérer des médiations satisfaisantes aux conflits qui le traversent ;

– il se trouve dans une situation répétitive caractérisée par un scénario dont il reproduit consciemment ou inconsciemment la trame.

L'exemple d'Annie Ernaux

Pour illustrer cette analyse de *La Névrose de classe*, nous avons choisi d'utiliser un matériel autobiographique publié, plutôt qu'une interview, d'une part à cause de son intérêt clinique, mais également parce que son caractère public permet à chacun de s'y référer. Les témoignages que nous livre Annie Ernaux dans ses livres, en particulier *La Place*[27] et *Les Armoires vides*[28], sont d'une richesse exceptionnelle. Dans *La Place*, elle écrit à la première personne et se présente comme sujet de son roman ; dans *Les Armoires vides*, elle écrit sous un nom d'emprunt, Denise Lesur. Si cette différence explique le travail opéré par l'auteur pendant les neuf années qui séparent ses deux romans, ils n'en sont pas moins l'un et l'autre des témoignages autobiographiques dans lesquels l'auteur tente de comprendre le rapport entre la situation sociale de ses parents et les conflits psychologiques vécus au cours de son enfance, jusqu'à son mariage. Par l'écriture, l'auteur effectue un véritable travail thérapeutique dans lequel elle décrit l'ensemble des conflits liés à la déchirure sociale. Nous avons évoqué sa situation à propos des conflits d'identité liés à la promotion sociale. Il s'agit maintenant d'analyser par quels processus ces conflits peuvent devenir névrotiques.

La culpabilité est un thème récurrent dans tous les cas de névrose de classe. Dans *Les Armoires vides*, Annie Ernaux en décrit la genèse et le développement, permettant d'en mettre au jour les différentes composantes et, en particulier, les liens entre la culpabilité sexuelle et la culpabilité sociale. Elle raconte comment, arrivant en sixième dans une école libre, elle est amenée à se soumettre au rituel de la confession : il lui faut répondre à un questionnaire et noter la liste de tous ses péchés, ce qu'elle fait avec application, avant d'entrer dans le confessionnal où le prêtre semble s'intéresser essentiellement à sa sexualité : « J'en suis sortie sale et seule. Il n'y avait que moi, personne d'autre ne glissait le doigt dans le quat'sous, personne ne le regardait dans une glace… Si les autres avaient été comme moi, il n'aurait pas fait un tel foin. Rien à faire, j'étais rejetée, coupée des autres par des trucs immondes » (p. 65). Elle amorce alors tout un travail pour reconnaître le mal et le bien, le pur et l'impur, pour distinguer le « péché-pas péché ». C'est à ce moment qu'elle réalise qu'une différence la distingue radicalement des autres filles de son âge, dont les fautes sont fondamentalement anodines, sans importance, sans conséquences. Elle se sent marquée, coupée des autres : « Moi seule je reste avec mon vieux péché inclassable, ni mortel, ni véniel, innommable, mélange de sale vicieuse, touche pas à ça, bonbons volés, cassoulet gratté dans les gamelles des ouvriers du chantier, rêveries mollasses pendant l'école et surtout mes parents, mon milieu de boutiquiers cracras » (p. 87). Ainsi l'appartenance à son milieu et l'idée de péché, de mal, de culpabilité sont indissociablement liées : « Quelque chose de poisseux et d'impur m'entoure définitivement, lié à mes différences, à mon milieu » (p. 67).

Mais s'il peut y avoir absolution pour ce qui concerne la sexualité, péché dont elle apprend qu'il est commun à toutes les filles de son âge, il n'en va pas de même pour son péché lié à sa différence : « L'église rejette tout en bloc, ma mère affalée de fatigue, mon père qui sort son dentier après manger, mes plaisirs que je croyais innocents... Toutes les prières de pénitence n'y feront rien. Il faut que je sois punie » (p. 67). Elle a beau se dire : « Mon Dieu, mon Dieu, ce n'est pas ma faute, faites que ça change, que mes parents ressemblent aux autres » (p. 90), elle sait que sa prière ne sera pas exaucée. elle reste avec ce mal dont elle ne comprend pas la cause mais dont elle voit les effets quotidiennement, dans les réflexions de ses professeurs sur « les choses qui ne se font pas » et « qui ne se disent pas », dans les regards condescendants ou moqueurs de la directrice et de ses camarades de classe jetés sur ses parents à sa première communion, dans les comparaisons entre les gens « bien élevés » et les gens « mal élevés ».

Elle réalise que son comportement, ses façons d'être, sa manière de parler, qui lui apparaissaient comme naturels, ne sont pas partagés par tout le monde. Ils sont condamnés par des « autorités » dont ses parents disent qu'il faut leur obéir. Elle prend conscience de la différenciation entre les classes sociales et que dans ces différences il y a des bons et des mauvais, les gens « bien » et les autres. À la constatation des écarts objectifs entre les riches et les pauvres, les gens du centre-ville et ceux de son quartier, les enfants de l'école primaire et ceux de l'école libre, vient se superposer la conscience subjective des valeurs attachées aux uns et aux autres, l'appréhension des processus de classement, de hiérarchisation et d'invalidation. « À partir de douze ans, j'ai fait mon petit barème, un système à mesurer. Les personnes bien ont une voiture, des porte-documents, un imper, les mains propres. Ils ont la parole facile, n'importe où, n'importe comment. Au guichet de la poste, haut : "C'est incroyable !" Mon père, lui, ne proteste jamais. On peut le faire attendre des heures. Les femmes bien, elles sont toutes particulières, la coupe des cheveux, le tailleur, des bijoux, discrètes, pas un mot plus haut que l'autre [...]. La légèreté, voilà, et impeccables, propres. Les autres, ils ressemblent tous aux clients : des ouvriers en bleu, le béret ou la casquette, le biclou... Même sur leur trente et un, les jours de communion, on les repère quand même, les ongles noirs, pas de manchettes à la chemise, surtout la manière de marcher, les bras ballants, mous, incertains. Ils ne savent pas causer correctement, ils gueulent. Les femmes qui viennent aux commissions, avec leurs chaussons, leur cabas de toile cirée, se ressemblent toutes, trop grosses ou trop maigres, toujours déformées, la poitrine fondue absente ou lourdement coulée à la ceinture, les fesses encerclées par la gaine. Je n'ai jamais pensé que les différences puissent venir de l'argent, je croyais que c'était inné, la propreté ou la crasse, le goût des belles affaires ou le laisser-aller » (p. 97).

Annie Ernaux est confrontée à la déchirure sociale qui oppose deux mondes, celui des gens bien, donc « bien élevés », et les autres. « Le bien, c'était confondu avec le propre, le joli, une facilité à être et à parler, bref avec le "beau" comme on dit au cours de français ; le mal c'était le laid, le poisseux, le manque d'éducation » (p. 107). D'un côté la confiance en soi, la propreté, la légèreté, le spirituel, la discrétion, l'aisance, la correction, l'élégance, la finesse, le goût. De l'autre la soumission, la saleté, la lourdeur, le plat, la résignation, la grossièreté, la mollesse, la maladresse, la vulgarité et les fautes de goût. D'un côté des qualités, de l'autre des défauts. La faute, c'est d'abord d'être « mal élevé ».

La domination entre les classes sociales opère en termes d'invalidation, en dévalorisant les comportements, les habitus et les valeurs des classes « inférieures » et en présentant comme des modèles et des « qualités » les habitus des classes « supérieures ». Le langage courant est rempli de termes qui connotent à la fois la différence sociale et des différences de valeurs en termes moraux : la « noblesse » désigne une classe et une qualité de cœur ; l'« aisance », le confort des gens qui ont de l'argent et un comportement, une facilité dans les relations sociales ; les gens « bien élevés » sont ceux qui sont polis, cultivés, distingués, alors que les gens « mal élevés » sont mal polis, incultes, vulgaires. Lorsqu'on parle de « fautes de goût », on indique non seulement une erreur par rapport aux canons de la culture dominante, mais également qu'il s'agit d'une faute qui condamne son auteur, alors perçu comme mauvais. On retrouve ce collage dans les difficultés à qualifier les classes sociales. Parler de classes supérieures et de classes inférieures, c'est à la fois signifier des positions dans la structure sociale mais également une hiérarchie de valeurs qui tend à assimiler d'une part domination de classe et supériorité des gens qui la composent, et d'autre part le fait d'être dominé à celui d'être « inférieur ».

Face à ce processus d'invalidation qui renvoie à l'enfant une image négative de ses parents, les tentatives de revalorisation ont peu de poids. Les parents d'Annie Ernaux prônent l'honnêteté, l'hospitalité, la serviabilité, la solidarité, la sobriété, le courage, la réussite par le travail, la lutte contre l'hypocrisie. Mais toutes ces valeurs déguisent en fait une acceptation de leur sort, une résignation à leur état, une soumission à l'ordre établi que l'enfant peut ressentir comme une lâcheté : ils ne veulent pas voir ce qu'ils sont réellement. Ils disent « qu'il ne faut pas péter plus haut qu'on l'a, qu'il faut savoir rester à sa place », autant de valeurs qui contribuent à les disqualifier puisque ainsi ils acceptent l'humiliation et le mépris dont ils sont l'objet. C'est en étant confronté à ces processus d'invalidation que l'enfant découvre l'existence des classes sociales, et ce n'est que plus tard qu'il pourra faire le lien avec les processus d'exploitation et les inégalités économiques. Il constate que le bien n'est pas principalement du côté de son père et de sa mère ; qu'il leur arrive d'être mal à l'aise, maladroits, mal habillés, de bafouiller devant des gens plus importants qu'eux, comme s'ils se sentaient coupables, comme s'ils étaient effectivement pris en faute. Il est difficile de reconnaître que le surmoi des dominés est imprégné des valeurs de la classe dominante. Lorsqu'on parle de « gens comme il faut », on indique à l'enfant et à soi-même un comportement à observer, de l'ordre de la Loi : c'est comme cela qu'il faut se comporter pour être bien, ce qui condamne ceux qui n'observent pas ce commandement.

Annie Ernaux se décrit comme déchirée par une tension insupportable entre l'attachement à ses parents et le mépris qu'ils lui inspirent : « Ils étaient malgré tout des petits débitants, des cafetiers du quartier, des gagne-petit, des minables... ça suffit d'être une vicieuse, une cachottière, une fille poisseuse et lourde vis-à-vis des copines de classe, légères, libres, pures de leur existence… Fallait encore que je me mette à mépriser mes parents. Tous les péchés, tous les vices. Personne ne pense à mal de son père ou de sa mère. Il n'y a que moi » (p. 99). Le *péché* vient ici condenser trois éléments : d'une part la *honte* sociale et sexuelle ; d'autre part la *haine* vis-à-vis de ceux qui lui apprennent le bon goût donc le mépris, le savoir donc la possibilité de comparer, l'envie de devenir comme eux, donc de se détacher de ses parents ; et enfin, l'*ambivalence* vis-à-vis de ses parents, faite d'amour mêlé à la haine, d'attachement et de détachement, de gratitude et de culpabilité.

La scène de la confession opère un *collage entre l'idée de péché, la notion d'impureté et le milieu familial* d'Annie. Jusqu'à ce moment, elle vivait la sexualité comme un plaisir sans interdit particulier. Son éveil sexuel et plus tard l'arrivée de ses règles, qu'elle attend avec impatience, ainsi que ses premières expériences sexuelles ont été vécues comme des découvertes, des aventures qui n'ont provoqué ni malaise, ni culpabilité. Ce qui lui pose problème, c'est d'une part le sentiment qu'elle est différente des autres filles de l'école et, d'autre part, le sentiment renvoyé par le prêtre qu'il y a chez elle quelque chose de sale, d'impur, de vicieux et de mal. Et c'est à l'appartenance à son milieu que vont être alors attachés ces différents qualificatifs. C'est le dégoût des poivrots qui vomissent dans la cour, la crasse des clients du café, la poisse de la toile cirée, la saleté de sa maison, qui deviennent signes d'impureté, qui signifient ce vice qu'elle porte en elle et qui lui est reproché. La honte ne vient pas du plaisir, des caresses, mais de l'image négative de ses parents, de sa famille, d'elle-même. Le mal, c'est sa différence. Sa faute c'est d'être la fille de parents

« minables » et de vouloir être différente. Sa punition c'est la solitude, le rejet et l'humiliation. Tout s'emmêle pour créer la confusion des sentiments. D'un côté, pureté, richesse et bien-être, de l'autre impureté, pauvreté et saleté. Les filles de l'école, qui sont bien habillées, qui ont de belles maisons, ne peuvent pas avoir de mauvaises pensées. Celles-ci sont l'apanage des « copines du quartier », avec lesquelles elle a partagé des « jeux sournois » dans les caves et les cabinets de la cour, premières découvertes des plaisirs du corps associées à son monde « cracra ». Elle se retrouve seule de son espèce à l'école, seule à être vicieuse, seule à être fille de petits boutiquiers, les deux étant reliés : c'est parce qu'il lui faut donner un sens à sa différence sociale qui lui est renvoyée comme une tare, qu'il lui faut séparer ainsi le monde pur et le monde impur.

On pourrait interpréter son comportement comme un déplacement de sa culpabilité sexuelle sur la culpabilité sociale. Cette hypothèse pourrait être retenue si la première était refoulée, si Annie exprimait une inhibition face à ses désirs sexuels, un rapport problématique à son corps et à l'érotisme. Or, bien que peu informée sur les questions sexuelles, elle s'éveille au plaisir dans le jeu plus que dans la culpabilité, elle attend avec impatience ses premières règles, elle est attirée sans réticence par les garçons, elle cherche à satisfaire sa curiosité sans retenue particulière. Face aux questions insistantes du prêtre, sa première réaction est l'étonnement, la surprise. C'est dans un second temps que le sentiment de culpabilité va s'imposer, liant la notion de péché qui lui est renvoyée à propos des jeux sexuels à sa situation sociale. Ce qui est « dégoûtant », ce n'est pas la sexualité, ce sont les conditions d'existence de son milieu : « Ils se sont encore saoulés chez Lesur ! Ces regards de dégoût, ça laisse des traînées sur moi... Cette impureté auprès de laquelle les doigts hasardés dans des régions fondantes, doucement irritées, le soir, sous les couvertures, sont un jeu presque innocent » (p. 101).

La haine est d'abord une réaction contre l'humiliation ressentie face à l'invalidation et au mépris que les gens des quartiers chics communiquent « si aisément » à l'endroit de son milieu, de sa famille, de ses parents et d'elle-même. Mais cette haine ne peut se traduire en révolte dans la mesure où ses propres parents lui demandent de devenir « une personne comme il faut », c'est-à-dire d'assimiler les valeurs et les habitus de la bourgeoisie à travers l'éducation de l'école libre dans laquelle elle rentre. Pour ce faire, il lui faut intérioriser ce nouveau modèle et rejeter celui de ses parents. Il faut qu'elle puisse dire : « Je ne suis pas comme eux, je ne leur ressemble pas » (p. 94). Pour se distancier socialement, elle va se détacher affectivement de ses parents : « Si je les écoute, si je me laisse aller, si je me mets à aimer la maison de mes parents, comme autrefois, je vais devenir comme eux » (p. 106). Il lui faut entamer un travail de *désidentification*, par l'apprentissage du mépris et de la haine. Il lui faut résister à la tentation continuelle de renoncer à s'en sortir, combattre les moments de lassitude lorsque le conflit est trop fort, le poids des habitus trop lourd : « De toute façon, je les aurai toujours, mes parents, leurs criailleries, leurs goûts, leur manière de parler... Ça m'empêchera de sortir de là, de m'élever » (p. 112). Alors il lui faut les haïr, mettre sur leur compte toutes les humiliations qu'elle rencontre : « Ils ne m'ont rien appris, c'est à cause d'eux qu'on s'est moqué de moi » (p. 115). Mais cette haine nécessaire qui monte en elle fait monter également la culpabilité : « un monstre... Salope, j'avais honte de plus en plus. Ce n'est pas vrai, je ne les haïssais pas… Ils veulent que je réussisse, ils veulent mon bonheur » (p. 116). Elle se trouve alors de plus en plus coincée dans la contradiction entre réussir pour satisfaire le narcissisme parental et les haïr pour pouvoir accomplir cette réussite.

Elle change d'idéal, recherche d'autres figures d'identification, celles qui correspondent aux gens bien élevés, mais qui correspondent également à ceux qui pratiquent la haine et le mépris à l'endroit de ses parents. Contradiction indépassable qui lui laissera la haine au cœur, jusqu'à ce qu'elle puisse en démonter la source : « Je ne suis pas née avec la haine, je ne les ai pas toujours détestés, mes parents, les clients, la boutique… Les autres, les cultivés, les profs, les convenables, je les déteste aussi maintenant » (p. 17). La haine est une réponse à une situation. C'est parce qu'une image négative lui est renvoyée, non pas à la Denise-Lesur-qui-réussit-bien-à-l'école, mais à la Denise-Lesur-fille-de-ceux-qui-tiennent-un-café-épicerie-dans-un-bas-quartier, qu'elle est confrontée à l'humiliation. Pour se dégager de cette image négative, il lui faut se dégager de son milieu, il lui faut se détacher de ses parents. Parallèlement, pour s'intégrer dans ce milieu des « gens bien » il lui faut refouler sa révolte, supporter le rejet dont elle est l'objet afin de dépasser la haine qu'il provoque : « On ne parle jamais de ça, de la honte, des humiliations, on les oublie, les phrases perfides en plein dans la gueule, surtout quand on est gosse » (p. 60). Elle est démunie pour se positionner dans ces doubles jeux contradictoires des relations de classes, des identifications aux parents et aux professeurs, d'autant plus démunie qu'elle est objectivement et affectivement dépendante des uns et des autres.

La *haine* des parents n'est pas seulement la reproduction de l'invalidation sociale externe. Elle est également produite par les parents eux-mêmes, dans la mesure où Annie découvre que ses parents participent à leur autoassujettissement, qu'ils sont dominés et qu'ils l'acceptent : « Si on leur parle de haut, c'est la fin, ils ne disent plus rien » (p. 97). Cette découverte la conduit à les dévaloriser, ce qui provoque un double processus de désidéalisation et de désidentification. Il y a là une première contradiction entre l'attachement affectif et l'effondrement de l'image parentale : comment continuer à aimer dans la désidéalisation ? Cette contradiction est avivée lorsque Annie Ernaux découvre que ses parents sont dans l'ambivalence vis-à-vis d'elle-même. D'un côté, ils lui demandent explicitement de réussir à l'école, de ne pas fréquenter les copines du quartier ; de l'autre, ils craignent qu'elle ne devienne une étrangère, ils résistent à ce qu'elle s'éloigne, ils lui demandent de rester comme eux : « Ils trouvaient toujours des raisons pour qu'on ne sorte pas de la crasse. Cette peur, ils me l'ont filée. Je suis née au milieu d'eux, c'est plus facile de redevenir comme eux » (p. 107). Ainsi ils lui enseignent la soumission et la résignation, ils participent à étouffer ses velléités de révolte, de remise en question, ils lui demandent d'être différente tout en restant semblable !

Un autre élément vient déconsidérer les parents aux yeux d'Annie Ernaux : la prise de conscience que les habitus intériorisés lui valent moquerie et invalidation de la part des autres enfants. Elle leur en veut de ne pas lui avoir appris à se tenir « comme il faut ». Ses parents sont doublement coupables : d'être dominés et donc descendus de leur piédestal, ce qui provoque une blessure narcissique fondamentale lorsqu'elle découvre que ceux qu'elle mettait au plus haut sont des « minables », des « moins que rien », des « petits » ; coupables aussi de ne pas la protéger, elle, la petite fille sans défense, de la moquerie des enfants et du mépris des professeurs.

L'humiliation est d'autant plus forte que les différences et l'étrangeté (d'habitus, de langage, de comportement...) que l'enfant ressent vis-à-vis de sa classe d'âge lui sont renvoyées par les adultes comme une tare, quelque chose dont il doit se débarrasser. Un professeur : « Mlle Lesur, ne saviez-vous pas que cela ne se dit pas ? » (p. 115) ; reproche implicite en direction de ses parents qui n'ont pas su apprendre à l'enfant les bons usages de la parole ; reproche explicite à l'enfant d'être ce qu'il est, d'utiliser les mots qu'il a appris de sa famille. On lui dit qu'il ne se tient pas « comme il faut », alors qu'il se tient comme ses propres parents. Et ce sont ces mêmes parents qui lui disent qu'il faut bien écouter les professeurs. Ils sont fiers de leur fille parce qu'elle va à l'école libre, parce qu'elle deviendra comme ceux-là mêmes qui les méprisent, parce qu'elle apprend l'art et la manière de ne plus être ce qu'ils sont.

Cela met l'enfant dans une double culpabilité :

– Culpabilité de ne pas « être comme il faut ». Comme dans la pièce *La Putain respectueuse* Lizzie et le Nègre se sentent coupables alors qu'ils n'ont commis aucune faute[29]. La faute, c'est d'être le marginal, l'étranger, le noir, le dominé.

– Culpabilité d'avoir à reprocher à ses parents ce qu'ils sont : « Il me fallait bien les haïr » écrit Ernaux (p. 82), pour se détacher de ce qu'ils représentent, leur milieu, leur classe, pour se dégager de leur langage et de leurs habitus.

Elle revient à plusieurs reprises sur ce sentiment d'être un *monstre* vis-à-vis de ses parents, qui ont tout fait pour qu'elle réussisse par amour pour elle, et qu'il lui faut haïr. Il y a là une situation contradictoire à la limite du paradoxe que l'on retrouve dans tous les cas similaires. C'est par amour que les parents conduisent leur enfant à les haïr. C'est pour satisfaire le désir des parents qu'elle devient une fille « bien élevée », qu'elle doit se détacher d'eux.

Les parents = c'est par amour que je te demande de me haïr.
L'enfant = c'est par amour que je te hais.

L'enfant a alors honte de lui-même, honte de ce sentiment négatif qu'il ressent vis-à-vis de ses parents : « Salope, j'avais honte... De plus en plus. Ce n'est pas vrai, je ne les haïssais pas... papa, maman, les seuls qui s'intéressent vraiment à moi, je n'ai qu'eux. Ils veulent que je réussisse, ils veulent mon bonheur... Plus tard je les remercierai, je leur rendrai. Les larmes aux yeux, pourquoi suis-je si injuste ? » (p. 116). Honte encore de n'être même pas à la hauteur du désir parental qu'elle soit heureuse : les parents veulent son bonheur et elle est malheureuse. Elle leur en veut de cette exigence contradictoire où ils la placent ; et elle leur est redevable, donc reconnaissante, de leur amour, de leur sacrifice. Dette dont l'enfant se sent redevable vis-à-vis de ceux dont on lui dit qu'il leur doit tout et dont il restera éternellement débiteur parce qu'il ne sait pas comment les rembourser.

La haine et la culpabilité sont le moyen, pour l'enfant qui se détache, de conserver malgré tout une relation affective avec ses parents : « Étrangère à mes parents, à mon milieu, je ne voulais plus les regarder. Les seuls moments qui me rattachaient à eux étaient des explosions de haine ou de culpabilité » (p. 119). La haine, c'est aussi la découverte que les parents modèlent l'enfant selon leurs aspirations, qu'ils attendent qu'il se conforme à cette image et qu'ils ont peur qu'il ne réponde pas à cette attente. « Peur que ça ne serve à rien de m'avoir mise à l'école libre, de m'avoir fait apprendre pour rien » (p. 146) et en réponse la haine de l'enfant qui a réussi et qu'il retourne contre ce qu'il est devenu : « C'est moi que je hais. Je leur suis monté dessus, ils triment au comptoir et je les méprise… À quoi ça sert, je n'ai pas d'amie, je ne m'attache à personne… » (p. 164).

À un niveau plus inconscient, on peut interpréter ces réactions d'Annie Ernaux comme une mise à distance de son père au moment où l'éveil de sa sexualité la confronte à l'interdit qui pèse sur ses désirs œdipiens. En réalisant le désir de son père qu'elle devienne « quelqu'un de bien », elle réalise en même temps le rêve incestueux qui sous-tend le projet paternel. Dans son fantasme, on peut penser que la culpabilité sociale liée à la découverte du mépris dont ses parents sont l'objet et la culpabilité œdipienne liée à la réalisation imaginaire du désir de son père sont indissolubles. C'est parce que le désir est impérieux qu'il lui faut haïr et mettre à distance son père ; c'est parce qu'il est interdit qu'elle se sent coupable.

Ces deux interprétations ne nous apparaissent pas exclusives l'une de l'autre, bien au contraire : l'impérieuse nécessité de devenir « Mademoiselle première » à l'école est d'autant plus intense qu'il lui faut renoncer à être la première pour son père. La haine et le mépris qu'elle est en quelque sorte condamnée à apprendre pour devenir « quelqu'un de bien » lui permettent d'exprimer de façon déplacée le ressentiment qu'elle éprouve vis-à-vis de sa mère, rivale œdipienne. La situation sociale à laquelle elle est confrontée fait écho au scénario œdipien dans lequel les parents sont objets d'amour et de rivalité. La culpabilité sociale est en résonance étroite avec la culpabilité œdipienne. Les contradictions qu'elle vit entre les deux univers dans lesquels elle doit s'insérer ne seraient pas aussi fortes, si elles ne s'étayaient sur les contradictions du projet paternel qui confronte la fille à travers la réalisation d'un rêve d'ascension sociale à réaliser un rêve incestueux. La culpabilité qui résulte de l'interdit de satisfaire cet autre désir est un élément essentiel de la faute d'Annie Ernaux.

L'important est de concevoir ces deux registres (le registre inconscient de l'œdipe et le registre social de la famille et l'école) comme ayant chacun leur réalité et leur dynamique propres, mais non indépendants. Les deux interprétations des conflits vécus par Annie Ernaux ne s'éliminent pas. C'est leur coexistence qui permet d'en expliquer l'intensité. C'est parce que les éléments fantasmatiques, relationnels et sociaux sont liés les uns aux autres dans une dynamique de renforcement mutuel et d'étayage réciproque, que se développe un système névrotique c'est-à-dire une structure conflictuelle, rigide, répétitive qui tend à se fermer sur elle-même, c'est-à-dire à se nourrir de son propre fonctionnement. Ce qui la sauve, c'est l'analyse en profondeur qu'elle effectue dans l'écriture. Le récit révèle une compétence clinique d'autoanalyse remarquable. Elle va cultiver un goût et une sensibilité pour décrypter son vécu de l'enfance, ses sentiments contradictoires, les conflits relationnels avec ses parents, ses professeurs et ses amies. Ce travail sur elle-même n'est pas très éloigné de celui que l'on peut faire au cours d'une psychanalyse ou d'une psychothérapie.

Schéma synthétique d'une névrose de classe

Dans la théorie psychanalytique, la culpabilité est interprétée comme la conséquence d'une tension entre le surmoi et le moi. Selon Freud, la fonction du surmoi est corrélative du complexe d'Œdipe : l'enfant, obligé de renoncer à la satisfaction de ses désirs œdipiens frappés d'interdit, transforme son investissement sur les parents en identification aux parents, ou plus exactement en identification au surmoi des parents : il intériorise l'interdiction. Le surmoi apparaît comme une instance de l'appareil psychique qui remplit trois fonctions : auto-observation, conscience morale et fonction d'idéal[30]. La distinction entre conscience morale et fonction d'idéal s'illustre dans la différence que Freud introduit entre sentiment de culpabilité et sentiment d'infériorité. Le premier est en rapport avec la conscience morale qui fixe des commandements et des interdits (« Tu honoreras ton père et ta mère »), le second avec l'idéal du moi qui fixe des exigences et des modèles à atteindre. Nous reprendrons la discussion théorique sur les positions topiques respectives du surmoi et de l'idéal du moi. Dans un premier temps nous proposons cette distinction, afin d'analyser les conflits rencontrés par Annie Ernaux dans ses rapports avec ses parents et le monde extérieur. « Les humanités, ça donne le respect. C'est pareil pourtant. Une salope que je suis. "Tu honoreras ton père et ta mère" ça foutait le camp. Le pire, c'est pas parce qu'ils étaient méchants, ou durs. Je n'en parlais à personne, mais à l'école, en me promenant devant les magasins du centre, en lisant, j'avais appris à comparer » (p. 95). On voit là apparaître deux composantes du sentiment de culpabilité qui rejaillissent l'une sur l'autre au niveau intrapsychique entre les instances de l'appareil psychique surmoi – idéal du moi – moi, au niveau relationnel entre Annie, ses parents et sa famille, conséquence des processus de domination et d'invalidation qui proposent des modèles de valorisation contradictoires. Nous avons résumé ces différents éléments dans un schéma synthétique d'une névrose de classe.

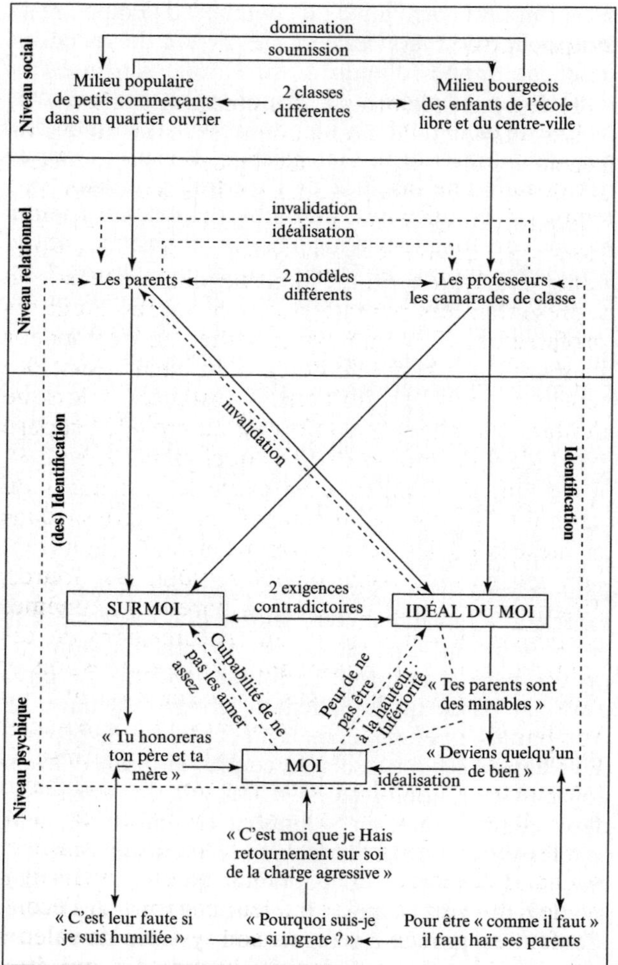

Schéma synthétique d'une névrose de classe :

Liaison entre les instances du système socio-mental

contradictions entre instances

processus

COMMENTAIRES

1) Étayage réciproque des contradictions.

Les rapports de domination entre le milieu de l'école libre et celui du café-épicerie se traduisent au niveau relationnel par des habitus et des modèles d'identification différents, dont l'un est invalidé alors que l'autre est valorisé. Le sujet est alors confronté à un conflit d'identification entre ce que représentent ses parents et ce que représentent ses professeurs. Ce conflit va modifier en profondeur l'appareil psychique de l'enfant en introduisant des tensions entre les différentes instances : lorsque l'enfant cherche à se conformer au modèle proposé par l'idéal du moi (« deviens quelqu'un de bien »), il est amené à remettre en cause les exigences du surmoi (« Tu honoreras ton père et ta mère »), dans la mesure où les gens « comme il faut » montrent que les parents sont minables, vulgaires, lourds, obséquieux et mal élevés. Les parents eux-mêmes participent à l'étayage et au renforcement de ces contradictions. En répondant par la soumission et l'idéalisation aux processus de domination et d'invalidation, ils proposent à l'enfant un antimodèle et participent ainsi à leur auto-invalidation. Ainsi, ils transmettent à l'enfant leurs propres contradictions entre leur désir qu'il devienne quelqu'un de bien, c'est-à-dire qu'il réalise ce qu'eux-mêmes auraient souhaité devenir, et leur crainte qu'en y arrivant il ne devienne un étranger qui leur échappe. À l'école, l'enfant est amené à inverser son système de valeurs et ses références du bien et du mal. Ce qui était bien (ses parents) devient mal ; ce qui était objet d'amour devient haïssable.

2) Développement de la culpabilité.

Ces contradictions génèrent une charge agressive de l'enfant en réponse aux humiliations ressenties. L'enfant se sent coupable de ne pas être « comme il faut » vis-à-vis des professeurs – il a peur de ne pouvoir satisfaire l'idéal qu'ils lui proposent – et vis-à-vis des parents – il craint de ne pas les aimer suffisamment. Il en veut alors aux uns, qui lui demandent de mépriser et rejeter ses premiers objets d'amour et aux autres, qui sont responsables des humiliations qu'il ressent. Face à l'ambivalence, l'enfant tend à retourner sur lui la charge agressive. C'est son propre moi qui devient haïssable.

3) Mécanismes de défense.

Face à ces conflits, l'enfant va mettre en œuvre une série de *mécanismes de défense* pour réguler l'agressivité et l'angoisse qu'ils entraînent, pour en supporter les conséquences, pour trouver des médiations aux multiples contradictions qui le déchirent.

L'acharnement au travail est un moyen de se revaloriser. Face aux humiliations de « la fille qui est moins bien habillée », dont les parents sont continuellement invalidés, qui ne sait pas comment faire pour se conduire « comme il faut », la réussite scolaire permet de se différencier des autres par rapport à un système de normes et de valeurs dans lequel elle peut être compétitive. C'est le moyen de canaliser toute l'agressivité conséquente à l'humiliation, de retourner le mépris contre ceux qui l'invalident, de renverser la jalousie éprouvée face à ceux qui la dominent : « c'est moi, moi... Denise Lesur, la godiche, la vicieuse du curé... je réussis mieux que vous » (p. 71). C'est ainsi qu'elle devient « Mademoiselle première », celle qui connaît toujours les bonnes réponses et que la maîtresse interroge lorsque les autres ne savent pas. C'est sa revanche, le moyen d'affirmer une supériorité pour compenser l'infériorité sociale qui lui est constamment renvoyée. C'est le moyen de conquérir et de sauvegarder une identité, dans un milieu qui tend à invalider l'identité sociale et familiale qui la caractérisait jusqu'à ce moment. En étant première, elle affirme son existence en accédant à une reconnaissance sociale indéniable. Au niveau énergétique, le travail offre un objet d'investissement qui permet de canaliser la libido sur une activité socialement et affectivement valorisée aussi bien par ses parents que par ses professeurs.

Le dédoublement est le moyen de faire coexister les aspirations et les sentiments contradictoires qui la traversent. « Deux mondes côte à côte, sans trop se gêner, l'école et la maison » (p. 73). Face aux identifications et aux habitus de ces deux mondes, se met en place un clivage du moi où coexistent ces différents contraires : « Je porte en moi deux langages, les petits points noirs des livres, les sauterelles folles et gracieuses, à côté des paroles grasses, grosses, bien appuyées, qui s'enfoncent dans le ventre, dans la tête, font pleurer dans le haut de l'escalier et rigoler sous le comptoir » (p. 77). Mais l'équilibre entre ces deux mondes est fragile parce que trop contradictoire : « Il a bien fallu en choisir un, comme point de repère, on est obligé. Si j'avais choisi celui de mes parents… je n'aurais pas voulu réussir à l'école » (p. 82). Elle choisit donc d'être la fille de ses parents chez elle et de devenir autre à l'extérieur : « Sitôt franchie la porte, au-dehors, je condamne mes manières. » Il faut entasser les diplômes pour cacher « la fille Lesur […] bourrée de gestes et de paroles vulgaires… pour creuser l'écart, semer définitivement le café-épicerie, l'enfance péquenaude… [et]… être comme les filles distantes » (p. 161), pour devenir une fille « comme il faut », celles qui vont à l'université.

Le retrait sur soi : face à ces conflits trop aigus avec le monde extérieur, que ce soit celui des parents ou celui de l'école, pour échapper à la déchirure et au tiraillement des contradictions qui la coupent en deux, pour tenter de conserver une unité cohésive de soi, Annie Ernaux se replie sur elle-même, sur la lecture, sur les devoirs : « Je m'éloigne de plus en plus... Absente » (p. 92). Elle cesse de dire bonjour aux clients, de fréquenter les « copines du quartier », de parler de l'école à ses parents qui de toute façon ne savent ni la grammaire, ni le latin, ni l'histoire, ni la géographie. Elle devient une étrangère qui vit dans sa maison comme à l'hôtel, qui reste là tout en étant absente et qui rêve d'une autre famille, d'un autre monde à partir de ses lectures. Sa double différence, chez elle parce qu'elle va à l'école, à l'école parce qu'elle vient de son milieu, la condamne à l'isolement. Dans chacun de ces lieux, il n'y a qu'une partie d'elle-même qui s'y retrouve. Le retrait sur soi, le dialogue intérieur sont alors un moyen de se retrouver entière, non morcelée, d'échapper au clivage et à la déchirure.

Le refuge fantasmatique : dans cette « retraite », le rêve et les lectures permettent de réaliser fantasmatiquement ce que la réalité ne permet pas d'accomplir : « Fuir dans des belles histoires... j'avais la tête remplie d'une foule de gens libres, riches et heureux ou bien d'une misère noire, superbe, pas de parents, des haillons, des croûtes de pain, pas de milieu » (p. 80). On voit ici apparaître la fonction du *roman familial* comme fantasme des enfants des classes dominées, qui leur permet d'inverser leur position sociale, de supporter les conditions concrètes d'existence en corrigeant la réalité.

L'acharnement au travail, le dédoublement, le retrait sur soi et l'élaboration du roman familial sont autant de mécanismes de défense qu'Annie Ernaux produit pour tenter de soulager les tensions, de trouver des solutions, des échappatoires ou des transactions aux conflits qui la traversent. Ces réactions ne sont pas forcément névrotiques. Dans la majorité des situations de ce type, elles permettent au contraire d'échapper à la névrose. Celle-ci apparaît lorsque les différents éléments que nous avons décrits forment un système consolidé qui tend à se refermer sur lui-même : « Toute névrose – au sens "pathologique" du terme – tend à réaliser un système – relativement – fermé, c'est-à-dire protégé, et doublement protégé : vers l'extérieur, d'événements, de contacts, de relations personnelles, etc., vers l'intérieur, d'irruptions pulsionnelles et de réactivations de conflits génératrices d'angoisse. Le système défensif fonctionne autant qu'il le peut "en vase clos", suivant ses mécanismes et sa logique propres[31]. » Le schéma synthétique de ce système permet d'en décrire les diverses composantes, la façon dont elles sont reliées les unes aux autres et les mécanismes de bouclage qui le conduit à se refermer sur lui-même. Un élément ressort particulièrement : un double sentiment d'infériorité et d'illégitimité.

8

Le complexe d'infériorité

> Le sang servile de Jean ne lui permettait pas une telle présomption.
>
> Il reconnaissait le privilège, il ne rêvait pas d'y participer ; il avait conscience qu'il y serait encore plus humilié et c'est pourquoi il n'en voulait pas.
>
> August STRINDBERG

Pour saisir les processus à l'œuvre dans la genèse d'une névrose de classe, nous avons exploré les enjeux sociaux des trajectoires en promotion et/ou en régression, la question des placements et des déplacements, les conflits vécus entre l'identité héritée, l'identité espérée et l'identité acquise. L'analyse des romans d'Annie Ernaux a permis de cerner les différentes caractéristiques des conflits vécus par les personnes en ascension sociale. Pour mieux cerner le caractère névrotique de ces conflits, il convient de comprendre comment les processus psychiques et les processus sociaux interagissent. Pour ce faire, nous avons choisi de nous référer à la théorie freudienne de l'appareil psychique. Il nous faut justifier ce choix. Bien d'autres théories pourraient nous éclairer sur le comportement psychologique des personnes concernées. Pour autant, la psychanalyse nous semble la plus pertinente pour saisir les sources psychiques et intrapsychiques de la culpabilité, de l'ambivalence entre l'amour et la haine et les mécanismes de défense mobilisés par le sujet face à la violence de ses conflits internes. Nous avons traité dans un autre ouvrage les limites de la théorie psychanalytique pour aborder les sentiments de honte, d'envie et d'humiliation[1]. Pour autant, l'approche freudienne est une voie incontournable pour comprendre les enjeux inconscients et comment les conflits liés à des situations sociales de domination sont internalisés par le sujet.

Les rôles respectifs de l'idéal du moi et du surmoi

Dans l'analyse du cas Annie Ernaux, nous avons amorcé une discussion sur les rôles respectifs de l'idéal du moi et du surmoi en les opposant comme deux instances différenciées. La pensée de Freud a varié entre la distinction et l'assimilation de ces deux instances[2]. En ce qui concerne la genèse et le rôle du surmoi, la théorie psychanalytique est homogène et cohérente, alors qu'elle est plus diversifiée et évolutive en ce qui concerne l'idéal du moi. Au début de son histoire, l'enfant est dans une relation duelle avec sa mère. Cette relation est brisée par le père qui interdit la mère en posant la Loi de l'interdiction de l'inceste, ce qui introduit le désir de l'enfant qui sera alors en quête de cette mère perdue. Le sens de la Loi, c'est qu'en renonçant à sa mère, l'enfant peut accéder au désir de l'autre. Dans la relation duelle qui précède l'instauration de la Loi, l'enfant ne peut désirer que le désir de la mère, c'est-à-dire qu'il satisfasse les désirs de toute-puissance de celle-ci et qu'il ne naisse pas, lui, au monde du désir. La résolution du complexe d'Œdipe passe par l'intériorisation du législateur (le surmoi) et l'acceptation d'une existence limitée, soumise au temps et à la mort. Le *surmoi* est l'intériorisation des exigences et des interdits parentaux, instance qui incarne une loi et interdit qu'on la transgresse. Il correspond donc à une identification avec l'instance parentale. Mais, selon Freud, cette identification ne doit pas être comprise comme une identification à des personnes : « Le surmoi de l'enfant ne se forme pas à l'image des parents, mais bien à l'image du Surmoi de ceux-ci. Il s'emplit des mêmes contenus, devient le représentant de la tradition, de tous les jugements de valeur qui subsistent à travers les générations. » Dans les *Nouvelles conférences sur la psychanalyse* (1932), Freud présente le surmoi comme étant également le véhicule de l'idéal du moi par rapport auquel le moi se mesure, au niveau duquel il cherche à se hisser, et dont il essaie de remplir les exigences de perfection.

Dans leur *Vocabulaire*, Laplanche et Pontalis définissent l'idéal du moi comme une « instance de la personnalité résultant de la convergence du narcissisme (idéalisation du moi) et des identifications aux parents, à leurs substituts et aux idéaux collectifs. En tant qu'instance différenciée, l'idéal du moi constitue un modèle auquel le sujet cherche à se conformer[3] ». Contrairement à Freud, ces deux auteurs posent l'idéal du moi comme une instance différenciée. L'idéal du moi est moins une instance qu'un fantasme issu de la perfection narcissique perdue sous l'influence de la critique parentale. « Par contre, il existe à côté de l'idéal du moi une instance dont la tâche serait de vérifier si la satisfaction narcissique est bien assurée en fonction de l'idéal du moi et qui, dans ce but, surveille constamment le moi réel et le confronte à cet idéal[4]. » Il s'agit en quelque sorte d'un processus d'évaluation permanente du moi par rapport à des exigences intériorisées, processus bien décrit par l'expression « estime de soi ». Si Janine Chasseguet-Smirgel récuse l'idée d'instance tout en la réintroduisant, c'est pour affirmer le caractère dynamique de l'idéal du moi comme processus incitateur et évolutif qui fixe continuellement au moi des exigences et des buts à atteindre et qui, selon la dernière phrase de son essai, « nous pousse sans répit en avant, toujours en avant ». En fait, les différentes instances de l'appareil psychique recouvrent différents types de processus psychiques et non des états différents de l'inconscient. Il y a là une ambiguïté dans le vocabulaire psychanalytique bien souligné par Roger Perron : « Le langage introduit en la matière un piège dont il faut se méfier. En effet, désigner les sous-systèmes en cause par des substantifs favorise cette idée qu'il s'agit de personnages autonomes, surtout si l'on écrit les termes avec une majuscule initiale comme s'il s'agissait de prénoms (le Ça, le Moi, le Surmoi). Il s'agit en fait de décrire des processus qui caractérisent le fonctionnement de sous-systèmes (les "instances") ; peut-être faudrait-il, en toute rigueur, n'utiliser jamais que des verbes et des adjectifs, parler par exemples de processus inconscients et jamais de l'Inconscient. Le substantif cependant reste commode, si l'on évite la réification naïve, pour désigner un ensemble de processus de même type[5]. »

Au-delà de ces discussions théoriques, une série de différences apparaissent clairement entre l'*idéal du moi*, héritier du narcissisme primaire, et le *surmoi*, héritier du complexe d'Œdipe. Le premier constitue, à l'origine du moins, une tentative de récupération de la toute-puissance perdue. Le second, dans la perspective freudienne, est issu du complexe de castration. Le premier tend à restaurer l'illusion, le second à promouvoir la réalité. Le surmoi coupe l'enfant de sa mère, l'idéal du moi le pousse à la fusion. L'idéal du moi a des exigences sans limite de perfection et de puissance, alors que le surmoi soulage ces exigences en instituant la barrière de l'inceste et en transformant l'impuissance intrinsèque de l'enfant en obéissance à un interdit, « ce qui lui permet non seulement de sauver la face, mais aussi de retirer une satisfaction narcissique de son obéissance même[6] ».

L'idéal du moi est une *instance d'incitation* qui pousse le moi, dans un premier temps, à reconquérir sa perfection perdue, puis à rechercher ailleurs qu'en lui-même des objets partiels ou totaux idéalisés, objets qu'il va intérioriser, comme pour s'obliger de l'intérieur à combler l'écart qui le sépare de l'idéal. C'est alors le narcissisme qui est constamment sollicité, en incitant le moi à se dépasser pour « être à la hauteur » de son image idéalisée. Le surmoi est plutôt une *instance d'adaptation* qui fixe des limites et des frontières au moi, en lui indiquant ce qu'il doit faire et ce qu'il ne doit pas faire. L'œdipe introduit l'enfant dans l'ambivalence par diversification du processus d'identification (identification secondaire). Le surmoi se constitue à ce moment et simultanément comme instance prédictrice – « Sois comme ton père » et/ou « Sois comme ta mère » –, et comme instance interdictrice – « Ne sois pas comme ton père » et/ou « Ne sois pas comme ta mère ». C'est-à-dire « Accepte que certaines prérogatives leur soient réservées », « Renonce à occuper une place qui n'est pas la tienne ». Si l'idéal du moi pousse à la fusion et donc à l'indifférenciation, le surmoi conduit le moi à se positionner par identification, mais également par différenciation dans la mesure où il indique des limites (« à ne pas dépasser ») et des frontières. Le surmoi se caractérise par la continuité. Il se constitue à partir des surmoi parentaux, formés et consolidés par les prédicats et les interdits liés aux us et coutumes du groupe social d'appartenance. En ce sens c'est une instance plutôt conservatrice qui prône le maintien de l'ordre, le respect des traditions, la permanence des modèles de référence. En schématisant, on pourrait le qualifier d'*instance de reproduction* et d'*instance de placement*. C'est en effet du surmoi que vient l'injonction d'avoir à se placer dans l'ordre des générations (entre les parents et les enfants), dans l'ordre des sexes (entre les hommes et les femmes) et dans l'ordre social (entre les différentes classes, ethnies, cultures), en reproduisant la façon dont les parents se sont eux-mêmes situés et en intériorisant la loi de culture de son groupe qui fixe l'ordre des places assignées à chacun.

L'idéal du moi est plus perméable à l'évolution des modèles et des idéaux collectifs. Il tend vers le dépassement de ce qui est. Sa quête de perfection pousse le moi à rechercher d'autres modèles, toujours plus « élevés » et pour ce faire d'aller ailleurs, toujours plus loin. La recherche de la toute-puissance ne conçoit pas de limites et de frontières. Dans le roman familial, ce sont toujours les figures les plus prestigieuses, les personnages les plus « considérables » qui seront pris comme parents de substitution ou comme références idéales. L'idéal du moi fixe les exigences qui poussent en permanence le moi au *changement*. C'est donc plutôt une instance de déplacement au sens où elle incite l'individu à se situer ailleurs, à rechercher d'autres places que celles qui lui sont assignées par son héritage.

Ces deux instances soumettent le moi à des tensions de nature différente. Le surmoi incline à l'obéissance. Il est à l'origine du *sentiment de culpabilité* ressenti lorsque l'interdit qu'il a fixé est transgressé. Par contre, l'idéal du moi fixe des exigences idéalisées qu'il demande au moi d'atteindre. Il est à l'origine du *sentiment d'infériorité* ressenti lorsque le moi est dans l'incapacité de réaliser ces exigences, et du sentiment de *honte* lorsqu'il est mis en échec[7].

Ces différents éléments permettent de schématiser les caractéristiques respectives de l'idéal du moi et du surmoi.

Tableau comparatif des caractéristiques de l'idéal du moi et du surmoi

Idéal du moi	Surmoi
Héritier du narcissisme	Héritier du complexe d'Œdipe
Recherche de *toute-puissance*	Respect de *l'interdit* et de la loi
Entretien l'*illusion*	Cherche l'adaptation à la *réalité*
L'idéal du moi pousse à la *fusion* (relation duelle)	Le surmoi coupe l'enfant de la mère (issu du complexe de *castration)*
L'idéal du moi fait pression sur le moi pour satisfaire son *ambition*, sa recherche de la *perfection* et du pouvoir : il le pousse au *dépassement*/déplacement = instance incitative	Le surmoi soulage les exigences sans limite de l'idéal en transformant l'impuissance en *obéissance* à un interdit et au *respect des règles* : il pousse le moi *à l'adaptation à la place* occupée = instance prédictive
Identification primaire : mode primitif de constitution du sujet sur le modèle de l'autre ; projection de la toute-puissance perdue sur l'objet (la mère) qui devient ainsi le représentant du premier idéal du moi de l'enfant	*Identifications secondaires* qui poussent l'enfant à renoncer à la fusion, à la relation duelle et donc à la toute-puissance, capacité de la triangulation, d'entrer dans un système de double identification.

Honte = tension idéale du moi/moi. Sentiment d'*infériorité* lié à la crainte de ne pas être à la hauteur.	*Culpabilité* = tension surmoi/moi. Sentiment de *culpabilité* lié à la transgression.
Tend au *changement* par la recherche de modèles toujours plus exigeants	Tend à la *reproduction* des modèles antérieurs
= exaltation du moi	= soumission du moi
= instance de *déplacement*	= instance de *placement*

Idéal du moi et promotion sociale

L'idéal du moi se constitue par étapes successives, chaque étape intégrant celles qui la précèdent. Dans le processus d'édification du moi, l'idéal du moi intervient pour fixer des exigences sur la façon dont le moi intègre successivement des identifications diverses. Il pousse à rechercher les qualités et les attributs qui signifient la perfection et la toute-puissance face aux contradictions, aux failles, aux défectuosités auxquelles le moi est confronté. Ce cheminement dynamique de l'*Aufheben*[8] se poursuit après le stade œdipien. Le moi se constitue en se transformant dans une dialectique de l'identification et de la différenciation qui se poursuit tout au long de l'existence. On peut cependant dégager une tendance selon laquelle l'aspect « conservateur » tend à se développer avec le vieillissement, alors que l'aspect « dépassement » tend à s'atténuer. Dans cette perspective, le rôle de l'idéal du moi est conçu comme poussant continuellement le moi au dépassement, à rechercher constamment dans les modèles d'identification des attributs et des qualités plus « élevés » que ceux que l'individu s'attribue pour lui-même.

C'est la raison pour laquelle les trajectoires promotionnelles ne sont pas obligatoirement névrotiques : le défi continuel de se dépasser, de s'élever, auquel le moi est ainsi confronté, ne devient conflictuel que dans la mesure où il y a contradiction entre les modèles initiaux de son édification et les nouveaux modèles proposés comme idéaux. Cet aspect du fonctionnement de l'appareil psychique permet de mieux comprendre la correspondance psychologique de la logique sociologique de la différenciation sociale : l'idéal du moi pousse le moi à s'approprier l'ensemble des signes d'appartenance au groupe social qui lui semble supérieur. Cette poussée est d'autant plus importante que la promotion et la carrière sont en elles-mêmes des idéaux : idéal de réussite, aspiration à « monter » dans l'échelle sociale. Chaque individu est ainsi « appelé » à combler les différences (de statut, de revenus, de salaires, de train de vie, de niveau culturel, de « standing ») avec ceux qui occupent les positions auxquelles il aspire, et en même temps à se différencier de ceux qui occupent les positions qu'il cherche à quitter. Dans cette course promotionnelle, on entrevoit les liens entre un système socioéconomique, fondé sur des projets de croissance, d'expansion, d'enrichissement, de performance, qui sollicite chaque individu à s'investir pour améliorer sa position et le processus psychique qui pousse le moi à se conformer aux exigences de l'idéal du moi.

Si les processus sociaux et les processus psychiques sont hétérogènes, dans la mesure où ils caractérisent le fonctionnement de phénomènes de nature différente, ils n'en sont pas moins reliés les uns aux autres par des effets de bouclage et de correspondance. L'action des structures sociales sur les individus s'exerce par l'intermédiaire des mécanismes régissant les processus psychiques et inversement, les processus psychiques, s'ils ne produisent pas les organisations sociales et les rapports qui s'y nouent, s'y intègrent de façon plus ou moins cohérente. La cohérence est l'effet d'un étayage réciproque qui se consolide lorsque la correspondance est forte entre le mode de fonctionnement de l'organisation sociale et le mode de fonctionnement de l'appareil psychique. Lorsque cette correspondance est faible ou conflictuelle, la cohérence du système tend à diminuer. Dans *L'Emprise de l'organisation* et *Le Coût de l'excellence*[9], nous avons analysé les dispositifs qui assurent le bouclage entre les objectifs de production et de domination et le système d'aspiration individuelle. Plus précisément de quelle manière les politiques de gestion du personnel viennent capter, canaliser des processus psychiques. Dans ce jeu de correspondances, l'idéal du moi de chacun des employés est particulièrement sollicité, dans la mesure où l'idéalisation favorise à la fois l'adhésion et la productivité et donc l'emprise psycho-idéologique de l'organisation sur ses membres. Ce type de bouclage montre bien la permanence de l'idéal du moi comme exigence de dépassement continuel à laquelle est soumise le moi, mais également sa perméabilité aux exigences externes bien au-delà de l'enfance. Toute situation sociale de compétition, de défi, de sélection, réactualise l'emprise de l'idéal du moi, qui y trouve matière pour solliciter le moi à se dépasser. Dans des situations organisationnelles de ce type, les individus sont amenés à se conformer au modèle de personnalité suscité par l'entreprise : une personnalité individualiste, agressive mais adaptable, ayant un idéal perfectionniste, de fortes exigences morales, et une grande capacité de résistance au stress. Ceux qui s'y conforment y trouvent une source de satisfaction narcissique très importante.

La puissance de l'organisation à laquelle ils s'identifient leur permet de croire à une toute-puissance individuelle, celle d'un moi en incessante expansion ne rencontrant pas de limite. Mais si les satisfactions sont profondes, les exigences le sont également. L'individu doit donner le meilleur de lui-même, se consacrer entièrement à son travail, tout sacrifier à sa carrière : « il est condamné à réussir ». Ce n'est bien évidemment pas une loi formelle, mais un commandement qui trouve son fondement dans les rêves de toute-puissance de l'inconscient. Les contreparties des satisfactions narcissiques sont dans la peur d'échouer, de perdre l'amour de l'objet aimé (ici l'organisation), la crainte de ne pas être à la hauteur, l'humiliation de ne pas être reconnu comme un bon élément.

Dans la névrose promotionnelle, un autre élément conflictuel peut intervenir, empêchant le moi de satisfaire les exigences de l'idéal du moi : l'injonction surmoïque de rester « attaché » à ses parents, c'est-à-dire de conserver ses premières identifications paternelles et maternelles. D'un côté une exigence de dépassement, de l'autre le commandement de faire « comme eux ». Ici le conflit ne se situe pas seulement entre, d'une part, l'idéal du moi et le moi, d'autre part entre le surmoi et le moi, mais également entre les incitations de l'idéal du moi et les injonctions du surmoi.

Dans les sociétés hypermodernes, les idéaux de réussite sociale, de promotion individuelle, de mobilité permanente (à la fois professionnelle, géographique, mais aussi affective) sont en correspondance avec des dispositifs dominants de légitimation sociale : l'idéologie de la réalisation de soi, du développement personnel est véhiculée par la majorité des médias, des institutions éducatives et des organisations professionnelles. Elle traverse la plus grande partie des classes sociales. Ces idéaux posent des problèmes dans les milieux traditionalistes et dans les classes sociales dominées, pour lesquelles la réussite individuelle se heurte à des obstacles objectifs mais également subjectifs. Il en va de même pour les différentes communautés pour lesquelles le modèle occidental « moderniste » est en contradiction sur de nombreux points avec leur système de valeur originaire et leur culture religieuse. Dans ces contextes, l'aspiration promotionnelle, qui va chercher des relais psychiques dans la formation de l'idéal du moi, risque d'être soumise à la critique du surmoi, qui reprend à son compte la réprobation vis-à-vis de tout ce qui pourrait remettre en cause le respect des coutumes, des habitus et des valeurs, sur lesquelles les générations antérieures ont construit leur identité. Il s'agit là d'une dimension particulière des conflits d'identification dont la genèse se trouve à l'articulation entre des processus sociaux et des processus psychiques.

Genèse sociale des conflits psychiques

Les processus sociaux et les processus psychiques sont à la fois autonomes et hétéronomes. Chacun d'entre eux obéit à des logiques propres selon des mécanismes spécifiques. Cela dit, ils sont liés les uns aux autres dans une relation de correspondance systémique, qui opère des bouclages et des interactions les uns sur les autres. Le développement du surmoi et de l'idéal du moi s'effectue selon les lois qui président au fonctionnement de l'appareil psychique, tout en étant influencé par le contexte social dans lequel ils se forment. Il n'y a pas de lien direct et mécanique entre les conflits sociaux et les conflits psychiques. La personne ne peut être conçue comme « une sorte de décalque interne du système des valeurs et des règles de conduite auxquelles elle ne saurait échapper[10] ». Les conflits internes ne sont jamais le reflet exact des conflits familiaux ou sociaux externes, dans la mesure où ils procèdent également de nécessités internes. « La personne est un système actif, régi par ses lois propres. Sa croissance et son équilibration sont nécessairement tensionnelles parce que doivent s'y concilier le désir et l'interdit[11]. »

Mais on ne peut considérer pour autant les conflits internes comme totalement indépendants des situations sociales vécues par l'individu. Les tensions psychiques, si elles ne sont pas le pur reflet de tensions externes, sont amplifiées, influencées, conditionnées, par elles. Il n'y a pas là une relation de détermination simple mais de correspondance complexe de type systémique, où des éléments de nature différente interagissent les uns sur les autres. La névrose de classe se caractérise par des *conflits d'identifications* qui opèrent à un niveau intrapsychique dans des tensions entre instances (moi – idéal du moi – surmoi), tensions qui sont d'autant plus fortes qu'elles sont liées à un déplacement social entre deux positions conflictuelles, produites par des antagonismes sociaux qui se développent entre certains groupes, certaines classes, certaines ethnies à des moments historiques particuliers.

C'est au moment de la période de latence que l'enfant est amené à déplacer ses relations et ses identifications avec les parents sur les modèles (éthiques, sociaux, physiques et intellectuels) communs à son groupe d'âge, où proposés par ses professeurs ou d'autres adultes extérieurs au milieu familial originaire. Le problème se pose alors de la compatibilité de ces différentes figures d'identification, confrontant l'enfant à des conflits qui peuvent soit stimuler les processus d'organisation du moi s'il arrive à trouver dans cette diversité une unification et une cohésion, soit au contraire à le fragiliser si les différences sont trop contradictoires[12]. Ce propos rejoint une remarque de Freud dans « Le moi et le ça » à propos des identifications du moi avec des objets sexuels. « Si [les identifications] prennent le dessus, deviennent par trop nombreuses, trop fortes et inconciliables entre elles, alors on peut s'attendre à un résultat pathologique. Cela peut aller jusqu'à un éclatement du moi, les différentes identifications s'isolant les unes des autres par des résistances[13]. » Parmi les contradictions qui aboutissent à une telle dissociation, Freud étudie principalement celles qui sont de nature sexuelle.

Les conflits liés à la variété des investissements objectaux peuvent être également d'origine sociale. C'est à partir de la période de latence que les discordances sociales ou idéologiques commencent à être perçues comme telles par l'enfant, en particulier lorsqu'à l'école il se trouve confronté à la logique de la différenciation sociale. C'est ce que décrit Annie Ernaux lorsqu'elle oppose le monde « cracra » de ses parents au monde cultivé de ses professeurs, l'amenant à haïr ses parents pour pouvoir s'identifier à des objets plus compatibles avec son nouveau groupe d'appartenance. Face à deux modèles contradictoires, l'enfant est amené à dévaloriser ses parents, à les invalider afin de pouvoir reprendre à son compte les valeurs et l'idéologie de la culture dominante. Cette remise en question est proprement insupportable parce qu'elle conduit au désamour. Pour réussir le passage, pour s'insérer dans ce nouveau groupe social, pour entrer dans le réseau identificatoire qui la constitue, il lui faut haïr ses parents, opérer un travail de désidentification pour quitter son milieu d'origine et accéder à ce nouveau monde.

Ce choix engendre un processus de *dissociation du moi*. Partagé entre deux groupes sociaux antagonistes, l'enfant doit faire un choix entre ses fidélités identificatoires originaires et son entrée dans le monde du « savoir », de la « culture », du pouvoir, monde dans lequel il y a une unité et cohérence entre les satisfactions narcissiques, les relations objectales et la reconnaissance sociale. Face à ces conflits d'identification, l'enfant est conduit à affirmer l'autonomie de son moi pour échapper à un choix impossible, autonomie qui ne règle pas pour autant les conflits. La tension entre le surmoi et le moi, qui vient de l'impossibilité de s'identifier à des parents invalidés, provoque un intense sentiment de culpabilité. La tension entre l'idéal du moi et le moi, produite par l'opposition entre des modèles de personnes perçues comme cultivées, aisées, distinguées et d'autres issues d'un milieu pauvre, perçues comme incultes et dominées, provoque des sentiments d'infériorité (peur de ne pas être à la hauteur) et d'humiliation. La tension entre le surmoi qui pousse à la fidélité, à l'obéissance, à la soumission parentale et l'idéal du moi qui conduit à la remettre en question et à l'invalider, provoque une contradiction du moi qui tend à se dissocier, à se dédoubler.

On ne peut comprendre la genèse de ce type de conflits psychiques indépendamment des conditions sociales qui impulsent son développement. Une lecture exclusivement psychanalytique tendrait à rechercher la racine de la culpabilité dans les conflits œdipiens. Ou encore la genèse des sentiments d'infériorité et d'humiliation dans la blessure narcissique originaire de l'enfant, qui s'aperçoit qu'il est irrémédiablement trop petit pour pouvoir satisfaire le désir des adultes. Sans oblitérer l'existence, dans le développement de la personnalité, des conflits inconscients intrapsychiques, on ne peut tenir pour négligeables trois éléments :

1) Que les tensions entre le moi et le surmoi ne sont pas uniquement le fruit d'un rapport œdipien problématique, mais peuvent être la conséquence d'un conflit d'aspiration entre le surmoi et l'idéal du moi lié à des conflits d'identification produit par des antagonismes sociaux.

2) Que les blessures narcissiques peuvent être des conséquences psychiques des processus d'invalidation, de dévalorisation et d'humiliation sociale.

3) Que le dédoublement peut être provoqué par la nécessité d'occuper à un moment donné deux positions sociales antagonistes.

Culpabilité, honte, infériorité

La comparaison entre le surmoi et l'idéal du moi conduit à distinguer d'un côté le sentiment de culpabilité et de l'autre les sentiments d'infériorité et d'humiliation. Dans la théorie freudienne, le sentiment de culpabilité est lié à la période œdipienne et à la formation du surmoi. Le sentiment d'infériorité est bien antérieur. Freud montre que le désir le plus impérieux de l'enfant, pendant ses premières années, est d'être comme ses parents, aussi grand qu'eux. Il s'agit là d'un processus d'identification primaire, immédiat, direct, antérieur à l'œdipe. Mais ce désir va se heurter à la réalité de l'infériorité objective de l'enfant. Il est irrémédiablement « plus petit que » ses parents, ce qui peut provoquer une blessure narcissique profonde. L'enfant réalise qu'il est « un objet sexuel inadéquat, rejeté et humilié par les objets mêmes de son désir[14] ». La prise de conscience douloureuse de son impuissance sexuelle entraîne une grande activité fantasmatique qui compense la frustration par la toute-puissance de la pensée. Dans cette faille originaire, en réaction à l'humiliation d'être « plus petit », se construit l'idéal du moi qui a une fonction d'exaltation du moi (fantasme) et de réparation de l'image narcissique. Les parents, à l'origine de cette blessure, et qui jusqu'à présent étaient objet d'amour, vont devenir objet de ressentiment. L'enfant entre dans l'apprentissage de l'ambivalence et de la culpabilité.

L'importance du sentiment d'infériorité dans le développement de la névrose a fait l'objet d'une polémique entre Freud et Adler. Ce dernier y voyait en effet le processus fondamental de la formation des troubles névrotiques en recherchant la racine de l'infériorité dans des handicaps organiques objectifs. « Les défectuosités constitutionnelles et autres états analogues de l'enfance font naître un sentiment d'infériorité qui exige une compensation dans le sens d'une exaltation du sentiment de personnalité. Le sujet se forge un but final, purement fictif, caractérisé par la volonté de puissance, but final qui [...] attire dans son sillage toutes les forces psychiques[15]. » La théorie adlérienne donne une portée générale au complexe d'infériorité en expliquant tous les troubles de la personnalité comme des réactions à des déficiences morphologiques que le sujet cherche à compenser.

Cette thèse lui valut une critique très virulente de Freud : « En effet, que quelqu'un soit un homosexuel ou un nécrophile, un hystérique angoissé, un névrosé de contrainte fermé sur lui-même ou un délirant furieux, dans chacun de ces cas, le psychologue individuel d'orientation adlerienne indiquera comme motif générateur de son état le fait qu'il veut se faire valoir, surcompenser son infériorité[16]. » Dans cette conférence, Freud s'interroge sur l'origine du sentiment d'infériorité en le situant, au même titre que la culpabilité, comme la résultante des tensions entre le surmoi et le moi : « Le sentiment d'infériorité a de fortes racines érotiques. L'enfant se sent inférieur s'il remarque qu'il n'est pas aimé, et l'adulte tout autant. [...] la part principale du sentiment d'infériorité provient de la relation du moi à son surmoi, étant, tout comme le sentiment de culpabilité, une expression de la tension entre les deux[17]. » Il ajoute un peu plus loin : « Peut-être conviendrait-il de considérer le sentiment d'infériorité comme le complément érotique du sentiment d'infériorité morale. » Freud hésite entre deux hypothèses, soit donner au sentiment d'infériorité une autonomie en le situant comme une conséquence de la blessure narcissique de l'enfant qui se rend compte qu'il n'est pas un objet d'amour exclusif ; soit en faire l'un des enjeux de la tension entre le surmoi et le moi. On peut expliquer cette hésitation d'une part comme une conséquence de sa réaction aux théories adlériennes, face auxquelles il cherche à minimiser le rôle du sentiment d'infériorité dans la formation des névroses et, d'autre part, comme l'expression de sa résistance à dissocier dans l'appareil psychique le surmoi et l'idéal du moi comme deux instances indépendantes. Mais l'essentiel pour lui est d'insister sur la composante érotique de ce sentiment.

Freud a toujours défendu le primat de la sexualité et des relations intrafamiliales dans l'étiologie des troubles psychiques. C'est la relation aux parents et les insatisfactions qui en découlent qui sont présentées comme l'explication ultime et quasi exclusive du sentiment d'infériorité. Or le sentiment d'infériorité, s'il a bien à voir avec une blessure narcissique, peut avoir de *vigoureuses racines* sociales. L'infériorité comme sentiment d'être « plus petit que » peut s'accentuer au moment où l'enfant prend conscience que ses parents ne sont ni tout-puissants, ni parfaits, que d'autres sont plus puissants et « mieux élevés ». L'enfant qui remarque que ses parents sont dominés par d'autres ou qui subit l'humiliation de la pauvreté vis-à-vis de ses camarades d'école va être confronté à une infériorité « objective », face à laquelle il pourra subjectivement réagir de multiples façons. Si par ailleurs il a le sentiment de ne pas être aimé, de n'avoir pas été désiré, de ne pas être à la hauteur des aspirations parentales, les facteurs psychiques viendront amplifier le sentiment d'infériorité. La façon dont ses parents se situent face aux différences sociales est un élément essentiel pour l'enfant. S'ils se résignent à leur sort, s'ils participent à leur propre invalidation, s'ils intériorisent l'humiliation liée à l'image négative de leur position sociale, l'enfant intériorisera le sentiment d'infériorité par identification. Si par contre les parents expriment un refus de l'acceptation passive de leur sort, s'ils sont dans une attitude de révolte face aux dominants, s'ils refusent d'intérioriser les rapports de classes en terme de « supériorité » et d'« infériorité », l'enfant apprendra à différencier ce qui tient au statut social de sa famille et ce qui tient aux relations affectives. Dans ce cas, il pourra instaurer une identification positive à ses parents sans se résigner pour autant à reproduire leur position sociale.

Ces deux niveaux de réalité, sociale et psychique, fonctionnent sur des logiques différentes. La logique de la domination sociale et du pouvoir pour l'une, la logique du désir et de l'amour pour l'autre. Mais ces deux registres sont interdépendants : ils interagissent l'une avec l'autre, s'interpénètrent, s'influencent réciproquement. C'est l'interaction entre les « racines érotiques » et les « racines sociales » qui, dans la névrose de classe, explique le développement du sentiment d'infériorité. Ces deux causalités étant plus ou moins actives selon les cas. Pour certains, le sentiment de ne pas avoir été désiré et aimé peut être déterminant. Pour d'autres, la constatation que les parents sont socialement dominés, opprimés, méprisés, humiliés peut être la cause première de l'intériorisation d'un sentiment d'infériorité sans que l'enfant ait le sentiment de ne pas être aimé.

L'exemple d'Annie Ernaux illustre une situation dans laquelle le sentiment d'infériorité apparaît beaucoup plus comme la conséquence de racines sociales que sexuelles. Fille unique, Annie Ernaux n'évoque à aucun moment le sentiment de n'avoir pas été suffisamment aimée. Dans ses premières relations avec les garçons, elle n'évoque aucune inhibition, bien au contraire : « J'ai commencé la chasse aux garçons sans aucune pudeur. Qui m'aurait appris ce truc bourgeois, la pudeur[18]. » Sa préoccupation essentielle dans ses choix amoureux est d'éliminer les ouvriers, ceux qui ressemblent « aux pisseux de la cour ». Lorsqu'elle rencontre un jeune bourgeois qui lui parle de Mozart et de Wagner, des noms qu'elle n'a jamais entendus, elle écrit : « Rien à faire pour le lâcher, tant pis si je suis nouille, il faut le harponner pour devenir autre… Avaler mes infériorités[19]. » On pourrait certes interpréter cette chasse aux bourgeois comme un déplacement au niveau social d'une blessure narcissique inconsciente liée au sentiment de ne pas avoir été un objet sexuel satisfaisant pour son père. Si cette hypothèse ne peut être exclue, on ne peut faire abstraction des éléments qu'elle nous donne pour analyser la genèse de son sentiment d'infériorité : l'image négative qui lui est renvoyée de son « milieu cracra », de ses « parents minables » par les gens « bien élevés » suffit à produire une image dévalorisée d'elle-même. Ici la dévalorisation narcissique est la conséquence psychique de la dévalorisation sociale.

Paul Nizan décrit ce processus dans le roman qu'il a consacré à son père : « Antoine commençait à souffrir de plusieurs choses qu'il voyait [...]. Par exemple, qu'on fît à ses parents des charités déguisées, qu'on leur envoyât, parce qu'ils étaient dociles et respectueux, de vieux pantalons, de vieilles vestes [...]. Il était gêné de voir son père saluer si docilement, endurer si poliment qu'on lui frappât sur l'épaule avec un air de suffisance, de protection[20]. » C'est dans le regard des autres qu'Annie Ernaux et Antoine Bloyé découvrent l'infériorité sociale de leurs parents, et c'est celle-ci qui provoque leur gêne et leur souffrance.

Piers et Singers situent la honte comme un sentiment perçu par le moi qui se sent dans l'incapacité de réaliser les exigences de l'idéal du moi. Pour Edith Jacobson : « La honte se réfère principalement au regard d'autrui, tandis que le sentiment de culpabilité se rapporte surtout à des critiques, des interdits, des exigences verbales. Les angoisses provoquées par la honte se développent au sujet de problèmes moraux aussi bien qu'au sujet de problèmes de tact, de bonnes manières, de savoir-vivre et d'apparences physiques. Un grand nombre de gens éprouvent de la honte non seulement pour des faiblesses telles que les difformités physiques mais également à cause de leur pauvreté, de leur bas rang social, de leur race ou d'autres caractères analogues[21]. » Le sentiment de honte est une formation réactionnelle en réponse aux tendances prégénitales, narcissiques, infantiles, érotiques, agressives, en conflit avec le surmoi. « Un succès dû aux fortes tendances agressives et narcissiques peut satisfaire l'estime de soi d'un individu, tandis qu'il peut être condamné par sa conscience morale : Une carrière brillante mais conduite sans scrupules, qui a mené à de grandes réalisations, à la puissance, à la richesse, à une situation sociale enviable, peut parfaitement provoquer de graves conflits moraux, susceptibles de la ruiner finalement[22]. » En définitive, pour Jacobson, la honte vient d'un conflit qui s'enracine dans la période œdipienne ou préœdipienne. Les formations réactionnelles renvoient donc toujours à des conflits inconscients antérieurs, dans la diachronie psychique. Les conflits liés au rapport entre le moi et la réalité externe ne sont jamais interprétés en fonction de cette réalité. Ce qui est envisagé, c'est le travail psychique ; les sentiments de culpabilité, de honte et d'infériorité étant des habitus psychologiques constitués en réaction à un désir refoulé, à un conflit inconscient qui aurait ses racines dans les premières expériences infantiles.

Cette lecture tend à réduire l'importance du contexte social dans les conflits psychiques : la honte, la culpabilité, le sentiment d'infériorité, s'ils s'étayent sur des enjeux narcissiques, et les premières relations objectales, peuvent également provenir de l'expérience concrète (et en second lieu la représentation) des processus de domination, d'invalidation et de différenciation. La recherche d'une unité cohésive du moi bute sur des conflits inconscients ou conscients qui sont de natures diverses (sexuels, sociaux, idéologiques, affectifs). Dans la névrose de classe, les formations réactionnelles doivent être interprétées simultanément comme des réactions liées à l'activité sexuelle infantile, et comme des réactions aux premières expériences de la domination sociale dans lesquelles l'enfant est confronté à l'humiliation, l'invalidation, la disqualification, le mépris. C'est le renforcement mutuel entre les sentiments d'infériorité/culpabilité tels qu'ils peuvent se développer chez n'importe quel enfant et les sentiments liés à sa situation sociale, qui explique la névrose. Ce sont les liaisons entre le versant psychique et le versant social de l'infériorité, de la honte et de la culpabilité qui provoquent les troubles névrotiques. Nous proposons d'illustrer ce point dans un schéma qui permet de clarifier les correspondances entre ces deux versants.

LE COMPLEXE D'INFÉRIORITÉ
DANS LA NÉVROSE DE CLASSE

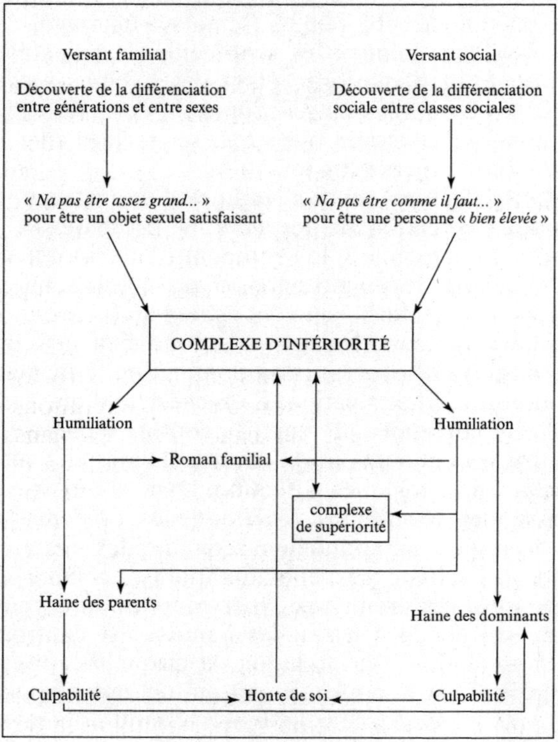

Ce schéma fait apparaître un parallélisme et des correspondances entre les aspects plus exclusivement psychologiques et les aspects sociaux des sentiments d'infériorité, d'humiliation et de culpabilité. Dans la névrose de classe, nous constatons une genèse sociopsychologique de ces différents sentiments au sens où les éléments psychiques et les éléments sociaux s'influencent mutuellement, avec des composantes différentes selon les cas. En ce sens, nous parlerons de *complexe d'infériorité* dans la mesure où les sentiments perçus par le sujet recouvrent un assemblage de représentations et d'émotions affectives, sociales, partiellement ou totalement inconscientes, qui structurent ses attitudes, ses conduites et ses réactions. Le complexe se forme par coulées successives à différentes périodes : préœdipienne, latence, adolescence. Chacune de ces étapes provoque un réaménagement des stades antérieurs ou une consolidation des conflits qu'ils entraînent. C'est dire que le complexe opère une condensation d'éléments diachroniques qui constituent progressivement un nœud sociopsychique qui déterminera le profil psychologique ultérieur du sujet. Le complexe d'infériorité provient de la découverte par l'enfant des processus de différenciation entre sexes, entre générations et entre classes sociales. Sur chacun de ces plans, il occupe une position dominée qui le conduit à relativiser ses désirs de toute-puissance et à sortir de la complétude fusionnelle corrélative à la relation duelle originaire. L'enfant réalise d'une part qu'il n'est pas « assez grand » pour être un objet sexuel satisfaisant pour les objets mêmes de son désir (son père et/ou mère) ; d'autre part que ses parents, qu'il imaginait tout-puissants et parfaits, sont eux-mêmes dominés, invalidés et méprisés par d'autres adultes. La dévalorisation sociale amplifie la dévalorisation narcissique. Cette découverte confronte l'enfant à une double humiliation. L'humiliation d'être petit et impuissant va le conduire à devoir renoncer à être un objet d'amour exclusif pour ses parents. L'humiliation d'être dominé, invalidé, dévalorisé socialement va le conduire à intérioriser le sentiment d'être « mal élevé ».

Ces humiliations vont entraîner une série de réactions pour le sujet :

1) Le développement d'une *activité fantasmatique* va lui permettre de supporter ces frustrations en réalisant dans l'imaginaire les désirs qu'il ne peut accomplir dans la réalité. Le fantasme du roman familial est exemplaire de cette activité. Il permet à l'enfant de sortir du conflit œdipien en déplaçant sur des objets fantasmatiques ses investissements initiaux, d'opérer une restauration narcissique en s'imaginant issu de parents bien plus prestigieux que ses parents réels, de supporter sa dépendance et de corriger les effets de la domination sociale.

2) Il peut également opérer « un retournement en son contraire » en transformant l'infériorité en *complexe de supériorité*. En réaction à l'humiliation, en compensation de la double blessure narcissique, se constitue une exigence idéale très élevée : être parfait, le meilleur, le premier, le plus vertueux. L'idéal du moi vient alors compenser les carences du moi et les exigences d'adaptation du surmoi. Face au décalage entre le désir et la réalité, face aux limites et aux interdits, l'idéal du moi propose au moi de « se dépasser » pour dépasser ces contradictions et ces limites. L'acharnement au travail, la volonté d'être le premier en classe, la recherche de l'excellence dans tous les domaines, l'entrée dans une logique de défi permanent, sont l'expression de cette recherche de supériorité. Il s'agit de s'élever pour dépasser ceux qui sont la cause de l'humilia-

tion, de retourner le mépris contre toutes les figures qui symbolisent la domination, de prendre la place de ceux qui sont au-dessus de soi, d'éviter les situations de dépendance, de soumission ou d'autorité qui pourraient remettre le sujet en infériorité.

3) L'humiliation provoque la haine de ceux qui en sont la cause. *Haine des parents* qui l'oblige à renoncer à la toute-puissance sexuelle et sociale, mais aussi à l'idéalisation originaire. La dévalorisation des parents qui sont descendus de leur piédestal, dont l'enfant remarque qu'ils sont petits et faibles, provoque un ressentiment aussi puissant que la déception est grande. Déception qui devient insupportable lorsque l'enfant constate que ses parents sont eux-mêmes humiliés, qu'ils participent à leur propre assujettissement, qu'ils sont résignés à leur sort et qu'ils ne peuvent rien faire ni pour s'en sortir, ni pour le protéger du mépris et des agressions extérieures. Le problème est alors pour l'enfant de renoncer à idéaliser ses parents tout en continuant à les aimer. *Haine des dominants* (des maîtres, des châtelains, des bourgeois, des professeurs, des riches, des patrons) qui renvoient une image négative de l'enfant et de son milieu, qui participent à invalider ses géniteurs, à les déconsidérer et par là même remettre en cause l'amour qu'il leur porte. Haine encore contre ceux qui possèdent la richesse, le pouvoir, l'aisance, la culture, la considération ; de tous ceux qui représentent donc des figures idéales, des modèles à suivre, mettant le moi dans la crainte permanente de ne pas être à la hauteur. La haine est alimentée par la confrontation à l'injustice qu'entraînent les inégalités sociales, l'exploitation et les effets quotidiens de la domination. Le problème est alors pour l'enfant de prendre comme enviables des figures d'identification haïssables.

L'intrication complexe d'amour et de haine, d'idéalisation et d'invalidation, d'identification et de rejet développe chez le sujet un intense *sentiment de culpabilité*. La part de haine qui ne peut se décharger en révolte, en agression vis-à-vis de l'extérieur se retourne contre le moi sous forme de culpabilité.

Vis-à-vis des parents, la culpabilité prend ses racines dans le complexe d'Œdipe. Le désir d'éliminer le parent du même sexe afin de prendre sa place dans le désir de l'autre est d'autant plus fort que le père ou la mère sont socialement invalidés. Le conflit œdipien est d'autant plus réactivé que l'enfant est appelé à leur devenir socialement supérieur, à les dépasser. Il y a là une transgression dans l'ordre des places sociales qui représente l'équivalent d'un meurtre symbolique. L'enfant leur reproche d'être dominés, de ne pas être comme il faut et il se sent coupable de ce ressentiment, de ne pas les aimer comme il faut, de ne pas savoir comment les honorer. D'autant plus qu'il a une dette à leur égard, lorsqu'il leur est redevable de ce qu'il est en train de devenir. La culpabilité s'exprime dans un sentiment d'ingratitude d'autant plus fort que l'enfant s'éloigne objectivement d'eux, qu'il devient différent et qu'en devenant « supérieur », il leur renvoie une image négative de ce qu'ils sont.

Le sentiment de culpabilité se développe corrélativement vis-à-vis du monde extérieur. L'enfant se sent coupable de ne pas être « comme il faut » dans ses relations avec ses camarades de classe, ses professeurs et l'ensemble des relations nouvelles qu'il établit avec les personnes qui lui apparaissent comme « bien élevées ». Le sentiment d'être « mal élevé » est intériorisé comme correspondant psychique du processus d'invalidation : s'ils m'invalident, c'est qu'il y a en moi quelque chose de mauvais. L'enfant se sent différent, marginal, et il ressent comme une faute tous les écarts de comportement, de langage, d'attitude, c'est-à-dire les différences d'habitus entre son milieu familial et le milieu des gens « bien ». Ceux-ci représentent à la fois un idéal et un objet de haine. Il se sent coupable d'admirer ceux qu'il hait et de haïr ceux qu'il admire. L'abandon de ses habitus originaires est vécu comme un reniement de ses origines, une rupture de ses attachements premiers, une trahison. En s'élevant, il est conduit à faire cause commune avec ceux qui participent à l'invalidation de ses parents et de son milieu d'origine. Là encore la culpabilité débouche sur l'ingratitude, le sentiment d'être mauvais. Elle se retourne contre le moi et transforme l'estime de soi en honte de soi. À la revalorisation narcissique, aux sentiments de fierté et d'admiration que le fait de s'élever pourrait engendrer, correspondent des sentiments de culpabilité et d'ingratitude qui renforcent le complexe d'infériorité.

Dans la névrose de classe, le complexe d'infériorité est la traduction psychique des rapports de pouvoir entre les groupes sociaux. L'enjeu ne se joue pas seulement dans la fixation de sa place dans l'ordre des générations et des identités sexuelles, il se joue également par rapport à la fixation des places sociales en termes de supériorité et d'infériorité, il s'agit pour le sujet de se situer entre les dominants et les dominés, entre les châtelains et les serviteurs, les rois et les bergers, les maîtres et les valets, les patrons et les ouvriers, les patriciens et les plébéiens, les seigneurs et les serfs, les bourgeois et les prolétaires, les riches et les pauvres, etc. Le sujet est habité par des tensions entre le désir de s'élever tout en restant attaché à sa position originaire, la crainte de ne jamais être à la hauteur de ses aspirations, une sensibilité intense à toutes les situations d'humiliation et un sentiment de culpabilité lié aux thèmes de la trahison, du reniement et de la dette.

Le surinvestissement dans le travail

Le surinvestissement dans le travail est une défense réactionnelle face au complexe d'infériorité. Nous avons indiqué que le complexe de supériorité opérait une inversion du rapport de l'individu vis-à-vis de ce qui provoque son humiliation. L'acharnement au travail, en particulier de l'enfant à l'école, est à la fois un moyen d'abord de combler les différences « culturelles » et de compenser les blessures narcissiques que celles-ci entraînent. À l'école l'enfant réalise que les différences entre les riches et les pauvres se traduisent dans les relations interpersonnelles par l'invalidation, la condescendance ou le mépris et que les différences d'habitus lui sont renvoyées comme une tare, un défaut, un *manque* : « Il éprouve confusément qu'il ne disposera jamais des mêmes mots de passe et de ralliement que les fils du commandant[23]. »

L'acharnement au travail scolaire permet à l'enfant de lutter pour combler ce manque, par un désir forcené de tout savoir, tout connaître, tout lire. Il cherche à compenser l'infériorité dans le registre social par une supériorité dans le registre scolaire. Être le premier partout, avoir des prix pour prendre une revanche. « C'est comme ça que j'ai commencé à vouloir réussir, contre les filles, toutes les autres filles, les crâneuses, les chochotes, les gnangnans... Ma revanche elle était là... Si une fille ne sait pas, Mademoiselle lève le menton, "Denise Lesur..."

et je dis la réponse, c'est comme si je fichais une claque en pleine poire à la fille[24]. » Il s'agit d'inverser le rapport d'infériorité vécu vis-à-vis des autres : faute de pouvoir être bien comme eux, on cherche la position dans laquelle on est le premier, le meilleur : « Une fille de la campagne qui devient première, ils n'avaient qu'à s'aligner », dit Colette Duval dont nous présenterons le récit dans le chapitre suivant. Le classement scolaire permet d'utiliser d'autres références que celles qui déterminent le classement social. Il établit des résultats qui sont reconnus et valorisés par ceux-là mêmes qui occupent les positions auxquelles on aspire. Le savoir permet de se hisser au même niveau et même au-dessus de ceux dont on ressent le mépris, et ainsi d'inverser les inégalités. Le moyen est d'autant plus attirant qu'il permet de s'élever sans être redevable à qui que ce soit d'autre : le « bon élève » vient recouvrir l'enfant « mal élevé » et tenter de le faire disparaître. Mais ce dernier peut ressurgir à tout moment.

La scène de la distribution des prix revient souvent dans les témoignages biographiques parce qu'elle dévoile publiquement la contradiction dans laquelle se trouve l'enfant bon élève :

– D'un côté la reconnaissance de sa réussite. Devant tous les autres il est proclamé le meilleur, le premier. Il peut offrir sa réussite à ses parents qui grâce à lui « peuvent être fiers ». Occasion de revalorisation publique mais aussi narcissique pour l'enfant qui voit ses parents rougir de satisfaction devant son succès.

– Mais de l'autre, cette consécration ravive le sentiment d'infériorité. Les différences de statut social sont manifestées publiquement par l'habillement, le langage, les façons d'être des parents sous le regard condescendant des autres élèves, des professeurs et des « gens bien ».

La consécration officielle des performances de l'enfant se paye par une humiliation supplémentaire, la satisfaction narcissique est l'occasion d'une nouvelle blessure : « Plusieurs personnes applaudirent ; au premier rang une dame bien mise dans une robe violette garnie de dentelles... Plus loin, Antoine découvrit sa mère, avec sa raide jupe noire, son corsage ajusté et sa coiffe redonnaise... La dame qui était assise au premier rang se pencha vers sa voisine et se mit à rire, sans doute riait-elle de lui, elle le suivait des yeux, il croyait l'entendre : "ce petit paysan[25]". » Et de rougir de honte...

Ainsi le plaisir et la honte viennent s'entremêler dans une émotion commune pouvant déboucher sur des manifestations phobiques comme pour Aliette qui, à partir de douze ans, ne sortait plus de chez elle parce qu'elle avait peur de ses rougissements incontrôlés à chaque fois qu'une personne lui adressait la parole. En contrepartie de cette érythrose émotive, due à l'humiliation ressentie du fait de l'origine populaire de ses parents, Aliette passait ses journées à lire, à travailler, à apprendre. Malgré l'opposition de ses parents à ce qu'elle poursuive ses études, elle réussira le baccalauréat, passera l'agrégation de philosophie, une maîtrise de biologie, un DEA de psychologie, un troisième cycle d'anthropologie en ayant des notes excellentes à l'écrit et une peur panique à l'oral. Mais cette accumulation de diplômes ne lui permettra pas pour autant de retrouver confiance en elle ou de réussir à intégrer une place dans laquelle elle ne se sente ni dévalorisée, ni humiliée. Bien que bardée de diplômes, elle restera dans une position de vacataire intérimaire dans une multitude d'institutions de recherche sans jamais arriver à acquérir un statut stable et reconnu.

Elle sera terrorisée chaque fois qu'il lui faudra mettre en place le minimum de relations sociales nécessaires à l'obtention des places convoitées.

D'abord moyen de compenser le sentiment d'infériorité, de prendre une revanche, le travail est aussi un moyen de canaliser l'angoisse liée à la culpabilité de réussir. Le surinvestissement dans le travail a les mêmes caractéristiques que la boulimie : signe d'une tentative, jamais réussie, de combler un manque, de compenser une infériorité, de réparer une cassure, de rembourser une dette. Colette Duval se vit comme anesthésiée pendant tout le temps de sa scolarité. Elle passe tout son temps libre à travailler. Avoir toujours quelque chose à faire, être accaparée en permanence, être complètement absorbée. le travail devient une fin en soi. Comme pour Antoine Bloyé qui ne pense qu'à ça : « Le profil des lignes, les rapports de service [...] tournaient dans son cerveau comme des roues soigneusement calibrées. Jusque dans sa maison, il vivait hanté par les heures, toujours pressé, contre la montre. Il n'avait pas de loisirs pour d'autres mouvements humains que les mouvements du travail. Il était complètement absorbé par son métier, sans pouvoir ni avoir l'occasion de penser à soi, de méditer, de se connaître et de connaître le monde. »

Le paradoxe de l'acharnement au travail réside dans le fait qu'il accentue l'angoisse que l'on cherche ainsi à colmater. Antoine Bloyé, en montant dans la hiérarchie, « entrait dans la société des hommes qui commandent... il alourdissait sa charge et sa responsabilité... il se trouvait de plus en plus entre les grands chefs et les ouvriers... il devenait son propre ennemi ». Ce qui devient névrotique, ce n'est bien évidemment ni le fait de travailler, ni le fait de réussir, c'est que la réussite produit un effet contradictoire à celui qui est recherché. Loin de résoudre le sentiment d'infériorité, la réussite semble au contraire le raviver. « Y'avait jamais un seul diplôme qui suffisait à me donner confiance », raconte Colette Duval.

Dans *Le Fils de la servante*[26], August Strindberg décrit ses rapports avec les enfants de la « classe supérieure ». Comment ces « jeunes gens nobles », fins et délicats, étaient à la fois admirés et enviés par les enfants des autres classes qui aspiraient mais n'osaient pas les imiter ou partager leurs privilèges : « Le sang servile de Jean ne lui permettait pas une telle présomption. Il reconnaissait le privilège, il ne rêvait pas d'y participer ; il avait conscience qu'il y serait encore plus humilié et c'est pourquoi il n'en voulait pas. Mais arriver à leur niveau par d'autres moyens, par le mérite et le travail, voilà à quoi il songeait sérieusement. » La réussite doit être inattaquable, sans concession, sans compromis, sans failles. Le mérite doit être exemplaire : « Tout éclaircir, tout savoir, devenait chez lui une manie » (A. Strindberg) – « Il fallait que je sois première » (C. Duval) – « Répondre sans une faute aux questions de Mademoiselle » (A. Ernaux).

L'idéal du moi met l'enfant au défi de dépasser ceux-là mêmes qui ont invalidé ses parents, de réparer la blessure narcissique fondamentale que représente leur humiliation. Mais cet idéal a une exigence impérieuse : il ne supporte pas le moindre échec, la moindre défaillance. Il demande toujours plus. C'est la raison pour laquelle l'échec n'est pas vécu comme un accident de parcours, comme une erreur passagère, mais comme une faille insupportable, comme une faute impardonnable : le « bon élève » ne parvient plus alors à masquer l'enfant « mal élevé ». Celui-ci ressurgit porteur de l'infériorité originaire indépassable. L'idéal du moi ne peut supporter cette image de l'enfant humilié, de l'enfant inférieur, de l'enfant petit.

L'exigence de l'idéal du moi a une autre fonction : il s'agit de canaliser la culpabilité produite par la transgression qui consiste à vouloir occuper une autre place que celle à laquelle on était assigné au départ. Face au surmoi qui rappelle qu'il y a là une faute, que le désir de dépasser ses parents est également un désir de meurtre, le sujet doit continuellement faire la preuve de son mérite, légitimer ses prétentions, montrer que sa réussite n'est due qu'à ses seules vertus : d'où cette crainte permanente d'être pris en défaut et cet acharnement à prouver ses mérites.

9

L'œdipe comme complexe sociosexuel

> L'œdipe tient son importance vitale pour la constitution du sujet à son inscription millénaire dans les structures mêmes de la société. Il sous-tend l'organisation symbolique de la famille et on pourrait dire à ce titre que si l'enfant le vit c'est précisément parce qu'il doit se socialiser.
>
> Anika RIFFLET-LEMAIRE

Freud considérait le complexe d'Œdipe comme le véritable noyau de la névrose[1], lui conférant ainsi un caractère universel. Pour la majorité des psychanalystes, l'œdipe est un stade, dans le développement de l'enfant, qu'il faut dépasser pour accéder à la génitalité et à la triangulation. L'œdipe comme moment où le sujet se constitue dans une relation triangulaire a un double effet : il amène l'enfant à sortir de la relation duelle, de l'indifférenciation ; il le confronte à la socialisation du désir, c'est-à-dire à trouver des objets d'investissement en dehors de la relation paternelle/maternelle. Dans l'œdipe, l'enfant sort de l'illusion de la toute-puissance où l'autre est imaginairement manipulable à volonté. L'introduction d'un tiers dans la relation à l'autre (à la mère) conduit l'enfant à reconnaître que l'autre est à la fois sujet et objet du désir d'un autre, le père, et donc des autres, éventuellement de tous les autres. C'est essentiellement dans le théâtre familial que se noue la tragédie. Pourtant, la pièce de Sophocle se joue sur une autre scène, plus politique. Il ne faudrait pas oublier qu'« Œdipe était Roi[2] ».

Œdipe était un Roi

Pour Carl Schorske, le contexte culturel et politique à Vienne à la fin du XIXe siècle a influencé la pensée de Freud et son interprétation du complexe d'Œdipe : « Ayant ainsi intégré son conflit avec son père à sa propre hostilité à l'égard de l'autorité publique, Freud pouvait dès lors s'accommoder de celle-ci en établissant la primauté de celui-là. Ce faisant, il élevait l'histoire personnelle, déterminée au sein de la famille, au-dessus de l'histoire générale, déterminée au sein de la culture dans son ensemble. Porteur de toutes les dimensions des relations et de l'identité familiale, Œdipe a perdu ses attributs de Rex. En d'autres termes, Freud supprime la signification publique du mythe au profit de son seul sens psychologique. » Le destin d'Œdipe est un destin royal. S'il symbolise ce qu'il en est des désirs humains les plus inconscients, le mythe qui permet de les représenter met en relation des personnages « hors du commun » de par leur statut social. Si chacun peut fantasmatiquement se retrouver dans les différents protagonistes de la tragédie, les conditions objectives de réalisation du désir ne sont pas sans importance pour comprendre ce qu'il en est de ce complexe dans l'histoire de chaque individu.

Plus précisément, il s'agit d'analyser la dynamique œdipienne, et les processus d'identification qu'elle instaure, comme un complexe sociosexuel qui traduit une interaction entre des éléments psychiques et des éléments sociaux.

L'œdipe introduit les relations affectives dans la dynamique des rapports sociaux. Au-delà du rôle du père qui barre l'accès de l'enfant à sa mère, c'est le social qui vient ainsi canaliser l'activité fantasmatique de la psyché et faire advenir l'enfant comme être social. « Seule l'institution de la société peut sortir la psyché de sa folie monadique originaire [...]. Cela implique la fabrication "héréditaire" d'individus comme individus sociaux – ce qui veut dire aussi : d'individus pouvant et désirant continuer la fabrication d'individus sociaux. C'est en cela que gît, au-delà de toute relativité socioculturelle, la signification profonde du complexe d'Œdipe[3]. » L'importance de la phase œdipienne dans le développement psychique de l'individu tient à ce qu'elle le confronte à l'apprentissage de la différenciation et de l'identification : où puis-je me situer entre mon père et ma mère ? Entre les filles et les garçons ? Entre les bons et les mauvais ? C'est le moment où l'enfant va se construire une identité, qui est le produit d'un mouvement dialectique entre un processus d'identification et un processus de différenciation.

La reproduction sociale nécessite la mise en œuvre de deux logiques contradictoires. D'une part, que chacun assume la place qui lui est assignée dans l'ordre social. Pour qu'une société se reproduise, il convient que les individus s'ajustent aux règles de transmission et aux places sociales que ces règles impliquent. D'autre part, que cet ordre puisse évoluer pour s'adapter aux mutations, afin de produire les médiations nécessaires à la gestion des contradictions qui le traversent. D'un côté la logique de la distribution anthroponomique, de l'autre la logique de l'historicité. Dans le développement psychique des individus, on retrouve ce double mouvement entre la reproduction et le changement, entre l'identification et la différenciation, entre le désir mimétique et la quête de l'étrangeté, entre le désir de transgression et l'intériorisation de la loi. Si la tragédie œdipienne rend bien compte des enjeux fantasmatiques qui marquent les rapports de l'enfant à ses parents, elle est rarement interprétée comme l'expression d'enjeux sociaux. En prenant la place de son père dans l'amour (et le lit) de Jocaste, Œdipe reprend également la place sociale qui lui revenait de droit. Il est l'héritier légitime d'un trône dont Laïos, pour se protéger, a tenté de le déposséder

Le scénario œdipien qui ouvre l'enfant à la possibilité d'opérer des choix quant aux objets de ses désirs et de ses identifications comporte une dimension sociale essentielle. Jusqu'à la phase œdipienne les processus de distribution anthroponomique et les processus de développement psychique interfèrent. L'œdipe est le moment où ces deux logiques vont se combiner, ou se court-circuiter, dans un *complexe*, c'est-à-dire un assemblage d'éléments reliés les uns aux autres dans un système de relations organisées et relativement stables. Le processus d'identification qui joue un rôle central au moment de l'œdipe doit être conçu comme un processus psychosocial. Il désigne à la fois le phénomène d'assimilation de tout ou partie des qualités ou des attributs liés à l'objet. Il signifie également le travail de positionnement dans un réseau de places organisées, hiérarchisées, subordonnées les unes aux autres. À travers l'identification, l'enfant est confronté à l'apprentissage de la différenciation sexuelle *et* sociale.

Il est ainsi conduit à intérioriser les limites liées aux différences de sexes, de générations et de classes. L'œdipe est le moment où il apprend à se situer, parce que d'une certaine façon « on le remet à sa place », à reconnaître sa position dans l'ordre familial et social, à accepter d'occuper la place qui lui est assignée en tant que garçon ou fille, en tant qu'enfant de ces parents-là. En ce sens l'œdipe est le premier moment du travail d'ajustement entre l'individu et sa place.

L'identité est une construction, un assemblage d'éléments hétérogènes, multidimensionnels, un « bricolage », selon l'expression de Lévi-Strauss[4]. C'est dire que l'identification ne porte pas seulement sur des objets partiels, mais également sur des « objets totaux » au sens où la personnalité est un conglomérat d'éléments corporels, psychiques, culturels, idéologiques et sociaux qui forment un ensemble. C'est face à ces « ensembles » que l'enfant va se situer au moment de l'œdipe dans un mouvement qui le conduit à choisir, à trancher, à tester différents modes d'assemblage, à essayer de relier différents éléments hétérogènes, à rechercher des médiations originales face aux différentes figures d'identification qui lui sont proposées. Dans cet amalgame d'éléments épars, le sujet va amorcer l'expérience de son autoconstitution : première tentative de liaison qui trouve avec plus ou moins de succès sa cohérence. Les processus psychiques à l'œuvre – en particulier l'identification et l'idéalisation – sont essentiellement des processus tendant à lier et à relier des instances, des objets, des entités. Les conflits surgissent alors à partir du moment où certains éléments ne peuvent se coller aux autres dans la mesure où ils contiennent des aspects contradictoires. Ils peuvent prendre des formes variées.

Deux analyses de cas illustrent de quelle façon, lors de la phase œdipienne, vont se retrouver accolés des éléments affectifs, fantasmatiques et sociaux dans un bouclage réciproque. Ils montrent en particulier comment les différences sociales interfèrent dans le positionnement de l'enfant face aux désirs paternel et maternel. Celui de Colette Duval permet de saisir ces enjeux dans une trajectoire promotionnelle ; celui d'August Strinberg, dans une trajectoire descendante.

L'exemple de Colette Duval

Colette[5] est issue d'une famille de paysans d'un village de l'Ouest de la France. Dans ce village de six cents habitants, avec « une rue, une église, une école et des commerçants », Colette décrit l'existence de trois classes « les petits, les moyens et les grands ». Les petits sont des paysans locataires de leur ferme ou propriétaires d'une petite ferme de moins de trois hectares. Les moyens, dont ses parents font partie, sont les propriétaires ou les locataires d'une ferme qui permet à la famille de vivre correctement (environ seize hectares). Les grands sont les propriétaires d'un château, maires du village de père en fils. Ce sont les châtelains : « Ils étaient bien vus dans le village. C'étaient pas des gens qui marquaient la distance, ils essayaient d'établir le contact, ils disaient bonjour, ils demandaient des nouvelles des enfants. À la messe ils avaient des bancs réservés. C'étaient des gens cultivés. C'étaient quand même pas notre monde… »

En opposition à ce monde cultivé, les « petits » sont des paysans pauvres qui vivotent, dont est issue une domestique que ses parents emploient et qui sera chassée lorsqu'on apprend qu'elle attend un enfant du père de Colette. « J'ai quatre ans quand mon père et ma mère ont failli se séparer à cause de cette histoire de la bonne enceinte qu'a été chassée de la maison. Il n'en a jamais été parlé après, c'est quelque chose qui a été étouffé. La seule chose dont je me souviens, c'est de passer dans le village avec ma mère, de rencontrer cette bonne et ses enfants et d'entendre ma mère faire une réflexion du genre : "Elle a un air de Duval." Je crois qu'il y a eu une grosse perturbation chez moi à propos de cette histoire dans ma vie. Ça m'a bloquée affectivement et sexuellement. J'ai vécu entre parenthèses jusqu'à vingt-cinq ans où j'ai fait une dépression. » Depuis cette scène, Colette décrit son père comme étant en retrait, culpabilisé, rejeté par la famille.

Cette vie « entre parenthèses » Colette la passe à travailler. À la sortie de l'école primaire, elle est la seule à aller en sixième, dans un collège, à trente-cinq kilomètres de son village. Elle se retrouve alors avec des filles de la ville, dans un autre monde dans lequel elle se sent étrangère et complexée à cause de son « grasseillement » (accent de ceux qui parlent de façon grasse). « C'est une période de ma vie où j'ai l'impression que les choses se faisaient comme ça. Je bossais beaucoup, j'apprenais, je passais tout mon temps à faire les devoirs, à apprendre les leçons, les week-ends aussi, quand je revenais à la ferme. Je ne me rendais pas compte que je travaillais au-delà de ce qui était nécessaire. Je crois qu'il fallait que je sois première pour avoir l'impression que ça marchait. Comme j'avais été première à l'école primaire, fallait bien continuer. Ça aurait été dur de se retrouver à un autre rang, ça m'aurait fait une secousse. » Colette vit cette période comme « anesthésiée ». L'investissement dans le travail scolaire est un moyen de « ne pas se casser la gueule ». « Il fallait que ça soit comme ça, cette espèce d'acharnement à l'école, de besoin d'être la première. Le besoin d'accumulation des diplômes. J'ai passé des années de ma vie à aller en Fac en plus de mon boulot, parce que c'était nécessaire sur le plan de mon équilibre. Y'avait jamais un seul diplôme qui suffisait à me donner confiance dans ce que j'étais. Ce qui a fait ça c'est l'histoire de mes parents... Un décalage... Je ne suis plus du milieu de mes origines, mais je ne suis pas du milieu où je suis maintenant. »

Colette associe les étapes de sa scolarité et sa trajectoire affective. Elle fait le lien entre ses rapports à l'école et ses rapports avec les garçons. Ses relations affectives sont d'autant plus problématiques que sa mère lui répète que les hommes sont dangereux, qu'il faut s'en méfier, que la honte suprême est de se retrouver enceinte avant le mariage, sans lui donner pour autant une éducation sexuelle : « J'ai été marquée par ça. Il fallait flirter très peu loin parce qu'il y avait toujours le risque. Ma mère, c'était l'interdit en tout. » Sa mère décachète les lettres qu'elle reçoit. Elle la surveille quand elle va danser « aux assemblées ». Un peu plus tard, Colette est courtisée par des instituteurs. Mais ceux-ci ne lui plaisent pas. Elle préfère les garçons du village qui l'attirent physiquement mais vis-à-vis desquels elle garde une distance. « Pendant une colonie de vacances, je me suis lancée quand même, je me suis mise à flirter. Le garçon était instituteur, donc parfaitement ce qu'il fallait. Il a été reçu chez mes parents. J'étais considérée comme fiancée. Ça a duré un an et demi, le gars est parti au service militaire. Pendant ce temps-là, je suis sortie avec des jeunes du village, j'ai découvert que j'avais envie de rigoler, que je n'avais pas envie de me marier avec ce gars-là. Je ne savais pas comment m'en sortir parce que la logique faisait que j'aurais dû me marier avec ce gars-là qui était bien dans la norme. Que je sois instit', que lui soit instit', c'était une vie bien tracée. Mais je m'étais déjà trouvée dans un lit avec lui et franchement j'avais pas envie de faire l'amour, quand y m'embrassais je ne sentais rien, j'étais pas amoureuse, c'est sûr. »

Face à ce sentiment d'être entraînée dans une voie qu'elle rejette, Colette ne sait pas comment se sortir de cette relation qui l'engage. Elle voudrait rompre mais ne sait pas comment s'y prendre. Elle décide d'en parler à sa mère afin de trouver une issue. « Mais mère m'a dit, ce sera peut-être la même chose avec d'autres hommes. Et là je peux dire qu'elle m'a coulée, noyée... » Suit pour Colette une période de culpabilité intense vis-à-vis de son fiancé à qui elle a annoncé son désir de rupture, culpabilité qui s'éteindra lorsqu'il épousera, six mois après, une de ses amies. « Alors après, je suis sortie avec les gars du village, j'ai flirté avec les gars du village, mais j'ai jamais couché avec les gars du village, ça m'était impossible, j'ai eu envie avec certains, mais ça m'était impossible, y'avait un nœud chez moi que j'ai jamais pu dépasser. » Simultanément, Colette rencontre d'autres instituteurs, des professeurs, des gens « qui avaient un autre niveau ». « Je commençais à sentir qu'on m'avait bluffée, instit' c'était pas un sommet... C'était le plus bas de l'échelle... Pour ma famille le sommet c'était instit' et j'ai cru que j'avais une grosse ascension en étant instit'. »

Elle rencontre alors un Espagnol, ingénieur des Ponts et Chaussées avec lequel elle sort pendant plus d'un an : « Un jour il m'a dit que si je l'épousais, il ne voulait pas que je travaille et qu'on partirait en Espagne. Ne pas travailler, c'était renier tout mon passé, je ne pouvais faire cette coupure. Je ne sais pas ce qui a joué là, ce gars-là ne m'a jamais poussé à faire l'amour avec lui, il attendait, c'était le gars tout à fait ce qu'il fallait. Finalement on a rompu parce qu'il s'est rendu compte que ce n'était pas viable. J'avais un mépris pour ces bourgeois espagnols qu'il ne pouvait pas admettre. Et alors à ce moment-là, quand il a dit : "bon y'aura jamais rien entre nous finalement", alors là, j'ai fait une dépression nerveuse. Avant j'avais l'impression que j'allais étouffer, là je crois que j'aurais aimé que ça se réalise mais ça ne se pouvait pas, y'avait le décalage social qui m'a bloquée. J'ai eu l'impression qu'il y avait une cassure, mais une cassure intérieure et que je ne pourrais plus avoir de relations avec les hommes. »

Colette à cette époque a vingt-huit ans. Elle va pendant trois mois dans une maison de repos et entame une psychanalyse qui durera dix années. Pendant cette période, elle travaille comme professeur, puis conseillère d'orientation. Simultanément, elle suit des cours à l'université et collectionne les diplômes. Obsédée par les problèmes de sexualité et de virginité, elle rencontre une gynécologue qui lui prescrit la pilule. Elle arrive à avoir des relations avec des hommes qui ont pour caractéristique de venir d'un milieu proche de son milieu d'origine. Commerçants ou journalistes, ils sont en forte ascension sociale et non diplômés. Avec eux, elle a un statut de maîtresse plutôt que de femme légitime, alors que son désir est d'être légitime. « Dans ma vie, mon aspiration suprême, ç'a toujours été de me marier et je ne me marierai sans doute jamais. Ça fait partie du désir d'être comme les autres. Il y a une aspiration à être dans la norme, dans la masse, qu'il m'est incapable de réaliser, impression d'étouffer dans la norme et d'y aspirer pourtant… »

La façon dont Colette reconstruit chacune des étapes de son histoire nous éclaire sur l'intrication permanente des enjeux sexuels et des enjeux sociaux dans les conflits qui la traversent et vont la conduire à la dépression. Il s'agit maintenant de comprendre ces *nœuds* dont elle parle à propos de sa vie. Ces nœuds peuvent être interprétés comme des *complexes*, c'est-à-dire un assemblage de représentations se rapportant à la fois à des événements passés, aux souvenirs que le sujet en garde, aux fantasmes qui les lient, qui les collent les uns aux autres, qui les fixent dans un ensemble organisé relativement stable. Le travail d'analyse consiste à repérer les éléments de ce collage et à démonter la constitution d'une névrose qui se constitue, comme le souligne Freud, par « coulées successives ».

Les processus névrotiques à l'œuvre sont caractéristiques d'un bouclage, au sens systémique du terme, entre les aspects sexuels, affectifs et sociaux des conflits dont Colette décrit la genèse et le développement. « Je me sens sans culture. J'ai toujours cette aspiration de tout savoir et de mesurer à chaque instant mes trous de savoir, mes trous, mes manques ; j'y suis confrontée tous les jours, quand j'entends parler les gens qui ont un langage facile, tous les jours, tous les jours. Je pensais qu'à l'Éducation nationale on pouvait compléter la culture par des heures complémentaires. En réalité, je réalise que non, y'a toujours quand même une différence. Maintenant je vis avec cette différence, mais je sais que je ne la comblerai jamais. » À cette différence sociale vécue comme irréductible, Colette oppose la sexualité par laquelle elle estime pouvoir atteindre un sommet, qui peut lui permettre d'être à la hauteur. « Mon problème, c'était d'être dans mon corps et dans la vie à la hauteur. »

Lorsque Colette se demande où s'enracine cette aspiration à aller au sommet, cette envie de toujours monter socialement qui la confronte au risque de la dépression, à ses trous, à ses manques, surgit l'invalidation originaire : « Quand je suis née, on aurait aimé un garçon… Ma validation, elle s'est posée dans l'intégrité de ma personne. »

Dans ses associations autour du thème de la différence et du manque apparaît une condensation entre un sentiment d'infériorité sociale, la peur de ne pas pouvoir être à la hauteur et un complexe de castration. Le « trou », sentiment de ne pas savoir et que les autres savent, renvoient à trois facteurs qui vont se superposer dans son récit et en conditionner le sens.

1) Le « trou », c'est celui du « cul-terreux », de l'enfant de paysans qui n'a pas « La » culture légitime, celle qui confère la « prestance » et l'aisance des châtelains, des « gens bien », des bourgeois, de ceux qui ne « grasseillent pas », ceux des villes qui ont de l'argent, qui « ont la manière », qui peuvent parler de tout et de rien.

2) Le « trou », c'est aussi le secret qui recouvre l'histoire de la bonne, et la faute du père ; histoire sans paroles qui entraîne le retrait du père, le rejet de sa maîtresse, la haine de la mère. Silence qui génère une menace sur les rapports entre les hommes et les femmes, un interdit sur le plaisir et une culpabilité face à la transgression sexuelle et sociale que représente l'adultère de son père. Non-dit qui concerne la sexualité : Colette n'aura aucune éducation sexuelle, aucun « savoir » sur la sexualité féminine et masculine, sur la contraception, sur les relations amoureuses.

3) Le « trou », c'est enfin l'absence du pénis de la petite fille qui ne peut satisfaire le désir parental (et surtout maternel) d'avoir un fils. C'est le

fondement du sentiment d'infériorité de Colette, blessure narcissique originaire qui va marquer son existence. Pour être à la hauteur de l'enfant idéal, il lui faudrait combler ce trou, posséder un pénis, être ce qu'elle n'est pas et ce qu'elle ne sera jamais : un garçon.

Chronologiquement ce manque initial semble déterminant. Pour Freud[6], le complexe de castration conduit la petite fille à désirer le pénis paternel. Chez le garçon l'angoisse de castration marque la crise terminale de l'œdipe en précipitant la formation du surmoi. Pour la fille, qui vit la castration non comme une menace mais plutôt comme un manque, cela marque le moment d'entrée dans l'œdipe. Chez elle « le renoncement au pénis ne se réalise qu'après une tentative pour obtenir un dédommagement. La fille glisse – le long d'une équivalence symbolique pourrait-on dire – du pénis à l'enfant, et son complexe d'Œdipe culmine dans un désir longtemps maintenu d'obtenir comme cadeau un enfant du père, de lui mettre au monde un enfant[7] ». Colette, à ce moment essentiel de l'organisation de son appareil psychique, vers six ans, découvre que son père a offert un enfant à une autre femme qui n'est pas sa mère. Cette découverte la confronte à deux figures féminines opposées, à deux modèles contradictoires dans l'ordre des identifications sexuelles et dans l'ordre des identifications sociales : sa mère qui est la « première » dans l'ordre de la norme sociale n'est pas un objet de satisfaction sexuelle pour son père. Par contre la maîtresse de son père, dont elle peut supposer qu'elle est la première dans l'ordre de la satisfaction sexuelle, est au dernier rang de l'ordre social. Se dessiner ici un scénario œdipien de type sociosexuel qui va inscrire son désir dans un jeu contradictoire entre le plaisir et la norme, entre le bien et le mal, entre la légitimité et l'illégitimité.

Si les processus d'identification amènent le sujet à se situer simultanément dans une identité sexuelle et dans les rapports de filiation, ils lui permettent également de se situer dans les rapports sociaux. La place assignée à l'enfant dans l'ordre symbolique lui confère une place sociale fonction de la position sociale du couple parental.

Colette est née du croisement de deux familles paysannes installées depuis plusieurs générations dans la Sarthe, pays conservateur et traditionaliste. Sa mère porte le prénom de sa grand-mère et de son arrière-grand-mère. L'oncle maternel porte le même prénom que son grand-père. Du côté paternel on retrouve ce même poids des traditions paysannes que symbolise la transmission du prénom et de la terre. Son père porte le nom du grand-père qui réussit à installer ses trois fils comme fermiers, chacun d'eux épousant des filles de paysans. Seule la sœur du père de Colette, Madeleine, échappe à ce destin. Elle deviendra institutrice, puis épousera un instituteur. Dans ce milieu les filiations et les alliances sont organisées en fonction de la reproduction et de la transmission de l'outil de travail. L'essentiel est d'être propriétaire de ses terres pour échapper à la dépendance des châtelains qui louent des fermiers. Colette est destinée à épouser un fermier, comme sa mère et ses deux grands-mères, ou à devenir institutrice comme sa tante Madeleine. C'est d'ailleurs vraisemblablement ce qui serait arrivé si un événement n'était venu remettre en question cet ordre. Colette se retrouve avec une demi-sœur, fille de son père et de la bonne, qui porte le même prénom qu'elle. Ce n'est que bien plus tard qu'elle pourra, malgré l'opacité du silence autour de ce scandale, reconstruire ce qui est arrivé. « Dans ma vie, je me sens à la place de la bonne qui a joué sur un plan sexuel pour mon père et je me retrouve toujours à cette place. »

Cette situation opère comme un court-circuit de l'œdipe : pour satisfaire le désir du père, ce n'est pas la place de la mère qu'il convient d'occuper, mais celle de la maîtresse. C'est elle qui est l'objet du désir. Mais cette place est doublement illégitime parce qu'elle transgresse à la fois la loi du mariage et l'ordre social. La femme qui donne du plaisir est une domestique d'une classe inférieure. La mère qui personnifie l'interdit est gardienne de la loi. C'est elle qui sanctionne la faute du père. C'est elle qui signifie à l'enfant la frontière entre le bien et le mal. Colette se trouve confrontée à deux modèles antagonistes de femmes : d'un côté sa mère, conformiste, surmoïque, insatisfaite sexuellement, mais légitime. De l'autre la bonne, marginale, séduisante, satisfaite sexuellement, mais illégitime. L'une est une femme bien, « comme il faut ». L'autre est rejetée et dévalorisée socialement.

Le projet maternel est que sa fille soit bien à sa place, à son rang, c'est-à-dire qu'elle se marie, qu'elle devienne institutrice et travaille dans une place stable, dans la fonction publique. Mais ce faisant, il lui faut renoncer au plaisir sexuel, accepter de ne rien sentir avec les hommes qui sont des êtres dangereux, qu'il vaut mieux éviter. Dans un premier temps, Colette va s'inscrire dans ce projet. Bonne élève, elle est encouragée par les instituteurs à poursuivre ses études. Elle est la seule élève de son village à aller en sixième, dans la ville voisine : « C'est là une grande coupure, je changeais de monde, je me retrouvais avec les gens de la ville, dans l'inconnu. » Ce changement la confronte au sentiment d'être moins cultivée, donc illégitime dans ses aspirations à changer de milieu social. En réaction, elle surinvestit le travail afin d'être la première de la classe : « Il fallait que j'aie ça, que je sois la première pour avoir l'impression que ça marchait... Ç'aurait été dur de se retrouver à un autre rang, ça m'aurait fait une secousse. »

Mais ces bons résultats ne sont pas investis narcissiquement. Colette n'en tire aucune revalorisation, comme s'il s'agissait d'une exigence interne qu'elle est obligée de remplir : *il lui faut* être la première. On peut sentir derrière cette obligation une réaction du moi face aux exigences du surmoi, un désir de réparation, un mécanisme de défense contre la culpabilité inconsciente et un moyen de maintenir le refoulement de celle-ci. La sublimation dans le travail ne réussit pas à canaliser l'angoisse. C'est que l'acharnement se situe ailleurs. En étant la « première », Colette cherche à dépasser le ressentiment originaire, conséquence du non-désir de sa mère pour elle. Dès le départ elle était insatisfaisante, puisque son corps, son sexe, n'a pas entraîné de désir de la part de sa mère et qu'au moment où elle aurait pu être objet du désir paternel, celui-ci s'est porté sur une autre, même si cette autre s'est trouvée rejetée, bannie, déchue et condamnée.

La crainte de « se retrouver à un autre rang » renvoie donc à une série de couples opposés (garçon/fille, mère/maîtresse, maître/domestique) situant différentes positions contradictoires. Être la première comme objet de désir pour le père, c'est risquer un double déclassement : déclassement dans l'amour de la mère et déclassement social (« être mis au ban de la société »). Être la première dans l'amour de la mère, c'est risquer d'être la dernière dans le désir du père, etc. Pour Colette, « la première chose qui n'a pas convenu se tenait bien au corps puisqu'il s'agissait du sexe qui n'a pas entraîné de désir de la part de la mère[illegible] ». Christiane Olivier montre que ce « vide » initial est le lot de la grande majorité des filles. Ce conflit devient crucial pour Colette dans la mesure où le sentiment de ne pas être à la hauteur du désir de l'autre joue sur plusieurs registres qui se bouclent les uns sur les autres par un étayage réciproque, ce qui ne veut pas dire que l'un détermine les autres, mais qu'ils se renforcent mutuellement dans des relations de correspondance.

Colette ne se fait pas d'amie et passe tout son temps libre dans les livres d'école ; elle se marginalise, vit entre parenthèses comme « anesthésiée ». Son anxiété de ne pas être à la hauteur l'amène à travailler beaucoup plus qu'il ne lui serait nécessaire pour réussir. La peur de ne pas savoir, la crainte de ne pas être la première, loin de s'atténuer, s'amplifient. Face à l'angoisse qui monte, elle s'accroche aux cadres institutionnels de l'école, puis de l'École normale, puis de la fonction publique, « c'était nécessaire pour mon équilibre ». Ces différentes organisations lui confèrent une place, un rang, un support, mais ne lui permettent pas pour autant d'échapper à son sentiment d'infériorité. Alors qu'elle perçoit les autres comme ayant une aisance naturelle, comme pouvant parler des choses qu'ils ne connaissent pas, elle n'arrive pas à trouver dans les diplômes et dans ses succès scolaires la confiance qui lui manque.

L'affrontement de la différence sociale, la lutte pour réagir contre la « secousse » qu'elle représente, la dépense d'énergie nécessaire pour être et rester la première se font dans un univers féminin. L'équilibre trouvé par Colette se maintient à partir du moment où elle est dans un cadre qui la protège des hommes. Mais ce cadre qui la protège est le même qui l'anesthésie parce qu'il exclut le plaisir, parce qu'il étouffe la partie d'elle-même qui est attirée par les hommes, parce qu'il réprime sa sexualité : « J'ai toujours éliminé les hommes à ce moment-là. » Les contacts qu'elle peut avoir avec des garçons se font dans des situations officielles, ritualisées, « aux assemblées », sous le regard du village et de ses parents, ou à l'École normale dans les rencontres organisées avec les promotions de garçons. « Dans le propos de ma mère, y'avait un danger chez les hommes ; y'avait le danger, c'est sûr, de se retrouver enceinte rien qu'en embrassant un garçon. »

La crainte des hommes communiquée par sa mère est double : les hommes sont menaçants parce qu'ils sont violents, « ce sont des bêtes », le besoin des hommes est un besoin bestial ; par ailleurs, la faute la plus grave pour une femme est de se retrouver enceinte hors mariage, ce qui représente la déchéance suprême. Pour éviter ce risque et canaliser la violence des hommes, il lui faut se fiancer au plus vite avec un homme « bien ». Colette est alors face à une contradiction. D'un côté, elle sort avec un instituteur sérieux, reçu par sa famille, avec lequel elle est quasiment fiancée : il s'inscrit parfaitement dans le projet maternel, dans la norme, dans « une vie bien tracée ». Mais avec lui, elle ne sent rien, ni désir, ni amour. De l'autre, elle est attirée physiquement par les jeunes du village, mais il lui est impossible d'avoir des relations sexuelles avec eux du fait de l'interdit maternel qu'elle a intériorisé, renforcé par la différence de niveau culturel qui les exclut comme prétendants au mariage. Ce « nœud » enclenche un premier épisode dépressif. Ne sachant comment se sortir de cette situation, elle va chercher auprès de sa mère de l'aide. Mais alors qu'elle attend d'elle le courage de rompre avec un homme auprès de qui elle ne sent rien, celle-ci lui renvoie son incapacité à vivre : « Ça sera peut-être la même chose avec d'autres hommes. » Dans cette réponse, la mère signifie qu'elle ne peut accepter que sa fille ne soit pas comme elle ; en lui disant ça, elle lui dit également : « C'est pareil pour moi », « Tu es comme moi », « Sois comme moi », et *a contrario* : « Si tu sens, tu prends la place de la bonne, tu me trahis, tu es une mauvaise fille ».

Colette se sent « coulée », « noyée », renvoyée à son incomplétude, incapable de réagir. Cette situation illustre l'hypothèse de Francis Pasche sur la dépression d'infériorité : « Dans la dépression, le je et le surmoi font cause commune contre le moi pour prononcer un verdict sans fin d'incapacité[9]. » L'épisode dépressif durera pendant six mois, jusqu'à ce qu'elle rencontre une femme « apparemment amoureuse de son mari » qui lui signifie que l'alternative dans laquelle elle se trouve n'a rien d'inéluctable : « Faut arrêter ça, c'est pas comme ça la vie, faut pas continuer dans cette histoire si c'est l'effet que ça fait. » Colette se sent alors l'énergie et le droit de rompre, d'affronter sa famille et son instituteur-fiancé.

Ce scénario va se rejouer dans un second temps de façon un peu différente : d'un côté Colette s'autorise à flirter avec des « gars du village ». De l'autre elle commence à rencontrer des hommes d'un autre niveau social qui lui font réaliser qu'être institutrice, « c'était pas un sommet, c'était le plus bas de l'échelle ». Elle sort alors avec un élève ingénieur qui l'initie à la vie parisienne, à la culture bourgeoise, mais avec lequel elle n'a pas de relations sexuelles. Elle est attirée par ce qu'elle vit comme « un conte de fées », par ce nouveau « sommet » à atteindre : modèle de la femme bourgeoise, entretenue par un mari, qui la respecte et ne lui propose pas d'avoir de relations sexuelles avant de se marier. Mais cette proposition lui donne l'impression d'étouffer. Renoncer à travailler c'est renier tout son passé, c'est invalider tout ce qu'elle a fait pour devenir une institutrice, c'est se couper de ses origines sociales et culturelles, c'est devenir une bourgeoise, c'est être irrémédiablement confrontée au décalage social et entériner la coupure entre ces deux mondes. En acceptant de devoir sa promotion à un homme elle se condamne à accepter sa domination, à lui être redevable de ce qu'elle pourrait devenir, à devenir quelqu'un qu'elle méprise au fond d'elle-même.

La peur du décalage social recouvre une autre peur dont cette relation la protège. En acceptant l'abstinence sexuelle, il lui permet d'éviter la menace de se retrouver enceinte. Mais il entérine par là même l'étouffement de sa sexualité, l'interdit du plaisir. En lui proposant de devenir une femme légitime et respectée, comme sa mère, il étouffe l'autre femme, certes illégitime, mais qui désire donner et prendre du plaisir. Écartelée entre ces deux parties d'elle-même, Colette pousse son fiancé à la quitter et plonge une nouvelle fois dans la dépression : « J'ai eu l'impression qu'il y avait une cassure, mais une cassure intérieure et que je ne pourrais plus jamais avoir de relations avec les hommes. »

Même après une longue psychanalyse, ses relations avec les hommes continueront à être marquées par cette contradiction entre le désir sexuel et l'aspiration sociale. Il y a les hommes avec lesquels elle pourrait avoir des relations et épouser, mais avec eux elle ne ressent rien, elle n'éprouve pas de plaisir (les instituteurs, les ingénieurs, les diplômés). Ils sont dans la norme du projet maternel, ils pourraient lui apporter sécurité, stabilité et consolider sa promotion sociale, lui permettre d'atteindre un « sommet » social. Mais ce sont d'autres hommes qui lui permettent d'atteindre un « sommet » sexuel : les gars du village, des hommes déjà mariés qui ont pour caractéristiques d'être marginaux par rapport à la bourgeoisie, d'être des autodidactes non diplômés. Tout se passe comme s'il fallait dissocier la possibilité d'avoir des relations sexuelles satisfaisantes et des relations affectives durables. Si son « aspiration suprême » reste de se marier, sa hantise est d'« avoir tous les soirs à baiser légalement ». La satisfaction de son désir ne peut se réaliser dans l'obligation de la légalité instituée et dans la forme bourgeoise. Cette dissociation est fondamentalement inscrite dans le rapport au désir du père, tiraillé entre deux modèles de femmes appartenant à deux mondes sociaux différents.

L'exemple d'August Strindberg

La discussion sur la part respective des enjeux sexuels et des enjeux sociaux dans le complexe d'Œdipe peut également être illustrée par le cas d'August Strindberg qui, à travers son œuvre dramatique et ses romans autobiographiques, nous livre un matériel extrêmement riche et poignant sur son histoire[10]. Nous ne discuterons pas ici du statut du matériel employé : s'agit-il d'un témoignage autobiographique ou d'un roman « inventé » ? Comme le souligne Marthe Robert, « le roman n'est jamais ni vrai ni faux ». Comme tout discours d'un sujet sur lui-même, il « n'est jamais autre chose qu'un accroissement de son pouvoir d'illusion » un moyen de « raconter des histoires » pour se duper et duper autrui, mais qui intervient dans la vie « en révélant ses dessous les mieux cachés » dans la mesure où « il peut détailler le mal sans cesser lui-même d'être pur et bienfaisant[11] ». En écrivant à la troisième personne, Strindberg peut se livrer tout en gardant la distance illusoire mais nécessaire du romancier, que ce soit par rapport à lui-même ou par rapport à la société rigide et conservatrice de la Suède du XIXe siècle. Son roman, *Histoire d'une âme*, décrit la constitution et la formation de sa personnalité entre 1849 et 1867, soit pendant les dix-huit premières années de sa vie. L'extraordinaire qualité de ce matériel autobiographique complété par une œuvre dramatique aussi intéressante sur le plan théâtral que d'un point de vue clinique fait de Strindberg l'objet de nombreuses études psychopathologiques dont celles de Guy Vogelweith et de Janine Chasseguet-Smirgel[12].

Né en 1849 à Stockholm, Strindberg est le quatrième de onze enfants. Son père, agent maritime, est issu d'une famille aristocratique qui le rejette après son mariage avec une ancienne domestique. Sa mère meurt en 1862 alors qu'August a treize ans. Seul de sa famille à poursuivre ses études, il entrera à l'université, deviendra bibliothécaire à la Bibliothèque royale de Stockholm, puis auteur dramatique. En 1875, il s'éprend de passion pour Siri von Essen, mariée à un baron, qu'il épousera en 1877. Commencent alors des crises de délire qu'il décrira en particulier dans *Le Plaidoyer d'un fou*[13] (1887). Il divorce en 1892 et rentre dans une période de conflits, de misère, de délires qui le conduit à s'intéresser à l'alchimie. Ses crises de paranoïa atteignent leur paroxysme à Paris en 1896. Il les décrira dans *Inferno* et *Légendes*. De retour en Suède il se remarie, reprend son activité littéraire, divorce à nouveau pour se remarier et divorcer une troisième fois en 1904. Il meurt en 1912 d'un cancer à l'estomac.

Dans *Le Fils de la servante*, il raconte son roman familial sous les traits de Jean : « Le père était aristocrate de naissance et d'éducation. Il y avait un vieil arbre généalogique d'après lequel sa famille noble remontait jusqu'au XVIIe siècle. La mère de Jean était fille d'un pauvre tailleur, son beau-père l'avait jetée dans la vie comme bonne puis comme fille d'auberge » (p. 12). Du fait de sa « mésalliance », le père se brouille avec le reste de sa famille tout en gardant ses habitudes aristocratiques : « Portant barbe, la peau fine, il se coiffait à la Louis-Philippe. En outre, il avait un lorgnon, était toujours bien habillé et aimait le linge propre. Le domestique qui cirait ses bottes était tenu de porter des gants pendant l'opération, car ses mains étaient considérées comme trop sales pour pouvoir pénétrer dans les bottes du maître » (p. 12). Il le décrit comme triste, fatigué, sévère, sérieux, replié sur lui-même. « Il n'acceptait aucune invitation de ses amis, parce qu'il ne pouvait les inviter à son tour. Il y avait une plaie qu'il voulait cacher et cicatriser car il était descendu, il avait gâté sa situation » (p. 14).

Sa mère est décrite comme simple, propre, compatissante, juste, « relativement contente de son sort, car elle s'était élevée dans l'échelle sociale ». Bien qu'ayant des domestiques, la famille vit assez pauvrement : nourriture rationnée, viande le dimanche uniquement, vêtements conservés le plus longtemps possible, logement exigu pour une famille nombreuse : « Trois chambres étaient habitées par le père, la mère, sept enfants et deux servantes. » Jean est décrit comme farouche et solitaire. Son frère aîné était le favori de la mère, le second le favori du père, « Jean n'était le favori de personne. Il voulait gagner sa mère. Il devint cajoleur, s'y prit lourdement ; il fut percé à jour et repoussé. » Le sentiment d'être mal aimé engendre une culpabilité profonde : « Jean avait constamment peur qu'on ne découvrît quelque faute à lui imputer » – ce qui le conduit à être puni pour des fautes qu'il n'a pas commises. Une scène restera particulièrement gravée dans la mémoire du narrateur. Strindberg y reviendra souvent dans son autobiographie :

« Un jour à midi son père examinait une bouteille de vin à l'usage de la tante.

— Qui a fini la bouteille ? demande-t-il en promenant ses regards autour de la table.

Personne ne répond, mais Jean rougit.

— Ah ! C'est toi, dit le père.

Jean, qui n'avait jamais remarqué la cachette de la bouteille de vin, se met à pleurer et à sangloter.

— Ce n'est pas moi qui ai bu le vin.

— Ah ! Tu nies par-dessus le marché !

Par-dessus le marché !

— Tu vas voir quand nous quitterons la table.

La pensée de ce qui allait arriver quand on aurait quitté la table, ainsi que les observations que le père continuait de faire sur le caractère peu communicatif de Jean provoquèrent un nouveau déluge de larmes.

On se lève de table.

— Entre, dit le père, et il va dans la chambre à coucher.

La mère les suit.

— Demande pardon à papa, dit-elle.

— Je ne l'ai pas fait, crie-t-il maintenant.

— Demande pardon à papa, dit sa mère en le tirant par les cheveux.

Le père a pris le martinet qui était derrière la glace.

— Papa chéri, pardonne-moi, hurle l'innocent.

Mais maintenant c'est trop tard. L'aveu est fait.

La mère assiste à l'exécution.

L'enfant hurle de dépit, de rage, de douleur, mais surtout de honte, d'humiliation.

— Demande maintenant pardon à papa, dit sa mère.

L'enfant la regarde et la méprise. Il se sent seul, abandonné par celle auprès de qui il s'était toujours réfugié pour recevoir de la tendresse et de la consolation mais rarement de la justice.

— Papa chéri, pardon, dit-il en mordant cruellement ses lèvres menteuses.

Et alors il se glisse dans la cuisine auprès de Louise, la bonne d'enfant qui d'habitude le peigne et le lave, et c'est dans son tablier qu'il pleure son soûl.

— Qu'est-ce que tu as fait ? demande-t-elle compatissante.

— Rien, répond-il. Je ne l'ai pas fait.

La mère arrive.

— Que dit Jean ? demande-t-elle à Louise.

— Il dit qu'il ne l'a pas fait.

— Il nie encore !

Et finalement Jean est ramené pour être torturé jusqu'à ce qu'il avoue ce qu'il n'a jamais fait.

Et maintenant il avoue ce qu'il n'a jamais fait. »

Jean vit dans une inquiétude permanente et commence à entrevoir « de méchants esprits comme les sauvages et les bêtes féroces. Il était comme un condamné. Condamné pour mensonge et vol. Il avait perdu sa considération sociale, était devenu suspect et était raillé par ses frères et sœurs parce qu'il avait été pris » (p. 21). Tout cela à cause d'une faute qu'il n'avait pas commise.

Une interprétation simple permet de comprendre comment Jean se retrouve châtié par son père, devant sa mère, ce qui lui permet de mépriser celle qu'il désire inconsciemment et de haïr pour cause d'injustice celui dont il voudrait inconsciemment se débarrasser. La punition vient ici répondre à la culpabilité inconsciente en substituant au désir interdit une faute imaginaire qui lui est attribuée. La scène illustre les enjeux sexuels du désir qui vont influencer Strindberg dans ses relations ultérieures. Elle illustre également les enjeux sociaux qui vont le marquer tout aussi radicalement. La dynamique inconsciente du désir sexuel est indissociable, si l'on veut comprendre la nature profonde de la névrose de l'auteur, de la position sociale des acteurs en présence. Le père représente la classe supérieure dont il ne fait plus partie. Il tente en vain d'incarner l'ordre, la justice, le pouvoir, l'autorité, mais exerce ses prérogatives de façon déplacée. Plus que l'injustice du père qui punit son fils pour une faute qu'il n'a pas commise, c'est la déchéance de l'image paternelle qui est ici mise en scène. Jean est humilié d'avoir à se soumettre à une autorité qui se voudrait supérieure mais qui ne l'est plus, à une puissance dont l'arbitraire ne fait qu'exprimer la faiblesse, à un pouvoir qui n'est plus légitimé par la considération sociale. Le père est dévalorisé parce qu'il est incapable d'apporter protection et sécurité à l'enfant, que ce soit face aux désirs coupables qui le poussent vers sa mère, ou à un ordre social coupé entre des « dominants » et des « esclaves », dans lequel les enfants sont irrémédiablement du côté des esclaves. Le père ne permet pas à l'enfant de trouver une issue à ses conflits parce que lui-même n'a pas su trouver une issue à sa faute, à sa mésalliance. Il se conduit comme s'il était encore un maître alors qu'il ne l'est plus, comme s'il était encore « supérieur », alors qu'il vit reclus, dissimulant à l'intérieur de l'espace domestique la déchéance familiale et sociale dont il est responsable. Dans l'identification au père, ce qui ressort alors c'est l'humiliation, la déconsidération sociale, la raillerie des autres, comme si Jean reprenait à son compte l'image refoulée de son père. L'identification à l'agresseur, loin de proposer à l'enfant un modèle de puissance, de fermeté, de force, de domination, l'amène à introjecter une image négative et dévalorisée de lui-même. Ce processus peut être à la source du sentiment de persécution qui poursuivra Strindberg tout au long de son existence.

Sa détresse face au châtiment paternel est d'autant plus intense qu'il ne peut s'appuyer sur le soutien maternel. Sa mère est doublement soumise : comme femme au désir du père, comme esclave au désir du maître. Elle assiste à l'exécution et elle y participe. Face à l'injustice et à l'arbitraire dont l'enfant est l'objet, elle l'accuse et le mortifie. Loin de le consoler, c'est elle qui le ramène à son « tortionnaire » alors qu'il va chercher auprès d'une autre servante le réconfort qu'elle lui a refusé. Non seulement elle l'a abandonné mais encore elle s'est faite la complice active de son persécuteur. C'est elle qui lui demande de s'humilier, de se soumettre : « Demande pardon à papa », dit-elle, jusqu'à lui tirer les cheveux. Elle, la mère qui se retrouve du côté du père – ceci ne serait alors qu'un simple épisode œdipien – mais surtout elle, l'esclave, la servante, qui se retrouve du côté du maître et ceci devient une tragédie sociale. Jean est « le fils de la servante ». Dans le désir qu'il éprouve pour sa mère, il ne peut dissocier la femme de son statut social.

Le couple parental est à la fois le support des jeux du désir sexuel et des rapports sociaux de domination. Le problème pour Jean sera alors de se situer dans les uns et dans les autres. Le désir d'être du côté de sa mère afin de devenir « son favori » le pousse à affirmer une solidarité active avec le monde dont elle est issue. Mais il se rend compte qu'elle n'en est plus, qu'elle fait alliance avec le maître contre lui. Cette alliance de deux personnes déclassées, qui pourrait signifier le triomphe de l'amour face aux logiques de la domination, se transforme en arbitraire, en repli sur soi, en conformisme, en négation de toute expression de soi, en autodévalorisation. C'est l'image sociale dévalorisée, intériorisée par ses parents qui constitue leur faute, déniant aux enfants la capacité de s'affirmer : « Que diront les gens ? Et par là sa personnalité fut minée ; l'enfant ne pouvait jamais être lui-même ; il dépendait toujours de l'opinion flottante d'autrui et jamais il n'avait confiance en lui-même pour quoi que ce fût » (p. 17).

La scène du châtiment et la culpabilité qu'elle engendre tiennent sans doute à une poussée d'énergie sexuelle refoulée. Mais la violence des sentiments ne serait pas si grande si elle n'était étayée par les conflits de classes qui traversent le triangle œdipien : humiliation du déclassement pour le père qui vit une contradiction entre l'autorité paternelle dont il reste investi et l'autorité sociale qui lui est déniée ; culpabilité pour la mère dont la promotion a produit le déclassement du père qu'elle compense par une soumission et une dépendance à son autorité.

Le conflit de Jean avec son père, si l'on pense qu'inconsciemment c'est lui qui en rougissant le met en position de le châtier injustement, ne serait pas aussi violent s'il ne partageait pas son humiliation sociale. Au désir de se débarrasser d'un rival, qui vient barrer l'accès à la mère, vient se coller le mépris pour un père qui reproduit les injustices d'une domination dont lui-même a souffert. C'est un homme rabaissé qui punit. Le châtiment, loin de soulager la culpabilité ressentie par l'enfant, contribue à mettre en scène l'impuissance du père à se situer dans un ordre dans lequel il est déclassé.

« Le plus vilain est de rejeter la faute sur d'autres. Cette punition est une pure vengeance », écrit Strindberg comme pour signifier combien le père, en demandant à l'enfant d'avouer une faute qu'il n'a pas commise, essaye de régler sa propre culpabilité, de se venger de son propre état. L'enfant, à cinq ou six ans, ne perçoit que confusément les enjeux sociaux qui président aux comportements de son père et de sa mère. Ce n'est que plus tard qu'il organise son roman familial en y introduisant directement la dynamique des rapports sociaux, la conscience de la hiérarchie sociale. Mais de la même façon que l'enfant ne peut symboliser par des mots les enjeux sexuels de ce qu'il ressent, de même les enjeux sociaux sont ressentis sans pour autant pouvoir être exprimés.

C'est dans ce nœud œdipien que va s'enraciner l'ensemble des conflits dans lesquels Strindberg se débattra toute sa vie. « L'enfant a vu la splendeur de la classe supérieure dans le lointain. Il y aspire comme si c'était son pays natal. Mais le sang d'esclave de sa mère s'insurge là contre. Il vénère d'instinct la classe supérieure, la vénère trop pour oser espérer y accéder. Et il sent qu'il n'en est pas. Mais il n'est pas non plus de la classe des esclaves. Ce sera un des déchirements de sa vie » (p. 36). Après avoir terminé ses études au collège (l'équivalent du baccalauréat), son père lui propose d'entrer à l'école militaire. « Il ne savait que répondre. C'était trop. Devenir un monsieur élégant avec une épée au côté ! Devenir officier, cela signifie avoir du pouvoir ; les jeunes filles lui souriraient, et [...] personne ne l'opprimerait plus. Mais c'était trop pour lui. Il ne voulait pas de cette élévation, ni commander, il voulait simplement échapper à l'obéissance aveugle, à la surveillance, à la soumission. L'esclave qui n'ose rien exiger de la vie s'éveillait en lui, il refusa » (p. 118).

Il aspire à devenir dominant mais il ne se le permet pas, il n'ose pas y prétendre parce qu'une partie de lui-même s'y oppose. Rester esclave, c'est garder le lien avec les origines sociales de sa mère, c'est rester « le fils de la servante », c'est maintenir l'identification originaire à travers ce qu'elle représente socialement. Le désir de s'élever se heurte par ailleurs à la culpabilité vis-à-vis de ce père déchu qu'il faudrait alors dépasser, donc humilier. L'enfant est pris dans un faisceau de contradictions quant à la place qui lui échoit entre les dominants et les dominés, les maîtres et les esclaves, les bourreaux et les victimes.

Nous avons là les composantes d'un système que nous proposons de schématiser afin de mettre en évidence :

– les liens entre la position sociale des parents et les contradictions du projet parental ;

– les liens entre ces contradictions et les tensions psychiques entre le surmoi et l'idéal du moi ;

– les réactions du moi face à ces conflits.

À propos d'A. Strindberg : les composantes sociales du complexe d'Œdipe

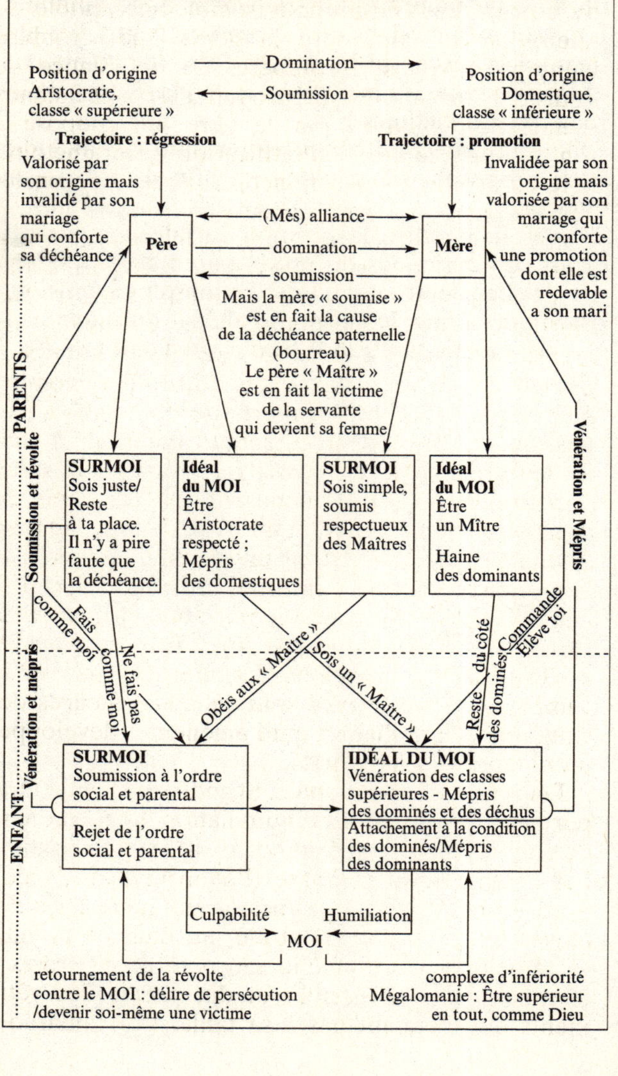

La mise en évidence des composantes sociales du complexe d'Œdipe nous semble susceptible de mieux faire comprendre la genèse des troubles mentaux d'August Strindberg. La défaillance de l'image paternelle est le produit d'une déchéance sociale non assumée par le père qui propose à son fils une figure d'identification contradictoire. Il le confronte à une injonction paradoxale en lui demandant d'une part de devenir comme lui, un maître et un aristocrate, alors que lui-même ne l'est plus, et, d'autre part, d'échapper à la déchéance tout en le rabaissant, en le soumettant, en le traitant comme un domestique, en lui demandant de prendre en charge des tâches « serviles[14] ». On peut penser le sadomasochisme chez Strindberg comme une conséquence des rapports de domination/soumission qui traversent le couple parental du fait de leurs positions de classe respectives : la mère servante, dominée, est menaçante parce qu'elle est la cause de l'effondrement du père, de l'invalidation du maître, tout en restant une femme soumise ; le père, qui représente l'autorité, le pouvoir social et familial, est en fait une victime tout en restant le gardien de la loi, celui qui juge, fixe les interdits et distribue les punitions. La mégalomanie et le complexe de supériorité sont les conséquences des situations d'humiliation qui l'amènent à développer un complexe d'infériorité.

Dans son autobiographie, Strindberg évoque l'importance des situations d'humiliation dans la genèse de son délire de persécution. Il raconte en particulier comment, au gymnase (l'équivalent du lycée), il est en butte aux sarcasmes et aux moqueries des élèves du fait de sa pauvreté, et, dans sa famille, sa réussite scolaire amène son père et ses frères à le rabaisser : « Il grandit et dut porter des vêtements qui n'étaient pas à sa taille. Les camarades se mirent à plaisanter sur ses pantalons trop courts. Ses chemises n'allaient plus que jusqu'au coude… c'est pourquoi à la gymnastique il gardait toujours sa veste » ce qui lui vaut les remontrances de ses professeurs et son rejet ; « Maintenant il connaissait les humiliations. La pauvreté, imposée par méchanceté comme humiliation, et non par nécessité. Il se plaignait à ses frères, mais ils lui disaient qu'il ne fallait pas être orgueilleux. Le gouffre était béant, qu'avait creusé entre eux une culture différente » (p. 114).

L'humiliation sociale conduit au repli sur soi et au sentiment d'être en butte à la méchanceté. La revalorisation narcissique que l'enfant recherche dans une réussite scolaire vient buter contre l'invalidation de son père et de ses frères qui la perçoivent comme une volonté de sa part de les rabaisser. À l'école comme dans sa famille, sa quête de reconnaissance et d'amour est refusée. Le sentiment d'être persécuté se développe alors comme réaction au rejet dont il est l'objet : il est plus pénible d'être constamment dévalorisé que d'être persécuté. L'humiliation de ne pas être un objet d'amour se transforme en ressentiment contre ceux qui le rejettent et dont il devient la victime : « Maintenant il haïssait ses persécuteurs et eux le haïssaient. » L'humiliation et l'invalidation sont ici le produit de rivalités affectives et sociales. Dans ce jeu de rivalités, Strindberg est confronté à des identifications contradictoires qui réactualisent en permanence les contradictions du projet parental. Entre la classe supérieure et la classe inférieure, les maîtres et les esclaves, les dominants et les dominés, les élèves du gymnase et ses frères, les bourreaux et les victimes, il ne sait comment se situer. Il va entrer dans un processus de clivage et de dédoublement dont sa production théâtrale sera l'une des expressions. Nous retrouvons ici la thèse de Guy Volgelweith qui voit dans le travail d'écriture le moyen pour Strindberg de se projeter sur une scène imaginaire : « C'est là dans cet espace mental, qu'en filigrane, il verra surgir son double. Le double de l'auteur n'est pas nécessairement une copie conforme de son moi, (mais) un projet de comportement destiné à résoudre ses difficultés d'ordre psychique. Grâce à la projection de cet autre soi-même qu'est le double, l'auteur peut confronter son moi avec une image qui en fractionne les diverses zones[15]. »

Strindberg mettra en scène ces différentes parties de lui-même qui sont en conflit les unes avec les autres, répondant ainsi à l'analyse de Freud lorsqu'il écrit de la paranoïa qu'elle « dissout le moi lui-même dans des personnes étrangères[16] ». À travers tous les personnages de ses pièces apparaissent les composantes multiples de la névrose de Strindberg parmi lesquelles les aspects sociaux sont constamment présents[17].

10

Roman familial et névrose de classe

> Serait-il bien possible, se disait-il, que je fusse le fils naturel de quelque grand seigneur exilé dans nos montagnes par le terrible Napoléon ? À chaque instant l'idée lui semblait moins improbable... Ma haine pour mon père en serait une preuve... Je ne serais plus un monstre ! (Julien Sorel)
>
> STENDHAL, *Le Rouge et le Noir.*

Freud mentionne la trame du roman familial dans une lettre à Fliess dès 1897. Mais c'est en 1909 qu'il publie son article « Le roman familial des névrosés » dans un livre d'Otto Rank *Le Mythe de la naissance du héros*[1]. Le roman familial désigne pour Freud les fantasmes par lesquels le sujet modifie imaginairement ses liens avec ses parents, imaginant par exemple qu'il est un enfant trouvé. « Pour le petit enfant, les parents sont dans un premier temps l'unique autorité et la source de toute croyance. [...] l'enfant découvre peu à peu les catégories dont relèvent ses parents[2]. » Freud fait lui-même le lien entre le roman familial et la confrontation de l'enfant à l'existence des classes sociales. « Il fait la connaissance d'autres parents, les compare avec les siens et se voit ainsi pourvu d'un droit de douter du caractère incomparable et unique qui leur est attribué. De petits événements dans la vie de l'enfant, qui éveillent en lui une humeur insatisfaite, lui donnent l'occasion de s'engager dans la critique des parents et d'exploiter, au profit de cette prise de position contre ses parents, la connaissance acquise du fait que d'autres parents sont à certains égards préférables. [...] La sensation que l'on ne répond pas pleinement à ses propres inclinations s'évacue ensuite souvent dans l'idée que l'on est un enfant adopté ou recueilli [...][3]. »

Alors commence l'élaboration de récits plus ou moins extraordinaires et fabuleux, merveilleux ou terrifiants, que l'enfant va forger. Bien que le titre de l'article de Freud semble réduire ce fantasme aux seuls névrosés (sans préciser d'ailleurs qui ne l'est point), son contenu permet d'affirmer qu'il le considère comme une expérience normale et universelle de la vie infantile.

Se raconter des histoires

Se « raconter des histoires » n'est pas l'apanage de la petite enfance. Outre les romanciers qui en socialisent l'expression, chaque individu peut « faire un roman » à propos de ce qui lui arrive. Toutes les histoires utilisées dans ce livre, romans, histoires de vie, autobiographies, sont autant de moyens d'illustrer la trajectoire psychosociale d'un individu et la façon dont il se la représente. Réalité et/ou fantasme viennent s'y condenser comme au théâtre. Ces reconstructions d'histoires individuelles illustrent chacune à leur manière, les combinaisons de l'amour et du pouvoir, des enjeux sexuels et des enjeux sociaux, du désir et de l'ambition, qui sont à l'œuvre dans toute destinée humaine[4].

« Faire un roman » est défini par le Littré en ces termes : « Il s'agit de gagner le cœur d'une personne de condition supérieure, comme on voit dans les romans et de raconter les choses autrement qu'elles se sont passées. » Ces deux aspects du roman sont analysés par Marthe Robert qui souligne sa *fonction d'historicité*. Le roman ne cherche pas à reproduire la réalité mais « à résumer la vie pour recréer sans cesse de nouvelles conditions et en redistribuer les éléments[5] ». Le roman est un moyen privilégié pour échapper à la reproduction, ouvrir un champ des possibles, réécrire son histoire. C'est un travail de *remaniement* que l'auteur opère, afin de supporter « ce qui est » et de changer « ce qu'il est ».

Le fantasme du roman familial permet à l'enfant de supporter ses insatisfactions et ses déceptions en particulier dans la crise œdipienne. Les occasions ne manquent pas, dans la réalité, d'être déçu, humilié, rejeté, oublié, parfois même abandonné. L'enfant doit partager l'amour de ses parents avec ses frères et sœurs, se confronter aux interdictions et aux punitions, supporter les absences et les séparations qui lui sont imposées, accepter l'imperfection, la contingence, la quotidienneté. Il voit que ses parents ont des problèmes, des difficultés qu'ils ne savent pas résoudre, qu'ils ne sont ni meilleurs, ni pires que les voisins. Blessure narcissique profonde que de renoncer à l'image idéale de parents tout-puissants, pouvant satisfaire pleinement leur enfant.

Parmi toutes les insatisfactions et les déceptions que l'enfant doit supporter, il convient de faire une place particulière à la découverte de la différenciation sociale et à l'humiliation ressentie lorsqu'il découvre que ses parents sont des êtres plutôt moyens, peut-être inférieurs et qu'il en existe de bien mieux lotis, de plus riches, de plus puissants et de plus doués. Humiliation inexplicable et inévitable que cette découverte : ses parents ne sont pas les meilleurs ; il en existe beaucoup d'autres dont certains sont supérieurs. L'impossible mais nécessaire reconnaissance de la différenciation sociale va pousser l'enfant à réécrire son histoire pour « expliquer l'inexplicable honte d'être mal né, mal loti, mal aimé[6] ».

En imaginant qu'il a d'autres origines, que ce père et cette mère sont en fait des parents de substitution, l'enfant trouve le moyen de se plaindre de ce qui ne va pas, de se consoler de l'ensemble de ses insatisfactions et de se venger de ses humiliations, tout en préservant ses relations avec ses « vrais » parents. La fiction du roman familial permet de conserver la tendresse originelle de l'enfant pour ses parents. « Ce ne sont là qu'une infidélité et une ingratitude apparentes ; car si l'on examine en détail le plus fréquent de ces fantasmes romanesques, le remplacement des deux parents ou du seul père par des personnes plus grandioses, on découvre que ces parents nouveaux et de haut rang sont toujours pourvus de traits qui reposent sur les souvenirs réels des parents effectifs, ceux d'un niveau plus bas, de telle sorte que l'enfant, en réalité, n'élimine pas le père, mais le rehausse[7]. »

Le roman familial permet à l'enfant d'éviter la critique de ses parents réels, l'affrontement avec eux et, à l'inverse, de les louer avec gratitude pour l'attention avec laquelle ils s'occupent de cet enfant qui n'est pas le leur, de la peine qu'ils se donnent alors que justement ils ne sont pas riches et puissants. C'est en fin de compte cette prise en compte de la quotidienneté dans la relation qui en fait la valeur et permet d'« élever » ce père et cette mère imparfaits.

Supporter et corriger la réalité

L'activité fantasmatique aide l'enfant à supporter la quotidienneté, c'est-à-dire les conditions concrètes d'existence auxquelles il est contraint de s'adapter. Confronté au présent, le roman familial lui permet de revivre un temps heureux et révolu « où son père lui est apparu comme l'homme le plus éminent et le plus fort, sa mère la plus chère et la plus belle. Il se détourne du père, qu'il reconnaît à présent, pour revenir à celui en qui il a cru dans les premières années de son enfance, et le fantasme n'est en réalité que l'expression du regret que ce temps heureux ait disparu[8]. »

Le roman familial est souvent bâti sur le scénario du bâtard dont la mère a fauté avec un père prestigieux, un seigneur, un roi ou un P-DG, l'époux de la mère n'étant alors qu'un « Joseph », pour reprendre une expression utilisée par Strindberg[9]. Ce faisant, l'enfant romancier s'octroie un père idéal dont il espère s'approprier toutes les qualités. Il fait l'économie du meurtre paternel en le supprimant du triangle œdipien, il rend disponible sa mère en devenant l'objet principal de son attention. Il ruse ainsi avec ses désirs inconscients en se permettant une satisfaction fantasmatique sans avoir à craindre les châtiments qui les sanctionneraient s'il les accomplissait dans la réalité.

Otto Rank montre que tous les héros légendaires ont une naissance obscure, miraculeuse ou anormale. Ils ne sont jamais le fruit d'un couple parental légitime et installé. L'interprétation qu'il propose est qu'une naissance en dehors des lois « naturelles et sociales » de la procréation permet de compenser inconsciemment l'infériorité qu'imposent à l'enfant humain sa naissance prématurée et la longue dépendance dont elle est cause. En s'imaginant venu d'ailleurs l'enfant peut soulager le poids de sa contingence historique et donc s'imaginer être autre que ce qu'il est vraiment.

À côté des enjeux œdipiens qu'une naissance mythique permet de circonscrire, ce fantasme permet également de supporter la contingence sociale. La plupart des interprétations psychanalytiques oublient que ces histoires d'hommes et de femmes, de mères et de fils, de pères et de filles sont également des histoires de rois et de bergères, de princesses et de valets, de princes et de servantes. Le roman familial permet de dépasser les barrières sociales, de corriger la réalité quotidienne par l'introduction d'une autre famille, riche, puissante, prestigieuse, qui permet à l'enfant d'intégrer sans coup férir la classe dominante. « L'imagination de l'enfant s'occupe désormais de la mission consistant à se débarrasser de ses parents, pour lesquels il a peu d'estime, et à les remplacer par des parents situés en règle générale à un niveau social supérieur. Elle exploite alors la rencontre fortuite avec des expériences réelles (le fait de faire connaissance avec le seigneur du château ou, à la campagne, avec le propriétaire terrien, ou encore, en ville, avec l'entourage des princes). Ce type d'événements fortuits éveille la jalousie de l'enfant, laquelle trouve alors son expression dans un fantasme remplaçant les deux parents par d'autres plus huppés[10]. »

Corriger la réalité consiste à se débarrasser de ses parents réels, du statut social qui définit leur identité, pour changer de vie en devenant prince, châtelain ou bourgeois, ce qui a une signification psychologique, bien mise en évidence par Freud, mais également sociale.

Le fantasme du roman familial ne sert pas seulement à gérer les rapports affectifs entre l'enfant et ses parents. S'il est au cœur de ce rapport, c'est qu'il s'agit également d'un rapport social. C'est la raison pour laquelle le roman va s'écrire différemment selon la position de classe du père et de la mère et le type de conflits qui traverse la famille dans ses rapports à la société. Le désir de corriger la réalité ne sera pas le même si les parents occupent une position privilégiée ou s'ils sont opprimés. Lorsque la position sociale est basse, on peut penser que l'enfant imaginera plus facilement le jour où il prendra conscience de l'existence des différences de classes, que ses parents sont « seigneurs du château », comme dit élégamment Freud, qu'un enfant dont le père est déjà châtelain. Si le roman familial sert à « corriger la réalité », il convient de considérer la réalité dans laquelle est l'enfant pour comprendre ce qu'il souhaite corriger. Les sociologues montrent que les positions de classe déterminent structurellement les intérêts que les individus défendent : certains ont plus intérêt à corriger la réalité et d'autres ont plus intérêt à la maintenir comme telle.

Dans ces conditions, peut-on considérer que le fantasme de l'enfant berger selon lequel il est fils de roi est homologue au fantasme de l'enfant roi qui rêve qu'il est fils de berger ?

Un mécanisme de défense contre le sentiment d'infériorité

Le roman familial ne peut donc être analysé uniquement comme l'activité fantasmatique d'un sujet en réponse à des conflits intrapsychiques. L'intégralité de son sens doit être appréhendée en référence à l'histoire de l'individu et de sa famille qui le produisent. La construction d'une fiction permet à l'enfant de lutter simultanément contre les sentiments de culpabilité auxquels ses désirs le confrontent et de supporter l'humiliation d'être un enfant banal de parents socialement dominés. C'est une réponse au triple sentiment d'infériorité (biologique, psychologique et social) qui l'envahit. Il s'agit pour l'enfant de se vivre comme enfant trouvé auquel sa « vraie » famille se révélera un jour pour le remettre à la place qu'il mérite et d'échapper ainsi à sa condition sociale. « Le rêve d'être une autre fille. L'épicerie-café de mes parents n'étaient certainement pas vraie, j'allais un soir m'endormir et me réveiller au bord d'une route, j'entrerais dans un château, un gong sonnerait et je dirais “Bonjour papa !” à un élégant monsieur servi par un maître d'hôtel stylé. Il n'était pas possible que ma vie, rue Clopart, ne soit pas l'envers d'une autre[11]. »

La citation de Stendhal en exergue de ce chapitre situe le fantasme comme un moyen de soulager la tension entre l'ambition de Julien Sorel, fils de petit artisan, et la culpabilité qu'il ressent en particulier vis-à-vis de son père. Il y a là un mécanisme de défense des enfants des classes dominées pour supporter leur condition et dédouaner les parents de leur misère. Il apparaît comme une contrepartie de la culpabilité ressentie par l'enfant qui le conduit à haïr la misère et donc ses parents qui en sont responsables, mais aussi de l'infériorité qu'il ressent vis-à-vis des autres, les nantis. L'activité fantasmatique lui permet, d'une part, de se revaloriser narcissiquement en construisant une image idéale de ses parents et, d'autre part, d'absoudre les parents de leur faute liée aux humiliations dont ils sont l'objet de la part des mieux lotis qu'eux.

Dans les groupes d'implication et de recherche que nous animons autour de la question du roman familial, nous avons trouvé la présence de ce fantasme chez tous les sujets confrontés à un changement de position sociale et plus particulièrement chez les personnes issues d'un milieu populaire qui sont en forte promotion sociale. Le scénario est souvent le même :

– d'un côté un désir d'être le fils d'un châtelain ou d'un roi qui trouve un écho dans le désir des parents qui souhaitent que leurs enfants réalisent la réussite sociale qu'eux-mêmes n'ont pas pu accomplir ;

– de l'autre, la reprise par l'enfant du désir de lutter contre les rois et les châtelains qui exploitent ses parents réels.

Nous avons évoqué à propos de François (chapitre I) ce *double bind* social : l'enfant doit donc en même temps devenir un châtelain et détruire tous les châtelains, devenir bourgeois et lutter contre la bourgeoisie. Il ne peut que se sentir coupable de ce désir de promotion sociale dont la réalisation est assimilée à une trahison de ses origines, à une rupture de solidarité vis-à-vis de sa classe. Mais dans le même temps, ce désir reste un moyen privilégié de prendre une revanche pour ses parents et son groupe d'origine, une façon de rembourser la dette contractée vis-à-vis d'eux.

L'enseignement, le travail social, le journalisme, la sociologie, et plus largement l'intelligentsia de gauche sont des terres d'asile pour ces déracinés. Il s'agit de réussir une promotion sociale, de consolider son capital culturel, tout en conservant un mépris profond de l'argent, la haine de la bourgeoisie et une sensibilité exacerbée face à la violence symbolique des rapports sociaux. L'écriture est également un moyen de résoudre cette contradiction. D'autres trouveront une issue en confortant leur réussite sociale tout en militant au Parti communiste : « Il se trouve que dans les rites du Parti communiste, l'aspect familial est fortement marqué. Non certes, dans les statuts ou le dire officiel, mais dans les mœurs et les coutumes, et pour cause : les militants y trouvent l'aboutissement d'un roman familial inconscient[12]. »

Deux cas illustrent les propos de Catherine Clément, celui de Régine Robin, auteur du *Cheval blanc de Lénine*, et celui de Gérard Belloin, auteur de *Nos rêves camarades*. L'histoire de Régine Robin « est celle de l'intégration d'une petite juive polonaise à l'intelligentsia française. Intégration parfaitement réussie : poste dans l'enseignement supérieur, livres savants, et même psychanalyse. Mais intégration coupable, comme toujours, lorsque le succès vient couronner un reniement des origines car c'est ainsi que le vit l'inconscient familial. Lorsqu'à travers la mémoire retrouvée, maîtrisée, revit la légende de ce père qui avait aperçu le cheval mythique où Lénine caracolait, la réussite apparaît comme une traîtrise. L'adhésion (au Parti communiste) compense la trahison et confère une appartenance d'un genre particulier : entre exclus de la société, on se ressemble, on se rassemble. » On retrouve le même type de problématique dans le livre de Gérard Belloin « Inscrit tôt au Parti communiste, à l'âge de quatorze ans, Belloin devient permanent, acquiert à l'intérieur du Parti une culture propre à tous les permanents et finit lui aussi par écrire des livres [...]. La culpabilité est la même, faite d'émerveillement et de honte inconsciente. L'adhésion en lui constituant une seconde famille, a renforcé et annulé l'exclusion originaire. » Et Catherine Clément de conclure, sur ce sujet qu'elle connaît bien du fait de sa propre trajectoire : « Tous ceux qui adhèrent recèlent, enfouie au plus profond de leur roman familial, la trace de l'exclusion et les promesses de ce rassemblement imaginaire où, en droit théorique, toutes différences de classe s'annulent dès l'instant qu'est admise la suprématie politique de la classe la plus déshéritée. Consciemment, cela se formule souvent par des mots simples : le refus de l'injustice. Inconsciemment cette injustice est quelque part profondément inscrite dans l'histoire familiale, et dans le débordement qu'a pu entreprendre l'individu pour surmonter cette inscription. » Nous pourrions multiplier les exemples dans lesquels l'engagement, qu'il soit politique, social, religieux ou artistique, vient essayer de colmater les conflits liés à un changement de classe.

L'activité fantasmatique du roman familial, comme l'activité socialisée du roman autobiographique, qui opèrent chacune à leur manière, une réécriture de l'histoire du sujet, sont un moyen d'affirmer une fidélité à ses origines, de conjurer la culpabilité, en rendant témoignage des humiliations, de l'invalidation, de la domination et, *a contrario*, du courage, de la valeur et de la grandeur de ceux qui en sont l'objet.

11

Dissociation du moi et dédoublement

> Double… les deux mondes côte à côte… l'école et la maison… je porte en moi deux langages… « Le père excédé morigéna son fils » dit la grammaire alors que la mère hurle « la sale carne a encore épignolé le fromage des clients ! »
>
> Annie ERNAUX

Dans les différents récits examinés précédemment, le sentiment d'« avoir le cul entre deux chaises » est souvent évoqué. La névrose de classe se caractérise par l'intériorisation conflictuelle de références qui viennent d'univers sociaux différents. Dans les cas présentés, nous avons montré que le dédoublement était une réaction défensive du moi qui tente de faire coexister des identifications, des idéaux et des habitus contradictoires. Faute de pouvoir choisir entre les uns et les autres, il les intériorise. Lorsque ces différents éléments sont antagonistes, le Moi, qui n'arrive pas à trouver une médiation pour supporter la division qui le traverse, opère un dédoublement, comme si deux identités étrangères l'une à l'autre le constituaient

« La contradiction s'est installée sous son toit »

Revenons sur quelques témoignages déjà présentés. Dans la préface de *Mademoiselle Julie*, August Strindberg présente Jean, qui porte le même prénom que celui qu'il s'est donné dans son autobiographie. « Il est le fils d'un journalier, il a fait de soi-même un futur seigneur. Il a eu de la facilité pour apprendre, il a des sens très développés (odorat, goût, vue) et le sens de la beauté. Il s'est déjà élevé au-dessus de sa condition et il est déjà assez fort pour se servir des autres sans avoir à en souffrir. Il est déjà étranger à son entourage, qu'il méprise comme un milieu dépassé ; il le craint et le fuit, car on y connaît ses secrets, on y prévoit ses intentions, on y voit son ascension avec envie et on y attend avec satisfaction sa chute. C'est là l'explication de son caractère double, indécis, hésitant entre la sympathie pour ce qui est élevé et la haine envers ceux qui en ce moment se trouvent encore au-dessus de lui[1]. »

Dans son étude sur les instituteurs d'origine paysanne, Francine Muel-Dreyfus cite le cas de Louis Caubet qui écrit : « Ce dont je souffre, c'est cette aptitude à me dédoubler, à me pencher à chaque instant sur moi-même pour me regarder vivre. Au lieu de regarder la foule sans m'y mêler, de se détacher d'elle, il faudrait s'y replonger et vivre sa vie[2]. » Francine Muel-Dreyfus interprète ce dédoublement comme la conséquence de l'opposition entre le mode de vie et les habitus du monde paysan (valeurs « viriles » étayées sur l'effort physique, l'action, la force) et le mode de vie et les habitus du monde des instituteurs (valeurs plutôt « féminines » étayées sur le monde des livres, le mental, la réflexion). « La spécificité de ce type d'apprentissage paysan explique la force de la coupure née de l'engagement dans une carrière d'enseignement ou de fonctionnaire : on ne peut être à la fois dans cet univers et hors de lui ; on est complètement dedans ou complètement dehors, et, d'une certaine manière, d'autant plus dehors que, à la différence de ceux qui sont fascinés par l'exotisme rural, on sait, malgré tout, de quoi il s'agit. Les "qualités" du paysan et les "qualités" de l'instituteur ne sont pas de même nature[3]. » Ces deux univers étant à bien des égards contradictoires, Louis Caubet se sent traversé par un double sentiment d'appartenance face auquel l'écriture vient opérer une distanciation analytique. Par un décryptage des processus à l'œuvre, il cherche un moyen de réconcilier ses contraires, d'inventer des médiations, de justifier une coexistence « pacifique » entre des pôles antagonistes.

Si le clivage est un processus psychologique qui caractérise un conflit interne à l'individu, il est le produit d'une situation sociale. C'est parce que l'individu est confronté à la coexistence de deux groupes sociaux différents et opposés et que d'une certaine manière il « appartient » à l'un et à l'autre, qu'il se retrouve ainsi divisé. Roger Bastide constate le même phénomène à propos de la migration : « Au fur et à mesure que le migrant s'adapte à son nouveau milieu, il est refaçonné par lui ; son éducation ancienne n'est pas détruite pour cela. Son moi se divise alors en deux. Deux hommes habitent en lui, qui vont se battre dans les tréfonds de son être[4]. » Pour Roger Bastide le moment important à saisir pour comprendre l'origine des troubles mentaux chez les personnes transplantées est celui de l'intériorisation du conflit, lorsque les contradictions entre les deux cultures ne sont plus vécues en extériorité mais comme quelque chose d'intérieur « entre deux moi, également “miens” et pourtant contradictoires [...] entre l'homme ancien et le nouveau qui naît ».

Les contradictions propres aux individus partagés entre deux cultures sont bien mises en évidence par une expression malienne désignant les Noirs qui, par leur comportement, ont surinvesti le mode de vie, les habitus et les modèles des Blancs : on les appelle les « Toubab-fin », « Toubab » voulant dire Blanc (de race blanche) et « fin » Noir (couleur noire)[5].

Richard Hoggart a analysé ce processus chez les jeunes en promotion issus de milieux pauvres. À propos des boursiers et des autodidactes, il montre les conséquences psychologiques de cette coupure sociale, son enracinement dans l'enfance et dans l'adolescence et ses effets dans toute la vie ultérieure. Cette coupure produit le *dédoublement* et par l'adoption de deux langages différents (celui de l'école et celui de « chez lui ») et l'obéissance « à deux codes culturels[6] ». Ce processus de dédoublement conduit l'enfant puis l'adolescent à se replier sur soi aussi bien dans son foyer que dans le groupe de jeunes de son âge. À l'école, son origine sociale lui confère un statut particulier. Dans son foyer son statut d'« intellectuel » l'amène à lire des livres que les autres ne comprennent pas, à s'intéresser à des questions qu'ils ne partagent pas et, peut-être, surtout à renvoyer, malgré lui, une image qui invalide ceux qui n'accèdent pas à cette culture. S'il n'y a pas rejet, il y a de part et d'autre « mise à l'écart », écart produit de la distance sociale qui « écartèle » celui qui veut appartenir à deux univers sociaux étrangers l'un à l'autre.

Dans la préface d'*Aden Arabie*, Sartre décrit Nizan en ces termes : « La contradiction s'était installée sous son toit du fait des différences de trajectoire entre son père et sa mère. Le conflit muet d'une vieille bourgeoise et d'un ouvrier renégat, Nizan l'intériorisa dès la petite enfance, il en fit l'assise future de sa personne[7]. » En écrivant *Antoine Bloyé*, l'histoire de son père, Nizan explore la division qui le traverse, division entre le monde vers lequel ses études le poussent et le monde où depuis leur jeunesse ont vécu ses parents. « Il sent un commencement de séparation. Il n'est plus exactement de leur sang et de leur condition, il souffre déjà comme d'un adieu, comme d'une infidélité sans retour[8]. » Coexistent en lui plusieurs personnages : le cadre qui doit commander, faire travailler les cheminots ; le terrien qu'il aurait pu devenir, en tant que fils de paysans, et qui n'était pas complètement mort en lui ; l'ouvrier dont il se sent solidaire face « aux insultes que les dames bien adressaient au peuple ». Mais cette coexistence ne se fait pas sans heurts. Lors d'une grève, Antoine Bloyé donne des conseils pour briser sans violence l'opposition des ouvriers : « Je suis mon propre ennemi, se dit-il alors. » D'où ce commentaire de Paul Nizan : « Quel homme sait triompher de sa division ? Il n'en triomphera point tout seul, car les causes de sa division ne sont point en lui. »

Le thème de la division intérieure et du dédoublement est un leitmotiv de la névrose de classe. G. Gailloux : « J'avais le cul entre deux chaises… et en même temps je me sentais coupable… » Colette Duval : « Je ne suis plus du milieu de mes origines, mais je ne suis pas du milieu où je suis maintenant. » Le déplacement social produit une coupure d'abord entre le sujet et son milieu d'origine, puis à l'intérieur de lui-même entre la partie de lui-même qui reste attachée à sa position initiale et la partie de lui-même qui intériorise le langage, les habitus, le code culturel de son nouveau groupe d'appartenance. À la coupure entre deux univers sociaux étrangers l'un à l'autre correspond un clivage qui traverse l'individu.

Déplacement social et production du dédoublement

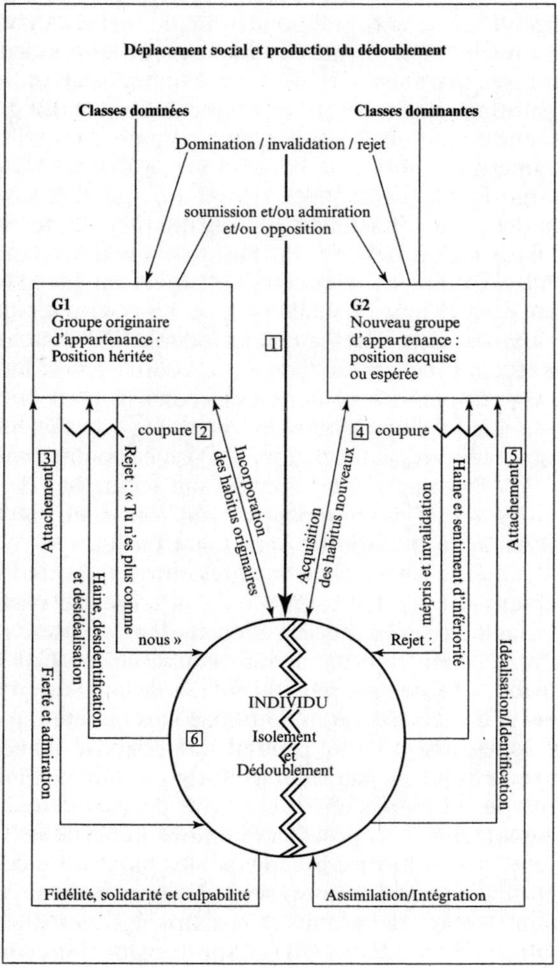

COMMENTAIRES

1) Le dédoublement, comme sentiment intériorisé d'être coupé en deux, d'un moi divisé en deux parties antagonistes, d'une coexistence en soi de deux univers séparés, est l'effet de la confrontation entre deux groupes sociaux dans l'histoire de l'individu. Un groupe originaire (G1) qui marque la position héritée et dont il a incorporé les habitus au moment de la petite enfance. Et un nouveau groupe (G2) auquel il aspire d'appartenir, dont il acquiert les habitus au cours de son développement et qui symbolise sa position espérée et/ou position acquise. Les rapports entre ces deux groupes sociaux sont caractérisés par des relations de domination/soumission qui les opposent l'un à l'autre, des relations marquées par l'invalidation (de G2 vis-à-vis de G1) et l'ambivalence (de G1 vis-à-vis de G2). L'individu se sent à la fois lié à l'un et à l'autre et étranger à l'un comme à l'autre.

2) Vis-à-vis de son groupe originaire d'appartenance, la coupure vient du groupe qui tend à rejeter l'individu qui devient différent à mesure qu'il incorpore les habitus des dominants et que, par sa « réussite », il leur renvoie une image dévalorisée et négative d'eux-mêmes. La coupure vient également de l'individu qui a besoin de se détacher de son groupe originaire pour s'assimiler à un autre groupe. Ce détachement l'amène à opérer un travail de désidentification et de désidéalisation vis-à-vis des figures parentales, des modèles et des valeurs du groupe. Dans la mesure où les processus d'identification et d'idéalisation sont des supports actifs de la relation amoureuse, le détachement entraîne le désamour qui se développe d'autant plus que l'individu a le sentiment d'être rejeté.

3) Ce processus de dé-liaison se heurte à l'attachement qui de part et d'autre perdure malgré tout. Le rejet du groupe n'est que partiel dans la mesure où l'individu est l'objet de fierté et d'admiration pour sa réussite, réussite qui vient compenser l'invalidation et le mépris ressentis. Son succès rejaillit sur tous et démontre qu'ils sont aussi « valeureux » que les autres. De même le détachement de l'individu n'est que partiel. Il reste lié par des sentiments de fidélité à ses origines et de solidarité vis-à-vis de sa classe. Par ailleurs, il se sent coupable de prendre de la distance vis-à-vis de ses ascendants dont il reste redevable dans la mesure où en l'élevant (c'est-à-dire en s'occupant de lui) ils ont contribué à l'élever (dans l'échelle sociale).

4) Son nouveau groupe d'appartenance reproduit vis-à-vis de l'individu le mépris et l'invalidation qu'il entretient vis-à-vis des groupes dominés. L'individu confronté à l'humiliation et à la domination réagit par la haine et développe un complexe d'infériorité. Mis à l'écart, stigmatisé, il tend alors à s'isoler, à se replier sur lui-même, écartelé entre son désir d'assimilation et le rejet dont il est l'objet.

5) En même temps, il cherche à réduire la distance sociale, à atténuer les effets de la coupure en assimilant le langage, les habitus, les valeurs et tous les signes d'appartenance à ce nouveau groupe. Il y choisira ses nouveaux objets d'identification et d'idéalisation. La distance s'atténuant, se développeront alors des processus d'intégration, les groupes dominants ayant le plus souvent une stratégie d'assimilation des élites provenant des groupes dominés. Le désir d'assimilation est d'autant plus fort que les groupes dominants sont porteurs de la culture légitime, qu'ils bénéficient de la fascination qu'opère le pouvoir et que leurs habitus sont socialement valorisés. Là encore l'individu est pris dans

une contradiction entre son désir d'assimilation et le rejet dont il est l'objet, entre son aspiration à s'intégrer dans le groupe et la haine qu'il lui porte.

6) Face à ce conflit d'appartenance, au sentiment de sa double étrangeté (« Je ne suis plus de G1 » – « Je ne suis pas de G2 ») l'individu réagit par l'isolement, la recherche de groupes intermédiaires et le dédoublement.

7) L'absence de capital culturel et de capital social dans l'héritage conduit très tôt l'enfant à se débrouiller seul pour « s'en sortir ». Ce n'est pas un hasard si les cas illustratifs de la névrose de classe sont souvent des enfants uniques ou des enfants qui se trouvent isolés dans la fratrie[9].

À l'école, l'enfant réagit à la différenciation sociale par une position de retrait. La différence produit la séparation et le détachement vis-à-vis de ses parents et des camarades de son groupe d'origine, mais également la mise à distance vis-à-vis de ceux qui appartiennent au nouveau milieu auquel il accède. Double mouvement de mise à l'écart de la part de ceux qui, intentionnellement ou non, tendent à rejeter celui qu'ils perçoivent comme différent, mais également de la part du sujet lui-même qui se sent mal à l'aise, humilié, invalidé et réagit en s'isolant, en conservant une distance. Il évite toutes les situations dans lesquelles il risque d'être « remis à sa place » c'est-à-dire d'être renvoyé à son origine sociale, comme s'il s'agissait d'une tare ou d'un péché. D'où le sentiment fréquent qu'il ne peut s'en sortir que seul : « Il pensait qu'aucun être humain n'avait besoin de lui… il était séparé par un espace glacé, impénétrable, il ne rencontrait aucun regard » (Antoine Bloyé).

Les « barrières » sociales deviennent alors des barrières psychologiques. Le sujet n'arrive à surmonter les conflits que le déplacement implique qu'en se « barricadant » à l'intérieur de soi. Le *repli sur soi* est un moyen de protection. La distance sociale produit la distance affective et rend problématique toute relation d'amour. « Je ne comprenais pas ; je sentais que les gens m'aimaient mais en même temps qu'ils me rejetaient. J'en ai tellement souffert ; je ne faisais plus partie de leur monde et il fallait que je me trouve d'autres gens. Mais en même temps j'étais mal dans d'autres milieux » (G. Gailloux).

Pour tenter d'échapper à l'isolement, le sujet se met en quête de groupes intermédiaires entre son groupe d'origine et son nouveau groupe d'appartenance. Il y cherche un moyen de gérer sa double étrangeté, son sentiment d'illégitimité, son impression continuelle de ne pas être à sa place. L'École normale pour Colette Duval, le Parti communiste pour G. Gailloux, le milieu du théâtre pour August Strindberg, l'université pour Annie Ernaux, l'Éducation nationale et le travail social pour beaucoup d'autres, sont des lieux qui facilitent la transition, qui apportent la sécurité à un moment où les références originaires sont remises en cause. Ils offrent les moyens d'une restructuration face à la destructuration que provoque le déplacement.

Au-delà de leur hétérogénéité apparente, ces lieux ont pour les individus qui changent de position sociale des caractéristiques communes :

– Ce sont des organisations qui, dans leurs objectifs et par leur fonctionnement, sont en relation avec les différents groupes sociaux auxquels ces sujets sont confrontés. Par le biais de l'action politique, éducative, sociale ou culturelle, elles sont elles-mêmes situées dans les rapports de classes.

– Elles rassemblent des gens qui ont des trajectoires sociales homologues, qui ont connu des conflits similaires et qui s'y retrouvent pour des raisons connexes. Elles permettent à chacun de « socialiser » les rapports ambivalents qu'ils entretiennent avec les différents groupes sociaux qu'ils ont traversés. Nous l'avons vu pour les instituteurs d'origine rurale, pour les éducateurs spécialisés, pour des militants du Parti communiste.

– Enfin, ce sont des organisations structurantes qui distribuent les individus à des places précises, sur des critères internes qui ne sont pas uniquement liés aux mécanismes sociaux de sélection et de distribution. Elles permettent à chacun de se situer par rapport à d'autres références que celles de leur groupe originaire ou des classes dominantes. Elles offrent un cadre formel qui peut être investi comme support de l'identité lorsque celle-ci est socialement incertaine.

Les réactions d'isolement et la recherche d'organisations intermédiaires ne permettent pas pour autant d'éviter le dédoublement intériorisé comme moyen pour l'individu de conserver des relations avec son groupe originaire, tout en maintenant des rapports avec les nouveaux groupes d'appartenance auxquels il cherche à accéder. Schématiquement il s'agit de faire coexister le moi G1 et le moi G2, le clivage étant alors un mécanisme de défense contre les tensions internes que cette coexistence entraîne, un moyen de concilier les différents aspects contradictoires qui traversent l'individu.

Discussion sur « Le Double » de Dostoïevski

Freud définit le clivage du moi comme « le fait qu'il existe, concernant un comportement donné, deux attitudes distinctes dans la vie d'âme de la personne, opposées l'une à l'autre et indépendantes l'une de l'autre[10] ». Il ajoute que ce fait est la caractéristique des névroses et que ce processus de clivage a une double genèse. « Le moi enfantin, sous la domination du monde réel, vient à bout des revendications pulsionnelles fâcheuses grâce à ce qu'on appelle le refoulement. C'est ce que nous compléterons en constatant que le moi, durant la même période de vie, se trouve assez souvent en situation de se défendre contre une demande abusive du monde extérieur qu'il ressent comme pénible, ce qui a lieu grâce au *déni* des perceptions qui font connaître cette revendication de la réalité. […] Cette récusation est chaque fois complétée par une reconnaissance […] ce qui produit cet état de fait qu'est le clivage du moi[11]. » Le clivage peut donc venir soit d'un conflit entre le moi et le ça (« l'exigence pulsionnelle de l'intérieur »), soit d'un conflit entre le moi et le monde extérieur, c'est-à-dire soit d'un conflit entre les instances de l'appareil psychique, soit d'un conflit intrasymétrique (dans le moi) produit par la réalité externe.

Cette distinction est importante, dans la mesure où elle sous-tend une discussion sur l'importance respective des facteurs sexuels et des facteurs sociaux dans le phénomène du dédoublement, discussion que nous avons amorcée à propos d'August Strindberg. Nous en avons un autre exemple dans les interprétations respectives que donnent André Green et Yves Barel du livre de Dostoïevski *Le Double*[12].

Dostoïevski raconte l'histoire de Jacob Pétrovitch Goliadkine, « conseiller titulaire », c'est-à-dire le type conventionnel du fonctionnaire moyen, qui se sent persécuté « j'ai de méchants ennemis qui ont juré ma perte » (p. 44). Il souhaite épouser Clara Olsoufievna, fille d'Olsoufii Ivanovitch qu'il considère comme son protecteur et son bienfaiteur. Mais c'est un autre qui bénéficie des faveurs de la jeune fille et il se trouve chassé de la maison de celle qu'il courtise, après avoir tenté de forcer sa porte. C'est à ce moment qu'apparaît son double qui représente ce que Goliadkine ne veut pas être – enjôleur, beau parleur, intrigant, hypocrite et menteur –, mais qui réussit là ou lui-même échoue, en particulier à se concilier les faveurs de ses supérieurs hiérarchiques et de la famille de son ancien protecteur. Plus Goliadkine se trouve rejeté (il est renvoyé de son emploi, mis en quarantaine par tous ses collègues, abandonné par son domestique) plus son double apparaît à la fois comme celui qui réussit à obtenir l'amitié de ceux qui le rejettent et comme le principal instigateur de sa déchéance, jusqu'à organiser la dernière scène qui conduira Goliadkine à l'asile psychiatrique en présence de l'ensemble de ses « ennemis ».

Ce « cas » est l'objet d'une interprétation d'inspiration psychanalytique par André Green à laquelle Yves Barel oppose une lecture « sociologique ». Le débat porte en particulier sur l'importance réciproque de la genèse sexuelle et/ou de la genèse sociale du dédoublement de Goliadkine et de sa paranoïa. Dostoïevski insistait sur l'importance sociale de son héros, écrivant notamment : « Je n'ai jamais rien lancé dans la littérature de plus sérieux que cette idée[13]. » Green pense que « le double est tout autre chose » (préface, p. 8). L'essentiel pour lui n'est pas la critique sociale qui transparaît à travers la paranoïa de Goliadkine, mais le déroulement d'un délire de persécution décrit « avec une précision et une intuition qui vont beaucoup plus loin que celles des psychiatres » (p. 10). Green précise : « Il y a sans doute plus de vérité dans ce *Double* que dans les traités de psychiatrie de l'époque. C'est vrai que Dostoïevski ne sait pas ce qu'il fait puisqu'il croit faire une œuvre “sociale”... Mais est-ce de cela qu'il s'agit ? » (p. 14).

André Green retient l'ambition sociale de Goliadkine : mettre de l'argent de côté pour épouser la fille de son patron et intégrer la bonne société, « tel est le désir conscient ». Ce qui le fera échouer est que Goliadkine ne peut l'assumer : « Il est dans son appareil de louage pareil au Petit Poucet qui chausse les bottes de sept lieues, mais elles sont trop grandes pour lui » (p. 16). S'il échoue c'est parce qu'« il n'est pas à la hauteur ». Mais ce n'est pas cet aspect que Green considère comme important. L'essentiel c'est le désir inconscient. L'échec vient de la culpabilité face à « l'homosexualité qui est à l'œuvre, farouchement niée, rejetée. Le vrai désir de Goliadkline c'est de faire triompher son rival, le triomphe sadique du double se réjouissant de l'accomplissement du désir masochiste de Goliadkine » (p. 19). Green reprend ici l'analyse freudienne sur les sources de la paranoïa. « L'étiologie sexuelle n'a rien d'évident ; en revanche, les vexations et les rétrogradations sociales apparaissent de manière frappante dans la cause de la paranoïa, notamment chez l'homme. Mais un rapide approfondissement suffit pour distinguer dans ces lésions sociales la part de la composante homosexuelle de la vie des sentiments[14]. » C'est donc l'étiologie sexuelle qui est présentée comme l'élément explicatif déterminant du comportement de Goliadkine, dans la mesure où il chercherait dans la paranoïa à se défendre contre la « sexualisation des investissements pulsionnels sociaux[15] ». Sa quête et son aliénation sont interprétées comme l'expression d'une homosexualité refoulée. « Aliéné par son image spéculaire, celle-ci lui renvoie ce qui est “forclos” en lui : son immense besoin d'amour passif vis-à-vis d'un autre homme » (Green, *op. cit.*, p. 18). Le double est alors moins l'image de ce qu'il souhaiterait devenir sans y parvenir, que l'image de l'objet aimé, amour interdit qui conduit Goliadkine à être humilié et puni à l'instigation de ce double lui-même.

L'humiliation est ici non pas une conséquence des rapports de force entre groupes sociaux dans un jeu social d'exclusion et de domination, mais la conséquence d'une situation provoquée par Goliadkine, à l'instigation de son double, pour se punir d'avoir cherché à transgresser un interdit et à satisfaire un désir refoulé. C'est l'homosexualité qui est l'élément actif « des blessures sociales ». André Green ajoute dans une note : « L'homosexualité dans la paranoïa perd une partie des acquisitions obtenues grâce à la sublimation. Elle sexualise donc à nouveau les relations sociales désexualisées. Cette observation permet de jeter un pont entre l'interprétation psychanalytique et l'interprétation sociopolitique du *Double* » (p. 17). Il tend ainsi à généraliser le fondement homosexuel des relations sociales et laisse entendre que celles-ci peuvent être déterminées par d'autres logiques de fonctionnement autorisant par là même d'autres lectures et d'autres interprétations.

Yves Barel, propose une approche sensiblement différente de celle d'André Green : « Sans sous-estimer l'importance de la description "clinique" d'un cas de double mental, il semble que la mise en scène choisie par Dostoïevski est profondément sociale et que ce social-là joue son rôle dans la logique de l'intrigue. Goliadkine est un fonctionnaire moyen (trop petit pour réaliser son ambition, pas assez petit pour être à l'abri de l'ambition), quelqu'un de presque insignifiant dont l'état d'esprit nous est présenté ainsi : il est, lui, un homme droit, clair, sans détours, plongé dans un monde d'intrigues, de superficialités, et qui lui est hostile ; dans ces conditions, ce n'est pas à lui de s'abaisser à séduire ce monde mauvais. Mauvais, certes, mais comme il est dur de ne pas tomber dans la vanité sociale, Goliadkine habille ostentatoirement son valet, loue un coupé de prestige. En résumé : Goliadkine veut s'élever, ne sait pas comment faire, sait qu'il ne sait pas, veut se le cacher et le cacher aux autres en se racontant des histoires sur sa différence radicale avec un monde pourri, et oscille en permanence entre une affectation d'isolement et un besoin éperdu de reconnaissance sociale[16]. »

Pour Yves Barel, la création du double est une réponse fantasmatique à une situation de pouvoir. Goliadkine ne peut pas arriver à intégrer la bonne société. C'est un rival « réel », Vladimir Siéminovitch qui obtient de l'avancement et qui est retenu comme prétendant pour la fille de son supérieur hiérarchique. On lui fait sentir que sa « position » le cantonne à espérer épouser uniquement une « ex-logeuse ». Il est ainsi renvoyé à lui-même alors que Dostoïevski le décrit comme un homme « qui voudrait se cacher de lui-même ». Et c'est au moment même où il pense au suicide, qu'apparaît son double. « Être persécuté par son double, c'est triompher quand même, là où une vraie victoire de soi sur soi et de soi sur les autres apparaît désormais comme dérisoirement impossible » (p. 249).

Le double est celui qui peut réussir par procuration, qui obtient les faveurs du pouvoir et réalise avec succès toutes les bassesses et les intrigues nécessaires pour satisfaire les aspirations sociales de Goliadkine. Celui-ci peut ainsi transformer son échec en devenant la victime expiatoire de son double triomphant. Cette image de lui-même qu'il aime et qu'il déteste, il la sort de lui-même, puisque lui-même ne peut accéder à la position qu'elle recouvre. « Finalement, Goliadkine s'est dédoublé parce que c'est la seule "solution" qu'il a pu trouver au problème impossible qui consiste à nourrir une ambition sociale sans en avoir les moyens » (p. 251). Derrière cette impossibilité c'est le morcellement social qui apparaît comme l'élément déterminant des troubles de Goliadkine. Une société qui met en tension d'une part « des individus ou des groupes sociaux et d'autre part les rôles sociaux auxquels ils sont confinés » (p. 249). D'où la conclusion d'Yves Barel : « Je veux bien – c'est trop évident – que Goliadkine soit au surplus un "cas" psychologique, mais je ne vois pas au nom de quoi on devrait tenir pour négligeable tout le conditionnement de sa maladie mentale. Il est donc bon que l'explication psychologique accorde sa petite place au facteur social » (p. 250).

Ces deux analyses du phénomène de dédoublement décrit par Dostoïevski, et ce malgré les précautions pour établir des ponts ou accepter la coexistence d'interprétations différentes, sont opposées. L'une considère le dédoublement comme le produit d'une homosexualité refoulée, la paranoïa comme la recherche d'une punition, l'humiliation comme l'expression du sadomasochisme. La situation sociale vécue n'est alors que la mise en acte de « l'autre scène », celle de l'inconscient, sur un registre sublimé. Ce qui est déterminant, c'est l'étiologie sexuelle des comportements et les conflits intrapsychiques entre le moi et les autres instances de l'appareil psychique. L'autre lecture considère le dédoublement comme la conséquence d'une situation sociale dans laquelle un individu souhaite devenir quelqu'un d'autre que ce qu'il est au regard de la position sociale qu'il occupe et des rôles sociaux que son statut lui confère. Ne pouvant satisfaire ses ambitions sociales, n'arrivant pas à mettre en œuvre des stratégies psychosociales lui permettant d'opérer les médiations nécessaires pour affronter les conflits d'appartenance à deux groupes sociaux antagonistes, l'individu se dédouble, le caractère pathologique de ce dédoublement est l'une des formes d'expression de cette situation, une réponse aux contradictions sociales. « On le rencontre là où la pratique sociale a affaire à des paradoxes » (p. 251).

Mais si les deux lectures s'opposent quant à la genèse du processus, elles débouchent l'une et l'autre sur la mise en évidence du caractère dialectique du dédoublement : l'apparition du double est une réponse que l'individu produit face aux contradictions qui traversent son identité. Pour André Green, « c'est lorsque apparaît le désir d'anéantissement, au moment où le sujet aspire à zéro que le dédoublement salvateur s'opère : il devient deux. Mais, à d'autres moments, le double ne réussit pas à maintenir, par la création d'une image spéculaire, la cohésion menacée du moi. Le double se multiplie en une infinité de figures. C'est le morcellement et c'est tout le caractère illusoire du concept d'identité, que menacent à la fois la tentation du néant et l'infini de la fragmentation. Le double affirme ainsi notre destin d'être divisé, entre l'image que nous souhaiterions avoir de nous-mêmes, et celle que nous renvoie notre alter ego méconnu[17]. »

Derrière cet « alter égo méconnu », le sociologue reconnaît la présence de la multiplicité des pratiques sociales qui influencent les désirs de manière d'être et les habitus à partir desquels l'individu tente de se situer et se constituer. Pour Yves Barel, le dédoublement social se rencontre là où les contradictions sociales fonctionnent comme des paradoxes. « Il existe au fond une racine commune aux paradoxes individuels et aux paradoxes sociaux : c'est ce qu'on pourrait appeler l'aporie de l'identité, individuelle ou sociale. Cette aporie consiste en ce qu'on ne peut se sentir exister sans à la fois admettre ou créer une coupure entre soi et le monde et nier cette coupure en reconstituant une sorte d'état fusionnel et en posant que l'identité du soi lui vient des autres[18]. » Derrière cette aporie de l'identité, le psychanalyste reconnaît la présence de l'inconscient, le caractère fondamentalement contradictoire de la psyché, l'illusion de la quête d'unicité, la présence du désir de fusion dans le collectif, la dialectique entre la singularité du sujet et la présence d'autrui en soi.

Ces deux analyses du dédoublement débouchent sur le constat du morcellement, du caractère illusoire de l'unicité du sujet et sur le caractère dialectique de la quête existentielle. Reste un désaccord sur le primat des désirs inconscients ou des situations sociales dans l'explication des conduites humaines.

Pour la psychanalyse, la coupure fondamentale se situe au fondement de l'appareil psychique : l'existence au sein d'un même sujet de deux attitudes psychiques différentes, opposées et indépendantes l'une de l'autre est au principe même de la psychanalyse. Mais Freud ne situe pas le clivage uniquement entre instances psychiques. Il met en évidence un autre processus par rapport au modèle du refoulement, le clivage du moi *(ichspaltung)* dont la particularité « est de ne pas aboutir à la formation d'un compromis entre les deux attitudes en présence, mais de les maintenir simultanément sans qu'il s'établisse entre elles de relation dialectique[19] ». Le clivage est donc le résultat d'un conflit. Mais, comme le soulignent Laplanche et Pontalis « si la notion a une valeur descriptive, elle ne comporte en elle-même aucune valeur explicative. Au contraire, elle pose la question : pourquoi et comment le sujet s'est-il ainsi séparé d'une partie de ses représentations ? » C'est dans le rapport entre le Moi sujet et l'inconscient que l'explication sera cherchée.

D'un point de vue sociologique, celle-ci sera recherchée dans le rapport du sujet au monde extérieur. Ce sont les coupures, les paradoxes, les contradictions qui traversent le champ social, dans la diachronie ou la synchronie, qui amènent les individus à affronter des situations conflictuelles face auxquelles ils réagissent jusqu'au plus profond d'eux-mêmes. La coupure entre les groupes sociaux, le décalage entre les individus tels qu'ils sont socialement produits et les rôles sociaux qui leur sont proposés, les ruptures sociales qui amènent la production d'inadaptations de toutes sortes, confrontent les individus à des contradictions face auxquelles le moi tente d'opérer des médiations. Le clivage, dont le dédoublement est une expression ultime, sont des réponses de repli lorsque la médiation ne se produit pas. Les deux aspects antagonistes coexistent l'un et l'autre, sans que s'établisse entre eux de relation dialectique. Goliadkine est à la fois un petit fonctionnaire étriqué et replié sur lui-même qui n'arrive pas à la hauteur de ses ambitions, et un intrigant brillant et efficace qui réussit à se placer dans la bonne société. La paranoïa vient combler le décalage entre ces deux personnages, l'échec et la frustration du premier devenant la conséquence des manœuvres et des succès du second. La lutte sociale dans laquelle le héros est perdant, se déplace à l'intérieur dans un délire entre ces deux parties de lui-même qu'il n'arrive pas à concilier. L'homosexualité peut également être interprétée comme l'expression de ce désir, d'alliance et de fusion, de la recherche d'unification entre ce qu'il est et ce qu'il voudrait être.

On comprend alors l'intérêt d'une interprétation multipolaire du dédoublement comme phénomène coproduit par des enjeux inconscients dans lesquels les tensions entre le désir et l'interdit sont essentielles, et par des enjeux sociaux dans lesquels ce sont les conflits de pouvoir et les compétitions autour des places à prendre et à conserver qui sont déterminantes. Ces différents enjeux peuvent être analysés selon des lectures juxtaposées dans la mesure où les théories de références qui les soustendent ont chacune leur logique propre, et leur cohérence interne. Mais par là même, elles tendent à rejeter de l'explication l'ensemble des facteurs qui ne sont pas soumis à cette logique et à cette cohérence. La juxtaposition est insuffisante pour comprendre une réalité dans laquelle le symptôme est le résultat d'une combinaison de facteurs d'ordres différents qui interagissent. Ainsi le phénomène du dédoublement dans la névrose de classe n'est ni simplement la traduction au niveau psychique des contradictions sociales, ni la conséquence unique des conflits intrapsychiques. Le dédoublement est la conséquence d'une combinaison entre des éléments inconscients et des éléments sociaux. C'est l'étayage entre d'une part des conflits intrapsychiques et d'autre part des conflits entre groupes sociaux, et le fait que ces conflits de natures différentes se retrouvent liés dans l'histoire d'un individu, qui le provoquent.

12

Options et supports méthodologiques

> Nous avons besoin de ce qui nous aide à penser par nous-mêmes : une méthode. Nous avons besoin d'une méthode de connaissance qui traduise la complexité du réel, reconnaisse l'existence des êtres, approche le mystère des choses.
>
> Edgar MORIN

Notre intérêt pour la névrose de classe s'est dégagé à partir des séminaires que nous avons conçus et mis au point avec Michel Bonetti et Jean Fraisse sur le thème « Roman familial et trajectoire sociale ». Ces séminaires attirent des personnes qui, du fait de leur histoire, ne trouvent ni dans la psychologie, ni dans la psychanalyse, ni dans la sociologie, des explications suffisantes pour comprendre leur propre trajectoire et les conflits qu'ils rencontrent. La majorité d'entre eux sont en « déplacement » et traversés par des contradictions multiples. Pour certains, ces contradictions forment un véritable nœud par une intrication permanente et complexe justifiant le terme de névrose. C'est d'abord au cours de ces séminaires, et avec leur concours, que nous avons élaboré et validé nos hypothèses.

L'objectif de ces groupes de travail est double :

– un objectif de recherche qui consiste à élaborer une méthode d'investigation permettant d'articuler l'analyse des facteurs sociologiques et psychologiques qui conditionnent les histoires individuelles ;

– un objectif de formation qui propose aux participants des supports de réflexion leur permettant d'analyser leur trajectoire sociale et les rapports qu'ils entretiennent avec leur histoire.

Ces deux objectifs sont pour nous indissociables dans la mesure où ils permettent de dialectiser deux aspects des témoignages recueillis : un niveau descriptif, expression du vécu par un individu de son histoire ; un niveau analytique, qui est une réflexion « chorale » sur ce vécu, selon la formule heureuse de Maurizio Catani[1]. Par réflexion « chorale », il faut entendre l'analyse menée en commun par les participants et les chercheurs sur chacune des histoires dans laquelle s'entremêlent des éléments subjectifs, les échos qu'ils provoquent chez autrui, des informations objectives et des hypothèses interprétatives et/ou explicatives. Ce mode de travail renvoie à un certain nombre d'options méthodologiques qui concernent à la fois la recherche proprement dite et l'animation de groupe.

Les options méthodologiques[2]

LES RAPPORTS ENTRE LA RECHERCHE ET L'IMPLICATION

Si les problèmes des rapports du chercheur à l'objet ont été abondamment traités, en particulier dans le champ de la psychosociologie, il est par contre moins fréquent de réfléchir sur l'implication des personnes concernées (des « cobayes ») dans le processus même de la recherche. Cette réflexion n'est pas due seulement à des raisons déontologiques. Elle vise à faciliter la participation des sujets dans l'analyse de leur situation, à partir d'un dispositif qui intègre le travail cognitif – compréhension de processus, production d'hypothèses, analyse de mécanismes – et le travail d'implication où se met en question leur histoire personnelle, familiale et sociale. Un tel dispositif permet simultanément de produire du matériel et de réfléchir sur son traitement. La qualité du matériel produit collectivement dépend du degré d'implication de chaque participant, c'est-à-dire de sa capacité et de son désir d'aller à « la recherche du temps passé », pour le retrouver, l'exprimer et l'analyser. Tout travail historique consiste à produire un discours qui reconstruit ce qui s'est passé, en même temps qu'il exprime la permanence de l'histoire dans l'ici et maintenant.

Le dispositif pédagogique est conçu de façon à faciliter la *résurgence* de cette histoire :

– par l'utilisation des supports verbaux et non verbaux qui favorisent l'exploration, l'implication et l'expression individuelles ;

– par la fluidité de la parole et de la communication des uns vis-à-vis des autres ;

– par la transversalité du travail qui permet un approfondissement collectif des trajectoires individuelles, chaque histoire entrant en résonance avec les autres.

Parallèlement à ces résurgences de l'histoire, s'effectue un travail théorique qui permet, au-delà des expériences individuelles, de rendre compte des mécanismes à l'œuvre. L'objectif est de produire collectivement des hypothèses explicatives, de proposer une problématique qui donne du sens et guide le décryptage des matériaux présentés. Les hypothèses servent d'abord de clés explicatives pour comprendre tel phénomène de telle personne en particulier. Elles n'acquièrent le statut d'hypothèses théoriques qu'à partir du moment où leur pertinence sur une histoire singulière se retrouve sur les autres. Peu à peu « le personnel » se décante pour laisser apparaître l'échafaudage théorique, une problématique qui prend sens en deçà de chaque expérience individuelle.

L'ÉCUEIL DU VÉCU SANS CONCEPT ET DU CONCEPT SANS VIE[3]

Cette méthodologie tend à dialectiser le rapport entre l'analyse et l'expérience en évitant deux travers :

– L'un consiste à s'immerger dans le vécu, le ressenti, l'expérience personnelle, comme si celle-ci pouvait trouver son sens en elle-même. Une conduite, une attitude, n'ont pas d'autonomie par rapport aux conditions qui les produisent, c'est-à-dire aux systèmes de relations dans lesquelles elles s'expriment. Penser que le savoir sur l'homme pourrait être infus, surgir de l'intérieur, de son vécu, c'est tomber dans *l'illusion empiriste* qui cherche le sens des actes dans la conscience de l'acteur et qui assimile le réel à la perception subjective de celui-ci. La plongée dans « le vécu » permet de produire des représentations, c'est-à-dire l'expression du rapport imaginaire qu'entretient chaque individu à ses conditions concrètes d'existence. L'analyse de ces conditions est donc indispensable pour comprendre « le vécu ». C'est pour guider cette analyse que la théorie est nécessaire.

– L'autre travers consiste à s'immerger dans le théorique, dans le savoir « pur », dans les constructions intellectuelles. C'est alors tomber dans l'*illusion positiviste* qui réduit le réel à l'étude des déterminations statistiques, des probabilités et des régularités objectives auxquelles obéissent les conduites humaines. Si la sociologie consiste à étudier les phénomènes sociaux comme des choses, elle ne doit pas pour autant oublier que l'appréhension subjective fait partie des choses à étudier comme des choses, qu'il ne peut y avoir accès à la réalité en dehors de l'expérience concrète – quoique subjective – d'un individu concret et que la preuve du social ne peut être que mentale.

Le sens et la fonction d'un fait humain se découvrent dans la confrontation entre l'élaboration théorique et l'expérience vécue, entre l'objectivité de l'analyse et la subjectivité de la conscience individuelle.

OBJECTIVATION-SUBJECTIVITÉ

Notre objectif méthodologique consiste donc à créer les conditions d'un double mouvement de distanciation et d'implication à chaque étape du travail. Distanciation qui permet d'objectiver sa propre histoire en la situant par rapport à l'évolution des rapports sociaux, de relativiser sa singularité en montrant qu'elle est le produit d'évolutions qui traversent l'ensemble des membres d'une classe sociale, d'une culture, d'une époque, d'analyser au-delà des souffrances, des ruptures, des émotions et des conflits, les contradictions et les processus qui sont à l'œuvre. Mais le travail ne serait pas complet si cette objectivation ne s'enracinait pas dans l'expérience subjective de chacun, expression de la singularité individuelle, qui la remet en cause, l'interroge, la valide et/ou la contredit, permettant une interaction constante et dialectique entre objectivité et subjectivité, entre les phénomènes collectifs et individuels, entre le social et le psychique.

À la déconstruction d'une histoire qu'opère sa mise à plat à un moment donné correspond une reconstruction, à partir des hypothèses identifiant les différentes déterminations sociohistoriques qui l'ont produite.

PLURIDISCIPLINARITÉ ET COANIMATION

Le dispositif mis en place vise à analyser les individus comme le produit d'une histoire dont ils cherchent à devenir le sujet. Il doit donc mettre en acte une itération permanente entre l'expérience et l'analyse, entre l'expression des représentations et l'objectivation des situations, entre la dynamique du désir individuel et la mise en évidence des déterminations sociales.

Cette approche dialectique n'est possible que si ces différents aspects sont présents dans le travail provoquant un mouvement en tension : l'avancée sur un aspect est immédiatement relativisé, critiqué, remis en question à partir d'autres perspectives. L'irréductibilité des approches psychologiques et sociologiques, qui n'est que l'expression de l'impossibilité de réduire le psychique au social où le social au psychique, doit être présent dans le travail comme dans un moteur à deux temps qui ne marche que grâce à leur interaction dynamique[4]. Pour que ce mouvement soit possible, il faut qu'il s'inscrive dans le dispositif même par une approche pluridisciplinaire active et par un processus de coanimation dynamique. L'animation pluridisciplinaire nécessite un ancrage de chaque animateur dans ce mouvement dialectique, ce qui est le cas lorsque leurs trajectoires personnelles et théoriques ont été traversées par des ruptures, des remises en cause, des remaniements, autant de transformations qui les conduisent à une réflexion épistémologique. Mais cette condition reste insuffisante si l'animateur n'est pas mis en tension par la dynamique du groupe et la situation de coanimation, entre ses différents référents théoriques. *La coanimation* est un des moyens de mettre en œuvre cette tension dans la mesure où elle remplit deux conditions :

1. Les animateurs doivent être en accord sur une problématique pour qu'un travail en commun soit possible. Mais cet accord ne doit être que partiel pour qu'une dynamique réflexive et pédagogique s'instaure. Chaque hypothèse doit être mise en discussion pour faire la preuve de sa validité. En particulier, lorsqu'il s'agit de comprendre les déterminations qui ont structuré une trajectoire individuelle, il est important de discuter de l'intervention et du poids respectifs des différents facteurs (économiques, historiques, sociologiques, idéologiques, psychologiques) qui ont pu intervenir. C'est dans l'interaction entre ces différents facteurs que peut se comprendre la dynamique d'une trajectoire individuelle. Il convient alors que la confrontation d'hypothèses explicatives soit également active dans le travail de groupe. C'est ici que la formation de base des animateurs est importante. Nul ne peut prétendre pouvoir dans le même temps se situer en économiste, en sociologue, en historien et en psychologue, quand bien même il aurait une formation solide dans ces différents domaines. Un travail transdisciplinaire n'est envisageable que dans une confrontation active entre les disciplines pour chaque animateur et entre chaque animateur.

2. Cette dynamique entre la complémentarité et l'opposition des animateurs permet aux participants de se situer également en tension réflexive vis-à-vis des animateurs et entre eux. Elle produit une zone d'incertitude, de remise en question dans laquelle ils ne sont plus seulement les objets du travail de groupe et des consommateurs du savoir des animateurs. Ils sont situés comme sujets d'une recherche qui concerne chacun personnellement – lorsqu'il s'agit d'explorer une histoire singulière – mais également chacun collectivement, chaque histoire n'étant que l'expression individualisée d'une histoire commune.

L'espace du séminaire crée une structure de sollicitation où chaque participant est invité à utiliser son expérience individuelle pour comprendre des mécanismes collectifs. C'est une recherche à la fois personnelle et théorique qui est menée en commun. Le rôle des animateurs est de produire les conditions pour que ce processus soit possible. Lorsqu'il est enclenché chacun y participe. Les outils d'analyse ainsi que les supports d'investigations sont construits au fur et à mesure, en fonction des directions de recherche qui se dégagent.

DÉTERMINISME ET LIBERTÉ

La mise en tension entre le vécu et l'analyse, entre le travail individuel et le travail collectif, entre les facteurs psychologiques et les facteurs sociologiques a un autre effet. Elle permet d'éviter deux écueils que l'on rencontre inévitablement dans un travail de ce type : l'illusion de la toute-puissance du sujet dont l'autre face est l'illusion d'une détermination ultime en dernière instance ; le double piège du sociologisme et du psychologisme qui propose des éclairages unidimensionnels.

Le psychologisme tend à mettre l'accent sur les comportements, les facteurs psychiques et intrapsychiques ou neurophysiologiques. Considérer que la personne humaine est le moteur de l'histoire n'aurait pas tant de succès s'il ne rejoignait un fantasme profondément enraciné dans l'inconscient de chacun. Fantasme de toute-puissance, conception narcissique du sujet, vision ethnocentrique du monde, croyance dans la capacité illimitée de l'homme à se réaliser indépendamment de toute contingence historique et sociale. Les approches psychologiques et neurobiologiques se confortent, provoquant des résistances importantes à l'introduction d'une compréhension sociohistorique.

L'introduction d'une vision plus sociologique des destinées individuelles provoque une remise en cause de cette illusion et débouche très souvent sur une phase dépressive : « Je me rends compte à quel point je suis prisonnier de mon histoire, combien je suis inscrit dans la reproduction. Je croyais jusqu'à présent avoir une maîtrise sur mon destin, être acteur, alors que je prends conscience que je ne suis qu'un actant. » Ici la prise de conscience de l'existence de déterminismes débouche sur le sentiment que tout n'est que reproduction, que l'individu est le jouet de déterminismes socioéconomiques implacables qui ne lui laissent aucune marge de manœuvre sur sa destinée.

Le travail consiste à accepter la contradiction comme élément de sa pratique existentielle, à renoncer à l'illusion du sujet libre qui attend d'un travail personnel le moyen de régler tous ses problèmes et à renoncer également à l'illusion que le salut ne peut venir que d'un changement de la société qui produirait inéluctablement une destinée moins problématique. *Le fait d'analyser en quoi l'individu est programmé par son histoire ne change pas cette histoire. Par contre, cela change son rapport à l'histoire.* Dans la prise en compte des dimensions sociologiques et historiques des destins personnels, le sien mais également ceux des autres, chacun peut comprendre en quoi différents facteurs ont été agissants pour lui, comment ils ont contribué à le positionner dans sa famille et dans les rapports sociaux, ce qui modifie profondément son rapport à cette « situation » et lui permet de comprendre concrètement que la réalité n'est qu'une des formes du réalisable, que le possible ne se réduit pas au probable.

THÉRAPIE ET RECHERCHE

Un tel travail est à la frontière entre la recherche et la thérapie. La plupart des exercices que nous proposons portent sur un travail de localisation : où suis-je dans le désir de mes parents ? Où suis-je dans la saga familiale ? Où suis-je dans les différents courants idéologiques ? Où suis-je dans la structure sociale ? Où suis-je dans l'histoire ?

Cette recherche de précision concrète, sur les positions de chacun, permet de mettre en évidence à la fois l'identité et la diversité des situations, en remettant en cause les fixations ou les généralités représentatives abstraites dans lesquelles l'individu a tendance à s'enfermer et à se protéger. Il s'aperçoit ainsi qu'il est là, *et* là, et qu'à chacune de ces positions il est à la fois ceci et cela. En ce sens il s'agit d'un travail sur les conflits que rencontrent les individus dans leur trajectoire et d'une analyse des contradictions qui les ont provoqués. Pour entreprendre une telle démarche, il est nécessaire que le participant soit à même d'affronter une position contradictoire, ce qui n'est pas toujours le cas. Un certain nombre de sujets viennent en thérapie justement parce qu'ils ne peuvent supporter la contradiction. Ils sont tendus dans le désir de comprendre leurs conflits, leurs angoisses à partir de leurs émotions, de leur souffrance actuelle, de l'ici et maintenant de leur vie quotidienne. Le besoin immédiat est de se dégager de ce poids dont ils se sentent prisonniers, de ce passé qui les empoisonne. L'idée que le moi est le produit d'une histoire n'est alors pas acceptable, parce que le rejet de l'histoire ne peut entraîner qu'un rejet du moi à un moment où ce moi est le seul point d'ancrage dans la réalité, le seul moyen d'action pour maîtriser ce que l'on est. C'est alors une question de survie pour l'individu de se situer « en soi », avant de se positionner dans l'histoire et dans les rapports sociaux. Il est nécessaire que l'individu ait le sentiment d'un minimum d'autonomie du moi, de distance par rapport à lui-même, pour qu'il accepte de voir en quoi celui-ci est le produit de facteurs sociohistoriques et que puisse s'instaurer une dialectique entre l'individualité et la réalité extérieure.

Dans la cure psychanalytique, le transfert sert de support à la relation thérapeutique. L'histoire du sujet est en conséquence constamment ré-introduite et ré-interprétée en fonction de la relation transférentielle. Dans nos groupes, la relation aux animateurs est un élément parmi d'autres du cadre de travail, dans la mesure où toute situation de groupe produit des phénomènes de projection et d'identification. Celle-ci est donc prise en compte comme un élément de la réalité du groupe, mais ne fait pas l'objet d'un traitement spécifique. Elle n'est qu'un des maillons de la chaîne qui va du vécu actuel à l'histoire personnelle et sociale du sujet. Si notre travail provoque des remaniements importants chez les participants dans leur façon de se situer, il n'a pas de visée thérapeutique au sens où il cherche à produire une compréhension intellectuelle de processus sociopsychologiques et non à prendre en charge et en traitement des individus dont le malaise existentiel est insupportable.

Les séminaires « Roman familial et trajectoire social »

La présentation du séminaire est ainsi libellée :

> Groupe d'implication et de recherche
>
> ***Objectifs***
>
> Il s'agit d'explorer en quoi l'histoire individuelle est socialement déterminée. Ces séminaires d'implication et de recherche visent à permettre aux participants de se comprendre comme le produit d'une histoire dont ils cherchent à devenir le sujet en explorant les différents éléments qui ont contribué à façonner la personnalité.
>
> L'histoire personnelle est le produit de facteurs psychologiques, sociaux, idéologiques et culturels, dont nous nous efforçons de saisir l'interaction.
>
> L'analyse porte en particulier :
>
> • sur la « généalogie familiale » dont dépend « l'héritage » affectif, culturel, économique, idéologique que chacun reçoit et qui conditionne l'insertion sociale ;
>
> • sur la formation du « projet parental » (ce que mes parents souhaitaient pour moi), sur ses contradictions et ses incohérences ;
>
> • sur le « roman familial » en tant que chacun opère une réécriture de son histoire en puisant dans les « histoires de famille » afin de passer de l'histoire subie à l'historicité ;

• sur les « choix et les ruptures » de l'existence (choix professionnels, politiques, amoureux, ruptures familiales, idéologiques) afin de comprendre ce qui les a produits et ce qu'ils reproduisent, de repérer les éléments structurants de sa trajectoire sociale ; la façon dont chacun écrit l'histoire de sa vie.

Une telle exploration doit permettre de mieux comprendre son histoire pour mieux maîtriser son devenir.

Pour les thérapeutes, les psychologues, les travailleurs sociaux, les formateurs et tous ceux qui sont engagés dans un travail relationnel, ce séminaire peut donner un certain nombre d'outils théoriques et méthodologiques afin de saisir ce qui détermine l'histoire et les mécanismes de chronicité des personnes pour lesquelles ils travaillent.

Animation

Différentes techniques d'expression verbale et non verbale seront utilisées pour permettre de produire du matériel sur sa propre histoire (dessins, arbres généalogiques, entretiens, etc.), qui servira de support à l'analyse en commun du roman familial et de la trajectoire sociale de chaque participant.

Les animateurs proposent une problématique d'ensemble, des méthodes de travail et des apports théoriques articulés sur l'analyse collective du matériel produit.

Le travail de déconstruction/reconstruction des récits autobiographiques est facilité par l'alternance entre des phases d'expression verbale et l'utilisation de techniques non verbales d'exploration. Il s'agit de trouver les supports qui permettent à la fois d'élucider des processus par l'analyse verbale et les exprimer au plus près de la façon dont chacun les ressent. L'utilisation de supports non verbaux (dessins, mise en scène, jeux de rôle, théâtre, images, déguisements...) permet des formes d'expression qui ne sont pas soumises aux mêmes règles que le langage parlé. L'analyse verbale est un acte a posteriori. Elle nécessite la construction et la définition d'un objet, elle tend à rationaliser, c'est-à-dire à reconnaître et à ordonner les phénomènes. Mais en les ordonnant elle occulte ceux qui n'ont pas été déchiffrés. La rationalisation est donc simultanément un instrument d'élucidation et un mécanisme de défense. L'expression non verbale facilite l'émergence de l'imaginaire, du non-expliqué a priori, des contradictions vécues, de l'imprévisible. Elle permet de produire du matériel à partir de codes différents du langage parlé. Souvent moins bien maîtrisés. Elle favorise l'accès à la représentation de situations vécues qui sont réactualisées dans l'ici et maintenant du groupe.

La production de matériel non verbal permet également d'enregistrer des traces qui serviront de support à l'analyse verbale. Cette méthode permet à la fois de favoriser l'implication, que mettent en jeu les techniques d'expression libre, et la distanciation. Ce n'est pas directement sur soi que l'on travaille, mais sur du matériel que l'on analyse. Par exemple le travail à partir d'un dessin qui représente le projet parental permet d'en saisir directement la nature, indépendamment du discours que l'acteur produira dessus. Dans le jeu des formes, des symboles utilisés, des couleurs, apparaît un ensemble de significations que le groupe peut saisir directement, indépendamment des rationalisations et des explications proposées par celui qui a dessiné. Ce dernier se trouve alors mis à distance de son projet parental dans une situation où il cherche au même titre que les autres à en comprendre la problématique.

Les supports méthodologiques

Dans le séminaire, nous utilisons quatre supports :

– la construction d'un arbre généalogique ;
– un dessin sur le projet parental ;
– un schéma d'analyse des trajectoires sociales ;
– des sociodrames qui mettent en scène des situations sociales.

L'ARBRE GÉNÉALOGIQUE[5]

La consigne proposée aux membres du groupe est de reconstituer leur généalogie sur une grande feuille de papier en indiquant pour chacun des personnages le prénom, la profession, le niveau culturel, le lieu géographique, la date de naissance et de décès. Par ailleurs, il est demandé de noter les « signes particuliers » qui distinguent tel ou tel membre de la famille et qui, dans le roman familial, ont été retenus comme remarquables en positif (décorations, qualités particulières, fonctions prestigieuses…) ou en négatif (défauts, échecs, symptômes, maladies, condamnations…). Sont prises en compte les trois ou quatre dernières générations, un siècle environ, ce qui correspond généralement à ce qui subsiste de la mémoire familiale. Lorsque l'auteur peut remonter plus loin, ce qui est déjà un signe caractéristique du fonctionnement familial, il lui est demandé d'indiquer les lignées pour lesquelles la famille a conservé des traces, soit dans le roman familial (ce qui est raconté), soit dans des documents, des objets, des terres, des maisons. Une fois constitué, l'arbre généalogique est affiché. Il fait l'objet d'un commentaire de la part de celui qui l'a conçu et d'une analyse collective de la part du groupe de participants et des animateurs.

La généalogie ainsi projetée permet d'identifier les caractéristiques de la structure familiale, les différentes composantes (économiques, sociales, culturelles, idéologiques, psychologiques) de l'héritage, mais également le rapport que l'héritier généalogiste entretient avec l'histoire familiale. Ici l'étude de la forme (par exemple la place occupée par chacune des branches familiales sur la feuille) est indissociable de l'étude du fond. L'arbre est tout aussi significatif par ce qu'il donne à voir, que par ses vides, ses absences, ses manques. L'oubli dans lequel est tombé tel ou tel personnage, ou telle ou telle lignée, est souvent significatif des enjeux sociaux qui traversent la famille. On retient ceux qui ont « réussi », alors qu'on ne sait pas grand-chose de ceux qui sont considérés comme en régression. Certaines familles retiennent les lignées maternelles, alors que d'autres ne prêtent attention qu'aux lignées paternelles.

Enfin l'arbre généalogique permet de référer le roman familial à un certain nombre d'indicateurs permettant d'objectiver les positions sociales des uns et des autres, de repérer le fonctionnement dominant de la structure familiale et de resituer les destins individuels dans l'évolution socioéconomique globale. L'identification de la classe sociale des différents individus située dans la généalogie est un élément déterminant pour comprendre les enjeux du destin social et affectif de chacun. Elle permet en particulier de repérer les phénomènes de promotion, de régression, les mésalliances, les phénomènes de reproduction ou de déviance, le poids des idéologies liées à l'appartenance de classe, les stratégies individuelles ou collectives de placement, etc.

L'identification du fonctionnement de la structure familiale permet de saisir les traditions, les règles, les habitus et la façon dont ces différents éléments marquent les choix professionnels, affectifs, sexuels, éthiques, culturels de chacun de ses membres. On peut ainsi identifier les traditions professionnelles, la structure des mariages, le nombre d'enfants par couples, les engagements idéologiques et politiques. L'arbre généalogique permet d'observer en quoi les destins individuels sont conditionnés par l'histoire familiale et influencés par les mutations économiques, politiques et sociales. On y voit en particulier le passage du rural à l'urbain, qui s'accompagne souvent du passage d'un statut professionnel indépendant (artisan, exploitant agricole, petit commerçant…) à un statut de salarié ; les évolutions de la natalité qui varie selon les milieux sociaux et familiaux ; l'accroissement des pratiques de cohabitation juvénile chez les jeunes ; les effets du chômage sur les trajectoires sociales et le capital économique ; l'élévation du niveau d'études de l'ensemble des classes populaires et moyennes ; le développement des classes moyennes ; l'augmentation de l'espérance de vie et la diminution de la mortalité infantile ; le développement de la mobilité professionnelle et géographique…

Notre approche de la généalogie est différente de celle du génogramme utilisé dans la thérapie familiale[6] et la psychogénéalogie. Le génogramme est « une représentation de l'espace inter-psychique familial ». Il permet au thérapeute de comprendre la problématique œdipienne, les processus d'identification, les mythes et les secrets de l'histoire familiale. L'objectif n'est pas de recueillir des informations objectives sur la structure familiale, mais de projeter sur une feuille la représentation de la famille. Cette surface projective des fantasmes produits sur la structure familiale est un moyen de repérer les liens narcissiques et libidinaux à l'intérieur d'une famille. Le génogramme est utilisé comme un moyen d'investigation psychique qui fait abstraction de la réalité sociohistorique. L'essentiel est le récit construit par l'individu et les fantasmes qu'il décrit. Les identifications sont comprises exclusivement dans leur dimension psychologique. Cette perspective est sous-tendue par une conception du fonctionnement de la famille comme produit des interrelations entre ses membres. L'absence de références aux caractéristiques sociales des personnages et à l'analyse de la structure familiale ne permet pas de faire le lien entre ces interactions psychiques et les interactions psycho-sociales et/ou sociales.

LE DESSIN SUR LE PROJET PARENTAL

Nous avons défini le projet parental comme un « modèle déposé » en chaque enfant. Ce modèle est au croisement du narcissisme infantile et de l'imaginaire parental. Le support laisse une part importante à l'imaginaire. La consigne proposée au participant est de représenter par le dessin « Qu'est-ce que mes parents voulaient que je devienne ? » Sont mis à leur disposition des grandes feuilles, de la peinture à doigts, des pastels, des crayons de couleur. Il s'agit de faciliter l'expression graphique en sollicitant l'imagination des auteurs qui peuvent jouer sur les formes, les couleurs, l'occupation de l'espace, les contrastes, le figuratif et l'abstrait. Le dessin permet d'échapper à la rationalisation a priori du langage en proposant une surface de projection et une technique d'expression qui favorise les condensations, les déplacements, les contradictions conscientes et inconscientes qui peuplent l'imaginaire.

Le dessin n'oblige pas à nommer les choses. Il permet de développer une communication de type analogique adaptée à l'expression du projet parental. La communication analogique « ne possède pas de discriminants indiquant en face de deux sens contradictoires, lequel il faut comprendre ; elle n'a pas non plus d'indices qui permettraient de distinguer le passé, le présent et l'avenir. Par contre, discriminants et indices existent dans la communication digitale ; ce qui lui fait défaut, c'est un vocabulaire adapté aux aléas de la relation[7]. »

Le dessin permet d'explorer à la fois les contradictions du projet parental, les « aléas » du rapport que l'auteur entretient avec ce projet, l'acceptation et le refus de ses divers aspects, la permanence de ce projet en lui. La communication par le dessin exprime directement le rapport entre l'auteur et sa représentation. Comme dans le travail du rêve, le manifeste et le latent y sont constamment mêlés. Dans la consigne, nous ajoutons : « moins on sait dessiner, mieux c'est ! » L'absence de savoir-faire des participants, face à une technique qu'ils ne maîtrisent pas, favorise l'expression de la représentation qu'ils se font de ce que leurs parents souhaitaient quant à leur devenir. Dans ce souhait des parents se mêlent des injonctions précises, des vœux formulés ou dissimulés, des désirs non satisfaits, des espoirs et des dépits, des exigences plurielles, des affects, toute une série d'éléments disparates plus ou moins cohérents. Le dessin donne la possibilité de montrer ce caractère composite et hétérogène du projet.

Le dessin n'est pas l'objet d'interprétations. Il est utilisé comme surface de projection du projet parental, dont le sens s'élabore a posteriori. En tant qu'élément de représentation, c'est une image que le participant donne de lui-même, à partir de laquelle un travail va s'opérer. Travail de groupe qui, dans un premier temps, renvoie cette image à l'auteur en lui indiquant ce que chacun y voit. Cette phase est importante parce qu'elle l'invite à prendre de la distance par rapport à sa représentation en écoutant comment d'autres l'appréhendent. Elle permet d'exprimer les émotions, les sentiments, les interrogations que le dessin produit sur autrui, sachant que ces différents éléments expriment la plupart du temps, avec une grande fidélité, le rapport qu'entretient l'auteur avec son projet parental.

Dans un second temps, l'auteur met des mots sur ce qu'il a voulu exprimer, puis réagit aux commentaires et à l'image que le groupe a renvoyée. Commence alors l'analyse proprement dite du projet parental, de la combinaison entre ses aspects affectifs, relationnels, idéologiques et sociaux, des injonctions et des contradictions qu'il porte. L'exploration permet de comprendre la place de ce projet dans la vie de l'enfant, en quoi il a pu être un déterminant puissant dans ses choix et la façon dont il a pu être à la fois un stimulant et un obstacle.

L'ANALYSE DES TRAJECTOIRES

Le travail sur la généalogie et le projet parental permet de préciser la genèse socioaffective de l'individu, c'est-à-dire l'ensemble des composantes de l'identité héritée. L'analyse des trajectoires doit permettre de comprendre le passage entre la position originaire et la position acquise. Pour effectuer cette analyse, nous proposons aux participants une grille qui met en perspective :

– les caractéristiques des différentes positions occupées à partir d'indicateurs socioprofessionnels ;

– les principaux événements personnels et familiaux qui ont eu une influence sur la trajectoire ;

– les événements historiques et les mutations sociales qui en ont modifié le cours.

Après une discussion sur le schéma proposé, chaque participant est invité à « interpréter » le support pour l'adapter à une description de son propre parcours. On lui demande en particulier de dégager les séquences de son histoire de vie qui lui paraissent les plus significatives et de s'interroger sur les ruptures, les « choix », les passages entre chacune de ces séquences. Une fois le support constitué, chaque participant présente sa trajectoire qui est l'objet d'une double exploration : repérage de la dynamique singulière de l'histoire en référence au discours que le sujet produit sur sa propre vie ; repérage de la dynamique sociale, dont cette histoire est l'expression en référence au contexte sociohistorique dans lequel elle s'inscrit.

Une trajectoire s'analyse simultanément dans la diachronie et dans la synchronie. Chaque position est la résultante du trajet antérieur et du contexte personnel, familial et social qui offre les opportunités et détermine les transformations nécessaires ou possibles. Les trajectoires s'inscrivent dans une histoire qui en canalise le sens par les potentialités qu'elle offre et les ruptures qu'elle provoque. Les trajectoires décrivent l'histoire des différentes positions occupées, c'est-à-dire des orientations prises à chaque moment par l'individu-acteur, qui se détermine face à ces potentialités et ces ruptures. L'analyse consiste à repérer les moments-clés de l'inscription sociale de l'identité et les éléments qui interviennent à chacun de ces moments pour expliciter le rapport de l'individu aux situations rencontrées.

Schéma d'analyse d'une trajectoire sociale

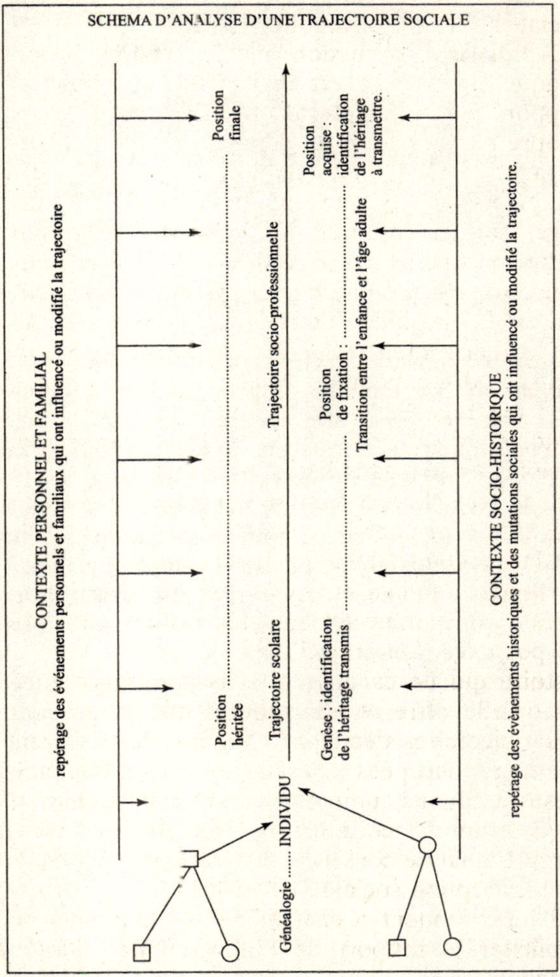

SCHEMA D'ANALYSE D'UNE TRAJECTOIRE SOCIALE

LES SOCIODRAMES

Le sociodrame est une technique intermédiaire entre le jeu de rôle, le psychodrame et le théâtre forum[8]. Il consiste à créer un espace scénique dans lequel le groupe va expérimenter des situations sociales concrètes, à partir d'un scénario de base construit soit en fonction de scènes évoquées dans le groupe, soit proposées par les animateurs. Nous en décrivons trois exemples.

• Scène du bateau *« e la nave va »*

Les participants partent pour une croisière en bateau. Ils sont invités à prendre leur billet soit en première classe, soit en seconde, soit en classe « économique », en fonction de leur origine sociale. L'espace est organisé de telle façon qu'à ces trois classes correspondent trois lieux bien différenciés. Une fois parti, le bateau tombe en panne et l'équipage (joué par les animateurs) quitte le navire. À partir de ce moment débute une improvisation collective qui met en évidence les habitus intériorisés par les trois groupes initiaux.

Le groupe de la première classe se met en scène dans une représentation somptueuse en rejouant la situation des passagers du *Titanic*, telle qu'elle a été décrite dans plusieurs films. Un chef d'orchestre organise une « party » qui se veut à la fois héroïque et dérisoire. On se retrouve dans un salon où l'on échange des mondanités en commentant l'agitation qui règne dans les autres classes.

Le groupe de seconde classe est plus indécis. Il est partagé entre la fascination face au spectacle mondain des premières classes, que certains ont envie de rejoindre, et le spectacle actif des classes économiques vis-à-vis desquelles ils gardent cependant une distance. Dans un premier temps domine un sentiment d'incertitude jusqu'à ce que la dynamique collective conduise ce groupe à éclater, les uns allant assister au concert des premières, les autres allant donner un coup de main au troisième.

Le groupe de la « classe économique » se caractérise par son activisme : révolte, division, regroupement, manifestations, cris, animation, agitation, jusqu'au moment où trois leaders le conduisent dans la salle des machines pour remettre le bateau en marche et le conduire au port.

Un quatrième groupe rassemble des isolés, marginaux par rapport à leur groupe d'affectation originaire, ce qui leur permet de passer de l'un à l'autre groupe sans y être jamais vraiment insérés.

On pourrait penser que cette description est caricaturale et fortement influencée par des représentations induites dans le séminaire. En fait, cette improvisation a surpris aussi bien les animateurs que les participants par l'extraordinaire vivacité des images, des comportements et des comportements intériorisés en fonction de l'origine sociale. Chacun était en quelque sorte « plus vrai que nature » et les différences sociales se sont exprimées avec une spontanéité inattendue à travers le sociodrame. La condescendance des premières classes vis-à-vis des autres ; la difficulté de se situer des secondes ; la révolte et le respect des classes économiques vis-à-vis des premières, leur tentative de libération par la prise en charge des machines et l'activité manuelle, auxquels répondaient l'indifférence et le dédain des autres pour ces taches matérielles. Sans que la consigne ait été explicitée au départ, la situation permettait à chacun de mettre en scène la façon dont il avait été confronté à l'existence des classes sociales, à partir de sa position initiale.

Outre l'articulation entre l'individuel et le collectif, le sociodrame a mis en évidence les oppositions entre le faire et le parler, les positions d'autorité et celles d'exécutant, la soumission et la révolte, l'acceptation passive et la mobilisation active, l'intégration et l'isolement, la jalousie et l'envie, la supériorité et l'humiliation. Ces différentes positions se sont manifestées entre les groupes mais également dans les situations individuelles. L'analyse des rapports entre la façon dont chacun se situe dans le sociodrame et la trajectoire sociale lui permet de réactualiser les conflits rencontrés et de comprendre le lien entre la dynamique conflictuelle des rapports sociaux et les contradictions vécues.

• Scène du repas de famille

Il s'agit d'explorer concrètement la notion d'incorporation des habitus à partir d'une mise en scène d'un repas de famille. Le repas illustre la fonction de l'héritage comme ensemble de pratiques sociales, idéologiques, comportementales, qui forme une structure de dispositions et de prédispositions différentes selon les groupes sociaux. Chaque participant est invité à mettre en scène un repas de son enfance. Il joue son propre rôle et désigne parmi les autres membres du groupe les différents convives présents à son repas : parents, grands-parents, frères et sœurs. Une attention particulière est accordée au décor et à l'espace, en particulier à la coupure cuisine/salle à manger qui situe la place des hommes et des femmes, des patrons et des domestiques ; de même pour la place occupée par chacun autour de la table, la prise en charge du service, la circulation de la parole pendant le repas, la présence ou non d'une radio ou de la télévision, etc.

Il ne s'agit pas de construire un scénario particulier, mais de représenter la « banalité » de la vie quotidienne pendant l'enfance. Une telle représentation permet de mieux comprendre :

– la répartition des rôles masculins et féminins à travers les tâches ménagères ;

– les habitus liés à l'étiquette ou pour certains l'apprentissage des « bonnes manières » à partir de la façon de se tenir à table ;

– le fonctionnement intime du groupe familial ;

– le statut et la place de chacun, en particulier des parents et des enfants, des garçons et des filles ;

– les écarts entre le statut du repas dans les différentes familles de classe.

Un cas illustre l'intérêt d'une telle approche. Georgette, fille de paysans, a réussi, avec le soutien d'un instituteur, à faire des études d'infirmière puis d'assistance sociale, malgré la réticence de ses parents qui souhaitaient qu'elle reste à la ferme. Elle épouse un fils de paysan devenu ingénieur électronicien. Trajectoires similaires de part et d'autre marquées par une forte promotion, mais vécue difficilement par Georgette, qui vit intensément les contradictions entre son modèle culturel d'origine et le modèle culturel de sa nouvelle classe d'appartenance. La mise en scène du repas de famille va lui permettre de travailler sur ce conflit. Dans les premiers temps de son mariage, le couple n'osait pas recevoir des amis parce qu'ils ne savaient ni l'un ni l'autre comment « il fallait faire ». L'humiliation de ne pouvoir affronter la méconnaissance des habitus du repas bourgeois lui laissait une empreinte vivace qu'elle n'avait jamais osé jusqu'alors exprimer. Le travail sociodramatique lui a offert l'opportunité de représenter son malaise, de le partager avec d'autres, de prendre de la distance par rapport à la situation, de relativiser ce qui était vécu comme une incapacité intériorisée. La représentation de soi-même dans une situation ludique permet ce travail de dé-liaison entre l'investissement affectif et la situation sociale.

Une variante de ce sociodrame est le « repas mondain ». Dans ce cas, la situation proposée est un repas réel à partir duquel va se développer une improvisation collective. Chacun est invité à jouer le rôle correspondant à la position sociale qu'il occupait dans son enfance. Trois tables sont organisées, la « table bourgeoise », la « table des classes moyennes », la « table populaire ». Un « service » est mis en place pour la « table bourgeoise ». À partir de ce canevas, le sociodrame se poursuit pendant tout le repas, qui lui n'est pas simulé, intégrant le débarrassage, la vaisselle et le rangement. L'analyse porte sur la façon dont chacun a occupé et vécu « sa place », les différences entre chaque table quant au rapport au service, à la nourriture, à la convivialité, aux discussions, aux façons de « se tenir », les rapports ou l'absence de rapports entre les différentes tables, la répartition des tâches domestiques entre les groupes, entre les hommes et les femmes. On remarque la facilité avec laquelle certains se situent (être à l'aise dans sa position) et la difficulté pour d'autres de trouver leur place et l'occuper.

Ce type de situation permet de repérer expérimentalement, à partir d'un scénario de théâtre, un certain nombre d'enjeux essentiels des rapports sociaux, la façon dont chacun y participe. Il permet de prendre conscience selon les cas des frustrations et des humiliations vécues, de la culpabilité ou de la bonne conscience et plus généralement de la façon « d'y être » ou « d'en être ».

• Scène du bal masqué

Il s'agit d'un travail à partir de la notion de projet parental. Les participants sont invités à se déguiser en partant de la consigne : « Qu'est-ce que mes parents souhaitaient que je devienne ? » Une soirée est alors organisée. Chacun se présente en arrivant. Suit une improvisation de scènes où les participants tentent d'établir des relations les uns avec les autres. Selon les situations et les caractéristiques des participants, la « soirée » peut évoluer vers un cocktail, un bal populaire, une grande soirée, ou autre chose, ce qui est souvent le cas des groupes socialement hétérogènes où l'on s'aperçoit qu'il n'existe aucun modèle permettant à plusieurs classes sociales de passer une soirée ensemble. Le paradoxe est que le ratage apparent du bal masqué (lorsqu'il ne s'y passe rien au niveau collectif) peut être une condition de la réussite du sociodrame. Le jeu n'a pas réussi à déborder la réalité sociale. Une mise en scène trop réussie, au cours de laquelle tout le monde participe de façon active et ludique, peut avoir pour effet d'occulter les conflits sociaux que l'on cherche à saisir par ce moyen. Si le théâtre et le jeu deviennent une fin en soi par l'attrait qu'ils provoquent, ils peuvent faire oublier ce qu'ils re-présentent. Support de concrétisation, de mise en jeu et de projection, la situation sociodramatique permet de parler de ce qu'on ne voit pas et de voir ce dont on ne parle pas. Elle élargit le registre d'expression individuel et collectif et reproduit dans l'espace du séminaire des situations sociales qui, comme le théâtre, sont un moyen d'accès au réel.

Ces différents dispositifs méthodologiques favorisent la dynamique entre l'implication et la recherche, l'expression individuelle et l'expression collective, le verbal et le non-verbal, l'exploration analytique et celle de l'éprouvé. Il s'agit également, comme le propose Donald W. Winnicott[9], d'offrir une aire transitionnelle entre fantasme et réalité. L'espace du séminaire alterne des phases ludiques avec des phases d'analyse, des moments d'exploration individuelle et de réflexion collective. Ces va-et-vient sont essentiels pour inciter les participants à se mettre en mouvement. Le changement ne passe pas seulement par une prise de conscience et une analyse des processus à l'œuvre, mais également par la façon dont ils sont éprouvés, incorporés et intériorisés.

CONCLUSION

Pour une sociologie clinique

> Rien sans doute n'est aussi captivant que de s'avancer sur des chemins peu tracés, que d'ouvrir des routes aux frontières indécises entre deux sciences, la psychiatrie et la sociologie ; il n'y a pas alors jusqu'aux erreurs qui ne soient précieuses. Car chaque erreur est la promesse d'une conquête. On ne s'égare que pour trouver des terres non encore visitées.
>
> RICHARD BASTIDE

L'étude des trajectoires sociales complexes et des conflits qu'elles engendrent nous a conduits à parcourir un champ multiréférentiel entre la sociologie et la psychanalyse, tout en faisant des incursions dans le domaine de l'histoire, de l'ethnologie, de la psychosociologie, de la phénoménologie et de la psychologie. Les destinées individuelles s'inscrivent dans un mouvement produit par les interférences entre la logique de la distribution anthroponomique, qui tend à répartir les individus dans la structure sociale selon un ordre hiérarchique stable, et la *logique de l'historicité*, qui conduit chaque individu à devenir producteur de l'histoire dont il est le produit. À un niveau plus existentiel, ce mouvement dialectique s'opère entre une logique de fabrication sociale des individus qui les conduit à se conformer à leur héritage originaire et une logique du désir qui les pousse à se construire dans la différence, à être en quête d'autres modèles que ceux qui ont été déposés en eux, à inventer d'autres possibles que ceux qui leur sont assignés comme probables.

Il ne s'agit donc pas seulement d'occuper les places disponibles, mais également de contribuer à en produire. Ces « inventions » nécessitent un travail de distanciation et de transformation entre l'individu tel qu'il est produit et l'individu qui se construit pour opérer ou/et supporter ces déplacements. Ce mouvement est contradictoire. Il génère des équilibres et des ruptures, des rigidités et des remises en question, des blocages et des ouvertures, des adaptations et des rejets, de la reproduction et du changement. Ces contradictions traversent les différents registres constitutifs de l'identité. L'analyse des conflits d'identité est donc un champ privilégié pour saisir le caractère dialectique et multidimensionnel de ce mouvement, en particulier chez les individus qui appartiennent simultanément et/ou alternativement à des groupes sociaux différents.

Les rapports entre les classes sociales ne sont pas exclusivement des rapports d'exploitation. La domination et la différenciation se traduisent au niveau symbolique, relationnel, affectif, émotionnel, par une série d'effets à l'œuvre dans l'histoire familiale, dans les relations interpersonnelles et dans le fonctionnement psychique. Ainsi peut-on mettre en évidence le tableau clinique qui caractérise une configuration névrotique singulière chez les personnes qui changent de classe sociale. Dans la névrose de classe on assiste à une influence concordante entre, d'une part, les conflits engendrés par une trajectoire qui traverse des univers sociaux contrastés et, d'autre part, les conflits liés au développement psychosexuel de l'individu.

C'est l'étayage réciproque de ces conflits de nature différente qui produit la névrose. Cette thèse conduit à discuter le rôle respectif des facteurs sexuels et des facteurs sociaux dans les conflits existentiels, en particulier en ce qui concerne la genèse du sentiment de culpabilité, l'évolution du complexe d'Œdipe et le phénomène du dédoublement. Elle nous permet de mieux comprendre le rôle de l'humiliation et de l'invalidation dans l'émergence des complexes d'infériorité et de supériorité. Enfin elle nous permet d'éclairer les différents mécanismes de défense caractéristiques de la névrose de classe : le repli sur soi, le surinvestissement dans le travail, le dédoublement, le fantasme du roman familial.

Le résumé de ces différents points conduit à situer les limites de notre propos. Bien que le terme de névrose de classe semble approprié pour désigner les différents éléments d'une pathologie propre aux personnes déclassées, et bien qu'il provoque chez ces mêmes personnes un éclairage immédiatement ressenti comme adapté à leur malaise, il nous engage sur le terrain de la pathologie et de la thérapie. La méthodologie adoptée ne nous permet pas de prétendre avoir découvert une nouvelle forme de névrose. Les conditions du recueil des récits utilisés limitent l'examen des enjeux inconscients des conflits qui y sont décrits. Par ailleurs, nous avons privilégié les personnes capables de reconstruire leur histoire, c'est-à-dire ceux qui intellectuellement et psychologiquement peuvent élaborer une représentation d'eux-mêmes qui leur permet de se dégager au moins partiellement de leur inhibition et de leur souffrance. Les hypothèses qu'ils nous ont permis de produire ne seront définitivement validées qu'à partir du moment où elles pourront être utilisées dans un cadre thérapeutique. Les échos que notre travail provoque auprès de psychanalystes et de psychothérapeutes nous autorisent à penser que la problématique que nous défendons permet une meilleure compréhension des cas qu'ils sont amenés à traiter.

Une autre limite de notre approche tient au fait que les tentatives de décloisonnement disciplinaire sont confrontées au risque de la généralisation globalisante. Il n'existe pas de théorie générale permettant de penser la « personnalité totale ». Cette absence tient à la multiplicité des facteurs d'ordres différents qui constituent la personne humaine. Chacun de ces registres a fait l'objet d'investigations et de théorisations particulières. Ce découpage semble être une condition nécessaire pour saisir les lois qui président au fonctionnement de chacun de ces facteurs. Le travail de construction de l'objet conduit à réduire, définir, circonscrire la réalité observable. Ainsi les conflits qui caractérisent la trame d'une histoire individuelle sont multidimensionnels, et ces différentes dimensions sont reliées entre elles. Il y a là une complexité que l'on ne peut jamais aborder en totalité. Les conflits somatiques, psychosomatiques, psychiques, relationnels, culturels, économiques, politiques, sociaux, obéissent à des lois qui leur sont propres, même si pour l'individu qui s'y trouve confronté ces découpages restent formels. C'est la personne dans ses différentes composantes qui est touchée par un conflit sans qu'elle puisse facilement identifier les causes et les effets, en différencier les différents éléments. Chacun de ces éléments ne peut être appréhendé que par une « construction » scientifique particulière, mais chacune de ces constructions doit être déconstruite pour repérer les liaisons qui existent entre eux.

Pour qu'un travail interdisciplinaire soit possible il faut donc, comme le proposait Gaston Bachelard, *construire un système à plusieurs entrées*. Mais cette proposition, que nous avons essayé de retenir, se heurte à deux difficultés majeures :

1) Chaque entrée détermine une problématique, une spécificité dans le travail de construction de l'objet, dans les choix conceptuels et dans les options méthodologiques. Elle induit une démarche de recherche à l'intérieur de laquelle un approfondissement est toujours possible. Le problème se pose alors de situer le point à partir duquel cette logique n'est plus opérante par rapport à des objectifs de connaissance. En d'autres termes, il est difficile de déterminer, lorsque la théorie ne permet pas d'appréhender un phénomène, si cela tient à l'insuffisance de l'approfondissement ou si cela tient aux limites de la théorie elle-même. Ainsi des psychanalystes pourront trouver que notre analyse de la névrose reste superficielle, en particulier en ce qui concerne l'analyse de la dynamique inconsciente des conflits et des processus de refoulement. De même certains sociologues pourront argumenter sur l'absence de représentativité des cas présentés et sur les conditions de production des discours qu'ils tiennent sur eux-mêmes. La conscience aiguë des impasses entraînées par le sociologisme et le psychologisme peut être ainsi retournée contre celui qu'elle habite, dans l'accusation selon laquelle il ne ferait ni de la sociologie ni de la psychologie ;

2) Le choix de la problématisation multiple conduit à prendre plusieurs entrées théoriques pour cerner l'objet de recherche. Il risque d'aboutir à une juxtaposition d'approches qui ont chacune leur logique propre et leur pertinence, donnant une

vision fragmentée et non articulée du phénomène étudié. Nous avons conscience d'une double nécessité contradictoire. D'une part celle de comprendre les conflits liés à la névrose de classe comme des nœuds sociopsychiques, donc du caractère indissociable des éléments sociaux et des éléments psychiques. D'autre part de la nécessité de considérer le psychique et le social comme deux scènes différentes qui ont leur logique propre, irréductible à toute autre.

Les perspectives ouvertes par ce travail découlent logiquement de ces limites. Au niveau théorique, il s'agit d'approfondir la réflexion sur une théorie de l'articulation qui tienne compte de la nature différente des processus sociaux et des processus psychiques, tout en essayant de saisir la façon dont ils interagissent. La psychologie sociale et la psychosociologie se sont trop souvent cantonnées à construire des objets à la marge des disciplines dont elles sont issues. Elles ne pourront acquérir une reconnaissance scientifique que dans la mesure où elles sauront systématiser la dimension sociologique des processus psychologiques et la dimension psychologique des phénomènes sociaux.

C'est sans doute au niveau méthodologique que les perspectives sont les plus riches. Le foisonnement actuel des recherches qui s'appuient sur des récits de vie le montre bien. Mais celles-ci ne débouchent sur des acquis que dans la mesure où elles sauront dépasser les différentes illusions qui trop souvent les caractérisent : l'illusion rétrospective, l'illusion du sujet, l'illusion empirique, l'illusion biographique… Entre le subjectivisme et l'objectivation positiviste, entre le sociologisme et le psychologisme, entre la statistique et l'entretien plus ou moins directif, il y a la place pour des méthodes qui permettent de saisir les faits, et les représentations des faits, sans les confondre, de comprendre l'histoire de l'individu concret et la parole de l'individu sur son histoire sans les assimiler.

Au niveau clinique, il nous semble capital de développer la recherche et la prise en compte, en particulier dans les pratiques thérapeutiques et d'intervention, de la genèse sociale des conflits psychologiques. Si le traitement des conflits vécus nécessite un travail sur soi, il passe également par l'analyse des conditions sociales de production des conflits. Cette articulation ressort d'une orientation que nous nous efforçons de construire : *la sociologie clinique*.

Sociologie, puisqu'il s'agit de saisir comment la dynamique des contradictions sociales et le poids des structures interviennent sur les destinées individuelles pour en canaliser le sens, c'est-à-dire leur direction et leur signification.

Clinique, parce que l'analyse des processus sociopsychologiques n'est complètement « validée » (c'est-à-dire à la fois vérifiée et valorisée), que si à la conceptualisation correspond une expérience vécue à laquelle l'hypothèse donne une compréhension et une cohérence.

ÉPILOGUE

Lettre d'Annie Ernaux

Lors de la première parution de cet ouvrage, je l'avais envoyé à Annie Ernaux que je ne connaissais pas. Sa réponse est un témoignage et une validation. Lorsque l'analyse fait ainsi écho à une expérience subjective, elle prend une dimension nouvelle. La recherche clinique se construit dans ce va-et-vient permanent entre les tentatives de conceptualisation et l'expérience vécue.

26 décembre 1987

À Vincent de Gaulejac,

Naturellement, ce n'est pas sans quelque appréhension que j'ai ouvert votre livre *La Névrose de classe*, redoutant, d'après ce titre, de me sentir un cas clinique, illustré par ce que j'écris.

Après l'avoir fini je pense que vous avez fait une étude remarquable en général, et, pour ce qui me concerne, tout à fait juste. L'approche qui est la vôtre m'a d'emblée très intéressée, combler le « trou » entre la sociologie et la psychanalyse, voir comment s'articulent les deux « scènes », comprendre la façon dont le social et l'historique sont représentés dans l'histoire individuelle. D'une manière différente, c'est ce que je cherche aussi, à travers ce qu'il est convenu d'appeler la littérature, par opposition à ce que vous faites, la science. (Le dernier livre que j'ai écrit, qui va paraître en janvier, porte la trace de ces préoccupations[1].)

La description et le schéma que vous dressez de la névrose de classe (mais j'avoue que ce terme m'afflige encore, me paraît « figer » des conflits et des conduites, qui évoluent en fait dans le temps) me paraissent indéniables, et que le déplacement social surdétermine les autres conflits est pour moi d'une évidence aveuglante. En réduisant à l'extrême, je dirais : « Mes parents étaient des dieux, j'ai découvert peu à peu qu'ils ne l'étaient pas, qu'on les méprisait. » Cette découverte-là, au moins, j'en suis sûre, elle est fondée sur un continuum de sensations, d'expériences dont la mémoire a gardé la marque. Celle dont parle Freud, je ne la nie pas, mais elle ne m'intéresse pas : elle n'est pas objet d'expériences, je n'en ai pas « souvenir » (mais peut-être des images, des rapprochements permettent de saisir les conflits œdipiens, au cœur de l'écriture).

Il y a seulement un point que je voudrais discuter. Vous évoquez l'investissement dans l'écriture, comme fonction psychologique et sociale et parlez de la « distanciation de l'artiste qui lui permet de se dire toujours ailleurs que là où il est objectivement situé ». Oui, en général, l'artiste se veut « ailleurs », et inclassable, mais justement des *Armoires vides* à *La Place*, il y a ce refus d'être « ailleurs », en écartant toute démarche fictive. Également, la nature même de ce que j'écris, la mise au jour du déplacement, n'est-elle pas une manière ouverte de me « situer », c'est-à-dire : quelqu'un passé de la classe dominée dans la classe dominante ? Et il y a plus que l'écriture, c'est le dire, par exemple dans une rencontre, une conférence, parce que, d'habitude, cela ne se dit pas, on est « écrivain », c'est tout (entre parenthèses, le sociologue lui aussi évite de se situer... « d'où » vient-il... et, par exemple... quel intérêt l'a incité à étudier la névrose de classe ?).

Peut-être y aurait-il beaucoup d'autres choses à dire sur les rapports origine sociale/écriture (mais, bien sûr, cela n'entrait pas dans le cadre de votre étude)...

Avec toute ma sympathie, et mes vœux de succès pour votre ouvrage, qui le mérite.

Annie ERNAUX

NOTES

Préface à la nouvelle édition

1. Voir Michel Pinçon et Monique Pinçon-Charlot, *Grandes Fortunes. Dynasties familiales et formes de richesse en France*, Paris, Payot, coll. « Petite Bibliothèque Payot », 1998 ; *Les Rothschild. Une famille bien ordonnée*, Paris, La Dispute, 1998 ; *Sociologie de la bourgeoisie*, Paris, La Découverte, coll. « Repères », 2007.

2. Georges Gurvitch, *Dialectique et sociologie*, Paris, Flammarion, 1962.

3. Cornelius Castoriadis, « L'état du sujet aujourd'hui », *Topique*, n° 38, novembre 1986, p. 37.

4. Voir www.sociologie-clinique.org.

5. Pour plus de précisions sur cette histoire, voir : Vincent de Gaulejac, Fabienne Hanique et Pierre Roche (dir.), *La Sociologie clinique, enjeux théoriques et méthodologiques*, Toulouse, Érès, 2012 ; et Vincent de Gaulejac, Florence Giust-Desprairies, Ana Massa (dir.), *La Recherche clinique en sciences sociales*, Toulouse, Érès, 2013.

6. Citons en particulier Max Pagès, *Psychothérapie et complexité*, Paris, Desclée de Brouwer, 1993 ; Michel Legrand, *L'Approche biographique*, Paris, Desclée de Brouwer, 1993 ; Michel Legrand et Vincent de Gaulejac (dir.), *Intervenir par le récit de vie*, Toulouse, Érès, 2008 ; Christophe Niewiadomski, *Recherche biographique et clinique narrative*, Toulouse, Érès, 2012 ; et Vincent de Gaulejac, *L'Histoire en héritage. Roman familial et trajectoire sociale*, Paris, Payot, coll. « Petite Bibliothèque Payot », 2012.

7. Nicolas Abraham et Mária Török, *L'Écorce et le Noyau*, Paris, Aubier-Flammarion, 1978.

Introduction

1. Richard Sennett, *Les Tyrannies de l'intimité*, traduit par Antoine Berman et Rebecca Folkman, Paris, Seuil, 1979.
2. Christopher Lasch, *Le Complexe de Narcisse. La nouvelle sensibilité américaine*, traduit par Michel L. Landa, Paris, Robert Laffont, 1980.
3. Max Pagès, Michel Bonetti, Daniel Descendre et Vincent de Gaulejac, *L'Emprise de l'organisation* (1979), Paris, Desclée de Brouwer, 1998.
4. Sigmund Freud, *Le Président Schreber. Un cas de paranoïa* (1915), traduit par Olivier Mannoni, préface de Denis Pelletier, Paris, Payot, coll. « Petite Bibliothèque Payot », 2011, p. 40.
5. Sigmund Freud, *Délire et rêves dans la « Gradiva » de Jensen* (1907), traduit par Paule Arbex et Rose-Marie Zeitlin, Paris, Gallimard, coll. « Folios », 1986, p. 141.
6. Marthe Robert, *Roman des origines et origines du roman* (1972), Paris, Gallimard, coll. « Tel », 1976.

1. L'individu produit de l'histoire

1. Michel Tournier, *Les Météores*, Paris, Gallimard, 1975.
2. Abdelmalek Sayad, « Les enfants illégitimes », *Actes de la recherche en sciences sociales*, n°s 25-26, Paris, 1979.
3. Extrait d'un mémoire de maîtrise de Malika Hanifi, UFR Sciences humaines cliniques, université Paris-Diderot, 1982. Malika est, comme Zahoua, une immigrée algérienne de la deuxième génération.
4. Abedelmelk Sayad, « Les enfants illégitimes », art. cit., p. 130.
5. *Ibid.*, p. 132.
6. Sigmund Freud, *Malaise dans la civilisation* (1930), traduit par Aline Weill, préface de Laurie Laufer, Paris, Payot, coll. « Petite Bibliothèque Payot », 2010, p. 49.
7. Robert Castel, *La Gestion des risques. De l'anti-psychiatrie à l'après-psychanalyse*, Paris, Minuit, 1981.
8. Voir B. Jondeau, « Faire craquer l'impérialisme des théories psychologiques », *Le Groupe familial*, n° 96, juillet-août 1982.
9. Wilhelm Reich, *Matérialisme dialectique, matérialisme historique et psychanalyse* (1929), Édition La Pensée Molle, 1970.
10. Daniel Bertaux, *Destins personnels et structure de classe*, Paris, PUF, 1977.
11. Claude Thélot, *Tel père, tel fils ? Position sociale et origine familiale*, Paris, Dunod, 1982.

12. Pierre Bourdieu, *Questions de sociologie*, Paris, Minuit, 1980, p. 75.

13. Pierre Bourdieu, *Le Sens pratique*, Paris, Minuit, 1980, p. 94.

14. Émile Durkheim, *L'Évolution pédagogique en France*, Paris, Alcan, 1938, p. 16.

15. Pierre Bourdieu, *La Distinction. Critique sociale du jugement*, Paris, Minuit, 1979, p. 544.

16. Roger Perron, *Genèse de la personne*, Paris, PUF, 1985, p. 95.

2. De l'Histoire à l'historicité

1. Martin Heidegger, *Être et temps* (1927), traduit par François Vezin, Paris, Gallimard, 1986, cité par Serge Lebovici, « L'expérience du psychanalyste chez l'enfant et chez l'adulte devant le modèle de la névrose infantile et de la névrose de transfert », 39e Congrès des psychanalystes de langue française, Paris, PUF, 1979.

2. Expression utilisée par Freud dans un texte sans titre de 1909 (voir *Le Roman familial des névrosés. Et autres textes*, traduit par Olivier Mannoni, préface de Danièle Voldman, Paris, Payot, coll. « Petite Bibliothèque Payot », 2014).

3. Voir Lore Schacht, « Découverte de l'historicité », *Nouvelle revue de psychanalyse*, n° 15, 1977, p. 68.

4. Jean-Paul Sartre, *L'Être et le Néant* (1943), Paris, Gallimard, coll. « Tel », 1976, p. 623.

5. Jean-François Lyotard, *La Phénoménologie*, Paris, PUF, coll. « Que sais-je ? », 1961, p. 100.

6. *Ibid.*, p. 118-119.

7. Alain Touraine, *Pour la sociologie*, Paris, Seuil, 1974, p. 37.

8. *Ibid.*, p. 37.

9. *Ibid.*, p. 114.

10. *Ibid.*, p. 37.

11. Concept proposé par Daniel Bertaux pour désigner le système de distribution des individus dans un espace social (voir *Destins personnels et structure de classe*, Paris, PUF, 1977).

12. Cornelius Castoriadis, *L'Institution imaginaire de la société*, Paris, Seuil, 1975.

13. Sigmund Freud, « D'une vision du monde » (1932), in *Nouvelle suite des leçons d'introduction à la psychanalyse*, traduit par J. Altounian, A. Bourguignon, P. Cotet, A. Rauzy et R.-M. Zeitlin, in *Œuvres complètes XIX*, Paris, PUF, 1995, p. 265.

14. Pierre Bourdieu, *La Distinction. Critique sociale du jugement*, Paris, Minuit, 1979, p. 429.

3. Le projet parental

1. L'expression est de Max Pagès qui analyse le projet parental comme un projet d'emprise sur les enfants dans son article sur les systèmes sociomentaux in *Bulletin de psychologie*, t. XXXIV, n° 350, p. 599. Notre propos rejoint également les travaux de Roger Perron lorsqu'il souligne que « tout enfant s'inscrit dans une attente qui prédéfinit son image et cadrera son développement », *in* Roger Perron (dir.), *Genèse de la personne*, Paris, PUF, 1986, p. 34.

2. Sigmund Freud, *Pour introduire le narcissisme* (1914), traduit par Olivier Mannoni, préface d'Anne Brun, Paris, Payot, coll. « Petite Bibliothèque Payot », 2012, p. 64-65.

3. Alain de Mijolla, *Les Visiteurs du moi*, Paris, Les Belles Lettres, 1981, p. 171.

4. Doris Lessing cite une lettre d'une femme de quarante-cinq ans, réceptionniste chez un dentiste, après avoir travaillé comme domestique pendant vingt ans pour élever deux enfants suite à la mort de son mari et qui, par ailleurs, milite au Parti communiste : « Mes fils ont tous les deux été à l'école primaire et secondaire, et ils ont de bien plus grandes connaissances que moi, je le crains. Cela m'a donné un complexe d'infériorité difficile à combattre », voir *Carnet d'or*, traduit par Marianne Véron, Paris, Albin Michel, 1980, p. 521.

5. André de Mijolla interprète la trajectoire de Rimbaud en ce sens : d'abord poète pour réaliser le projet maternel, puis aventurier qui cherche à s'enrichir pour se conformer au projet paternel. L'impossible synthèse entre ces deux projets le conduit à l'amputation, puis à la mort. Voir *Les Visiteurs du Moi*, *op. cit.*, p. 35 *sq*.

6. Le plus souvent les différences entre les deux projets sont relativement faibles, les choix conjugaux se fondant sur une communauté d'habitus et d'aspirations des deux parents qui se retrouvent dans les rapports aux enfants. Michel Bonetti a analysé comment les différences de trajectoires entre les conjoints influencent les rapports de couple dans l'article « Trajectoires sociales et stratégies matrimoniales », *Le Groupe familial*, n° 96, juillet-août 1982.

4. Placement et déplacement

1. Louis Dumont, *Essai sur l'individualisme*, Paris, Seuil, 1983.

2. Claude Lévi-Strauss, *Les Structures élémentaires de la parenté*, Paris, PUF, 1949.

3. Claude Lefort, *Les Formes de l'histoire. Essais d'anthropologie politique*, Paris, Gallimard, 1978, p. 45.

4. Paul Nizan, *Antoine Bloyé* (1933), Paris, Livre de poche, 1971, p. 34.

5. Eugène Enriquez, *De la horde à l'État. Essai de psychanalyse du lien social*, Paris, Gallimard, 1983, p. 196.

6. Louis Dumont, *Homo aequalis. Genèse et épanouissement de l'idéologie moderne*, Paris, Gallimard, 1976.

7. Erich Fromm, *La Peur de la liberté* (1942), traduit par Charles Janssens, Paris, Buchet-Chastel, 1963.

8. Louis Dumont, *Homo aequalis*, *op. cit.*, p. 12.

9. Voir Issiaka-Prosper Lalèyê, *La Conception de la personne dans la pensée traditionnelle Yoruba*, Berne, H. Lang et Cie, 1970 ; cité par Louis-Vincent Thomas, « L'être et le paraître », in *Fantasme et formation*, Paris, Dunod, 1979.

10. Gérard Mendel, *54 millions d'individus sans appartenance*, Paris, Robert Laffont, 1983, p. 12.

11. *Ibid.*, p. 15.

12. Max Pagès, Michel Bonetti, Daniel Descendre, Vincent de Gaulejac, *L'Emprise de l'organisation* (1979), Paris, Desclée de Brouwer, 1998.

13. Michel Foucault, *Surveiller et punir*, Paris, Gallimard, 1975, p. 328.

14. Voir René Barbier, « En dépassement du roman familial et de la trajectoire sociale : le réseau de vie », *Le Groupe familial*, n° 96, juillet 1982, p. 70.

15. Voir Michel Bonetti, Jean Fraisse, Vincent de Gaulejac, *De l'Assistance publique aux assistantes maternelles. La professionnalisation du maternage*, Paris, Germinal, 1980, p. 81.

16. Alain Girard, « Sociologie du mariage », *Encyclopædia Universalis*, Paris, 1974. Voir également Claude Thélot, *Tel père, tel fils ? Position sociale et origine familiale*, Paris, Dunod, 1982, notamment chap. VIII : « Les alliances », p. 179 *sq*.

17. Voir Michel Bonetti, « Trajectoire sociale et stratégies matrimoniales », *Le Groupe familial*, n° 96, juillet 1982.

18. Voir Pierre Ansart, « Structure socio-affective et désidentification », *Bulletin de psychologie*, n° 360, mai-juin, 1983.

19. Voir Jacqueline Palmade, *Système symbolique et idéologique de l'habiter*, thèse de doctorat, université de Toulouse Le Mirail, 1981, p. 768.

20. Annie Ernaux, *La Place*, Paris, Gallimard, 1983, p. 24. Les citations qui suivent sont tirées de cet ouvrage.

21. Pierre Sansot *Les Gens de peu*, Paris, PUF, 1991.

5. Trajectoire promotionnelle et conflits d'identité

1. Claude Lévi-Strauss (dir.), *L'Identité. Séminaire interdisciplinaire 1974-1975*, Paris, Grasset, 1977, p. 322.

2. Vincent de Gaulejac, *Qui est « JE » ? Sociologie clinique du sujet*, Paris, Seuil, 2009.

3. Voir Georges Devereux, *La Renonciation à l'identité. Défense contre l'anéantissement* (1967), Paris, Payot, coll. « Petite Bibliothèque Payot », 2009, p. 49.

4. *Ibid.*, p. 29-30.

5. Voir André Green, « Atome de parenté et relations œdipiennes », *in* Claude Lévi-Strauss (dir.), *L'Identité*, *op. cit.*, p. 83.

6. Voir Françoise Héritier, citée par Claude Lévi-Strauss, *L'Identité*, *op. cit.*, p. 99.

7. Francine Muel-Dreyfus, *Le Métier d'éducateur. Les instituteurs de 1900, les éducateurs spécialisés de 1968*, Paris, Minuit, 1983. Les citations qui suivent sont tirées de cet ouvrage.

8. Luc Boltanski, *Les Cadres. La formation d'un groupe social*, Paris, Minuit, 1982, p. 451-459.

9. *Ibid.*, p. 456.

10. *Ibid.*, p. 459.

11. Voir le chapitre « Moi, un cadre » dans l'ouvrage de Luc Boltanski (*op. cit.*, p. 13), et surtout le dernier chapitre « la voiture dans la remise » (p. 491) sont tout à fait exemplaires sur ce point. De même pour le rôle joué par Gérard Depardieu dans le film d'Alain Resnais, *Mon oncle d'Amérique*.

12. Voir Michel Bonetti, *Note sur les hommes en forte promotion*, Centre scientifique et technique du bâtiment, document ronéoté, 1983.

13. Valérie Brunel, *Les Managers de l'âme. Le développement personnel en entreprise, nouvelle pratique de pouvoir*, Paris, La Découverte, 2004.

14. Didier Eribon, *Retour à Reims*, Paris, Flammarion, 2009.

15. Richard Hoggart, *La Culture du pauvre* (1957), Paris, Minuit, 1991, voir en particulier le chap. x : « Déracinés et déclassés ».

16. Voir Virginia Woolf, *A Writer's Diary*, New York, Harcourt Brace and Co., 1953, p. 49.

17. Francine Muel-Dreyfus, *Le Métier d'éducateur*, *op. cit.*

18. Pierre Bourdieu, « Avenir de classe et causalité du probable », *Revue française de sociologie*, XV, 1974, p. 20.

19. Expression reprise à Gaston Pineau, qui raconte comment le travail autobiographique a été pour lui le moyen de gérer les contradictions de son passage d'ouvrier-paysan à formateur

d'adultes (voir Gaston Pineau, Marie-Michèle, *Produire sa vie. Autoformation et autobiographie*, Paris, EDILIG, 1983).

6. Les conflits liés à la régression

1. L'équivalent inversé de la promotion n'est pas la régression mais la *démotion*, terme couramment employé en Belgique dans les entreprises. Le terme de régression permet de condenser le fait sociologique (changement de position dans la structure sociale) et la représentation sociale et psychologique de ce fait comme phénomène négatif qui est le contraire d'une progression.

2. Christopher Lasch, *Le Complexe de Narcisse. La nouvelle sensibilité américaine*, traduit par Michel L. Landa, Paris, Robert Laffont, 1980.

3. Claude Thélot, *Tel père, tel fils ? Position sociale et origine familiale*, Paris, Dunod, 1982.

4. Afin de respecter cet « anonymat volontaire » nous avons dissimulé les faits qui permettraient de la reconnaître.

5. Voir Michel Bonetti, *Note sur les hommes et les femmes en régression sociale*, Centre scientifique et technique du bâtiment, 1983, p. 25.

6. Voir le *Manifeste convivialiste. Déclaration d'indépendance*, Lormont, Le Bord de l'eau, 2013.

7. Christopher Tietze, *Epidemiology of Mental Disorders*, Milbank Memorial Fund, 1950, cité par Roger Bastide, *Sociologie des maladies mentales* (1965), Paris, Flammarion, coll. « Champs », 1977, p. 158.

7. Névroses et névrose de classe

1. Voir Trigant Burrow, *The Social Neurosis*, New York, Greenwood Press, 1968 ; Ruth Bénédict, *Échantillons de civilisations*, Paris, Gallimard, 1950, cités par Roger Bastide, *Sociologie des maladies mentales* (1965), Paris, Flammarion, coll. « Champs », 1977.

2. Cité par Roger Bastide, *Sociologie des maladies mentales*, *op. cit.*, p. 14.

3. T. Rennie, L. Stole, M.K. Opler et Th. Laugner, « Urban life and mental health, Socioeconomic status and mental disorder in the metropolis », *American Journal of Psychiatry*, n° 113, 1957, p. 173.

4. A.B. Hollingshead et F.C. Redlich, *Social Class and Mental Illness: A Community Study*, New York, Wiley, 1958. Cité par R. Bastide, *Sociologie des maladies mentales*, *op. cit.*, p. 161.

5. *Ibid.*, p. 242.
6. S. Graham, « Socioeconomic Status and Illness, and the Use of Medical Services », *Milbank Mem Fund Quart*, n° 35, 1957.
7. K.B. Laughton, « Socioeconomic Status and Illness », *Milbank Mem Fund Quart*, 36, 1958.
8. Roger Bastide, *Sociologie des maladies mentales*, *op. cit.*, p. 168.
9. Jean Piaget, *Le Structuralisme*, Paris, PUF, 1970, p. 6.
10. Roger Perron, *Genèse de la personne*, Paris, PUF, 1985, p. 13.
11. *Ibid.*, p. 11.
12. Jean Laplanche, Jean-Bertrand Pontalis, *Vocabulaire de la psychanalyse*, Paris, PUF, 1967, p. 267.
13. *Ibid.*, p. 93.
14. Sigmund Freud, « L'hérédité dans l'étiologie des névroses », in *Névrose, psychose et perversion*, traduit par Jean Laplanche *et alii*, Paris, PUF, 1973, p. 47.
15. Voir Sigmund Freud, « Sur les types d'entrée dans la névrose », in *Névrose, psychoses et perversion*, *op. cit.*, p. 175.
16. *Ibid.*, p. 177.
17. Freud parle également de l'« inhibition du développement » et de « stase soudaine de la libido », en indiquant qu'il les considère comme secondaires par rapport aux deux autres.
18. Alexander Mitscherlich, *Vers une société sans pères* (1963), traduit par Maurice Jacob et Pierre Dibon, Paris, Gallimard, 1969.
19. Voir Jacqueline Palmade, *Conflits de transculturation chez les cadres moyens au Cameroun et au Sénégal*, thèse de 3e cycle, université Paris-Diderot, 1972, p. 309.
20. Voir Dallas Pratt, « Rôle des valeurs culturelles dans la santé mentale de l'étudiant étranger », *Bulletin international des sciences sociales*, vol. VIII, n° 4, 1956, p. 612-620. On pourra également consulter sur ce point le travail de Norma Takeuti, *Conflits d'identification culturelle chez les étudiants brésiliens en France*, thèse de 3e cycle, université Paris-Dauphine, 1985.
21. Voir Sigmund Freud, « Sur les types d'entrée dans la névrose », in *Névrose, psychose et perversion*, *op. cit.*, p. 182.
22. Voir Sigmund Freud, « L'hérédité et l'étiologie des névroses », in *Névrose, psychose et perversion*, *op. cit.*, p. 53 *sq.*
23. Voir Max Pagès, « L'emprise », *Bulletin de psychologie*, t. XXXVI, n° 360, mai-juin 1983, p. 503-509.
24. Voir Georges Gurvitch, *Déterminismes sociaux et liberté humaine*, Paris, PUF, 1955 ; et *Dialectique et Sociologie*, Flammarion, Paris, 1962.

25. Roger Bastide, *Sociologie des maladies mentales*, Paris, Flammarion, 1965, p. 251.

26. François Jacob, *Le Jeu des possibles. Essai sur la diversité du vivant*, Paris, Fayard, 1981, p. 119.

27. Annie Ernaux, *La Place*, Paris, Gallimard, 1983.

28. Annie Ernaux, *Les Armoires vides* (1974), Paris, Gallimard, coll. « Folio », 1984. Les citations qui suivent sont tirées de cet ouvrage.

29. Jean-Paul Sartre, *La Putain respectueuse* :

– Lizzie : Toi aussi tu te sens coupable ?

– Le Nègre : Oui, Madame.

– Lizzie : Et pourtant tu n'as rien fait ?

– Le Nègre : Non, Madame.

– Lizzie : Mais qu'est-ce qu'ils ont donc pour qu'on soit toujours de leur côté ?

– Le Nègre : Ce sont des Blancs.

30. Voir Sigmund Freud, *Nouvelle suite des leçons d'introduction à la psychanalyse*, traduit par J. Altounian, A. Bourguignon, P. Cotet, A. Rauzy et R.-M. Zeitlin, in *Œuvres complètes XIX*, Paris, PUF, 1995.

31. Roger Perron, *Genèse de la personne*, Paris, PUF, 1985, p. 239.

8. Le complexe d'infériorité

1. Vincent de Gaulejac, *Les Sources de la honte* (1996), Paris, Points, 2015.

2. Sur l'évolution de la conception freudienne et une tentative de clarification de ce concept, on pourra se référer au travail très exhaustif de Janine Chasseguet-Smirgel, « Essai sur l'idéal du Moi », *Rapport pour le 38e congrès des psychanalystes de langues romanes*, Paris, PUF, avril 1973.

3. Jean Laplanche et Jean-Bertrand Pontalis, *Vocabulaire de la psychanalyse*, Paris, PUF, 1967.

4. Janine Chasseguet-Smirgel, « Essai sur l'idéal du Moi », *op. cit.*, p. 21.

5. Roger Perron, *Genèse de la personne*, Paris, PUF, 1985, p. 173.

6. Janine Chasseguet-Smirgel, « Essai sur l'idéal du Moi », *op. cit.*, p. 87.

7. Voir Gerhart Piers et Milton Singers, *Shame and Guilt: A Psychoanalytic and a Cultural Study*, Springfield, Ch. Thomas, 1953.

8. Processus décrit par Hegel qui consiste à dépasser tout en conservant.

9. Max Pagès, Michel Bonetti, Vincent de Gaulejac, Daniel Descendre, *L'Emprise de l'organisation* (1979), Paris, Desclée de Brouwer, 2009 ; Nicole Aubert, Vincent de Gaulejac, *Le Coût de l'excellence* (1991), Paris, Seuil, 2007.
10. Roger Perron, *Genèse de la personne*, *op. cit.*, p. 3.
11. *Ibid.*, p. 31.
12. Edith Jacobson, *Le Soi et le monde objectal*, traduit par Anne-Marie Besnier, Paris, PUF, 1975. En particulier le chap. IX : « Les voies du développement durant la période de latence et les rapports entre sentiments de culpabilité et complexes de honte et d'infériorité ».
13. Sigmund Freud, *Le Moi et le Ça* (1923), traduit par Jean Laplanche, préface d'Élise Pestre, Paris, Payot, coll. « Petite Bibliothèque Payot », 2010, p. 74.
14. Voir Janine Chasseguet-Smigel, *La Maladie d'idéalité. Essai psychanalytique sur L'Idéal du moi*, Paris, Éditions universitaire, 1990, en particulier chap. I : « L'Idéal du moi et la perversion ».
15. Voir Alfred Adler, *Le Tempérament nerveux* (1912), Paris, Payot, 1955, p. 49.
16. Sigmund Freud, « Éclaircissements, applications, orientations » (1932), in *Nouvelle suite des leçons d'introduction à la psychanalyse*, traduit par J. Altounian, A. Bourguignon, P. Cotet, A. Rauzy et R.-M. Zeitlin, in *Œuvres complètes XIX*, Paris, PUF, 1995, p. 226.
17. Sigmund Freud, « La décomposition de la personnalité psychique » (1932), in *Nouvelle suite des leçons d'introduction à la psychanalyse*, *op. cit.*, p. 148.
18. Annie Ernaux, *Les Armoires vides* (1974), Paris, Gallimard, coll. « Folio », 1984, p. 130.
19. *Ibid.*, p. 134.
20. Paul Nizan, *Antoine Bloyé* (1933), Paris, Livre de poche, 1971, p. 58.
21. Voir Edith Jacobson, *Le Soi et le monde objectal* (1964), traduit par Anne-Marie Besnier, Paris, PUF, 1975, p. 149.
22. *Ibid.*, p. 153.
23. Paul Nizan, *Antoine Bloyé*, *op. cit.*
24. Annie Ernaux, *Les Armoires vides*, *op. cit.*, p. 71.
25. Paul Nizan, *Antoine Bloyé*, *op. cit.*
26. Voir August Strindberg, *Le Fils de la servante*, traduit par Camille Polack, Paris, Gallimard, coll. « Folio », 1973, p. 87.

9. L'œdipe comme complexe sociosexuel

1. Voir Sigmund Freud, « Un enfant est battu » (1919), in *Névrose, psychose et perversion*, traduit par Jean Laplanche *et alii*, Paris, PUF, 1973, p. 233.

2. Voir Carl Schorske, « Conflits de générations et changement culturel, réflexions sur le cas de Vienne », in *Actes de la recherche en sciences sociales*, n°s 26-27, mars-avril 1979, p. 115.

3. Cornelius Castoriadis, *L'Institution imaginaire de la société*, Paris, Seuil, 1975, p. 418.

4. Claude Lévi-Strauss (dir.), *L'Identité. Séminaire interdisciplinaire 1974-1975*, Paris, Grasset, 1977.

5. Collette s'est inscrite dans un groupe d'implication et de recherche sur le thème « Roman familial et trajectoire sociale ». Nous avons travaillé sur son récit pendant le séminaire. Après le séminaire, j'ai écrit un texte reprenant cette analyse qu'elle a complétée et validée.

6. Voir Sigmund Freud, « Le déclin du complexe d'Œdipe », (1924), *Revue française de psychanalyse*, 1934, 7, n° 3, p. 394-399.

7. Freud est beaucoup critiqué pour son interprétation « masculine » de l'œdipe qui renvoie pour le garçon à la menace, la peur, alors qu'il renvoie la fille au vide et à l'envie. Sans entrer dans ce débat, nous pensons que les enjeux œdipiens sont très actifs pour conditionner le rapport à la sexualité, à la paternité et à la maternité ainsi qu'à l'ensemble de la vie amoureuse. Pour une critique des positions freudiennes, on pourra se référer en particulier aux travaux de Judith Butler (*Trouble dans le genre* [1990], traduit par Cynthia Kraus, préface d'Éric Fassin, Paris, La Découverte, 2006) et Christiane Olivier (*Les Enfants de Jocaste*, Paris, Denoël-Gonthier, 1974).

8. *Ibid.*, p. 65.

9. Francis Pasche, *À partir de Freud*, Paris, Payot, 1969, p. 185.

10. August Strindberg a écrit plus de cinquante pièces de théâtre, plusieurs romans et une autobiographie intitulée *Histoire d'une âme*, écrite en 1866, qui se décompose en 4 volumes : *Le Fils de la servante*, *Fermentation*, *Dans la chambre rouge* et *L'Écrivain*. Les citations qui suivent sont extraites du *Fils de la servante*, traduit par Camille Polack, Paris, Gallimard, coll. « Folio », 1973. Voir la bibliographie établie par Guy Vogelweith, in *Le Psychothéâtre de Strindberg*, Paris, Klincksieck, 1972.

11. Marthe Robert, *Roman des origines et origines du roman* (1972), Paris, Gallimard, coll. « Tel », 1976, p. 33.

12. Voir Guy Vogelweith, *Le Psychothéâtre de Strindberg*, *op. cit.* ; et Janine Chasseguet-Smirgel, *Pour une psychanalyse de l'art et de la créativité*, Paris, Payot, 1971.

13. August Strindberg, *Le Plaidoyer d'un fou*, traduit par G. Loiseau, Paris, Mercure de France, 1964.

14. Voir August Strindberg, *Le Fils de la servante*, *op. cit.*, p. 115 *sq*. Les citations qui suivent sont tirées de cet ouvrage.

15. Guy Vogelweith, *Psychothéâtre de Strindberg*, *op. cit.*, p. 8.

16. Sigmund Freud, *Lettres à Wilhelm Fliess, notes et plans, 1887-1902*, lettre 228, du 9 décembre 1899, Jeffrey Moussaieff Masson (éd.), traduit par Françoise Khan et François Robert, Paris, PUF, 2006, p. 495.

17. Voir en particulier *Mademoiselle Julie*, traduit par Boris Vian et Carl Gustaf Bjurström, Paris, l'Arche, 1957.

10. Roman familial et névrose de classe

1. Otto Rank, *Le Mythe de la naissance du héros*, suivi de *La légende de Lohengrin*, Paris, Payot, 2000.

2. Sigmund Freud, « Le roman familial des névrosés » (1909), in *Le Roman familial des névrosés. Et autres textes*, traduit par Olivier Mannoni, préface de Danièle Voldman, Paris, Payot, coll. « Petite Bibliothèque Payot », 2014, p. 35-36.

3. *Ibid.*, p. 36.

4. Freud : « Des souhaits insatisfaits sont les forces de pulsion des fantaisies [...]. On peut les regrouper sans contrainte selon deux directions principales. Ce sont soit des souhaits ambitieux qui servent à exalter la personnalité, soit des souhaits érotiques », voir « Le poète et l'activité fantasmatique » (1908), traduit par P. Cotet, M.-Th. Schmidt et R. Lainé, in *Œuvres complètes VIII*, Paris, PUF, 2007, p. 164.

5. Marthe Robert, *Roman des origines et origines du roman* (1972), Paris, Gallimard, coll. « Tel », 1976, p. 37.

6. *Ibid.*, p. 45.

7. Sigmund Freud, « Le roman familial des névrosés », *op. cit.*, p. 40-41.

8. *Ibid.*, p. 41.

9. Voir en particulier la pièce *Mademoiselle Julie*, traduit par Boris Vian et Carl Gustaf Bjurström, Paris, l'Arche, 1957.

10. Sigmund Freud, « Le roman familial des névrosés », *op. cit.*, p. 38.

11. Annie Ernaux, *Les Armoires vides* (1974), Paris, Gallimard, coll. « Folio », 1984, p. 80.

12. Voir Catherine Clément, « Les effets politiques du divan », *Pouvoirs*, 1979, n° 11, p. 85.

11. Dissociation du moi et dédoublement

1. August Strindberg, *Mademoiselle Julie*, traduit par Boris Vian et Carl Gustaf Bjurström, Paris, l'Arche, 1957, p. 13.
2. Louis Caubet, « Fragment d'un journal intime », *La Veillée*, supplément aux *Annales*, juin 1905, p. 143-144, cité par Francine Muel-Dreyfus, *Le Métier d'éducateur. Les instituteurs de 1900, les éducateurs spécialisés de 1968*, Paris, Minuit, 1983, p. 97.
3. Francine Muel-Dreyfus, *Le Métier d'éducateur*, *op. cit.*, p. 111.
4. Roger Bastide *Sociologie des maladies mentales*, Paris, Flammarion, 1965, p. 212.
5. Voir H. Dapiedad, *L'Émergence des régimes militaires en Afrique*, thèse de 3e cycle, université Paris IX-Dauphine, 1979, p. 25.
6. Richard Hoggart, *La Culture du pauvre* (1957), traduit par Françoise et Jean-Claude Garcias et de Jean-Claude Passeron, présentation de Jean-Claude Passeron, Paris, Minuit, 1970
7. Paul Nizan, *Aden Arabie* (1933), avant-propos de Jean-Paul Sartre, Paris, PCM/La Découverte, 1984, p. 26.
8. Paul Nizan, *Antoine Bloyé* (1933), Paris, Livre de poche, 1971.
9. C'est la raison pour laquelle il n'y a pas de névrose de classe lorsque l'ensemble de la fratrie est sur une trajectoire promotionnelle. Lorsque le conflit est vécu par l'ensemble du groupe familial, il a moins de chance de provoquer une névrose individuelle.
10. Sigmund Freud, *Abrégé de psychanalyse* (1938), traduit par Françoise Kahn et François Robert, préface de François Robert, Paris, PUF, coll. « Quadrige », 2012, p. 77-78.
11. *Ibid*, p. 78.
12. Fiodor Dostoïevski, *Le Double*, traduit par Gustave Aucouturier, préface d'André Green, Paris, Gallimard, coll. « Folio », 1980 ; Yves Barel, *La Société du vide*, Paris, Seuil, 1984, p. 248 *sq*. Les citations qui suivent sont tirées de cet ouvrage.
13. Lettre de Dostoïevski à son frère Michel (1854), in *Récits chroniques et polémiques*, traduit par Gustave Aucouturier, Paris, Gallimard, coll. « Bibliothèque de la Pléiade », 1969, p. 1664.
14. Sigmund Freud, *Le Président Schreber. Un cas de paranoïa* (1915), traduit par Olivier Mannoni, préface de Denis

Pelletier, Paris, Payot, coll. « Petite Bibliothèque Payot », 2011, p. 122-123.

15. *Ibid.*, p. 126.

16. Yves Barel, *La Société du vide*, Paris, Seuil, 1984, p. 249.

17. Préface d'André Green, in Fiodor Dostoïevski, *Le Double*, traduit par Gustave Aucouturier, Paris, Gallimard, coll. « Folio », 1980, p. 24.

18. *Ibid.*, p. 252.

19. Jean Laplanche et Jean-Bertrand Pontalis, *Vocabulaire de la psychanalyse*, Paris, PUF, 1967, p. 70.

12. Options et supports méthodologiques

1. Voir Maurizio Catani et Suzanne Mazé, *Tante Suzanne... Une histoire de vie sociale*, Paris, Librairie des Méridiens, 1982.

2. Depuis la première édition de cet ouvrage, nous avons publié plusieurs ouvrages approfondissant la démarche clinique en sociologie, en particulier dans les groupes d'implication et de recherche. Nous invitons le lecteur qui souhaite approfondir à se référer à nos ouvrages *L'Histoire en héritage* et *Les Sources de la honte.*

3. Nous empruntons cette expression à Henri Lefebvre, *La Survie du capitalisme. La re-production des rapports de productions*, Paris, Anthropos, 1973, p. 85.

4. Voir Vincent de Gaulejac, « Irréductible social, Irréductible psychique », *Bulletin de psychologie*, n° 360, mai-juin 1983. Une nouvelle version de cet article est disponible dans mon ouvrage *Qui est « JE » ?*, Paris, Seuil, 2009.

5. Voir Jean Fraisse, « La généalogie », in « Que faire des histoires de famille ? », *Le groupe familial*, n° 96, juillet-août 1982.

6. Le génogramme est utilisé en particulier par Donald Bloch, directeur de l'Ackermann Institute à New York, et en France par Évelyne Lemaire-Arnaud qui en a exposé les objectifs et la méthode dans deux articles : « À propos d'une technique nouvelle, le génogramme », *Dialogue*, n° 70, 1980 ; « Utilité du génogramme pour la mise au jour des phénomènes transgénérationnels », *Dialogue*, n° 89, 1985.

7. Voir Paul Watzlawick., Janet Helmick Beavin, Don D. Jackson, *Une logique de la communication*, traduit par Janine Morche, Paris, Seuil, 1972, p. 63.

8. Technique mise au point par Augusto Boal et le Théâtre de l'Opprimé. Voir Augusto Boal, *Jeux pour acteurs et non-acteurs*, Paris, La Découverte, 1985.

9. Voir Donald W Winnicott, *Jeu et réalité. L'espace potentiel* (1971), traduit par Claude Monod et J.-B. Pontalis, préface de J.-B. Pontalis, Paris, Gallimard, 1975.

Épilogue

1. Il s'agit du livre *Une femme*, Paris, Gallimard, 1987.

BIBLIOGRAPHIE

ABRAHAM Nicolas, TÖRÖK Mária, *L'Écorce et le Noyau*, Paris, Aubier-Flammarion, 1978.

ARIÈS Philippe, *L'Enfant et la Vie familiale sous l'Ancien Régime* (1960), Paris, Seuil, 1973.

AULAGNIER Piera, *La Violence de l'interprétation. Du pictogramme à l'énoncé*, Paris, PUF, 1975.

BALANDIER Georges, *Anthropologie politique*, Paris, PUF, 1967.

BAREL Yves, *La Société du vide*, Paris, Seuil, 1984.

BASTIDE Roger, *Sociologie et psychanalyse* (1972), 2e éd., Paris, PUF, 1982.

BASTIDE Roger, *Sociologie des maladies mentales*, Paris, Flammarion, 1965.

BERTALANFFY Luwig von, *Théorie générale des systèmes* (1968), traduit par Jean-Benoist Chabrol, Paris, Dunod, 1973.

BERTAUX Daniel, *Destins personnels et structure de classe*, Paris, PUF, 1977.

BESANÇON Alain, « La psychanalyse dans ou devant l'idéologie », in *Histoire et expérience du moi*, Paris, Flammarion, 1971.

BESANÇON Alain, « Vers une histoire psychanalytique », *Annales*, nos 3-4, Paris, Armand Colin, 1960.

BOLTANSKI Luc, *Les Cadres. La formation d'un groupe social*, Paris, Minuit, 1982.

BONETTI Michel, FRAISSE Jean, GAULEJAC Vincent de, « Que faire des histoires de famille ? Roman familial et trajectoire sociale », *Le Groupe familial*, n° 96, 1982.

BOURDIEU Pierre, *Questions de sociologie*, Paris, Minuit, 1980.

BOURDIEU Pierre, *Le Sens pratique*, Paris, Minuit, 1980.

BOURDIEU Pierre, *La Distinction. Critique sociale du jugement*, Paris, Minuit, 1979.

BOURDIEU Pierre, *Esquisse d'une théorie de la pratique*, Genève, Droz, 1972.

BOURDIEU Pierre, CHAMBOREDON Jean-Claude, PASSERON Jean-Claude, *Le Métier de sociologue*, Paris, Mouton-Bordas, 1968.

BOURGUIGNON Odile, « Transdisciplinarité de l'approche de l'objet et articulation du psychologique et du social », *Bulletin de psychologie*, t. XXXVI n° 360, mai-juin 1983.

BRUNEL Valérie, *Les Managers de l'âme. Le développement personnel en entreprise, nouvelle pratique de pouvoir*, Paris, La Découverte, 2004.

BUTLER Judith, *Trouble dans le genre* (1990), traduit par Cynthia Kraus, préface d'Éric Fassin, Paris, La Découverte, 2006.

CASSIRER Ernst, *Essai sur l'homme*, traduit par Norbert Massa, Paris, Minuit, 1975.

CASTEL Robert, *La Gestion des risques. De l'antipsychiatrie à l'après-psychanalyse*, Paris, Minuit, 1981.

CASTEL Robert, *Le Psychanalysme*, Paris, Maspero, 1973.

CASTORIADIS Cornelius, « L'état du sujet aujourd'hui », *Topique*, n° 38, novembre 1986.

CASTORIADIS Cornelius, *Les Carrefours du labyrinthe*, Paris, Seuil, 1978.

Castoriadis Cornelius, *L'Institution imaginaire de la société*, Paris, Seuil, 1975.

Chasseguet-Smirgel Janine, *La Maladie d'idéalité. Essai psychanalytique sur L'Idéal du moi*, Paris, Éditions universitaires, 1990.

Chasseguet-Smirgel Janine, *Pour une psychanalyse de l'art et de la créativité*, Paris, Payot, 1971.

Dahrendorf Ralf Gustav, *Classes et conflits de classes dans la société industrielle* (1957), introduction de Raymond Aron, Paris-La Haye, Mouton, 1972.

Devereux Georges, *La Renonciation à l'identité. Défense contre l'anéantissement*, Paris, Payot, coll.« Petite Bibliothèque Payot », 2009.

Devereux Georges, *Psychothérapie d'un Indien des plaines. Réalité et rêve* (1969), Paris, Jean Cyrille Godefroy, 1982.

Devereux Georges, *De l'angoisse à la méthode*, Paris, Flammarion, 1980.

Devereux Georges, *Ethnopsychanalyse complémentariste*, Paris, Flammarion, 1972.

Devereux Georges, *Essais d'ethnopsychiatrie générale*, Paris, Gallimard, 1970.

Devereux Georges, « Les origines sociales de la schizophrénie ou la schizophrénie sans larmes », *Informations psychiatriques*, n° 10, décembre 1965.

Dolto Françoise, *Le Cas Dominique*, Paris, Seuil, 1971.

Dostoïevski Fiodor, *Le Double*, traduit par Gustave Aucouturier, préface d'André Green, Paris, Gallimard, coll. « Folio », 1980.

Dumont Louis, *Essai sur l'individualisme*, Paris, Seuil, 1983.

Dumont Louis, *Homo hierarchicus. Le système des castes et ses implications*, Paris, Gallimard, 1979.

Dumont Louis, *Homo aequalis. Genèse et épanouissement de l'idéologie moderne*, Paris, Gallimard, 1976.

DURKHEIM Émile, *L'Évolution pédagogique en France*, Paris, Alcan, 1938.

ENRIQUEZ Eugène, *De la horde à l'État. Essai de psychanalyse du lien social*, Paris, Gallimard, 1983.

ERIBON Didier, *Retour à Reims*, Paris, Flammarion, 2009.

ERIKSON Erik Homburger, *Enfance et société* (1950), traduit par A. Cardinet, Paris/Neuchâtel, Delachaux et Niestlé, 1959.

ERNAUX Annie, *La Honte*, Paris, Gallimard, 1996.

ERNAUX Annie, *Une femme*, Paris, Gallimard, 1988.

ERNAUX Annie, *La Place,* Paris, Gallimard, 1983.

ERNAUX Annie, *Les Armoires vides* (1974), Paris, Gallimard, coll. « Folio », 1984.

FERRAROTTI Franco, *Histoire et histoires de vie. La méthode biographique dans les sciences sociales*, traduit par Marianne Modak, Paris, Librairie des Méridiens, 1983.

FOUCAULT Michel, *Histoire de la sexualité*, t. 1 : *La volonté de savoir*, t. 2 : *L'usage des plaisirs*, Paris, Gallimard, 1976, 1984.

FOUCAULT Michel, *Surveiller et punir*, Paris, Gallimard, 1975.

FOUCAULT Michel, *L'Ordre du discours*, Paris, Gallimard, 1971.

FOUCAULT Michel, *L'Archéologie du savoir*, Paris, Gallimard, 1969.

FREUD Sigmund, *Le Roman familial des névrosés, et autres textes*, traduit par Olivier Mannoni, préface de Danièle Voldman, Paris, Payot, coll. « Petite Bibliothèque Payot », 2014.

FREUD Sigmund, *Pour introduire le narcissisme* (1914), traduit par Olivier Mannoni, préface d'Anne Brun, Paris, Payot, coll. « Petite Bibliothèque Payot », 2012.

FREUD Sigmund, *L'Interprétation des rêves*, traduit par Janine Altounian, Pierre Cotet, René Lainé, *et alii*, préface de François Robert, 2e éd., Paris, PUF, coll. « Quadrige », 2012.

FREUD Sigmund, *Abrégé de psychanalyse* (1938), traduit par Françoise Kahn et François Robert, préface de François Robert, Paris, PUF, coll. « Quadrige », 2012.

FREUD Sigmund, *Le Président Schreber. Un cas de paranoïa* (1915), traduit par Olivier Mannoni, préface de Denis Pelletier, Paris, Payot, coll. « Petite Bibliothèque Payot », 2011.

FREUD Sigmund, *Malaise dans la civilisation* (1930), traduit par Aline Weill, préface de Laurie Laufer, Paris, Payot, coll. « Petite Bibliothèque Payot », 2010.

FREUD Sigmund, *Le Moi et le Ça* (1923), traduit par Jean Laplanche, préface d'Élise Pestre, Paris, Payot, coll. « Petite Bibliothèque Payot », 2010.

FREUD Sigmund, « Le poète et l'activité fantasmatique » (1908), traduit par Pierre Cotet, Marie-Thérèse Schmidt et René Lainé, in *Œuvres complètes VIII*, Paris, PUF, 2007.

FREUD Sigmund, *Lettres à Wilhelm Fliess, notes et plans, 1887-1902*, lettre 228 du 9 décembre 1899, Jeffrey Moussaieff Masson (éd.), traduit par Françoise Khan et François Robert, Paris, PUF, 2006.

FREUD Sigmund, *Nouvelle suite des leçons d'introduction à la psychanalyse*, traduit par Janine Altounian, André Bourguignon, Pierre Cotet, Alain Rauzy et Rose-Marie Zeitlin, in *Œuvres complètes XIX*, Paris, PUF, 1995.

FREUD Sigmund, *Délire et rêves dans la « Gradiva » de Jensen* (1907), traduit par Paule Arbex et Rose-Marie Zeitlin, Paris, Gallimard, coll. « Folios », 1986.

FREUD Sigmund, *Névrose, psychose et perversion*, traduit par Jean Laplanche *et alii*, Paris, PUF, 1973.

FREUD Sigmund, *La Vie sexuelle*, traduit par Denise Berger, Jean Laplanche *et alii*, Paris, PUF, 1969.

FROMM Erich, *La Peur de la liberté* (1942), traduit par Charles Janssens, Paris, Buchet-Chastel, 1963.

GAULEJAC Vincent de, *Les Sources de la honte* (1996), Paris, Points, 2015.

GAULEJAC Vincent de, *L'Histoire en héritage. Roman familial et trajectoire sociale* (1999), Paris, Payot, coll. « Petite Bibliothèque Payot », 2012.

GAULEJAC Vincent de, *Qui est « JE » ? Sociologie clinique du sujet*, Paris, Seuil, 2009.

GAULEJAC Vincent de, LEGRAND Michel (dir.) *Intervenir par le récit de vie*, Toulouse, Érès, 2008.

GAULEJAC Vincent de, HANIQUE Fabienne, ROCHE Pierre (dir.), *La Sociologie clinique. Enjeux théoriques et méthodologiques* (2007), Toulouse, Érès, 2012.

GAULEJAC Vincent de, « Irréductible social, irréductible psychique, éléments d'une problématique », *Bulletin de psychologie*, t. XXXVI, n° 360, mai-juin 1983.

GAULEJAC Vincent de, « L'héritage », *Connexions*, n° 41, Paris, 1983.

GODELIER Maurice, « La part idéelle du réel – Essai sur l'idéologie », *L'Homme*, juillet-décembre, XVIII (3-4), Paris, Mouton, 1978.

GODELIER Maurice, « Anthropologie, histoire, idéologie », discussion avec Claude Lévi-Strauss, et Marc Augé, in *L'Homme*, juillet-décembre, XV (3-4), Paris, Mouton, 1975.

GODELIER Maurice, « Système, structure et contradiction dans le capital », *Les Temps modernes*, n° 246, Paris, 1966.

GREEN André, « L'atome de parenté », in *L'Identité*, séminaire dirigé par Claude Lévi-Strauss, Paris, Grasset, 1977.

GREEN André, « Sexualité et idéologie dans Marx et Freud », *Études freudiennes*, nos 1-2, Paris, Denoël, 1969.

GURVITCH Georges, *Les Cadres sociaux de la connaissance*, Paris, PUF, 1966.

GURVITCH Georges, *Dialectique et sociologie*, Paris, Flammarion, 1962.

HOGGART Richard, « Changes in the working class life », in *Speaking to each other*, Londres, Pelican, 1973.

HOGGART Richard, *La Culture du pauvre* (1957), traduit par Françoise et Jean-Claude Garcias et de Jean-Claude Passeron, présentation de Jean-Claude Passeron, Paris, Minuit, 1970.

HORNEY Karen, *La Personnalité névrotique de notre temps* (1937), traduit par Jean Paris, Paris, L'Arche, 1953.

JACOB François, *La Logique du vivant. Une histoire de l'hérédité*, Paris, Gallimard, 1970.

JACOB François, *Le Jeu des possibles. Essai sur la diversité du vivant*, Paris, Fayard, 1981.

JACOBSON Edith, *Le Soi et le Monde objectal*, traduit par Anne-Marie Besnier, Paris, PUF, 1975.

KAËS René, *L'Idéologie, études psychanalytiques*, Paris, Dunod, 1980.

LACAN Jacques, *Écrits*, Paris, Seuil, 1966.

LAPLANCHE Jean, PONTALIS Jean-Bertrand, *Vocabulaire de la psychanalyse*, Paris, PUF, 1967.

LAPLANCHE Jean, PONTALIS Jean-Bertrand, « Fantasme originaire, fantasme des origines, origine du fantasme », *Les Temps modernes*, n° 215, Paris, 1964.

LASCH Christopher, *Le Complexe de Narcisse. La nouvelle sensibilité américaine*, traduit par Michel L. Landa, Paris, Robert Laffont, 1980 ; rééd. *La Culture du narcissisme. La vie américaine à un âge de déclin des espérances*, Castelnau-le-Lez, Climats, 2000.

LEBOVICI Serge, « L'expérience du psychanalyste chez l'enfant et chez l'adulte devant le modèle de la névrose infantile et de la névrose de transfert », 39e Congrès des psychanalystes de langue française, Paris, PUF, 1979.

LECLAIRE Serge, *On tue un enfant. Essais sur le narcissisme primaire et la pulsion de mort*, Paris, Seuil, 1975.

LEFEBVRE Henri, *La Survie du capitalisme*, Paris, Anthropos, 1973.

LEFEBVRE Henri, *La Vie quotidienne dans le monde moderne*, Paris, Gallimard, 1968.

LEGENDRE Pierre, *L'Inestimable Objet de la transmission. Étude sur le principe généalogique en Occident*, Paris, Fayard, 1985.

LEJEUNE Xavier-Édouard, *Calicot*, Paris, Montalba, 1984.

LÉVI-STRAUSS Claude (dir.), *L'Identité. Séminaire interdisciplinaire 1974-1975*, Paris, Grasset, 1977.

LÉVI-STRAUSS Claude, *La Pensée sauvage*, Paris, Plon, 1962.

LÉVI-STRAUSS Claude, *Anthropologie structurale*, Paris, Plon, 1958.

LÉVI-STRAUSS Claude, *Les Structures élémentaires de la parenté*, Paris, PUF, 1949.

LEWIS Oscar, *Les Enfants de Sanchez. Autobiographie d'une famille mexicaine*, traduit par Céline Zins, Paris, Gallimard, 1963.

LYOTARD Jean-François, *Économie libidinale*, Paris, Minuit, 1974.

LYOTARD Jean-François, *Dérive à partir de Marx et Freud*, Paris, Union générale de l'édition, 1973.

LYOTARD Jean-François, *La Phénoménologie*, Paris, PUF, coll. « Que sais-je ? », 1961.

MARCUSE Herbert, *Éros et civilisation. Contribution à Freud* (1955), traduit par Jean-Guy Nény et Boris Fraenkel, Paris, Minuit, 1963.

MARX Karl, *Œuvres*, traduit par M. Rubel, Louis Évrard et Joseph Roy, Paris, Gallimard, coll. « Bibliothèque de la Pléiade », 1972.

MAUSS Marcel, *Sociologie et anthropologie*, Paris, PUF, 1968.

MENDEL Gérard, *54 millions d'individus sans appartenance*, Paris, Robert Laffont, 1983.

MENDEL Gérard, *La Révolte contre le père*, Paris, Payot, 1968.

MIJOLLA Alain de, *Les Visiteurs du moi. Fantasmes d'identification*, Paris, Les Belles Lettres, 1981.

MITSCHERLICH Alexander, *Vers une société sans pères* (1963), traduit par Maurice Jacob et Pierre Dibon, Paris, Gallimard, 1969.

MONOD Jacques, *Le Hasard et la Nécessité*, Paris, Seuil, 1970.

MORALI Claude, *Qui est moi aujourd'hui ?*, Paris, Fayard, 1984.

MORIN Edgar, *Le Paradigme perdu. La nature humaine*, Paris, Seuil, 1973.

MUEL-DREYFUS Francine, *Le Métier d'éducateur. Les instituteurs de 1900, les éducateurs spécialisés de 1968*, Paris, Minuit, 1983.

NIZAN Paul, *Antoine Bloyé* (1933), Paris, Livre de poche, 1971.

OLIVIER Christiane, *Les Enfants de Jocaste*, Paris, Denoël-Gonthier, 1974.

PASCHE Francis, *À partir de Freud*, Paris, Payot, 1969.

PAGÈS Max, *Psychothérapie et complexité*, Paris, Desclée de Brouwer, 1993.

PAGÈS Max, *Trace ou sens, le système émotionnel*, Paris, Hommes et Groupes, 1986.

PAGÈS Max, *Le Travail amoureux*, Paris, Dunod, 1977.

PAGÈS Max, BONETTI Michel, DESCENDRE Daniel, GAULEJAC Vincent de, *L'Emprise de l'organisation* (1979), Paris, Desclée de Brouwer, 1998.

PALMADE Jacqueline, *Système symbolique et idéologique de l'habiter*, thèse d'État, Université de Toulouse Le Mirail, 1982.

PALMADE Jacqueline, « L'analyse de contenu et ses déterminations contextuelles », *Connexions*, nº 12, Paris, 1974.

PERRON Roger, *Genèse de la personne*, Paris, PUF, 1985.

PERRON Roger, *Modèles d'enfants, enfants modèles*, Paris, PUF, 1971.

PIAGET Jean, *Psychologie et épistémologie*, Paris, Médiation, 1970.

PIAGET Jean, *Le Structuralisme*, Paris, PUF, 1970.

PINÇON Michel, PINÇON-CHARLOT Monique, *Sociologie de la bourgeoisie*, Paris, La Découverte, coll. « Repères », 2007.

PINÇON Michel, PINÇON-CHARLOT Monique, *Voyage en grande bourgeoisie* (1997), Paris, PUF, coll. « Quadrige », 2005.

PINÇON Michel, PINÇON-CHARLOT Monique, *Nouveaux patrons, nouvelles dynasties*, Paris, Calmann-Lévy, 1999.

PINÇON Michel, PINÇON-CHARLOT Monique, *Les Rothschild. Une famille bien ordonnée*, Paris, La Dispute, 1998.

PINÇON Michel, PINÇON-CHARLOT Monique, *Grandes Fortunes. Dynasties familiales et formes de richesse en France*, Paris, Payot, coll. « Petite Bibliothèque Payot », 1998.

PINEAU Gaston, MARIE-MICHÈLE, *Produire sa vie. Autoformation et autobiographie*, Paris, EDILIG, 1983.

POIRIER Jean, CLAPIER-VALLADON Simone, RAYBAUT Paul, *Les Récits de vie. Théorie et pratique*, Paris, PUF, 1983.

POULANTZAS Nicos, *Les Classes sociales dans le capitalisme d'aujourd'hui*, Paris, Seuil, 1974.

REICH Wilhelm, *La Psychologie de masse du fascisme* (1933), traduit par Pierre Kamnitzer, Paris, Payot, 1972 ; rééd. coll. « Petite Bibliothèque Payot », 2015.

REICH Wilhelm, *Matérialisme dialectique, matérialisme historique et psychanalyse* (1929), Édition La Pensée Molle, 1970.

RICŒUR Paul, *De l'interprétation. Essai sur Freud*, Paris, Seuil, 1965.

RICŒUR Paul, « La psychanalyse et le mouvement de la culture contemporaine », in *Traité de psychanalyse*, Paris, PUF, 1965.

RIFFLET-LEMAIRE Anika, *Jacques Lacan*, Bruxelles, Dessart, 1970.

ROBERT Marthe, *La Révolution psychanalytique*, Paris, Payot, 2 vol., 1964 ; rééd. coll. « Petite Bibliothèque Payot », 2002.

ROBERT Marthe, *Roman des origines et origines du roman* (1972), Paris, Gallimard, coll. « Tel », 1976.

SAINT-MARTIN Monique de, « Une grande famille », *Actes de la recherche en sciences sociales*, n° 31, Paris, 1980.

SARTRE Jean-Paul, *L'Être et le Néant* (1943), Paris, Gallimard, coll. « Tel », 1976.

SAYAD Abdelmalek, « Les enfants illégitimes », *Actes de la recherche en sciences sociales*, n°s 25 et 26, Paris, 1979.

SENNETT Richard, *Les Tyrannies de l'intimité*, traduit par Antoine Berman et Rebecca Folkman, Paris, Seuil, 1979.

SÈVE Lucien, *Marxisme et théorie de la personnalité*, Paris, Éditions sociales, 1968.

SHORTER Edward, *Naissance de la famille moderne*, traduit par Serge Quadruppani, Paris, Seuil, 1977.

STRINDBERG August, *Fils de la servante*, traduit par Camille Polack, Paris, Gallimard, coll. « Folio », 1973.

STRINDBERG August, *Le Plaidoyer d'un fou*, traduit par G. Loiseau, Paris, Mercure de France, 1964

STRINDBERG August, *Mademoiselle Julie*, traduit par Boris Vian et Carl Gustaf Bjurström, Paris, l'Arche, 1957.

THÉLOT Claude, *Tel père, tel fils ? Position sociale et origine familiale*, Paris, Dunod, 1982.

TORT Michel, « La psychanalyse dans le matérialisme historique », *Nouvelle revue de psychanalyse*, n° 1, Paris, Gallimard, 1970.

TOURAINE Alain, *Pour la sociologie*, Paris, Seuil, 1974.

TOURNIER Michel, *Les Météores*, Paris, Gallimard, 1975.

VANEIGEM Raoul, *Traité du savoir vivre à l'usage des jeunes générations*, Paris, Gallimard, 1967.

VIDERMAN Serge, *La Construction de l'espace analytique*, Paris, Denoël, 1970.

VIDERMAN Serge, « Le rapport Sujet-Objet et la problématique du désir », *Revue française de psychanalyse*, t. XXXII, 1968.

VOGELWEITH Guy, *Le Psychothéâtre de Strindberg. Un auteur en quête de métamorphose*, Paris, Klincksieck, 1972.

WATZLAWICK Paul, BEAVIN Janet H., JACKSON Don D., *Une logique de la communication*, traduit par Janine Morche, Paris, Seuil, 1972.

WATZLAWICK Paul, WEAKLAND John, FISH Richard, *Changements. Paradoxes et psychothérapies*, traduit par Pierre Furlan, Paris, Seuil, 1975.

WIDLÖCHER Daniel, *Freud et le problème du changement*, Paris, PUF, 1970.

WINNICOTT Donald W., *Jeu et réalité. L'espace potentiel* (1971), traduit par Claude Monod et J.-B. Pontalis, préface de J.-B. Pontalis, Paris, Gallimard, 1975.

TABLE

Mise en pages : FACOMPO, Lisieux

Imprimé par CPI (Barcelona)
en septembre 2016

Dépôt légal : octobre 2016

Imprimé en Espagne